Ralf Lano

Der Tod kennt verschwiegene Pfade

Vom Autor bisher bei KBV erschienen:

Ein Echo aus stählerner Zeit

Ralf Lano, geb. 1965 in Kyllburg in der Eifel, ist gelernter Maschinenbautechniker und leidenschaftlicher Autor von Kriminalgeschichten. Bisher wurden über 30 seiner Erzählungen veröffentlicht, darunter auch der Kurzkrimi *Die Kuh Elsa*, mit dem er 2022 für den deutschen Kurzkrimi-Preis nominiert war.

Sein erster Kriminalroman *Ein Echo aus stählerner Zeit* (KBV) war 2023 der fulminante Auftakt einer mehrbändigen historischen Eifelkrimi-Reihe.

Ralf Lano lebt und arbeitet in der Westeifel und kennt die Region und die Menschen wie seine Westentasche.

Ralf Lano

Der Tod kennt verschwiegene Pfade

Originalausgabe
© 2024 KBV Verlags- und Mediengesellschaft mbH, Hillesheim
www.kbv-verlag.de
E-Mail: info@kbv-verlag.de
Telefon: 0 65 93 - 998 96-0
Umschlaggestaltung: Ralf Kramp
unter Verwendung von © Wirestock - stock.adobe.com
Lektorat: Nicola Härms, Rheinbach
Druck: CPI books, Ebner & Spiegel GmbH, Ulm
Printed in Germany
ISBN 978-3-95441-701-8

Dieses Buch ist ein Roman. Handlungen und Personen sind frei erfunden. Ähnlichkeiten mit lebenden oder verstorbenen Personen sind nicht gewollt und rein zufällig.

PROLOG

Man konnte die Dämmerung am Horizont hinter den Bäumen erahnen. Das zarte Rosa reichte noch nicht aus, um den Wald wirklich zu erhellen. Sein schlimmes Bein meldete sich wie bei allen seinen Touren, die er in den letzten Monaten unternommen hatte, mit einem dumpfen Pochen. Seit der Ardennenoffensive steckte ein Splitter oberhalb des linken Knies. Und das, obwohl er nie hatte Soldat spielen müssen. Wegen seiner starken Kurzsichtigkeit war Leopold Schilz gleich zu Beginn des Krieges ausgemustert worden. Die Kriegszeit verlief für ihn halbwegs glimpflich. Bis die Wehrmacht im vorletzten Dezember auf die glorreiche Idee gekommen war, sich erneut auf den Weg nach Paris zu machen, dieses Mal im Winter. Leopold lebte damals auf dem elterlichen Aussiedlerhof in der Nähe von Waxweiler. Dort sammelten sich nun also wie bereits 1940 Unmengen an Soldaten und Militärmaterial. Die Truppen stürmten kurz vor Weihnachten 1944 mit viel Hurra los, nur um einige Wochen später endgültig geschlagen den Rückzug anzutreten. Der Hof lag auf einem Bergrücken über dem Tal der Prüm. Weil man von dort einen guten Überblick über die Gegend hatte, beschlossen einige sture deutsche Soldaten, an dieser Stelle höchstpersönlich den Endsieg zu erringen. Leopolds Bruder Erwin war bereits 1941 in Russland gefallen. Seine Eltern und seine Schwester Hedwig kamen beim finalen Angriff amerikanischer Panzer auf ihren Hof ums Leben. Leopold war im Kuhstall verschüttet worden. In seinem Bein steckte seitdem der verdammte Splitter. Im Lazarett in Prüm fand sich kein Chirurg, der das Metallstück entfernen konnte.

Irgendwann schloss sich das Loch im Bein, und der Splitter gehörte nun wohl für immer zu Leopold. Das unregelmäßige Souvenir, das er unter der Haut ertasten konnte, bereitete ihm nur dann Probleme, wenn er lange gehen musste. Der Teufel liebte es anscheinend, den Menschen das Leben unnötig schwer zu machen. Denn das Gehen war zu Leopold Schilz' Beruf geworden. Die schlechten Augen samt der ständig beschlagenen Brille hatten ihn nicht daran gehindert, selbst während des Krieges regelmäßig Ausflüge zur luxemburgischen Grenze, hoch bis Winterspelt oder runter nach Bitburg zu unternehmen. Freier konnte er sich nicht fühlen, als allein im Grün der Eifel unterwegs zu sein. Nachdem sein gewohntes Leben Anfang 1945 in einem Stahlgewitter untergegangen war, kam ihm dieses Steckenpferd unerwartet zupass. Es gab kaum einen Haupt-, Neben- oder Schleichweg in der Westeifel, den Leo über die Jahre nicht erkundet hatte.

Nach seiner Entlassung aus dem Lazarett im Spätsommer 1945 schlug er sich mehr schlecht als recht durch die Nachkriegszeit. Vom Bauernhof waren nur Ruinen geblieben. Auf den Ämtern in Prüm, Bitburg oder bei den Franzosen erntete er nur Schulterzucken, wenn er dort wegen einer Entschädigung vorstellig wurde. Für Leopold lautete die Lehre daraus: Kümmere dich um dich selbst, es wird dir niemand helfen. Damit wusste er wegen der abgeschiedenen Lage seines Elternhauses umzugehen.

Um sein Leben zu bestreiten, übernahm er bei Bauern rund um Waxweiler und Prüm alle Arten von Handlangertätigkeiten. Um die Kreisstadt machte man 1946 besser einen Bogen. Alle erwerbsfähigen Männer im Alter von sechzehn bis sechzig Jahren wurden dort verpflichtet, unentgeltlich Arbeitsdienste zu leisten. Anders wurde man der erheblichen Kriegszerstörungen durch Bomben und Artillerie nicht Herr. Bei Arbeitsverweigerung wurde die Lebensmittelkarte entzogen und der Name öffentlich bekanntgegeben. Diese Art der indirekten Zwangsarbeit widersprach Leopolds Drang nach Unabhängigkeit. Die Not dieser Monate prägte ihn nachhaltig, er war fest entschlossen, nie wieder zu hungern. Er pfiff auf alle Konventionen und Vorschriften, er hatte seinen eigenen Weg gefunden.

Alles änderte sich, als Thomas Schwarz im Sommer 1946 eines Tages vor ihm stand. Während der gemeinsamen Zeit in der Volksschule von Waxweiler war Thomas einer der hartnäckigsten Peiniger Leos gewesen. Wegen dessen Brille mit Gläsern, die an die gewölbten Böden von Schnapsflaschen erinnerten, hatte Leopold in seiner Kindheit und Jugend zu spüren bekommen, was es bedeutete, ein Außenseiter zu sein. Ständig musste er sich neue Spitznamen gefallen lassen. Der Name, den Thomas ihm verpasst hatte und der schließlich hängen geblieben war, lautete: Lupen-Leo. Es dauerte also verständlicherweise ein wenig, bis Leo ernsthaft auf das hörte, was Thomas Schwarz ihm mitzuteilen hatte.

Als er schließlich die Zusammenhänge verstand und erkannte, wie viel Profit in dem Transport der duftenden Bohnen und dem ein oder anderen Nebengeschäft lag, ging alles sehr schnell. Er übernahm die ersten Rucksäcke mit Ware und brachte sie sicher in den Süden der Eifel, von wo sie weiterverteilt wurden.

Als Ausgleich für seine schlechten Augen besaß er einen außergewöhnlichen Orientierungssinn und das Gehör einer Katze. Immer wieder legten sich Zöllner im Wald auf die Lauer. Sie konnten sich allerdings nie leise genug verhalten, um Leopolds Aufmerksamkeit zu entgehen. Seine Schleichwege versah er mit ständig wechselnden Marken, denen nur er folgen konnte. Bei klaren Nächten gaben ihm die Sterne, die so hell schienen, dass er sie sehen konnte, zusätzliche Orientierung.

Für die Fernsicht im Hellen trug er ein kleines Fernglas in seiner Jackentasche. Leopold hatte das Teil in den Ruinen des Schilz-Hofs gefunden, als Überbleibsel der Wehrmachtssoldaten, die dort ihr Leben für Führer, Volk und Vaterland gegeben und bei der Gelegenheit seine Familie ungefragt mitgenommen hatten.

Der Rucksack schnitt in die Schultern ein. Dreißig Kilo Kaffee aus Belgien neigten dazu, mit jedem zurückgelegten Kilometer ein gewisses Eigenleben zu entwickeln. Hinter ihm folgten die drei Frauen, die diesmal als Trägerinnen eingeteilt worden waren. Bei den ersten Wanderungen durch die Nacht hatte er ausschließlich ältere Männer angeführt. Seit geraumer Zeit tauchten immer mehr Frauen auf, die sich für diese Arbeit interessierten. Die meisten jungen und starken Männer waren entweder gefallen oder hockten noch irgendwo in Gefangenenlagern. Jeder musste schauen, wo er blieb, egal ob Mann oder Frau. Diese Nacht waren es drei Frauen, die ihm stumm folgten. Es war bereits so dunkel gewesen, als die drei Grazien in der letzten Nacht zu ihm gestoßen waren, dass Leo sie nicht genauer in Augenschein nehmen konnte. Manchmal wurden Namen genannt, manchmal eben nicht. Aber Namen waren sowieso Schall und Rauch.

Eigentlich hatte Andrej in dieser Nacht zusätzlich mit von der Partie sein sollen. Der elende Besserwisser stand unter dem Schutz von Thomas' Chef. Trotzdem hatte Leo Andrej einfach stehen lassen. Niemand konnte ihm vorschreiben, wen er durch die Nacht zu führen hatte. Davon abgesehen hatte das dämliche Fuchsgesicht vor einigen Wochen etwas mitbekommen, das ihn überhaupt nichts anging. Es hatte ein klärendes Gespräch mit Thomas gebraucht, um Leopold davon abzuhalten, sich näher mit Andrej zu beschäftigen.

Vor ihm wurden die Bäume weniger und die Büsche zahlreicher. Der einfachste Weg hätte in diesem Teil der Eifel entlang des Tals der Prüm nach Süden geführt. Leopold entschied sich für den schwierigeren Weg über den Koosbüsch. Die Zöllner waren meist nicht motiviert genug, sich im steilen Gelände zu verstecken und nach ihm und seinen Begleitern zu suchen. Zu ihren Füßen lag nun das Dörfchen Stahl in einem kleinen Talkessel. Am Horizont sah man im Dämmerlicht des anbrechenden Morgens die ersten Häuser von Bitburg. Gleich hinter dem Dorf befand sich in einem Seitental der Nims ein verlassener Bauernhof, der sein Ziel für diesen Tag sein sollte.

Leopold blieb am Waldrand stehen. Die Frauen verhielten sich angemessen leise. Es war nichts Verdächtiges zu sehen oder zu hören. Leopold ließ den Rucksack vom Rücken gleiten, um an die zerbeulte Feldflasche zu kommen.

Eine seiner Begleiterinnen fragte: »Sind wir da?«

Leopold drehte sich in ihre Richtung, neben ihm stand eine verhärmte Frau mit angegrauten Haaren. Wie so viele andere war sie aufgrund der Kriegszeit und der damit einhergehenden komplizierten Lebensumstände vorzeitig gealtert.

»Wir sind da, wenn ich sage, wir sind da.« Leopold schulterte den Rucksack. »Es ist nicht mehr weit. Ihr wartet hier, bis ich euch ein Zeichen gebe«, kommandierte er.

Die Frau senkte devot den Kopf. So hatte das zu sein, die Frau sei dem Manne untertan, so stand es bereits in der Bibel. Und die Frauen waren sowieso alles Schlampen. Gut gelaunt setzte Leopold sich in Bewegung. Die Frauen traten einige Schritte zurück, wo sie mit dem Unterholz verschmolzen.

Vorsichtig stieg er die restlichen gut hundert Meter ins Tal der Nims hinab. Hier gab es nicht mehr die Deckung durch die Bäume, weshalb er wesentlich umsichtiger voranschritt. Doch nun blieb er abrupt stehen. Vor dem verfallenen Gebäude stand ein Fahrzeug. Einen solchen VW-Schwimmkübelwagen hatte er das letzte Mal beim Aufmarsch zur Ardennenoffensive gesehen.

Leopold trat nach links in den Schutz eines wild wuchernden Holunderbaums. Es saß jemand im Schwimmwagen. Dieser Jemand gähnte herzhaft und hob die Arme zu einem ausgiebigen Recken und Strecken in die Höhe. Der Mann stieg, um zu pinkeln. Leopold nahm das Fernglas, hob es vor die Brille und spähte zum Haus. Eines nach dem anderen überprüfte er die Fenster, die wie finstere, geometrische Löcher die bröckelige Fassade durchbrachen. Es gab keine abrupten Bewegungen oder etwa das verräterische Blitzen vom Metall eines Gewehres. Die Luft schien rein zu sein.

Leopold löste sich aus der Deckung des Holunders, mit behutsamen Schritten trat er auf den Weg zum Haus. Er hob die rechte Hand, um den Fremden auf sich aufmerksam zu machen. Unter seinen Füßen knackte ein Ast, den er übersehen hatte. Der Mann drehte sich mit offenem Hosenlatz um, erschrocken verstaute er seinen Pillermann. Leopold hob auch die linke Hand, er wollte dem Dämlack seine Harmlosigkeit demonstrieren. Bevor er etwas sagen konnte, knallte es. Urplötzlich konnte Leopold nicht mehr atmen. Sein Zwerchfell krampfte, die Faust eines Riesen schnürte ihm Herz und Brustkorb ab. Er machte einen unsicheren Schritt nach vorne, seine Hände flehten den Fremden nun um Hilfe an. Doch weder der noch sonst jemand in der Welt wäre in der Lage gewesen, Leopold Schilz noch zu helfen. Er registrierte als Letztes, dass die Sonne eben dabei war, über dem eingefallenen Dach des Hauses aufzugehen, dann wurde alles schwarz um ihn.

MONTAG, 21.07.1947

TAG 1

-1-

Die Frau mit den angegrauten Haaren verstaute den Rucksack im Gebüsch. Sie war etwas ratlos, was sie mit dem Inhalt tun sollte, der ihr so unverhofft in die Finger gefallen war. Selbst wenn der Kaffee ihr nicht gehörte, man konnte ihn gegen viele nützliche und wichtige Dinge eintauschen. Dieser Marsch durch die Finsternis der Eifelnacht war wesentlich anstrengender gewesen, als sie sich das vorgestellt hatte. Ihre Begleiterinnen hingegen schienen noch frisch genug gewesen zu sein, um sich mitsamt ihrer Last über alle Berge zu machen.

Die Frau hatte sich in den nächstbesten Strauch am Wegesrand geflüchtet, als der Schuss gefallen war. Gleich darauf war ein Motor gestartet worden und ein Auto über den schlecht befestigten Feldweg davongepoltert. Danach hatte sie mit pochendem Herzen im Gebüsch gelegen. Sie war heute zum ersten Mal dabei gewesen. Ausgerechnet ihr musste nun so etwas passieren. Sie wollte nur ein wenig Geld hinzuverdienen, das sie dringend für ihre vier Kinder brauchte. Ihr Mann

Hans galt seit der Invasion im Sommer 1944 in Frankreich als vermisst. Wegen der ständigen Bombenangriffe war sie im Herbst 1944 mit den Kindern aus Köln zu Verwandten nach Bitburg geflohen. Der schwere Bombenangriff Ende dieses Jahres hatte dafür gesorgt, dass die Kleinstadt der Metropole Köln an Schuttbergen in nichts nachstand. Der Kontakt für diesen nächtlichen Ausflug hatte sich über ihre Cousine Helli ergeben, die sich gelegentlich mit einem Soldaten der Luxemburger Garnison traf, der wiederum die Finger im Kaffeegeschäft hatte. Ihr jüngster Sohn, ihr süßes Herrmännchen, hatte den Winter nur knapp überlebt. Die Diphterie hing ihm selbst jetzt im Hochsommer noch in den Knochen. Er brauchte dringend mehr Fleisch in der Suppe, wenn er den nächsten Winter überleben sollte. Der wenige Schmuck, den sie aus Köln mitgebracht hatte, war bereits im Vorjahr bei Bauern in den umliegenden Dörfern in Kartoffeln und Eier umgewandelt worden.

Die Frau wusste nicht, wie sie sich verhalten sollte, die anderen waren weg, und Leo rührte sich nicht mehr. Sie traute sich, den Kopf aus dem Gebüsch zu strecken. Ihr Führer lag verdreht auf dem Rücken, die Brille hing an einem Ohr. Unschlüssig verharrte sie nun auf der Stelle. Am Abend zuvor war sie den anderen Frauen ohne große Worte gefolgt. Es hatte noch nicht einmal die Zeit für eine gegenseitige Vorstellung gegeben. Der Schock über das Geschehene wich jetzt mehr und mehr der Erkenntnis darüber, dass nicht nur der Kaffee in ihrem Rucksack vakant war. Die Frau wunderte sich über ihre eigene Kaltschnäuzigkeit angesichts des Toten. Es wäre allerdings eine Verschwendung, den Kaffee zurückzulassen, und ihren Namen wusste niemand.

Sie sah sich um, ob der Schuss vielleicht jemanden angelockt hatte. Erschrocken ging sie in die Knie, ein blonder Mann mit schmalem Gesicht stand plötzlich neben Leos Leiche, die Frau kauerte sich tiefer auf den Erdboden. Ihr Herz setzte für einen Augenblick komplett aus, als der Blonde mit einer Pistole unbestimmt herumfuchtelte und sie dabei für einen Augenblick ins Visier nahm. Was sollte aus den Kindern werden, wenn es ihr wie Leo erging?

Die Frau betete stumm ein: »Gegrüßet seist du, Maria«, mit der inständigen Bitte an die Mutter Gottes, der Fremde möge sie nicht gesehen haben. Das half. Der Mann steckte die Waffe in die Jackentasche und kniete sich neben den Toten. Nach einigem Gezerre an der Leiche erschien ein Beutel an einer Kordel. Nachdem er wieder stand, streifte der Mann sich den Beutel über den Kopf. Dann lenkte er seine Schritte auf die zerstörte Kreisstadt zu.

Die Frau schickte ein weiteres, schnelles Dankgebet an die Mutter Gottes. Sie kam zu dem Entschluss, dass man das Schicksal nicht unnötig weiter herausfordern sollte. Der Kaffee aus ihrem Rucksack reichte ihr als Bezahlung für den Schrecken dieses Morgens. Vielleicht ließ sich damit sogar irgendwo etwas Medizin für Herrmann einhandeln. Die Frau überlegte. Sie musste ebenfalls nach Bitburg, die Kinder würden sich mittlerweile fragen, wo sie abgeblieben war. Sie entschied sich, in die entgegengesetzte Richtung des Mannes zu gehen, selbst wenn dies der längere Weg war. Mit dem Schmuggel war sie definitiv fertig. Sie schulterte den Rucksack und machte sich auf den Weg.

-2-

Der Weber-Hof bot ein Bild völliger Ruhe. Die Hitze nahm diesen Sommer kein Ende. Jetzt, am späten Nachmittag, flimmerte die heiße Luft über dem Kopfsteinpflaster des Hofes und dem Steinhaufen dahinter. Jedes Jahr wuchsen neue Kalksteine aus dem Eifelboden, die Jakob Weber zu einem kleinen Hügel hinter dem Backhaus stapelte.

»Jupp lässt ausrichten, du sollst die alten Rechnungen nicht vergessen.«

Jakob hatte seinen jüngsten Sohn Johannes losgeschickt, um in Jupps Wirtschaft eine Flasche Schnaps zu besorgen. Aber nun würde er den nächsten Frühschoppen wohl ausfallen lassen müssen.

Eigentlich besaß Jakobs Schwiegervater August ein eigenes Brennrecht. Weil der nicht mehr ganz richtig im Kopf war, kümmerte sich Jakob um die Brennerei. Unglücklicherweise trug Christine, die Tante seiner Frau Maria, den Schlüssel zum Lagerschrank stets in ihrer Schürze mit sich. Es blieb Jakob nichts anderes übrig, als Schnaps in der Dorfwirtschaft zu organisieren, wollte er nicht wie ein Geizkragen dastehen.

»An deiner Stelle würde ich mir die Schikanen von Christine nicht gefallen lassen.« Willi saß auf dem Stuhl in der Ecke neben dem Brennkessel. Rolfi, Jakobs großer Rottweiler, hockte mit schief gelegtem Kopf neben ihm.

Dankbar nahm Willi die ihm dargebotene Flasche entgegen. Sein Adamsapfel hüpfte bei jedem Schluck auf und ab. Mit einem befriedigten »Aah« gab er den

Schnaps an Jakob zurück. »Das bringt die Lebensgeister zum Kichern.«

Jakob setzte seinerseits die Flasche an. Die Flüssigkeit bahnte sich wärmend ihren Weg seine Kehle hinunter.

»Wenn Christine früher zu frech geworden ist, habe ich sie an den Zöpfen gezogen.« Die Haut um Willis Augen legte sich in unzählige kleine Lachfalten. Willi war vor über fünfzig Jahren mit Christine in die Disselbacher Dorfschule gegangen. Damals hatte es vielleicht die Möglichkeit gegeben, an ihren Zöpfen zu ziehen. Heute erledigte sich dieses Thema mangels Haaren auf Christines Kopf von selbst.

»Christine konnte tanzen, da ist dir die Spucke weggeblieben.« Willis Augen verklärten sich.

Für eine tanzende Tante Christine fehlte Jakob die Fantasie. Willi war ein kleiner dicker alter Mann, dessen rot geädertes Gesicht sich um eine gewaltige Knollennase herum ausbreitete. Über dem rechten Ohr hing sein breitkrempiger Hut in keckem Winkel. Willi hatte viele Jahre als Maurer auf Baustellen außerhalb Disselbachs verbracht. Selbst wenn man die Hälfte der Geschichten über sein Berufsleben als Flunkerei abtat, war Willi in Deutschland weit herumgekommen. Danach half er noch einige Jahre im aktuell geschlossenen Steinbruch seines Schwiegersohns Valentin Neuerburg aus. Wie viele andere Dorfbewohner griff Jakob gelegentlich auf die Erfahrung und die ungebrochene Schaffenskraft des kleinen Mannes zurück. Es gab keinen Besseren im Dorf, wenn es darum ging, bauliche Veränderungen an Haus und Hof vorzunehmen.

Der Schornstein, an den der Brennkessel sowie der Herd in der Küche darüber angeschlossen waren, hatte bereits seit Monaten den ordnungsgemäßen Dienst verweigert. Zuletzt hatte sich die Küche bei jedem Anheizen in eine Räucherkammer verwandelt. Der größte Teil der Arbeit war bereits in der Woche zuvor erfolgt. Am Nachmittag waren sie dann fertig geworden. Kurz vor dem Abend glänzte nun frischer Mörtel in den Fugen des erneuerten Schornsteins. Den ganzen Tag über hatte Willi sich mit dem hofeigenen Viez zufriedengegeben. Zur Krönung des Feierabends gelüstete es ihn nach Hochprozentigem. Willis Vorliebe für klares Obstwasser war im Dorf mehr als bekannt. Weshalb er seit einer Weile ständig Bemerkungen über trockene Baustellen von sich gegeben hatte.

»Du wirst sehen, der Schornstein zieht jetzt wieder wie frisches Sauerkraut aus dem Fass.« Willi strich über das Mauerwerk. »Wir sollten ihn gleich anfeuern, um zu sehen, ob alles seine Richtigkeit hat.«

»Muss der Mörtel dazu nicht weiter trocknen?«

»Was glaubst du, warum ich den Quarzsand beigemischt habe?« Willi zog am linken Augenlid, um zu zeigen, dass er damit eines seiner kleinen Berufsgeheimnisse preisgab.

Kommentarlos ging Jakob nach draußen, mit einem Arm voll grob gevierteler Holzscheite kehrte er zurück. Willi öffnete die gusseiserne Tür unter dem kupfernen Kessel.

»Los, weiter frisch ans Werk! Steck etwas Papier zwischen die Scheite!«, befahl Willi Johannes.

Sorgsam zerriss der Junge einige Blätter der alten Zeitung, die zu diesem Zweck bereitlag, und stopfte sie in die Brennkammer.

Willi nahm einen der Schnipsel wieder heraus, um ihn mit Schnaps zu tränken. »Gutes Feuerwasser muss nicht nur innen brennen.«

Das getränkte Papier leuchtete blau, als es entzündet wurde. Willi hatte wie gewohnt gute Arbeit geleistet, der Unterdruck im Querschnitt des erneuerten Schornsteins sorgte für einen gleichmäßigen Sog an Sauerstoff durch die geöffnete Ofentür. Im Nu brannte ein lustiges Feuer, Willi grinste zufrieden. »So soll es sein, der Schornstein muss rauchen. Prost!«

Die Flasche gluckerte an seinem Mund. »Das genügt, du kannst die Tür schließen.«

Jakob gehorchte, das Rauschen der Flammen wurde leiser. Als er sich wieder aufrichtete, stand Tante Christine vor ihnen.

»Seid ihr verrückt geworden? Der Schornstein raucht, dass man es bis nach Bitburg sieht.« Sie blickte zur Flasche in Willis Hand. »Schnaps?« Das Wort klang aus ihrem Mund wie ein Fluch. »Wo kommt der her?« Sie sah Jakob an. »Woher hast du den Schlüssel?«

Jakob tropfte der Schweiß in die Augen.

Willi sprang ihm zur Seite. »Den Schnaps habe ich mitgebracht.« Er grinste sie an.

Ein Lächeln schlich sich auf Christines Lippen. Jakob hätte nicht gedacht, dass die Alte überhaupt die Muskeln für eine derartige Gesichtsbewegung besaß.

»Ach so. Ihr Handwerker solltet bei der Arbeit nicht so viel trinken. Das hält nur auf«, flötete sie.

Willi warf sich in die Brust. »Wer gute Arbeit leistet, der muss gut versorgt werden.«

»Jaja. Gute Arbeit hast du immer abgeliefert.«

Christine bückte sich zur Ofentür. Mit der in ihre Schürze eingewickelten rechten Hand öffnete sie die Tür. Eine Stichflamme schoss aus dem glühenden Inneren entlang ihres Kopftuchs nach oben zur Decke.

Willi reagierte tadellos. Entschlossen warf er die Tür wieder zu. Über Christines Kopftuch zog sich am Scheitel eine qualmende schwarze Rußspur hin.

»Um Himmels willen, Christine! Ist dir etwas geschehen?«

Die Alte umklammerte ihren Stock mit zitternden Fingern. »Nein, ich habe mich nur erschreckt.« Zur Bekräftigung schüttelte sie den Kopf. Diese Bewegung war zu viel für den angekokelten Stoff. Das Kopftuch rutschte langsam über ihre Ohren nach unten.

Ohne zu überlegen, zog Willi sein Taschentuch aus der Hosentasche und faltete daraus ein gleichmäßiges Dreieck. Widerspruchslos ließ Christine sich das schmutzige Tuch über das schüttere Haar ziehen und unter dem Kinn verschnüren.

»Jetzt siehst du wieder aus wie neu.« Willi strahlte.

Als echter Kavalier bot er ihr den angewinkelten rechten Arm an. Bereitwillig hakte Christine sich bei ihm ein.

»Komm, Willi, wir gehen rüber in die gute Stube. Vielleicht finden wir da noch einen kleinen Likör.«

Willi nickte, so als hätte er nichts anderes erwartet. Zu Jakob gewandt, meinte er: »Du kannst mit Johannes saubermachen.«

Das merkwürdige Paar schwebte über die Treppe auf den Hof hinaus.

Jakob folgte den beiden nach draußen. Von der Straße nach Badem erklang das Brummen eines Automotors.

So etwas war in Disselbach keine Selbstverständlichkeit. Vor dem Krieg hatte es bei ihnen in der Gegend kaum Autos gegeben, nun, zwei Jahre danach, waren es noch weniger geworden. Aus diesem Grund glaubte Jakob, das Motorengeräusch identifizieren zu können. Es gab derzeit nur ein Auto im Dorf. Und tatsächlich sauste wenige Sekunden später dieser merkwürdige Schwimmwagen über die Hauptstraße. Am Lenkrad saß ihr Ortsbürgermeister Valentin Neuerburg.

»Na, wenn das mal nicht mein Prachtexemplar von Schwiegersohn gewesen ist«, kommentierte Willi.

»Der ist in aller Herrgottsfrüh nach Bitburg gefahren. Eigentlich wollte er zum Mittag wieder zurück sein, hat mir Walburga erzählt. Er muss wohl aufgehalten worden sein. Weiß der Himmel, welche krummen Dinger der gerade wieder dreht.«

Walburga war Willis Tochter und Valentins Ehefrau.

Jakob legte normalerweise Wert darauf, über das, was im Dorf geschah, gut unterrichtet zu sein. Erfahrungsgemäß war es jedoch besser, nicht alle Details über das zu wissen, was ihr Bürgermeister so trieb.

-3-

Von der Straße, die von Badem her ins Dorf hineinführte, stieg eine Staubwolke auf. Blinzelnd versuchte Karl Bermes, etwas zu erkennen. Er war eben dabei, seine einachsige Handkarre mit dem Werkzeug aus der Sakristei-Gasse auf die Hauptstraße zu schieben. Das Fenstergitter für die Sakristei hatte fast ein Jahr auf seinen Einbau warten müssen, ehe der Pfarrer ihm eine akzeptable Bezahlung hatte anbieten können.

Ein Auto hielt mit hoher Geschwindigkeit genau auf ihn zu. Der sehr spezielle Kübelwagen war, wie so vieles, ein Überbleibsel des Krieges. Trotz Karls diskreter Fragen wollte Valentin nicht mit der Sprache herausrücken, wie das Fahrzeug in seinen Besitz gewechselt war. Zu tief wollte Karl nicht nachbohren, es gab da schließlich auch die etwas heiklen Besitzverhältnisse für sein Motorrad. Die BMW war im Waldlager bei den letzten Kampfhandlungen 1945 vergessen worden. Josef Bermes hatte beherzt zugegriffen, weil er die Leidenschaft seines jüngsten Sohnes für alles, was einen Motor besaß, kannte. Die Maschine stand danach fast ein Jahr unter altem Stroh versteckt, bis Karl aus der Gefangenschaft zurück war. Der betrachtete das Zweirad als Belohnung für geleistete Dienste an Führer, Volk und Vaterland.

Als Eigentümer des Disselbacher Steinbruchs und des örtlichen Kramladens verfügte Valentin Neuerburg über gute Kontakte. Der Besitz eines Autos war dennoch keine Selbstverständlichkeit. Vom Standardauto der Wehrmacht, dem Kübelwagen, gab es einige Unterarten. Die Ingenieure in Wolfsburg hatten sich eine Variante ausgedacht, die in der Lage war, kleinere Gewässer schwimmend zu überqueren. Dafür gab es eine dichte Stahlwanne sowie einen kleinen Propeller hinten für den Antrieb im Wasser. Der Schwimmkübel war derzeit der ganze Stolz des Bürgermeisters. Trotz der schwierigen Versorgungslage mit Benzin machte Valentin praktisch keinen Schritt mehr zu Fuß. Obwohl sein Laden nur wenige Meter von der Kirche entfernt lag, fuhr er mit dem Wagen, samt Gattin und Kindern, sogar zum Hochamt am Sonntag an der Kirche vor.

Valentin jagte nun über die Straße auf Karl zu, als gelte es, den großen Preis von Disselbach zu gewinnen. Bei Jupps Wirtschaft gelang es einem Huhn erst im letzten Moment unter Aufbietung aller Flugkünste, nicht als Kühlerfigur zu enden. Karl steuerte vorsichtshalber seine Karre etwas nach links, mit Flattern wäre er nicht weit gekommen. Die Richtungskorrektur hätte er sich sparen können, der Bürgermeister bemerkte ihn. Die Bremsen des Kübelwagens schrillten, als er kurz vor Karl stehen blieb. Der Staub, den dieses Manöver aufwirbelte, umwaberte sie wie eine braune Nebelbank. Karl schloss die Augen. Ende der Dreißigerjahre hatten die Arbeitsdienstmänner aus dem Lager im Wald die gepflasterte Hauptstraße durch den Ort mit einer dünnen Teerschicht aus Restbeständen versehen. Da sich anschließend niemand mehr um den Unterhalt der Straße kümmerte, gab es mittlerweile große Lücken im Belag, durch die das alte Pflaster durchblitzte und wo sich jede Art von Dreck ablagern konnte.

»Karl!« Neuerburg hielt das Lenkrad fest umklammert. Er drehte den Kopf weit nach rechts und dann nach links, ehe er ihn zu sich winkte.

Karl stellte seine Karre ab. »Valentin?«

»Ist jemand im Dorf gewesen, der nach mir gefragt hat?« Der Bürgermeister sah sich erneut nervös um.

»Bei mir in der Schmiede nicht. Du solltest zu Hause im Geschäft nachhören.«

Der Staub verpasste der alten Friedhofsmauer an der Kirche eine weitere braune Schicht. Von der anderen Straßenseite sah der Küster des Dorfes, Eusebius Schmitz, Eus genannt, zu ihnen herüber. Dass er so nahe an der Kirche wohnte, wurde wegen seines verkürzten rechten Beins allgemein als sinnvoll angesehen. Karl grüßte ihn, Eus nickte stumm zurück. Der Bürgermeister hob sich etwas aus dem Sitz, um nach hinten sehen zu können.

»Es ist wirklich niemand hier gewesen?«

»Valentin, ich bin den größten Teil des Nachmittags hinter der Sakristei beschäftigt gewesen. Wenn ich konzentriert arbeite, hätte hier auf der Hauptstraße eine Parade mit Panzern stattfinden können, ohne dass ich es bemerkt hätte.«

Ihr Ortsbürgermeister zappelte nervös im Autositz herum. »Karl, du hast doch so gute Kontakte zur Polizei.«

Was eine Frage des Betrachtungswinkels war. Im letzten Sommer hatte Karl sich intensiver mit der Polizei herumschlagen müssen, als ihm lieb war. Begonnen hatte alles mit dem Mordanschlag auf seinen besten Freund Werner. Danach hatte er sich einige Tage mit einem französisch-deutschen Polizeigespann herumärgern dürfen. Im wenige Kilometer entfernten Kyllburg hatten die Franzosen in dem, was noch vom einst edlen Hotel Eifeler Hof stand, ihre Kommandantur für die Gegend eingerichtet. Nach den Vorfällen im Steinbruch war Karl regelmäßig dorthin kutschiert worden. Es gab zahlreiche amtliche Befragungen, die meisten davon erfolgten auf Französisch mit Dolmetscher. Unendlich lange Protokolle waren erstellt worden, die er alle lesen und unterschreiben musste. Immerhin sprach man ihn am Ende von allen Verdachtsmomenten frei. Anschließend erschien der deutsche Polizist, Kriminalsekretär Peters, noch einige Male allein in Disselbach. Es hatte etwas gebraucht, bis er endgültig akzeptierte, dass Karl für das Chaos im Steinbruch nicht verantwortlich gewesen war.

Die Gespräche mit dem sarkastischen Kettenraucher konnten sehr tiefgehend sein, unterhaltsam waren sie immer gewesen. Wobei Karl es für nicht ausgeschlossen hielt, dass die wiederholten Visiten mit dem echten Bohnenkaffee, den er zu bieten hatte, zusammenhingen. Sicher war er sich jedenfalls darüber, dass der Kriminalsekretär sich freute, mit jemandem reden zu können, der angesichts der Polizei nicht in Schockstarre verfiel.

Peters hatte ihn das letzte Mal im April in der Schmiede besucht. Die gut vierzig Kilometer von Disselbach nach Trier bedeuteten so kurz nach dem Krieg eine halbe Weltreise. Selbst ein Polizist konnte nicht einfach so in der Gegend herumfahren.

Es gab Karls Funkgerät, das sein Vater zusammen mit dem Motorrad im Waldlager nach dem Rückzug der Wehrmacht konfisziert hatte. Alles, was sich tragen oder bewegen ließ, verschwand in den Häusern und Schuppen des Dorfes. Das Funkgerät hatte einen Schuss abbekommen. Da nur einige Röhren defekt gewesen waren, hatte Peters im Herbst die benötigten Ersatzteile besorgt, damit sie in Kontakt bleiben konnten. Außer sehr sporadischen Funksprüchen im Frühjahr gab es aktuell keinerlei nennenswerte Anknüpfungspunkte zum Polizisten. Ein Umstand, den Karl eigentlich schade fand.

»Valentin, ich habe hier im Dorf keine Polizei gesehen.«

Neuerburgs Augen wanderten erneut unruhig umher. »Na gut, Karl. Sollte jemand nach mir fragen, sag ihm, du hast mich nicht gesehen.«

Der Bürgermeister gab abrupt Gas. Karl schloss die Augen wegen der erneuten Staubentwicklung. Als er sie wieder öffnete, befand sich der Kübelwagen bereits auf der kleinen Brücke, die über den Disselbach führte. Gleich danach bog er nach rechts in die Gasse ab, die zum Geschäfts- und Wohnhaus der Neuerburgs führte.

Karl versuchte erfolglos, einen Sinn in diesem merkwürdigen Gespräch zu finden. Seit ihr Ortsbürgermeister den Schwimmwagen vor fünf Monaten erworben hatte, war er damit ständig in irgendwelchen Geschäften unterwegs. Wie man hörte, hatte dies zur Folge, dass der Steinbruch im Herbst wieder öffnen durfte. Es war Valentin gelungen, die benötigten Genehmigungen sowie entsprechenden Bauprojekte für seine Steine zu organisieren.

Für Karl bedeutete der Wagen eine unverhoffte, regelmäßige Einnahmequelle. Das Auto war für den Krieg gebaut worden, und das sah man ihm auch an. In der Beifahrertür gab es mehrere Einschusslöcher. Karl wollte gar nicht erst wissen, woher der dunkle Fleck auf dem Beifahrersitz stammte.

Neuerburg hatte von Autos so viel Ahnung wie Karl vom Korbflechten. Das Verhältnis der Familien Bermes und Neuerburg blickte auf eine lange, spannungsreiche Geschichte zurück – ganz abgesehen von Valentins Rolle in der Affäre rund um Werner Schomer. Dennoch war Karl als Dorfschmied vom Bürgermeister dazu auserkoren worden, alles, was am Kübelwagen defekt war, zu reparieren. Fahrzeugtechnik gehörte nicht zu den Standardaufgabengebieten eines Schmieds, doch Karl war von allem Mechanischen fasziniert. Dank seines Motorrads und des fahrbaren Untersatzes des Ortsbürgermeisters konnte er seine Kenntnisse über Kraftfahrzeuge weiter vertiefen. Dass dabei ein halbwegs regelmäßiges Einkommen heraussprang, war ein angenehmer Nebeneffekt.

Valentin Neuerburg war normalerweise sehr von sich und dem, was er tat, überzeugt. Sein seltsames und aufgeregtes Verhalten jetzt konnte nur bedeuten, dass irgendetwas bei einem seiner Geschäfte nicht so gelaufen war wie gedacht.

-4-

Die Schublade klemmte mal wieder und weigerte sich, den Bleistiftspitzer freizugeben. Pauline Globkow zerrte entnervt am Griff. Der Tisch in der ehemaligen Kommandeursbaracke des Waldlagers hatte sich in den letzten anderthalb Jahren zu ihrem Arbeitsplatz entwickelt. Dabei verdiente das Gebilde, an dem sie Tag für Tag saß, nicht die Bezeichnung Schreibtisch. Der größte Teil bestand aus einem vermutlich einstmals stabilen Esszimmertisch, dem zwei Beine abhandengekommen waren. Ersetzt wurden diese durch grobe, halbwegs gerade Äste. Mit diversen Unterlegteilen versuchte Pauline seit Längerem, den Tisch am Wackeln zu hindern, jedoch mit mäßigem Erfolg. Die kleinste unachtsame Bewegung genügte, um das Mistding aus dem Gleichgewicht zu bringen. Pauline schaffte es die meiste Zeit, sich nicht darüber aufzuregen. So wie sie sich in den nun fast zwei Jahren, die sie im Lager wohnten, generell bemühte, sich nicht über alles aufzuregen, was an ihren Nerven zerrte. So etwas ließ sich leicht beschließen, die ordentliche Portion Jähzorn, die ihr als Charaktereigenschaft mitgegeben worden war, gestaltete das Umsetzen jedoch oft schwierig.

Schräg gegenüber glänzte der zweite Arbeitsplatz im Raum mit der Abwesenheit ihres Vaters. Als dieser fürchterliche Glatzkopf von der Waffen-SS sie im letzten Jahr entführt hatte, hatte Friedrich Globkow sich ihm und seinen Kumpanen entgegengestellt. Danach lag er fast zwei Monate im Krankenhaus. Mit seiner Gesundheit stand es ohnehin nicht zum Besten, seit er im Ersten Weltkrieg an der Ostfront durch eine Handgranate schwer verletzt worden war. Nach seiner Genesung schlurfte er den Herbst über wie ein alter Mann mühsam durch die Gegend. Was folgte, war dieser nicht enden wollende, beißend kalte Winter. Paulines Mutter Helene hatte ernsthaft befürchtet, dass ihr Mann die eisige Kälte und die wochenlange Mangelversorgung nicht überleben würde. Zum Glück hatte sie sich getäuscht.

Alles andere hätte Pauline als himmelschreiende Ungerechtigkeit empfunden. Ihr Vater war einer der wenigen Menschen, die sie kannte, der sich nie mit den Nazis arrangiert hatte. Vor der Machtergreifung war er auf dem Einwohnermeldeamt in Breslau beschäftigt gewesen. Die Globkows stammten aus einer alten traditionsbewussten schlesischen Bergarbeiterfamilie, die sich mit jeder Generation die gesellschaftliche Leiter weiter nach oben gearbeitet hatte. Arbeitnehmerrechte sowie die Notwendigkeit, dafür einzustehen und wenn nötig zu kämpfen, waren für ihren Vater nicht nur Parolen. Schon vor dem Ersten Weltkrieg war er in die Jugendorganisation der SPD eingetreten. Nach dem Krieg bekleidete er verschiedene kommunale Posten für seine Partei. Kurz nachdem die braunen Truppen dann das Kommando übernommen hatten, verlor er seine Stelle auf dem Amt. Die Nazizeit über arbeitete er in verschiedenen schlecht bezahlten Aushilfsstellen weit unter seinen Möglichkeiten.

Als Jugendliche hatte Pauline davon geträumt, in einem Hotel zu arbeiten. Sie verschlang Bücher wie andere Leute Süßigkeiten. Irgendwann fiel ihr Vicki Baums *Menschen im Hotel* in die Finger. Die Schilderungen rund um die vielen exotischen Menschen in diesem Roman ließen sie nicht mehr los. Leider taugten die Zeiten nicht für große Träume. Trotz ihrer guten Noten auf dem Gymnasium hatten ihre Eltern am Ende das Schulgeld nicht mehr aufbringen können. Pauline ging mit der Mittleren Reife ab. Bei den Nazis hatten kluge Frauen ohnehin nicht hoch im Kurs gestanden. Es fand sich eine Ausbildungsstelle zur kaufmännischen Kraft in einer Fabrik für Hausgeräte. Sie absolvierte diese Lehre ohne große Probleme, dafür allerdings mit viel Langeweile.

Anfang 1945 standen die Russen nicht mehr weit von ihrer alten Heimatstadt Breslau. Eigentlich hatte der Gauleiter von Niederschlesien, Karl Hanke, es verboten, nach Westen zu fliehen. Er erklärte Breslau sogar zur Festung. Wer mit genügend Verstand gesegnet war, kümmerte sich nicht um diese Anordnung. Eines Nachts im Januar 45 brach Pauline mit ihren Eltern ohne große Vorbereitung auf. Jeder durfte einen Koffer mit etwas Kleidung und Unterwäsche mitnehmen. Ihr Vater vertrat die Meinung, es wäre wichtiger, das Leben zu retten als irgendwelche Sachen, die man später wieder kaufen konnte. In seinem Rucksack befanden sich alle wichtigen Papiere der Familie. Trotz ihrer heftigen Proteste hatte Pauline nicht ein Buch mitnehmen dürfen. Alles Flehen oder Stampfen mit den Füßen konnte ihren Vater nicht erweichen. Viel später, als sie bereits Hunderte von Kilometern marschiert waren, verstand Pauline, dass er recht gehabt hatte.

Das Kriegsende hatten sie in Nürnberg erlebt. Bis in die fränkische Metropole war die Reise unglaublich verschlungen gewesen, alles versank im Chaos. Manchmal nahm sie ein Wehrmachts-Lkw mit, ab und zu konnte man einige Kilometer mit der Reichsbahn zurücklegen. Meistens ging es nachts zu Fuß nach Süden. Immer mit der Angst im Genick, dass ein SS-Kommando ihren Vater als Kämpfer rekrutieren wollte, trotz seines Ausweises, der ihn für wehruntauglich erklärte. Für mehrere Wochen waren sie in einem provisorischen Feldlager auf dem riesigen, ehemaligen Reichsparteitagsgelände der NSDAP untergekommen. Wegen der schlechten Nachrichten aus den von den Russen besetzten deutschen Ostgebieten hatten sich Paulines Eltern schweren Herzens dazu entschlossen, ihr Glück weiter im Westen zu versuchen. Ein Zug transportierte sie nach Koblenz, wo ihr Waggon falsch angekoppelt wurde, sodass sie nicht Frankfurt, sondern Trier an der Mosel erreichten. Keiner von ihnen hatte jemals etwas von dieser Stadt gehört. In Ermangelung an Alternativen waren sie im Oktober 1945 auf einen französischen Lkw geklettert, der von Trier aus hinauf in die Eifel fuhr. War bereits Trier Neuland gewesen, so klang Disselbach genauso wie die hinterste Provinz, die es auch war.

Der französischen Besatzungsmacht kam es gelegen, dass es dort im Wald ein aufgelassenes Lager des ehemaligen Reichsarbeitsdienstes gab. Das umzäunte Gelände war eine staatliche Liegenschaft. Da das Deutsche Reich untergegangen war, entfiel die Notwendigkeit, sich mit irgendwelchen Besitzern über die Rechtmäßigkeit der Zuweisungen streiten zu müssen.

Die Globkows wurden als eine der ersten Familien in den flachen Baracken des Waldlagers einquartiert. Ihr Vater war nach dem langen Herumirren in Deutschland zu schwach, um erneut auf die Reise zu gehen.

Paulines Koffer war unterwegs auf der Strecke geblieben, der Rucksack ihres Vaters mit den Papieren zum Glück nicht. So konnte Friedrich Globkow den französischen Behörden seine alten SPD-Parteibücher vorzeigen und damit nachweisen, dass er von Anfang an ein Gegner der Nazidiktatur gewesen war. Dies sowie seine Fähigkeiten als Verwaltungsbeamter führten dazu, dass er im Winter 1945/46 zum Vorsteher des Lagers ernannt worden war.

Eine Weile lief alles mehr oder weniger in geordneten Bahnen, bis zum August 1946. Innerhalb weniger Tage hatte sich für Pauline ein Albtraum entwickelt, der aus heiterem Himmel über sie hereingebrochen war. Dabei hatte alles sehr vielversprechend für sie begonnen. Nach der mysteriösen Explosion mit dem Toten, unweit des Lagers, war wenig später der Disselbacher Dorfschmied, Karl Bermes, bei ihnen aufgetaucht. Obwohl das in den Romanen gerne thematisiert wurde, hielt Pauline Liebe auf den ersten Blick für eine Erfindung und ein Klischee der schreibenden Zunft. Deshalb konnte sie es kaum glauben, wie sehr sie der Anblick des großen, breitschultrigen Schmieds mit den dunklen, fast schwarzen Haaren und den warmen braunen Augen elektrisiert hatte. Karl verhielt sich ihr gegenüber wie ein Tollpatsch, was ihn für sie nur noch attraktiver machte. Bevor sich etwas Ernsthaftes zwischen ihnen anbahnen konnte, geriet allerdings einiges im Dorf und im Lager gehörig aus dem Lot. Praktisch zeitgleich mit Karl erschien der Mann mit der Glatze, Gottfried Huber, ein ehemaliger Offizier der Waffen-SS. Ohne dass sie hätte sagen können, wie, wurde Pauline in den Sog der Ereignisse hineingezogen.

Es war Karl Bermes gewesen, der ihr im Steinbruch das Leben gerettet hatte. Dennoch war es ihr lange schwergefallen, so etwas wie Dankbarkeit für ihn aufzubringen. Karl hatte vor ihrer Entführung und dem Kampf im Steinbruch die Gelegenheit gehabt, die Polizei zu alarmieren. Er kannte als Einziger die Zusammenhänge zwischen den SS-Leuten und seinem Freund Werner. Für Pauline stand außer Frage, dass, hätte der Schmied diesen Kriminalpolizisten früher über sein Wissen informiert, ihrem Vater nichts geschehen wäre.

Seit den Ereignissen war bereits fast ein Jahr vergangen. Den Herbst über war Pauline grundsätzlich nicht bereit gewesen, Karl Bermes zu verzeihen. Dann folgte der lange, kalte Winter. Für sie gefror die komplette Welt zu einem einzigen eisigen Klumpen, inklusive ihrer Gefühle.

Eigentlich war sie Karl mittlerweile gar nicht mehr böse, bisher hatte sich jedoch leider noch keine gute Gelegenheit zur Aussprache ergeben. Bei zufälligen Begegnungen verhielt Karl sich weiter wie ein unbeholfener Jüngling, der kaum den kurzen Hosen entwachsen war.

Gedankenverloren griff Pauline nach dem goldenen Anhänger mit der heiligen Hedwig von Schlesien an ihrem Hals. Ihre Großmutter Paula hatte ihr sowie ihrem Bruder Rudi zu Beginn des Krieges identische Anhänger als Talisman geschenkt. Die Großmutter war vor vier Jahren gestorben, Rudi wurde seit drei Jahren in Norditalien vermisst.

Das Leben ging weiter, ein Tag reihte sich an den nächsten. Früher hatte sie sich in die Traumwelt ihrer Romane geflüchtet. Dafür war sie inzwischen zu erwachsen, und die komplizierte Realität, so kurz nach dem Krieg, eignete sich nicht für Tagträume. Es würde kein edler Ritter in glänzender Rüstung erscheinen, um sie aus diesem Elend zu befreien. Hier in der Eifel gab es sowieso einen eklatanten Mangel an edlen Rittern. Dabei hätte sie durchaus mit dem ortsansässigen Schmied als Retter vorliebgenommen, wäre der nur nicht so unbeholfen und stoffelig im Umgang mit ihr. Man konnte von einem großen, starken Mann wie Karl Bermes doch wohl erwarten, dass er die Initiative ergriff.

Nun saß sie hier an diesem Schrottteil von Schreibtisch und musste die Aufgaben ihres Vaters übernehmen, weil der nur stundenweise arbeiten konnte. Ihre Ausbildung kam ihr zupass. Wieder galt es Bilanzen im Gleichgewicht zu halten. Wobei das Soll gegenüber dem Haben ständig die höheren Gewichte auf die Waage brachte. War das alles nicht etwas viel Verantwortung, die man auf ihren schmalen Schultern ablud? Schließlich war sie gerade erst zwanzig geworden. Den Leuten im Lager waren solche Feinheiten egal, solange jemand die Verantwortung übernahm. Pauline war zu der Überzeugung gekommen, dass es für die meisten am allerwichtigsten war, sich bei jemandem beschweren zu können. Allein über das ständige Genörgel und Gemecker hätte sie ganze Bücher schreiben können. Ihr wurde in dieser Gemengelage in etwa der Status einer Kronprinzessin zuerkannt, die in Vorbereitung auf ihre zukünftige Tätigkeit als Königin den kranken Herrscher vertreten musste. Nur hatte sie niemand gefragt, ob sie daran interessiert war, und in den Märchen wurde das Dasein als Prinzessin sowieso eindeutig geschönt dargestellt.

Die Tür in der rechten Zwischenwand öffnete sich. Dahinter befanden sich die Räume, die ursprünglich als Wohnung des Kommandanten des Arbeitslagers gedient hatten. Derzeit handelte es sich um die Residenz der Familie Globkow. Ein eigenes Zimmer war der einzige Luxus, der Pauline zugestanden wurde.

Ihr Vater schlurfte in den Raum. Immerhin konnte er wieder ohne Stock gehen, selbst wenn seine Gesichtsfarbe an den Inhalt eines Ascheeimers erinnerte.

»Ist etwas gewesen, Paulchen?«

Pauline hasste es, wenn er sie Paulchen nannte, sie war kein kleines Kind mehr. Wegen seines Zustands unterließ sie es, ihn darauf hinzuweisen.

»Frau Solkowski ist mal wieder der Meinung, ihr würde mehr Brot zustehen, wegen ihrer Eltern.«

Friedrich Globkow schüttelte den Kopf. »Es ist mir unverständlich, manchen Leuten kann man es einfach nicht recht machen. Wir sorgen doch nun wirklich dafür, dass alle gerecht behandelt werden.«

Trotz seines Schneckentempos hatte ihr Vater seinen ebenfalls zusammengezimmerten Schreibtisch gegenüber Paulines Tisch erreicht. Der alte Holzstuhl dahinter wackelte bedenklich, als Globkow sich wie ein nasser Sack darauf fallen ließ. »Heute Nachmittag kommt der Versorgungs-Lkw mit dem Petroleum. Es gibt bei der Gelegenheit eine weitere Ladung dieser neuen Carepakete aus Amerika. Frau Solkowski wird davon ebenfalls möglichst viele abgreifen wollen.«

Pauline nickte. Es gab Nervensägen im Lager, und es gab Frau Solkowski.

»Paulchen, würde es dir etwas ausmachen, wenn du dich um die Verteilung der Pakete kümmerst? Die verdammte Hitze setzt mir zu.«

Wieder nickte Pauline automatisch, wer sollte sich sonst kümmern? Dabei wünschte sie sich weit weg. Egal wohin, Hauptsache, weit weg von Disselbach und dem Lager.

-5-

Es führten nicht alle Wege Disselbachs nach Rom. Dafür konnte man auf der Hauptstraße nicht das Dorf durchqueren, ohne an der Dorfschule vorbeizukommen. Fräulein Schneebach, die Volksschullehrerin, lehnte am Rahmen der Eingangspforte zum Schulhof. Das Fräulein stammte aus Ostpreußen. Gleich nach ihrer Ausbildung 1913 war sie in die örtliche Dorfschule versetzt worden und residierte seitdem in der geräumigen Lehrerwohnung über dem Schulsaal. Vor etwas mehr als zehn Jahren war Karl ihr erklärter Lieblingsschüler gewesen. Dieses gute Verhältnis überdauerte das Ende von Karls Schulzeit und den Krieg. Das Fräulein stattete der Schmiede regelmäßig Besuche ab, Karl ließ sich hin und wieder in der Schule blicken, um mit ihr über die Dinge des Lebens zu plaudern. Dabei war es ihr sehr wichtig, dass Karl verstand, was sie umtrieb. Andere Disselbacher nickten nur höflich bei ihren Ausführungen, weil sie als Volksschullehrerin eine der höchsten Autoritäten war, die das Dorf zu bieten hatte.

Ihre Freundschaft hatte sich nach den Ereignissen im Steinbruch im Jahr zuvor sogar noch ein wenig vertieft. Nachdem alles vorbei gewesen war, hatte Karl das Fräulein aus einem Verschlag für Arbeitsmaterial befreien können.

Wieder stellte er seine Karre ab. »Fräulein Schneebach.«

»Guten Tag, Karl, was ist das denn eben gewesen? Um ein Haar hätte Jupp heute Abend Brathähnchen in seiner Wirtschaft servieren können.«

Karl sah die Straße entlang zum Disselbach, wo Neuerburg verschwunden war. »Gute Frage. Für mich hat es so ausgesehen, als befände Valentin sich auf der Flucht.«

»Den Eindruck hatte ich allerdings auch. Wer sich in Gefahr begibt und so weiter. Ich werde dem Laden nachher einen Besuch abstatten. Mal sehen, was Walli mir so erzählt.«

Seitdem der Bürgermeister über einen fahrbaren Untersatz verfügte und ständig geschäftlich in der Gegend herumgondelte, stand seine Frau Walli die meiste Zeit im Laden. Fräulein Schneebach pflegte zu ihr ein fast so gutes Verhältnis wie zu Karl. Die Lehrerin konnte sich furchtbar darüber aufregen, dass Walli, die ebenfalls eine ihrer Musterschülerinnen gewesen war, ausgerechnet jemanden wie Valentin Neuerburg geheiratet hatte.

»Du hast das Gitter an der Sakristei angebracht?«
Karl nickte.

»Gut. Es macht keinen Sinn, wenn das Ding bei dir in der Schmiede Rost ansetzt. Wie will dich der Pfarrer bezahlen? Doch wohl hoffentlich nicht mit einem ›Vergelt's Gott‹ und zehn Vaterunser für deine arme Sünderseele?«

»Etwas Beten für mich könnte bestimmt nichts schaden. Wir haben uns darauf geeinigt, dass er mir vier Benzinkanister aus dem bischöflichen Fuhrpark in Trier besorgt.«

Das Fräulein sah ihn skeptisch an. »Seine Durchgeistigkeit lässt sich auf solche weltlichen Geschäfte ein?«

Den Titel »Durchgeistigkeit« hatte die Lehrerin dem Priester wegen seiner Gewohnheit, mit auf dem Bauch gefalteten Händen sehr langsam durch die Gegend zu wandeln, verpasst. Trotz grundsätzlich unterschiedlicher Weltanschauungen mussten die evangelische Lehrerin und der katholische Priester sich irgendwie zusammenraufen. Der Pfarrer war für den Religionsunterricht in der Disselbacher Volksschule zuständig.

»Wie er das Benzin nach Disselbach schafft, ist mir egal. Ich kann es brauchen.«

Das Fräulein verschränkte die Hände hinter dem Rücken. »Wie dem auch sei. Hast du gehört, dass wir einen neuen Ministerpräsidenten haben?«

Seit dem Spätsommer 1946 gab es das neue Land, in dem sie nun lebten: Rheinland-Pfalz. Welche Auswirkungen das für die Bewohner Disselbachs haben sollte, wusste bisher niemand sinnvoll zu beantworten. Als gelernte Preußin wurde das Fräulein nicht müde, ständig den Unsinn dieser Maßnahme zu betonen. Vielleicht hatte sie mit ihrer Vermutung recht, diese Gründung sei nur ein Versuch der Besatzer, sich Deutschland mundgerecht zurechtzustutzen. Jedenfalls ergaben sich aus dieser Neugründung bisher keine konkreten Auswirkungen auf ihr Leben. Die Versorgungslage war nach wie vor schlecht. Die vielen Flüchtlinge im alten Reichsarbeitsdienstlager im Disselbacher Forst sorgten für Unruhe. Als Besatzer bestimmten die Franzosen weiter, was man tun oder lassen durfte. An allem herrschte Mangel, und Neuanschaffungen waren fast unmöglich. Herzlich willkommen in der neuen Friedenszeit.

Verschiedene politische Parteien waren für Karl eine grundsätzlich interessante, aber neue Erfahrung. Als Hitler sich zum Führer aller Deutschen ermächtigt hatte, selbst von denen, die das für keine gute Idee gehalten hatten, war Karl elf Jahre alt gewesen.

Die Besuche von Kriminalsekretär Peters im Herbst hatten sich nicht ausschließlich um Werner und die SS gedreht. In den sich mühsam entwickelnden Strukturen der meist neuen westdeutschen Länder war Peters viel daran gelegen, seinen Mitmenschen von den Segnungen demokratischer Verhältnisse und von der Gewaltenteilung zu predigen. Damit konnte er noch penetranter als das Fräulein sein. Während der Weimarer Republik war er als Polizist in Köln angestellt gewesen und damit alt genug, um verstanden zu haben, was Demokratie bedeutete. Unter den Nazis wurde er auf einem Karriere-Abstellgleis geparkt, weil er die braunen Machthaber nicht leiden konnte. Die Kriegszeit hatte er als Militärpolizist verbracht.

Die Lehrerin saugte ihrerseits alle Informationen aus sämtlichen Zeitungen, die den Weg nach Disselbach fanden, begierig auf. Da sie Karl meistens umgehend mit den neuesten Informationen aus Deutschland und der Welt versorgte, brauchte der sich nicht die Mühe zu machen. Das Fräulein war für ihn so etwas wie eine tönende Wochenschau, nur ohne bewegte Bilder.

»Soll mich das jetzt wundern? Wir haben vor acht Wochen gewählt. Wenn ich den Kriminalsekretär da richtig verstanden habe, ist es das Ziel von Wahlen, dass am Ende jemand so ein Amt bekommt.«

Die erste Wahl zum rheinland-pfälzischen Landtag war im Schulsaal durchgeführt worden. Valentin Neuerburg hatte sich als Verantwortlicher im Dorf dermaßen aufgespielt, dass man hätte meinen können, er hätte das Prozedere höchstpersönlich erfunden.

»Das stimmt, aber Ministerpräsident Boden ist zurückgetreten, der Neue heißt Peter Altmeier.«

»Wenn Sie das sagen.«

Der erste Name sagte Karl etwas. Das Fräulein regte sich seit seiner Wahl gerne über ihn auf. Den zweiten Namen kannte er nicht.

Prompt legte sie wieder los. »Dieser feine Herr Boden ist nun wirklich nicht als Landesoberhaupt tragbar gewesen. Es braucht keinen Regierungschef, der der Meinung ist, es dürften nicht so viele protestantische Flüchtlinge in ein mehrheitlich katholisches Land kommen. So etwas ist eine Unverschämtheit. Wo stünden denn heutzutage Regionen wie die Eifel ohne die protestantischen Preußen?«

Karls Erfahrung mit dem preußischen Wesen bezog sich in erster Linie auf die Jahre als Soldat im Krieg. Den größten Teil davon hatte er glimpflich in einem Luftwaffenbunker am Atlantik in Frankreich hinter sich gebracht. Er sah die Segnungen der Preußen trotzdem eher zwiespältig, unterließ es jedoch, sich darüber mit dem Fräulein zu streiten. Die war ohnehin bereits weiter in ihren Gedanken.

»Das mit der Allparteienregierung halte ich für ausgemachten Blödsinn, zu viele Köche verderben nur den Brei. Meiner Meinung nach muss es eine Regierung und eine Opposition geben. Was geschehen kann, wenn das nicht so ist, haben wir zwölf Jahre erleben dürfen. Die Natur ist stets auf ein Gleichgewicht bedacht. Unterschiedliche Kräfte heben sich gegenseitig auf. Kraft erzeugt Gegenkraft, actio est reactio. Das ist das Gesetz der Natur.«

Karl schwieg. Wenn sie so in Fahrt war, ließ man sie am besten ungestört zum Ende kommen.

»Herr Globkow sieht das vermutlich anders, weil seine Sozis auf diese Weise Teil der Regierung sind.«

Die Globkows. Das war ein Thema, das für Karl wesentlich wichtiger war als irgendwelche Ministerpräsidenten, die im fernen Koblenz residierten.

»Wie geht es Herrn Globkow?« Karl versuchte, möglichst neutral zu klingen.

Die Lehrerin kniff die Augen zusammen. »Das Lager im Wald ist keine zwei Kilometer entfernt. Es würde dir bestimmt keine körperlichen Schmerzen bereiten, den Globkows einen Höflichkeitsbesuch abzustatten.«

Karl sagte nichts, es war ein heikles Thema.

»Nun, es geht ihm langsam besser. Das heiße, trockene Wetter macht ihm zu schaffen, es ist aber besser als die Kälte.«

Das Wetter spielte in der Tat verrückt. Seit Wochen brannte die Sonne vom Himmel. Der letzte Winter hingegen war einer der kältesten je gemessenen in Mitteleuropa gewesen. Von Januar bis Mitte März war das Land regelrecht eingefroren. Wochenlang herrschten selbst tagsüber Temperaturen von minus zehn Grad und darunter. Die ohnehin schlechte Versorgung kam praktisch vollkommen zum Erliegen. Karl musste die Schmiede drei Monate schließen, weil er weder genug Kohle für die Esse besaß noch den Ofen im kleinen Aufenthaltsraum anheizen konnte. Alles Brennmaterial war auf die Küche und den Ofen in der Stube konzentriert worden. Die kältesten Tage und Nächte im Februar verbrachten seine Eltern eingemummt in Decken auf dem alten Sofa, das Karl unmittelbar an den gusseisernen Ofen gerückt hatte. Trotz der angewärmten Ziegelsteine im Bett fror er sich in seiner Kammer jede Nacht in einen unruhigen Schlaf. Acht ältere Leute im Dorf hatten die Kälte nicht überlebt. Viele andere wurden ernsthaft krank, weil der Nahrungsmangel alle Disselbacher schwächte.

Dass es nicht noch schlimmer gekommen war, lag daran, dass die Eifeler grundsätzlich Selbstversorger waren und in den Kellern und Vorratskammern der Häuser und Höfe ausreichend Lebensmittel lagerten. Man konnte über ihren Pfarrer denken, was man wollte – in diesem grimmigen Winter war er derjenige gewesen, der sich darum kümmerte, dass niemand ernsthaft hungern musste. Regelmäßig hatte er die Runde im Dorf gemacht, um dafür zu sorgen, dass diejenigen, deren Vorräte etwas üppiger waren, davon etwas an die abgaben, die es nötig hatten. Es brauchte hin und wieder seine Hartnäckigkeit und Autorität als Priester, um das zu organisieren. Doch es funktionierte.

Obwohl Pfarrer Winkel dafür gesorgt hatte, dass die Bewohner des Waldlagers in den Austausch von Lebensmitteln miteinbezogen wurden, starben dort über zwanzig ältere und geschwächte Menschen. Beim Bau der Baracken für die Arbeitsmänner hatte niemand an sibirische Verhältnisse gedacht. Die französischen Behörden versuchten, genügend Lebensmittel und Brennmaterial zu organisieren. Wegen der großen Kälte waren viele Transportwege zusammengebrochen, der viele Schnee tat ein Übriges.

»Vielleicht würde Fräulein Globkow sich über einen Besuch freuen?«, unterbrach die Lehrerin Karls Gedanken.

Wenn Karl sich nur sicher sein könnte, dass dies so wäre. Zu Anfang hatte er den Eindruck gehabt, sie wäre ebenfalls an ihm interessiert. Dann war sie samt ihrem Vater zwischen die Frontlinien des Konflikts mit den SS-Leuten geraten. Mitten in dem eisigen Winter hatte

Pauline an der Tür von Karls Elternhaus geklopft und um Lebensmittel für ihren Vater gebeten. Alles, was Karl Pauline mitgeben konnte, waren acht Einmachgläser mit Birnen. Davon standen genügend im Vorratskeller. Pauline war im Sommer zuvor eine schlanke junge Frau gewesen, die dem hochgewachsenen Karl fast gerade in die Augen schauen konnte. Bei ihrem Besuch war sie kaum mehr als ein Kleiderständer mit einem Gesicht gewesen. Sie hatte ihn nur mit tief in den Augenhöhlen liegenden, grauen Augen angesehen, wirres dunkelblondes Haar lugte unter dem Kopftuch hervor. Beim Empfang der Gläser hatte sie etwas Unverständliches gemurmelt. Es mochte ein Dank gewesen sein, genauso gut konnte es sich um einen Fluch gehandelt haben. Karl war selbst zu durchgefroren gewesen, um sich darum einen Kopf zu machen.

»Hallo? Karl? Weilst du noch unter uns? Es ist manchmal wirklich ein Kreuz mit dir und deinen Wolkenkuckucksheimen.«

Karl wischte sich unbewusst über die Stirn, so als könnte er damit alle trüben Gedanken vertreiben. »Entschuldigung, was haben Sie gesagt?«

»Nachdem ich dich an Fräulein Globkow erinnert habe, eigentlich nicht mehr viel. Ich wollte nur auf mich aufmerksam machen, ehe deine geliebten Spinnen mich als nützliche Halterung für ihre Netze entdecken. Wäre es keine gute Idee, ins Lager zu gehen und Pauline Globkow selbst nach ihrem Vater zu fragen?«

Karl hob die Schultern.

»Warum denn nicht, zum Kuckuck? Ein wenig Höflichkeit hat schon oft geholfen, verfahrene Situationen zu lösen.«

Warum nicht? Die Antwort war simpel: Karl traute sich nicht, aus Angst, eine endgültige Abfuhr zu erhalten. So konnte er wenigstens hoffen. Das wollte er dem Fräulein jedoch nicht so deutlich sagen.

»Ich habe nicht den Eindruck, dass Pauline an meiner Gesellschaft interessiert ist.«

»Was bringt dich denn zu dieser Annahme? Mein Eindruck ist eher, Fräulein Globkow sollte besser nicht mit dem Fahrrad unterwegs sein, wenn sie dir begegnet. Sonst besteht die Gefahr, dass sie ein Schlagloch auf der Straße übersieht.«

Karl griff nach der Querstange seiner Karre. »Seien Sie mir bitte nicht böse, Fräulein Schneebach, meine Eltern warten mit dem Abendessen, und ich muss mein Werkzeug noch wegräumen.«

Das Fräulein blinzelte. Sie wusste, dass Aufräumen bei Karl eher im übertragenen Sinn zu verstehen war. In der Schmiede herrschte im Normalfall das totale Chaos. Karl fand sich in dem geregelten Durcheinander einfach besser zurecht als in einer ordentlichen Umgebung. Auf einen Außenstehenden, der allgemeingültige Maßstäbe an Ordnung und Sauberkeit anlegte, wirkte Karls Reich stets wie die Werkstatt eines übergeschnappten Künstlers.

»Dann wünsche ich dir guten Appetit, Karl. Solltest du weitere Informationen zu den Globkows benötigen, du weißt, wo ich wohne.« Sie zeigte zur Schule.

Karl hob die Hand, dann zog er die Karre über die Straße zur Schmiede.

- 6 -

»Er ist was?«

»Dein Leo ist tot!«

Thomas Schwarz sah seinem Gegenüber tief in die Augen. Normalerweise reichte das, damit die Leute vor ihm nervös wurden. Andrej hielt problemlos stand.

»Wie ist es passiert? Zöllner?«

»Eher nicht.« Der blonde Mann mit dem Fuchsgesicht stammte aus Litauen und hieß eigentlich Andrius. Wenn er wollte, konnte er sowohl ein gebrochenes als auch ein fehlerfreies Deutsch an den Tag legen. Da, wo er aufgewachsen war, im Dreiländereck Ostpreußens, Litauens und Polens, verliefen die Sprachgrenzen fließend. Er rollte das R, was viele der Flüchtlinge aus dem Osten taten. Den anderen gegenüber gab er sich als ehemaliger polnischer Kriegsgefangener aus, weil er neben Litauisch und Deutsch auch Polnisch sprach.

»Verdammter Mist, ich hatte dich losgeschickt, damit bei dem neuen Kunden alles glatt abläuft.«

»Ich habe verschlafen.«

Bei neuen Kontakten erschien Thomas gerne selbst an den Übergabestellen, damit er die Kundschaft zur Not ein wenig einschüchtern konnte. Eigentlich hatte der Litauer in der letzten Nacht Teil der Gruppe sein sollen. Vor zwei Wochen hatten sich leider einige unschöne Zwischenfälle ergeben, die dazu führten, dass Leo sich weigerte, Andrej mitzunehmen. Mit dessen Erscheinen bei der Übergabe sollte Leo eigentlich zu verstehen gegeben werden, dass er sich nicht einfach so über Thomas' Anweisungen hinwegsetzen konnte. Und nun das. Die Botschaft war gleich in mehrerlei Hinsicht eine Katastrophe.

»Leo ist ein Irrer gewesen, das brauche ich ausgerechnet dir nicht zu erklären«, sagte Andrej.

»Was genau ist passiert?«

Andrejs Gesicht zeigte weiter keine Regung, als er meinte: »Leo ist tot. Mehr gibt es nicht zu sagen.«

»War er bereits tot oder hast du etwas gesehen?«

»Ich musste mich hinter einem Baum verstecken, weil mir ein Auto entgegenkam.«

»War das der Mörder?«

Das Fuchsgesicht zuckte nur mit den Schultern.

»Hast du Leos Sachen durchsucht?«

Andrej kniff die Augen zusammen. »Wieso sollte ich? Kaffee haben wir genug. Mit einem schweren Rucksack wäre ich unter Umständen aufgefallen.«

Der verlorene Kaffee war nicht das, was Thomas umtrieb. Bei ihren Gesprächen am Lagerfeuer hatte Leo gerne die Gelegenheit genutzt, um mit dem Geld, das er zusammengerafft hatte, Luftschlösser zu bauen. Der Lupenmann war mit gutem Recht ein misstrauischer Hund gewesen. Alle seine Wertsachen hatten sich garantiert in seiner Jacke oder dem Rucksack befunden.

»Und die Mädels?«

»Die sind abgehauen und freuen sich jetzt über den gratis Kaffee.«

Thomas zupfte sich am Ohrläppchen. Die Frauen waren potenzielle Augenzeuginnen, und man konnte nicht ausschließen, dass eine von ihnen unverhofft über erhebliche Barmittel in harter Währung verfügte, sollte sie sich getraut haben, Leo zu untersuchen. »Mist, verdammter! Es wird Wolfgang nicht gefallen, dass Leo tot ist, das bringt auf jeden Fall viel Unruhe ins Geschäft.«

»Wolfgang soll endlich seinen Teil der Vereinbarung erfüllen. Ich will weg von hier. Um Lupen-Leo ist es nicht schade. Was für ein bescheuerter Name übrigens.«

Thomas spuckte zur Seite aus. Nicht schade, das sagte genau der Richtige! Dass Leo ausgerechnet heute ins Gras beißen musste, als Andrej an der Übergabestelle erscheinen sollte, war wegen der in der letzten Zeit herrschenden Missstimmung zwischen den beiden ein höchst merkwürdiger Zufall.

Er musste unbedingt herausfinden, welche Trägerinnen mit Leo unterwegs gewesen waren. Abgesehen von der Frage, wo Leos Barschaft hingeraten war, konnte ein anderer Blickwinkel auf das Geschehene bestimmt nichts schaden. Mit einem lag der Litauer absolut richtig, Leopold Schilz war komplett irre gewesen.

Andrej stand weiter wie unbeteiligt da. Thomas war sich nur zu gut darüber im Klaren, dass er dem Mann noch viel weniger über den Weg trauen konnte als Leo.

-7-

Obwohl sein Ziel bereits zum Greifen nah vor ihm lag, wurden Karls Pläne für das Abendessen erneut durchkreuzt. Auf der geräumigen Holzbank vor Haus und Stall des Weber-Hofs, genau gegenüber der Schmiede, saß Jakob Weber in der nachmittäglichen Sonne. Zu seinen Füßen blinzelte Rolfi Karl an. Der Rottweiler flößte auf den ersten Blick jedem Fremden Respekt ein. Kannte man ihn näher, wusste man, dass Rolfi sich vor seinem eigenen Schatten erschrak. Sogar Wilhelm zwo, der große rote Kater der Familie Bermes, jagte ihn regelmäßig durch die Gegend.

»Können der Pfarrer und Eus jetzt ruhig schlafen?«, sprach ihn Jakob an.

Wieder stellte Karl den Karren ab. »Können sie.«

Im Frühjahr des letzten Jahres war einer der vorübergehenden Bewohner des Waldlagers in der Sakristei eingebrochen. Die Beute hatte aus zwei silbernen Kerzenleuchtern sowie einer Kiste Messwein bestanden. Seit dem Einbruch nahm Eus alles, was von Wert war, nach jedem Gottesdienst mit nach Hause. Das konnte er sich nun sparen.

»Durst?« Jakob hielt einen blauen Steinkrug hoch. Es sah ganz so aus, als wäre er angeheitert, auf seinen Wangen leuchteten rote Äderchen. Das kam bei ihm extrem selten vor, da Tante Christine so etwas normalerweise nicht duldete. »Keine Angst, es ist nur Wasser, kein Viez.«

Karl hasste den sauer-herben Apfelwein der Eifel. Er nahm den Tonbecher mit Wasser dankbar entgegen, als er neben Jakob saß. »Valentin ist mir eben begegnet, so aufgeregt habe ich ihn lange nicht gesehen.«

Jakob nickte. »Der ist über die Hauptstraße gebraust, als ob der Teufel bei einem Handel mit ihm das letzte Stück seiner Seele verlangt hätte. Was wollte er denn von dir?«

Karl roch tatsächlich eine Schnapsfahne. »Nichts, er schien Angst vor der Polizei zu haben.«

»Polizei? Irgendwann werden ihn seine ganzen krummen Geschäfte ins Kittchen bringen. Immerhin wird der Steinbruch bald wieder aufmachen. Das bringt Arbeit und Geld ins Dorf.«

Der Steinbruch war die Hoffnung vieler Disselbacher auf eine bessere Zukunft. Bis weit in den Krieg hinein war dort fast ein Dutzend Männer beschäftigt gewesen. Valentins verstorbener Vater Herbert hatte Karls Vater früher immer wieder mit kleineren Aufträgen im Steinbruch versorgt.

Jakob schüttete etwas Wasser in Rolfis Napf, lautstark begann der große Hund zu schlabbern. »Ich habe mir sagen lassen, Valentin sei daran interessiert, ins Kaffeegeschäft einzusteigen.«

Wie üblich hörte Jakob nicht nur Rolfis Flöhe husten. Mit Christine in der Familie und als örtlicher Feuerwehrhauptmann war er jederzeit bestens informiert.

Karl besaß von dieser Art Geschäfte sehr klare Vorstellungen. Ein Teil der Besatzung im Westen der Eifel war von den Franzosen an die luxemburgische Armee übergeben worden. In der ehemaligen Wehrmachtskaserne in Bitburg schob ein alter Kamerad namens Pierre Dienst. Sie kannten sich von der gemeinsamen Zeit bei der Luftwaffe am Ärmelkanal. Im Krieg waren viele Luxemburger zwangsweise in die Wehrmacht eingereiht worden. Über Pierre gelangte Karl günstig an echten Bohnenkaffee. Kaffee war der einzige Luxus, den er sich gönnte. Er rauchte nicht und war kein großer Freund alkoholischer Getränke, dafür brauchte er das Koffein. Dass ihr Bürgermeister versuchte, in diesem Geschäft tätig zu werden, wunderte Karl nicht.

Valentin Neuerburg besaß eine Nase, die stets allem zuverlässig folgte, was guten Profit versprach.

»Ist er in das Geschäft bereits eingestiegen oder versucht er es?«, wollte Karl wissen.

Jakob kraulte Rolfi am Kopf. »Das musst du ihn selbst fragen. Mich weiht Valentin nicht in seine Geschäftsgeheimnisse ein. Man hört halt nur dies und das.«

Karl zuckte mit den Schultern. »Am liebsten hätte ich nur mit seinem Auto zu tun, der Fahrer kann mir gestohlen bleiben.«

»Wenn das Leben doch immer so einfach wäre.«

Jeder im Dorf wusste, dass Valentin im letzten August einen unrühmlichen Anteil am Steinbruchdrama gehabt hatte. Hauptsturmführer Huber war von Neuerburg mit Informationen versorgt worden, die damals fast zu einer Katastrophe geführt hätten. Bei den anschließenden polizeilichen Untersuchungen durch die deutsch-französischen Behörden hätte man meinen können, Valentin hätte sich jedes Mal von Kopf bis Fuß mit Schweineschmalz eingerieben. Kriminalsekretär Peters konnte ihm nichts nachweisen. Valentin war anschließend allerdings etwas vorsichtiger geworden, was seine politischen Meinungsäußerungen betraf.

In Disselbach erörterten die Leute gerne die Probleme der jeweils nicht anwesenden Nachbarn. Bei manchen jedoch galt so etwas wie ein geheimes Stillschweigeabkommen, ganz gleich, was sie anstellten. Die Neuerburgs gehörten in diese Kategorie. Außerdem ließen sie es einen seit jeher gerne spüren, wenn man ihnen etwas schuldig war.

Jakob sagte: »Es wäre wirklich schön, wenn man wieder alles einfach so einkaufen könnte wie früher.«

Die Realität sah leider anders aus, es gab aktuell noch nicht einmal ein belastbares Zahlungsmittel in Deutschland.

Jakob nahm einen Schluck Wasser. »Wie man hört, wird es wohl endlich etwas mit der Zuweisung von Werners Hof.«

Das war eine neue und interessante Information. »So?«, fragte Karl betont gelassen.

Jakob sah zu ihm herüber. »Hmm, man hört, die Besatzer wollen jetzt Nägel mit Köpfen machen und eine Familie aus dem Lager dort unterbringen. Es sind wieder dieselben Leute im Gespräch wie letztes Jahr.«

Werners Bauernhof, der Schomer-Hof, stand bereits seit fast einem Jahr leer. Seine Mutter war bei Werners Geburt gestorben, Geschwister hatte es nie gegeben. Sein Vater hatte sich, von Schwermut zerfressen, während des Krieges im Kuhstall erhängt. Seit Monaten brodelte der Suppenkessel mit den Gerüchten munter vor sich hin. Der Schomer-Hof sollte wohl so etwas wie eine Belohnung für die treuen Dienste Friedrich Globkows sein. Allerdings brauchten die französischen Behörden, wie alle Bürokratien weltweit, ihre Zeit, um alle Argumente ausreichend zu beraten und zu prüfen. Ehe die Verantwortlichen mit ihren Überlegungen fertig gewesen waren, kam der harte Winter, und andere Dinge erhielten höhere Priorität.

»Ja, diesmal ist es wohl tatsächlich so weit. Es soll da eine gewisse hübsche Tochter geben.«

Karl stand auf, jeder Kommentar würde Jakob nur weiteres Futter für Gerüchte über Pauline und ihn liefern.

»Vielen Dank für das Wasser, ich mache mich dann mal über die Straße. Man sieht sich, Jakob.«

Der kicherte. »Das Sehen lässt sich bei der Nähe hier schlecht vermeiden.«

Karl griff sich seine Karre, um endlich zum Abendessen zu kommen.

DIENSTAG, 22.07.1947

TAG 2

- 8 -

Das Badezimmer der Schmiede verdiente sich seinen Namen nicht im tieferen Sinn. Nach seiner Rückkehr aus dem Krieg vor gut einem Jahr hatte Karl in seinem spärlichen Gepäck große Pläne mitgeschleppt. Pläne, mit denen er sein rückständiges Elternhaus auf ein modernes Niveau bringen wollte. Bisher fehlten sowohl das Geld als auch das Material, um etwa das Plumpsklo neben dem Misthaufen draußen abzureißen und dafür ein modernes Klosett mit Wasserspülung im Haus einzubauen. Das würde warten müssen, ebenso wie die Badewanne mit fließendem Wasser inklusive Boiler anstelle der alten Zinkwanne in der Küche und des Erwärmens des Wassers auf dem Küchenherd. Karl betrachtete die notdürftig verputzte Wand neben dem Waschbecken. Die andauernde Eiseskälte des Winters war bis ins Haus gezogen und hatte das Wasserrohr platzen lassen. Wochenlang musste Karl jeden Morgen Eimer mit Wasser von der Handpumpe im Hof ins Haus schleppen. Der große Querschnitt der Pumpe und ordentlich Fett auf alle Lagerstellen halfen, dass wenigstens diese Wasserversorgung funktionierte.

Einige Minuten später saß er mit seinen Eltern beim Frühstück. Der Winter war seinem Vater ähnlich schlecht bekommen wie der Wasserleitung. Mit dem Unterschied, dass man bei ihm nichts austauschen und wieder verputzen konnte. Wegen der schlechten Zähne waren seine Eltern dazu übergegangen, am Morgen ihr Brot in Milch einzuweichen, das erleichterte das Kauen. Das Frühstück wurde mittlerweile von ausgiebigem Schlürfen begleitet.

Karls hoch aufgeschossene Gestalt sowie das fast schwarze Haar und die braunen Augen wurden allgemein als Erbteil seines Vaters angesehen. Nicht umsonst hatte Josef Bermes im Dorf früher den Spitznamen »Der Lange« getragen. Der buschige Haarkranz, der rund um seinen Schädel wucherte, hatte bereits vor Jahren die Farbe von schmutzigem Schnee angenommen. Von der kräftigen Statur mit den ausgeprägten Oberkörpermuskeln, die früher jedem sofort Respekt eingeflößt hatten, blieben nur ferne Erinnerungen.

»Ich habe dich etwas gefragt«, hörte Karl seinen Vater sagen.

»Was?«

»Woran arbeitest du im Moment?«

Als jüngster von drei Söhnen hatte Karl früher nie im Verdacht gestanden, er könnte den Familienbetrieb jemals übernehmen. Seine Brüder Manfred und Heinrich hatte die Katastrophe, die inzwischen der Zweite Weltkrieg genannt wurde, verschluckt. Außer Karl gab es niemanden mehr, der die Schmiedetradition fortführen konnte. Nach der Übernahme der Schmiede im letzten Jahr hatte der Konflikt zwischen Vater und Sohn, wer das Sagen in der Werkstatt innehatte, eine Weile vor sich hin geschwelt. Schließlich hatte der Senior eingesehen, dass er seinem Nachfolger Platz machen musste. Seitdem half Josef nur gelegentlich in der Werkstatt aus und suchte sich tagsüber andere Aufgaben.

»Derzeit an nichts Richtigem. Im Dorf gibt es ab und zu etwas zu schweißen. Im Lager ist es ruhig.«

Die Erntezeit musste vorbereitet werden. Die Disselbacher trieben andere Sorgen um, als etwas bei Karl zu bestellen, das nicht dringend benötigt wurde. Selbst als Hufschmied gab es nichts zu tun. Sämtliche Pferde des Dorfes waren, ähnlich wie so viele Söhne, vom Militär konfisziert worden. Es gab zwar die Möglichkeit, den Ochsen als Paarhufer an den äußeren Klauen Kuheisen anzulegen, aber da dies früher wegen der Pferde nicht nötig gewesen war, kam niemand auf die Idee, so etwas zu ordern.

»Du warst lange nicht mehr im Lager«, sagte seine Mutter leichthin. Es klang so, als wäre ihr dieser Umstand vollkommen gleichgültig. Natürlich war es das nicht. Sobald das alte Arbeitsdienstlager im Disselbacher Forst im Hause Bermes nur mit einem Halbsatz erwähnt wurde, konnte man den Ohren seiner Mutter beim Wachsen zusehen. Beide Elternteile erwarteten, dass Karl so langsam an die Gründung einer Familie dachte. Karl war übrig geblieben, und alle Wünsche und Vorstellungen seiner Eltern konzentrierten sich auf ihn. Dass mit Pauline Globkow eine potenzielle Kandidatin für ihren Sohn bereitstand, wusste und fürchtete seine Mutter.

Sein Vater brachte umgehend seinen Standpunkt zu diesem Thema ein. »Das Lager. Wäre das vermaledeite Lager doch nur auf dem Mond. Von da kommen nichts als Unruhe und Fremde, die niemand eingeladen hat und die niemand brauchen kann.«

Der Austausch von Brennholz und Nahrungsmitteln zwischen Dorf und Lager im Winter hatte geholfen, das Eis bereits vor dem Frühling etwas zu brechen. Man ging sich weiter eher aus dem Weg, doch die Reibereien waren weniger geworden. Was nichts an der einmal zementierten Einstellung von Josef Bermes änderte; die Leute im Lager gehörten für ihn nicht nach Disselbach.

Karl ließ seinen Vater weiter über die unnützen Fremden vor sich hin grummeln. Ihm erschien das Abbild von Paulines schlanker Gestalt mit dem schmalen Gesicht auf der Wand gegenüber. Das letzte längere Gespräch mit ihr hatte irgendwann im Frühling stattgefunden. Der abgebrochene Riegel an der Tür des großen Backofens in der Gemeinschaftsküche des Lagers musste repariert werden. Paulines Vater war damals zu schwach, Karl einzuweisen. Pauline hatte als seine Stellvertreterin fungiert.

Weil ihm partout nichts Besseres einfallen wollte, hatte er ihr einen langen Vortrag über die Hebelgesetze, die benötigten Befestigungspunkte und wie man das alles für einen Ofenriegel nutzen konnte, gehalten. Pauline war es nur mit Mühe gelungen, das Gähnen zu unterdrücken. Wie bei den Begegnungen zuvor hatte Paulines schiere Präsenz für ein Brummen in Karls Eingeweiden gesorgt. Wenn er sein Glück mit zwangloser Konversation versuchte, wurde er so nervös, dass sich seine Zunge zu einem hinderlichen Klumpen in seinem Mund verknotete.

»Karl! In letzter Zeit könnte man meinen, es wird immer schlimmer mit dir und deinen Träumereien. Ich dachte immer, ich wäre der mit den schlechten Ohren.«

Sein Vater besaß wegen seiner Schwerhörigkeit ohnehin ein lautes Organ, nun sprach er so laut, dass Karl blinzelte. »Was hast du gesagt?«

»Ich habe gefragt, ob du in Bitburg gewesen bist, um dein Kohlenkontigent anzumelden.«

»Nein, das muss ich noch machen.«

»Eines Tages lässt du irgendwo deinen Kopf liegen. Manfred hätte das nicht vergessen.« Sein Vater verschränkte mürrisch die Arme vor der Brust.

In den letzten Wochen war Manfred immer öfter zum Gegenstand von unsinnigen Streitereien geworden. Manfred war der älteste der drei Bermes-Brüder gewesen und der eigentliche Erbe der Schmiede. Er war eindeutig der Sohn seiner Mutter gewesen und eher in die Breite als in die Höhe gewachsen. Im Gegensatz zu Heinrich und Karl neigte er überhaupt nicht zum Grübeln. Manfred und schlechte Laune waren wie zwei gleiche Magnetpole, die sich gegenseitig abstießen. Jeder Witz, den er irgendwo aufschnappte, und war er noch so hohl, war umgehend in seinem Repertoire gelandet. Karl war sich sicher, dass sein ältester Bruder längst alle Missverständnisse mit Pauline ausgeräumt hätte. Nur, Manfred war in Libyen in Rommels Afrikakorps gefallen, und nichts würde das mehr ändern.

Karl wollte nicht schon wieder mit seinem Vater darüber streiten, was sein Geisterbruder alles besser gekonnt hatte. Ohne zu antworten, schob er seinen Stuhl nach hinten. Wilhelm zwo sprang fauchend davon. Den Namen hatte Karl dem Kater wegen eines Bildes des alten Kaisers im Wohnzimmer von Fräulein Schneebach gegeben. Wilhelm zwo besaß einen höchst eigenen Charakter und neigte dazu, immer dort aufzutauchen, wo niemand mit ihm rechnete.

Karl berührte seine Mutter an der Schulter und lächelte ihr zu. Er wusste, wie sehr es sie schmerzte, wenn ihre verbliebenen Männer miteinander über Kreuz lagen.

Draußen marschierte er quer über den Innenhof des Anwesens auf die Schmiede zu. Aus Brandschutzgründen stand das Gebäude einzeln, etwas entfernt von den Stallungen für die einzige Kuh und die beiden Schweine. Die Borstenviecher, die sein Vater von einem Viehhändler im Nachbarort Gindorf erworben hatte, waren fast noch Ferkel. Immerhin bedeutete das, dass es wenigstens wieder die Aussicht gab auf Schinken, Speck und Wurst im Winter. Die Kaninchen, die ebenfalls im Schweinestall ihr Domizil hatten, brachten nicht viel Fleisch auf den Tisch. In der Eifel war es für die meisten Handwerker schwierig, das ganze Jahr über auskömmlich zu leben. Damit die Familie über die Runden kam, hatte es in der Schmiede, abgesehen vom großen Gemüsegarten und dem Kartoffelacker, stets etwas Nutzvieh zur Selbstversorgung gegeben. Vor dem Krieg hatte es zu Karls Aufgaben gehört, die drei Kühe, die Schweine, die Hühnerschar sowie einige Kaninchen zu versorgen. Der Viehbestand schrumpfte mit jedem Kriegsjahr weiter zusammen. Abgesehen von der einsamen Kuh hatten ein Dutzend Kaninchen und vier Hühner den Krieg überlebt. Nun gab es immerhin wieder die Schweine.

Mit Karls Auftragslage verhielt es sich wie mit dem sonntäglichen Nachtisch, es dürfte ruhig etwas mehr sein. Wegen der vielen freien Zeit waberten seine Gedanken noch intensiver umher, als sie das sonst taten. So ungerne er Soldat gewesen war, die Jahre in der Luftwaffe hatten ihm gezeigt, was es in der Technik alles an neuen Ideen und Entwicklungen gab. Wegen der Abgeschiedenheit ihres Teils der Welt glich der Zugang zu neuen Technologien allerdings einem Hindernislauf über sehr hohe und sehr grüne Hürden. So wenig Karl dies gefiel, es galt weiter auf bessere Zeiten zu hoffen. Die mangelnden Möglichkeiten, seine Vorstellungen in der Eifel umsetzen zu können, sowie die Reibereien mit seinem Vater, ganz zu schweigen von Pauline, führten bei Karl mehr und mehr zu einer gewissen Grundunzufriedenheit mit dem Leben im Allgemeinen.

Die Werkstatt sah jetzt am frühen Morgen nicht anders aus als am Abend zuvor. Als einziger Beitrag zu einem ordentlichen Erscheinungsbild war die Esse sauber ausgefegt. In der Mitte der großen Werkstatt stand eine massive Werkbank aus Holz. Darauf türmten sich in einem wilden Durcheinander alle Arbeitsgeräte, die Karl in letzter Zeit benötigt hatte. Hämmer stapelten sich neben Zangen, Feilen und Meißel lagen über Kreuz mit diversen Schraubendrehern. Die Unordnung, die Karl ständig bei der Arbeit hinterließ, half, seinen Vater von der Schmiede fernzuhalten.

Wie jeden Morgen verschwand Karl zur ersten Amtshandlung in den kleinen Aufenthaltsraum an der

Seitenwand der Schmiede. Dort stand der gusseiserne Kanonenofen mit der zerbeulten Kaffeekanne obenauf. Im Kabuff öffnete er die am Boden verschraubte Stahlkiste, in der sich die Dose mit den gerösteten Bohnen befand. Sein Vorrat ging bedenklich zur Neige. Es wurde Zeit, dass er Pierre einen Besuch in Bitburg abstattete. Nach dem harten Winter hatte der Preis für Kaffee ordentliche Kapriolen geschlagen. Da Karl nur wenig mit der Arbeit seiner Hände verdiente, wurde es zusehends schwierig, das zu zahlen, was Pierre forderte. Und das, obwohl der Luxemburger ihm einen echten Freundschaftspreis machte. Mittlerweile bestand das Fräulein darauf, sich an den Kosten zu beteiligen. Zu den regelmäßigen Besuchen in der Schmiede gehörten für sie einige Tassen starken, schwarzen Kaffees dazu.

Karl griff sich die Kaffeemühle und füllte eine Handvoll Bohnen in das Magazin unter der Kurbel. Die Dose verschwand wieder in der alten Munitionskiste, deren Vorhängeschloss er sorgsam verriegelte. Vor sich hin kurbelnd saß er auf dem alten Holzstuhl neben dem Ofen. An diesem Morgen gab es ein neues Spinnennetz gleich über der Eingangstür zum Raum. Karl war von Spinnen fasziniert. Die Erbauerin dieses Netzes erweiterte ihre Behausung fleißig mit weiteren präzisen Umrundungen. Er hätte gerne gewusst, woher die Spinnen die Fähigkeit nahmen, so ebenmäßig geometrisch zu arbeiten. Fräulein Schneebachs Bibliothek gab zu diesem Thema leider nichts her. Der Duft des frisch gemahlenen Kaffees begann den Raum zu erfüllen, Karl liebte dieses Ritual am Morgen.

Draußen auf dem Hof war das typische Geräusch von zuschlagenden Autotüren zu hören. Karl stellte die Kaffeemühle auf dem Holzbrett ab, das über dem Ofen an der Wand hing. In Disselbach besaß außer Valentin niemand ein Auto. Was wollte der am frühen Morgen von ihm? Hatte es wegen der schlechten Straßen einen weiteren Defekt am Schwimmkübel gegeben?

Ehe er in die Werkstatt treten konnte, ertönte das Scheppern der Blechdose über der Eingangstür. Den eigentlichen Zugang zur Schmiede bildete ein großes zweiflügeliges Scheunentor, damit man Wagen oder Anhänger zur Reparatur hineinfahren konnte. Im rechten Flügel gab es eine normale Zugangstür. Da Karl dazu neigte, sich in seine Arbeit zu vertiefen und die Umgebung dabei auszublenden, hatte er über dieser Tür eine alte Blechdose mit etwas Federstahl befestigt. Trat man von außen in die Schmiede ein, schepperte es laut und deutlich.

Karl blieb verblüfft in der Tür des Kabuffs stehen. Es war nicht Valentin Neuerburg, der die Dose zum Klappern gebracht hatte. Vor ihm stand ein grinsender Kriminalsekretär Peters. In seiner Hand hielt er die unvermeidliche Zigarette. Bei einem seiner Besuche hatte Peters Karl erzählt, während seiner Dienstzeit in Frankreich sei ihm eine Bombe der Résistance um die Ohren geflogen. Das Ding war amateurhaft konstruiert gewesen, weshalb er nicht ernsthaft verletzt wurde. Um ihm tiefe Narben in das flächige Gesicht zu graben, hatte es allerdings allemal ausgereicht. Normalerweise verlieh ihm das einen sehr grimmigen Ausdruck. Dies änderte sich nur, wenn er, so wie jetzt, sein breites Grinsen aufsetzte.

»Guten Morgen, Herr Bermes!«

Hinter ihm schepperte es erneut. Zwei Männer in alten Wehrmachtsuniformen, auf deren linker Brustseite die hellen Konturen der fehlenden Reichsadler leuchteten, traten ein. Auf den Köpfen trugen sie Feldmützen mit langem Schirm, über den Schultern hingen Wehrmachtskarabiner. Beide trugen Binden am Oberarm mit einer Aufschrift, die Karl nicht erkennen konnte. Es wirkte ein wenig, als hätte Peters eine kleine Privatarmee auf die Beine gestellt.

»Was soll das denn werden? Sind Sie wieder beim Militär gelandet?«

Peters saugte an der Zigarette, den Rauch ließ er durch die Nase entweichen. Eine Gewohnheit, die Karl ausgiebig kennengelernt hatte.

»Spar dir die unverschämten Sprüche, Herr Bermes. Vor dir siehst du die hoffnungsvolle Zukunft der rheinland-pfälzischen Polizei!« Er drehte sich stirnrunzelnd zu seinen Begleitern um. »Na gut, am Auftritt müssen wir noch etwas arbeiten, und für neue Uniformen ist sowieso kein Geld da. So lange, bis die Kollegen richtig eingekleidet werden können, muss halt das reichen, was da ist. Alte Polizeiuniformen dürfen die Kollegen nicht tragen, die Franzosen möchten nicht an frühere Zeiten erinnert werden, Gestapo und so weiter. Deshalb sind die Armbinden das, was uns offiziell und hoheitlich auszeichnet. Und natürlich das.« Peters zog eine Metallplakette aus der Uhrentasche seiner Anzugweste.

»Hiermit kann ich beweisen, dass ich seit Kurzem offiziell zur Polizei von Rheinland-Pfalz gehöre und nicht mehr der Hiwi von Favre oder einem seiner Kollegen bin.« Peters zog eine Schnute. »Dazu sollte ich vielleicht anmerken, dass wir die Franzosen immer noch nicht überstimmen können. Egal, wie viele neue Polizisten wir aufbieten.«

Karl sah sich die Plakette nicht genauer an, darauf stand vermutlich etwas von Kriminalpolizei. Er entzifferte, was auf den Armbinden von Peters' Begleitern stand. Dort war in heller Schrift zu lesen: *Ordnungspolizei Rheinland-Pfalz – Dienststelle Trier.*

Peters zeigte auf eine der beiden Gestalten. »Das ist Polizeianwärter Franken.«

Der vordere der beiden, ein langer, dürrer Schlaks, nahm Haltung an, so als erwartete Karl einen Rapport von ihm. Der Mann mochte Anfang zwanzig sein. Unter der abgetragenen Feldmütze lugten kurz geschorene rote Haare hervor, unzählige Sommersprossen verteilten sich auf Nase und Wangen.

»Und dieses Prachtexemplar hier ist Wachtmeister Schillinger.«

Der kleinere, kompaktere Mann hinter dem Rothaarigen reagierte nicht auf seine Vorstellung. Gelassen ließ er seinen Blick über das Innere der Werkstatt wandern. Er war einige Jahre älter als Karl. Bei ihm fiel sofort der platt gedrückte Nasenrücken auf. Einer der Feldwebel in Karls Luftwaffeneinheit war ein ehemaliger Boxer gewesen. Dessen Nase hatte genauso ausgesehen.

Karl nickte den beiden zu, die Geste wurde erwidert. Er wandte sich an Peters. »Was verschafft mir die Ehre Ihres Besuchs, Herr Kriminalsekretär?«

Peters hob den rechten Zeigefinger. »Herr Bermes, du bist nicht auf dem Laufenden. Du solltest mich mit meinem korrekten Titel ansprechen. So viel Zeit muss sein.«

Seit sie sich kannten, siezte Karl den Polizisten. Peters hingegen nannte ihn zwar stets Herr Bermes, duzte ihn aber ansonsten. »Also, Herr Hauptmann, oder was?«

Peters sah sich zu seinen Untergebenen um. In einem Tonfall, der jeden echten Hauptmann neidisch gemacht hätte, schnarrte er: »Wie heißt das korrekt, Polizeianwärter Franken?«

Der Angesprochene lief kirschrot an, passend zur Uniform schlug er die Hacken zusammen und zog den Riemen des Gewehrs stramm. »Es heißt richtig: Herr Kriminalkommissar Peters, Herr Kriminalkommissar!«

Der scheinbar frisch Beförderte drehte sich mit zufriedenem Gesichtsausdruck zu Karl. »Das hat er wirklich schön gesagt. Ich setze große Hoffnungen in Franken.«

»Sie sind also befördert worden? Meine Gratulation.«

»Danke und geschenkt. Genau genommen habe ich nur meine alte Dienstbezeichnung von vor dem Krieg zurück. Die Herren Besatzer wussten nach dem Krieg nicht so richtig, wie sie mit solchen Heinis wie mir umgehen sollten, und haben mich vorsichtshalber etwas degradiert. Das diente dem besseren Verständnis, wer das Sagen hat.«

Karl hatte Peters als Teil einer deutsch-französischen Ermittlertruppe mit eingeschränkten Befugnissen kennengelernt. Sein Vorgesetzter war ein Commandant Favre gewesen, der es sich seit dem Herbst wieder in Frankreich mit Wein und Käse gut gehen ließ. Er war als hochgeehrter Held zurückgefahren. Peters hatte mit Unterstützung Karls dafür gesorgt, dass die Verhaftung von Hauptsturmführer Huber als ein cleverer Plan Favres dargestellt wurde.

Der Polizist fuchtelte mit der Zigarette in der Hand in der Gegend herum. »Wir hatten jetzt länger nichts mehr direkt miteinander zu tun, und vielleicht bist du deshalb nicht so ganz auf dem Laufenden. Lass dir gesagt sein, seit dem 16. Mai dieses Jahres gibt es offiziell die Polizei von Rheinland-Pfalz. Vor dir siehst du einen der Ermittler der Kriminalinspektion Trier!«

Peters warf sich so in Positur, als wäre Karl ein Fotograf, der ihn für das Polizeijahrbuch ablichten sollte.

»Na, dann gratuliere ich Ihnen halt noch einmal. Man muss da aber jetzt keinen besonderen Titel anfügen, Eminenz, eure Selbstherrlichkeit oder so?«

Peters kicherte. »Siehst du, Herr Bermes, das ist genau das, was ich an dir so mag, du hast absolut keinen Respekt vor Amtspersonen. Ist doch so, Polizeianwärter Franken?«

Hacken wurden zusammengeschlagen, es tönte: »Jawohl, Herr Kriminalkommissar.«

Peters zwinkerte Karl zu. »Du verstehst, was ich meine.«

Karl ging nicht weiter darauf ein. Bei ihren Gesprächen im vergangenen Jahr hatte er gelernt, dass der Polizist sich selbst nicht sonderlich wichtig nahm, es jedoch liebte, andere seine Autorität spüren zu lassen.

»Ich bin dabei, frischen Kaffee aufzusetzen, haben Sie Zeit für eine Tasse?«

»Selbst wenn ich keine hätte, für deinen Kaffee würde ich sie mir nehmen, was, Männer?«

Ein doppeltes »Jawoll« erklang.

»Du hörst, Herr Bermes, wir sind begeistert.«

Karl ging zurück in den Kabuff. Als er einige Minuten später mit dem heißen Kaffee sowie zwei Tassen und zwei Blechbechern zurückkehrte, verteilte sich die neu gegründete Polizeitruppe in der Werkstatt. Peters hatte es sich auf dem Stuhl neben der Werkbank gemütlich gemacht, der eigentlich für die Besuche von Fräulein Schneebach bereitstand. Franken inspizierte die Esse, Schillinger stand kopfschüttelnd vor der Werkbank.

Peters meinte: »Schillinger, Sie dürfen keine normalen Maßstäbe an Herrn Bermes anlegen. Er ist ein Schlaukopf und hat es deshalb nicht so mit der Ordnung. Ach, da ist er ja.«

Karl ignorierte ihn. Er stellte eine Tasse vor ihm ab. Die beiden Blechbecher gab er an die Uniformierten. Die Tasse für sich stellte er auf dem riesigen Amboss ab. Nachdem er allen eingeschenkt hatte, nahm er gewohnheitsmäßig neben seiner Tasse Platz.

»Vermutlich sind Sie und Ihre Kollegen nicht hier, um meine Werkstatt aufzuräumen. Was verschafft mir also die Ehre Ihres Besuchs?«

Peters ließ sich Zeit mit der Antwort. Zuerst nahm er einen ordentlichen Schluck aus der Tasse, dann zündete er sich eine neue Zigarette an. Er wollte den Hut auf der Werkbank ablegen.

»Vorsicht, das könnte Flecken geben«, bemerkte Karl.

Peters steckte sich den Hut schräg auf sein linkes Knie.

»Der Zauber des Neuen verfliegt immer erstaunlich schnell, bei der Polizei geht das sogar noch schneller. Zu guter Letzt artet alles immer nur in schnöde Arbeit aus. Ich habe meinen ersten ernsthaften Fall als Polizist der neuen Zeitrechnung vor der Brust. Deshalb lass dir gesagt sein, wir sind auf der Suche«, die letzten Worte sagte er mit tiefer Stimme.

»Tatsächlich? Ich dachte, Sie fahren durch die Gegend, um jedem zu erzählen, dass Sie Ihren alten Dienstrang zurückhaben.«

»Polizeianwärter Franken, vermerken Sie, der Schmied Karl Bermes erlaubt sich Unverschämtheiten gegenüber Amtspersonen.«

»Jawohl, Herr Kriminalkommissar.« Der Jüngling nestelte an der Brusttasche seiner Uniformbluse.

»Quatsch, Franken!«, herrschte Peters ihn an. »Das war ein Scherz, Herr Bermes ist so etwas Ähnliches wie ein alter Freund von mir.«

»Jawohl.« Der Taschenknopf wurde wieder verschlossen.

Peters sah Karl an, seine Augen drehten kurz nach oben weg. Dann wurde sein Gesicht ernster. »Kennst du zufälligerweise jemanden hier in eurem niedlichen Dorf, der einen Schwimmkübel fährt?«

Karl wurde vorsichtiger, dies war kein zufälliger Besuch des Polizisten auf dem Weg zu einem anderen Ziel. »Warum?«

»Muss ich dir tatsächlich mal wieder das Konzept von Frage und Antwort während einer Polizeibefragung erklären?« Peters warf die Arme empor und ließ sie niedersausen. Um ein Haar hätte er seinen Hut geplättet.

»Das hier ist also eine Polizeibefragung?«

»Herr Bermes, du bist ein elender Haarspalter und kannst mir ganz schön auf den Senkel gehen. Beantworte bitte einfach meine Frage.«

Valentin Neuerburg war nicht unbedingt das, was Karl als einen Freund bezeichnen würde, anschwärzen wollte er ihn dennoch nicht. Nur, Tatsachen ließen sich nicht wegdiskutieren, und das Auto Valentins stellte eine nicht zu leugnende Tatsache dar. »Unser Bürgermeister hat so eine Kiste.«

»Was du nicht sagst.« Peters klang nicht überrascht.

»Das haben Sie sowieso gewusst?«

Rauch stieg von Peters' Nase auf, als er den Mund verzog.

»Wir haben ein wunderhübsches neues Land mit einer sehr effizienten, frisch gegründeten Polizei.« Er zeigte zu den Uniformierten. »Mit der Verwaltung im Allgemeinen hakelt es noch etwas. Trotzdem, so viele Autos werden hier in der Gegend aktuell nicht zugelassen. Nach einem Exoten wie einem Schwimmkübel braucht man zum Glück nicht lange zu suchen. Wir kommen von Bitburg, dort war man uns gerne behilflich. Gleich nachdem wir deine Gastfreundlichkeit genossen haben, statten wir eurem Bürgermeister einen kleinen Besuch ab.«

»Warum?« Karls Neugier war echt, besonders wegen des eigenartigen Verhaltens Neuerburgs am Vortag.

»Mann, Herr Bermes, fällt dir nichts Besseres ein, als andauernd ›Warum‹ zu fragen?«

»Es würde mich interessieren, was Sie von Valentin wollen.«

»Ihn fragen, ob er einen Schwimmkübel hat.«

Franken kicherte, ein Blick von Peters ließ ihn verstummen.

»Weitere Informationen, mein lieber Herr Bermes, gehen fürs Erste über deine Zuständigkeiten als Schmied hinaus. Wenn ich mich da richtig an das letzte Jahr erinnere, hättest du deinerseits eine Rechnung mit eurem Bürgermeister zu begleichen.«

»Das kann aber nichts mit seinem Auto zu tun haben, das gab es zu der Zeit noch nicht.«

Peters trank seine Tasse mit zwei langen Schlucken aus. Er betrachtete eingehend die Krümel des Kaffeesatzes am Boden der Tasse. »Pass auf, Herr Bermes, ich bin nicht nur hier, weil du so ein sympathischer Mensch bist. Es ist zwar noch eine vage Idee, die da unter meiner Schädeldecke herumflattert und an meinen Nervenenden knabbert. Aber um es auf den Punkt zu bringen, ich habe zwar bereits genügend Augenpaare dabei. Trotzdem würde ich mich über ein weiteres freuen, das den einheimischen Blickwinkel einnimmt.«

Karl beugte sich verwirrt nach vorne. »Wie soll ich das denn verstehen?«

»Das sage ich dir, wenn ich es selbst genauer weiß. Bauchgefühl und so.« Der Polizist tätschelte sich den Ansatz unter der Anzugweste. »Hast du heute wichtige Terminarbeit zu erledigen?«

Karl schüttelte den Kopf.

»Wunderbar. Dann würde ich vorschlagen, du unternimmst bei dem schönen Wetter einen kleinen Spaziergang ins Dorf.«

Peters liebte es, in Andeutungen zu sprechen, Karl fand das weniger lustig. »Es wäre schön, wenn Sie einfach zu Potte kommen könnten, Herr Kriminalkommissar. Was soll ich für Sie tun?«

Der Polizist gab keine Antwort, er erhob sich vom Stuhl, der Polizeianwärter nahm wieder Haltung an. Peters schüttelte kaum merklich den Kopf, ehe er die Arme ausstreckte und sich ausgiebig reckte. In seinen Schultern knackte es. »Na, wenn das mal keine morschen Knochen sind. Überleg dir, was du Dringendes aus dem Geschäft eures Bürgermeisters benötigst.«

»Sie möchten, dass ich zu Valentin gehe?«

»Du bist ein echter Blitzmerker.«

»Aus welchem Grund sollte ich das tun?«

Neuerburg hatte sich wohl etwas zuschulden kommen lassen, das irgendwie mit seinem Auto zusammenhing. Weil Peters extra aus Trier angereist war, handelte es sich vermutlich um ein gröberes Vergehen als das Überfahren eines Huhns oder einer Katze. Nur, was hatte Karl in diesem Zusammenhang mit dem Ortsbürgermeister zu schaffen? Bisher war der nicht bei ihm vorstellig geworden, um etwa verdächtige Spuren eines Unfalls am Auto beseitigen zu lassen.

»Lassen wir einfach mein Bauchgefühl das Kommando übernehmen. Ich hätte dich gerne dabei, wenn wir Herrn Neuerburg besuchen, danach schauen wir weiter. Glaubst du, das ließe sich einrichten?« Peters lächelte.

Karls Neugier, was diese eigenartige Visite der Polizei für einen Grund haben mochte, wuchs. »Das ist kein Problem, was soll ich tun?«

»Ganz einfach, mach dich auf den Weg zum Laden. Du könntest dir eine Zuckerstange oder etwas Ähnliches gönnen. Ich zeige meinen wackeren Mitstreitern derweil euren Steinbruch. Dort kann Franken etwas über die unwahrscheinlichsten Tatorte lernen, und Schillinger wird davon nicht dümmer. Sagen wir, so in dreißig Minuten möchten wir dann auch Zuckerstangen haben, was, Kamerad Franken?«

»Äh, jawohl, Herr Kriminalkommissar.«

Der linke Mundwinkel Peters' zuckte nach oben. »Schön, dass wir uns alle einig sind. Wir machen uns auf den Weg. Die Herren.« Er zeigte zur Tür, Schillinger stand am nächsten und öffnete sie für seinen Vorgesetzten. »Na dann, bis gleich.«

Peters schritt durch den Eingang, gefolgt von Franken und schließlich Schillinger. Die Dose schepperte, als die Tür ins Schloss fiel.

Karl sah der merkwürdigen Prozession nachdenklich hinterher. Ohne Hast sammelte er die Tassen und Becher ein, um sie kurz durchzuspülen.

Draußen wurde ein Motor angelassen.

-9-

»Hast du etwas sehen können?« Thomas hielt sich die Hand über die Augen.

Andrej stand im Gegenlicht der Sonne, das blonde Haar verstärkte den Lichtkranz, wie bei einem Heiligen auf einem Kirchengemälde. Den Maler, der auf die Idee käme, ihn als Heiligen abzubilden, müsste auf der Stelle der Schlag treffen.

»Es ist alles abgesperrt, und zwei Polizisten stehen Wache.«

»Das war zu erwarten. Gab es sonst etwas Interessantes?«

»Es sind ein paar neugierige Einheimische dort gewesen. Ich bin wie zufällig vorbeigegangen. Hätte ich als Fremder blöde Fragen gestellt, wäre das nur aufgefallen. Die Leute in der Provinz sind misstrauisch.«

Thomas drehte sich zur Seite, damit die Sonne nicht so blendete. »Ja, ist gut.« Er strich sich mit dem Zeigefinger über den Nasenrücken. »Warum bist du gestern nicht rechtzeitig am Übergabeort gewesen?«

»Wie bereits erwähnt, ich habe verschlafen.«

Thomas konnte Andrej nun besser erkennen. Dessen schmales Gesicht blieb komplett emotionslos. Er traute dem Litauer nicht bis zu seiner eigenen Nasenspitze. Dass der an diesem Morgen auf eigene Faust zum Tatort gegangen war, bewies, wie wenig er den Mann im Griff hatte. Es wäre Thomas bei Weitem lieber gewesen, wenn sich niemand aus seiner Gruppe am Tatort hätte blicken lassen.

Andrej sah sich um. Einige Meter entfernt saß Quirin, einer der beiden anderen Führer. Der Litauer beugte sich zu Thomas, mit gesenkter Stimme fragte er: »Warum hast du Leo geholfen?«

Quirin drehte den Kopf in ihre Richtung. Um den brauchte Thomas sich keine Gedanken zu machen, er war der Cousin seines Vaters und sein einziger echter Vertrauter in der Gruppe. Ähnlich wie Leo kannte Quirin sich ebenfalls gut in der Westeifel aus.

»Das geht dich nichts an. Du hast selbst genug Scheiße am Hals.«

Andrejs Grinsen zeigte gerade Zähne. »Stimmt! Trotzdem schlafe ich gut.« Das Grinsen zeigte nun auch die Backenzähne. »Und am liebsten lange.«

An beidem hegte Thomas keine Zweifel.

»Gut für dein Geschäft ist das alles auf jeden Fall nicht.« Andrej nahm sich eines der gekochten Eier, die in einer Schüssel neben der Feuerstelle lagen. »Es wird nur eine Frage der Zeit sein, bis die Polizei hier auftaucht. Die kann ich nicht gebrauchen.«

Es war eine gute Frage, wer derjenige von ihnen war, der die Obrigkeit mehr fürchten musste.

Thomas verzog den Mund zu einem Lächeln. »Gibt es eigentlich Fotos von dir? Ich meine, welche in einer gewissen Uniform?«

»Schlaumeier, klar gibt es die, deutsche Effizienz und so weiter.«

»Dauert es noch lange, bis Wolfgang von deinen Kumpels das Geld bekommt? Wir können dich nicht ewig durchfüttern.«

Andrej strich sich über die Brust, wo eine Ausbuchtung unter seinem Hemd zu sehen war. »Leck mich am Arsch. Früher hätte man es nicht gewagt, so mit mir zu sprechen.«

»Es ist aber nicht früher, und das hier ist nicht dein altes Lager, ich habe hier das Kommando.«

»So? Das hat bei Leo aber anders ausgesehen.«

»Bei allem, was den angeht, hältst du dich am besten ganz einfach geschlossen. Deine Zeit ist vorbei, meine hat gerade erst begonnen. Es ist besser, wenn du mir nicht zu sehr in die Quere kommst. Ohne mich kommst du hier in der Eifel nicht weit.«

Andrej spitzte die Lippen, ohne noch etwas zu sagen. Das Ei pellend, verschwand er im Haus.

Thomas sah zu dem Cousin seines Vaters, er schnippte mit den Fingern. »Quirin!«

Der Angesprochene blieb eine symbolische Sekunde sitzen, dann kam er zu ihm. »Ja?«

»Tust du mir einen Gefallen?«

»Hm.«

»Schau dich bitte auf Leos Hof um, ob sich da etwas getan hat.«

»Etwas getan?«

»Ich meine, ob es offensichtliche Veränderungen gibt, frische Spuren und so was alles. Du weißt, was ich meine.«

Der alte Mann zog eine selbst gedrehte Zigarette aus der Brusttasche seiner Jacke. »Was springt dabei für mich raus?«

»Das überlege ich mir noch. Es wird wie üblich nicht dein Schaden sein.«

»Ich könnte mich gleich morgen früh auf den Weg machen.«

»Das wäre ein feiner Zug von dir. Die nächsten zwei Nächte steht für dich nichts an.«

Quirin nickte. »Soll ich auf etwas Bestimmtes achten?«

»Nein, schau einfach nach dem Rechten.«

»Nach dem Rechten.« Quirin kicherte. »Bei einem so linken Vogel, wie Leo es gewesen ist.«

»Apropos linker Vogel, es wäre gut, wenn du Andrej in Zukunft genauer im Auge behältst.«

Quirin nickte.

-10-

Disselbach war an den sanften Hügelflanken eines Tälchens, diesseits und jenseits des gleichnamigen Bachs, erbaut worden. Im Oberdorf lag der Ursprung des Dorfes. Dort schoben sich die Häuser etwas höher den Hügel hinauf, daher der Name. Die Schmiede lag am oberen Rand des Dorfes, unweit des Waldes. Karl schlenderte an der Schule vorbei zum Unterdorf. Durch die offen stehenden Fenster erklangen die hohen Stimmen der kleineren Kinder, die im großen Schulsaal artig das Einmaleins aufsagten. Es war bereits fast zwanzig Jahre her, dass er als Dreikäsehoch gemeinsam mit seinem besten Freund Werner die Zahlen hoch und runter leiern durfte. Gleich hinter der Schule folgte die Mauer des alten Friedhofs, der vor Jahrhunderten gleich neben der Kirche angelegt worden war. Da man dort nicht ständig weitere Tote neben- und übereinander vergraben konnte, war vor zehn Jahren am Ortsrand ein neuer Friedhof eingefriedet worden.

Karl nutzte die Gelegenheit und inspizierte seine Arbeit vom Vortag. Er hatte das Gitter mit langen Stahldübeln, deren Enden leicht aufgebogen waren, in der Wand verankert und das Ganze dann mit Mörtel verputzt. Ein Ruckeln an den Stahlstäben verriet ihm, dass alles so fest war, wie es sein sollte. Ein potenzieller Einbrecher müsste ordentliches Werkzeug mitbringen, um hier hineinzukommen.

Karl passierte die kleine Steinbrücke, die über den Bach führte. Gleich dahinter bog er von der Hauptstraße ab und folgte der gepflasterten Straße nach rechts. Das Ziel seines Ausflugs kam in Sicht. Valentins Laden war von dessen Vater in den Kuhstall des ehemaligen Bauernhofs eingebaut worden. Die Geschäfte in den Städten warben mit Schaufenstern um Kundschaft. Hier gab es lediglich ein normales, zweiflügeliges Fenster und eine hölzerne Eingangstür mit einem kleinen Glaseinsatz.

Über dem Eingang hing bereits seit 1914 ein Schild mit der altdeutschen Aufschrift: *Kolonialwaren*. Karls Vater machte sich darüber gerne lustig, weil die deutschen Kolonien gleich nach der Eröffnung des Ladens im Ersten Weltkrieg verloren gegangen waren. Echte Kolonialwaren hatte es bei Valentin oder seinem Vater nie gegeben.

Beim Betreten des Geschäfts sah Karl sich mit der Rückfront von Gisela Balten konfrontiert. Er schloss für einen Moment die Augen, die Frau des Schusters war eine der unfreundlichsten Personen, die er kannte. Weil sie an allem und jedem etwas auszusetzen hatte, ging er ihr normalerweise aus dem Weg. Was sich in einem Dorf wie Disselbach schwierig gestaltete.

Damit ihm kein übereifriger Polizist die Tür in den Rücken rammen konnte, stellte Karl sich neben den Eingang. Hinter der schmalen Verkaufstheke stand Walburga Neuerburg. Gisela stritt sich eben mit ihr über den Preis für Knöpfe. Die Disselbacher wussten, dass ihr Schmied mit den Gedanken regelmäßig in anderen Sphären weilte. Deshalb erwartete niemand eine intensivere Konversation mit Karl. Er betrachtete das Regal mit den vielen hölzernen Schubladen, das hinter der Theke zur Decke wuchs, von oben nach unten und wieder zurück. Zum ersten Mal registrierte er, dass es keine Beschriftungen gab. Die Neuerburgs mussten im Kopf haben, welche Ware sich jeweils in welcher Schublade befand.

Draußen fuhr ein Auto vor, einige Sekunden später klopfte es. Walburga sah erstaunt erst Gisela und dann Karl an.

»Herein«, sagte sie zaghaft.

Kein Einheimischer wäre auf die Idee gekommen, an Valentins Tür zu klopfen. Polizeianwärter Franken streckte den Kopf hinein. »Sind wir hier richtig bei Neuerburg?«

Ehe Walburga antworten konnte, ertönte Peters' tiefe Stimme. »Natürlich sind wir hier richtig, Franken, oder glauben Sie, hier gibt es zwei Kolonialwarenläden?«

Franken öffnete die Tür ganz, damit sein Vorgesetzter eintreten konnte.

»Guten Tag allerseits.« Peters lüftete den Hut. Wie ein vollendeter Kavalier verbeugte er sich vor den anwesenden Damen. Gegenüber Karl setzte er ein verblüfftes Gesicht auf. »Na so was, wenn das nicht der Herr Bermes ist? Seines Zeichens Dorfschmied von Disselbach.«

Bauchgefühl hin, Bauchgefühl her, Karl konnte den Zirkus nicht nachvollziehen. Es war mehr als unwahrscheinlich, dass der Besuch der Polizisten vorhin bei ihm in der Werkstatt unbemerkt geblieben war.

Peters richtete sich zu seiner ganzen, beeindruckenden Statur auf. »Ich möchte gerne mit Herrn Valentin Neuerburg sprechen.«

Walburga starrte die Polizisten mit offenem Mund an.

»Ist Herr Neuerburg nicht zugegen?«

Peters konnte sehr amtlich klingen. Walburga fand die Sprache wieder. »Doch, er ist hinten im Lager.«

»Wären Sie dann so freundlich, ihn zu rufen?« Peters nestelte ein Zigarettenetui aus der Tasche seines grauen Sommeranzugs.

Walburga schluckte trocken, ehe sie fragte: »Jetzt?«

»Ja, natürlich jetzt, wir sind nicht zum Vergnügen hier.«

Leben kam in die Frau des Bürgermeisters. Sie huschte durch die Schwingtür, die zum Wohnbereich des

Hauses führte. Gisela umklammerte entschlossen den Korb, den sie zum Einkaufen nutzte. Es sah so aus, als erwartete sie, von den Polizisten bestohlen zu werden.

Peters widmete sich ihr. »Gute Frau, wären Sie so freundlich, den Laden zu verlassen? Dies ist eine polizeiliche Maßnahme.«

Gisela machte einen Schritt zur Tür, dann hielt sie inne und sah zu Karl. »Und was ist mit dem hier, muss der nicht gehen?«

Peters hob eine Augenbraue, er klang jetzt wesentlich energischer, als er sagte: »Ich wüsste nicht, was Sie die Anwesenheit von Herrn Bermes angeht.« Er wies mit der Hand zur Tür, Zigarettenqualm drang aus seiner Nase.

»Hat Karl letztes Jahr noch nicht genug Unheil angerichtet?«

»Verlassen Sie bitte den Raum, gute Frau. Wenn Sie das nicht freiwillig tun, wird einer meiner Männer Ihnen gerne dabei behilflich sein.«

»Ich bin nicht Ihre gute Frau«, keifte Gisela. »Das ist ungerecht!« Sie warf Karl einen vernichtenden Seitenblick zu, als sie erhobenen Hauptes davonrauschte.

Peters sah ihr amüsiert hinterher. »Ihr habt hier auf dem Land echte Originale.«

Den Hinauswurf ließ Gisela garantiert nicht auf sich beruhen. Spätestens am Abend würde Karl als Schuldiger für ihren Rauswurf gelten und durfte seiner Mutter Rede und Antwort stehen.

Peters wandte sich an die beiden Polizisten. »Männer, den Schwimmwagen habe ich draußen im Schuppen gesehen. Franken, Sie stellen sich an die Eingangstür, niemand darf das Geschäft betreten. Schillinger schaut sich die Karre an.«

Ohne Kommentar verschwanden die Uniformierten nach draußen.

Karl blieb mit Peters allein im Verkaufsraum. »Was tue ich hier?«, wollte er wissen.

»Abwarten und zuschauen, was sich entwickelt.«

Aus dem Wohnbereich drangen Geräusche. Die Schwingtür öffnete sich in den Laden, Valentin Neuerburg stand im Raum, Walburga spähte durch den Türspalt.

»Herr Kriminalsekretär, was verschafft uns die Ehre?« Valentin versuchte, geschäftsmäßig zu klingen, was ihm nicht gelingen wollte.

»Guten Tag, Herr Neuerburg, es heißt jetzt Kriminalkommissar.«

»Oh, dann gratuliere ich dem Herrn Kommissar!« Der Bürgermeister deutete eine Verbeugung an.

Peters winkte ab. »Brechen Sie sich keinen Zacken aus der Krone. Ich hoffe, Sie sind bei guter Gesundheit?«

»Äh, ja, danke.« Valentin verlor angesichts des Polizisten zusehends die Contenance. Unsicher sah er zu Karl. »Kann ich dir helfen?«

Der schaute Peters an. »Ich bin nur zufällig hier, ich kann doch gehen?«

Peters schüttelte den Kopf. »Herr Bermes bleibt hier.«

»Wie Sie meinen. Was kann ich für Sie tun?« Valentin fummelte an den runden Tasten der großen Registrierkasse herum.

Der Kommissar sah den Bürgermeister intensiv und ohne Kommentar an. Karl konnte es fast nicht glauben, als Valentin sich tatsächlich mit dem Zeigefinger in den

Kragen seines Hemdes fasste. Selten hatte er jemanden gesehen, der sein schlechtes Gewissen offensichtlicher zur Schau trug. Der Polizist beugte sich nach vorne: »Nun?«

»Was meinen Sie mit ›nun‹?«

Peters' Stimme gewann an Schärfe. »Herr Neuerburg, wo sind Sie gestern Morgen gewesen?«

»Hier im Geschäft, wo soll ich sonst gewesen sein?« Valentin schluckte.

Peters gab Rauchzeichen durch die Nase. »Ihre Frau kann das bestätigen?«

Walburga schien etwas auf dem Fußboden zu suchen, der Ortsbürgermeister zuckte hilflos mit den Schultern.

Die Tür zum Laden wurde geöffnet, Schillinger trat mit geschultertem Gewehr ein. Peters spitzte die Lippen, als ihm etwas ins Ohr geflüstert wurde. Karl beobachtete fasziniert, wie sich auf Valentins Stirn Schweißperlen bildeten. Einige verbanden sich zu einem kleinen Rinnsal, das zu seiner Nasenwurzel mäanderte. Automatisch wischte sich der Bürgermeister über die Augenbrauen. Karls Eindruck, Zeuge eines sehr schlechten Schauspiels zu sein, vertiefte sich.

Peters nickte Schillinger zu. »Herr Wachtmeister, Sie bleiben hier bei Herrn Neuerburg. Herr Bermes, wenn Sie mich bitte begleiten würden?«

Draußen hielt Karl den Polizisten am Arm fest. »Was soll das? Falls ich zum Hilfspolizisten ernannt worden bin, würde ich gerne die Urkunde sehen.«

Peters grinste. »Nur die Ruhe, Herr Bermes. Komm mit und schau einfach zu.«

Gemeinsam gingen sie zum Schuppen, der an das Haus der Neuerburgs angebaut worden war. Ähnlich wie bei fast allen Häusern des Dorfes lagerten in diesem Schuppen die klein gehackten Holzvorräte für den Winter. Weil der Schuppen genügend Platz bot, passte der fahrbare Untersatz des Bürgermeisters zusätzlich hinein.

Peters trat an das Auto heran. »Habe ich dir erzählt, dass ich eine Weile beim Erkennungsdienst in Köln gewesen bin?«

Karl nickte, das hatte der Polizist ihm in der Tat bei ihrem ersten ernsthaften Gespräch vor einem Jahr erzählt. Damals hätten sie sich um ein Haar bei der Beerdigung Werners geprügelt.

»Na, dann pass jetzt mal auf, was ein alter Hase wie ich so alles draufhat.«

Er hob den rechten Arm, in einer theatralischen Geste schob er die Ärmel seines Anzugs und Hemdes zurück. Mit der Hand griff er auf der Fahrerseite unter den Sitz. Er sah Karl angestrengt an, so als suchte er etwas. Sein Gesichtsausdruck hellte sich auf. »Na, was haben wir denn hier?« Langsam zog er die Hand zurück. An seinem kleinen Finger baumelte am Ring um den Abzug eine Pistole. Er roch am Lauf.

Karl war kein großer Experte für Handfeuerwaffen. Dieses Modell kannte er aber.

Peters bestätigte seine Vermutung. »Wie kommt wohl eine P08 in das Auto eures Bürgermeisters?«

Den Tipp, wo die Pistole zu finden war, hatte der Kommissar eindeutig von Schillinger erhalten. Peters legte die Waffe auf die Plane, die das Auto als Dach überspannte.

»Schön vorsichtig, wir wollen ja keine Spuren oder Fingerabdrücke vernichten. Na, was sagst du, bin ich kein toller Ermittler?«

Karl schüttelte den Kopf. »Was soll diese Scharade, Herr Kriminalkommissar?«

»Du bist ein elender Spielverderber, Herr Bermes. Das nächste Mal suche ich mir jemand anderen, den ich beeindrucken kann.«

Peters ging zu dem Wagen, mit dem er und die beiden Polizisten gekommen waren. Weil Karl sich für Autos interessierte, wusste er, dass das schwarze Fahrzeug ein Wanderer W40 mit aufklappbarem Verdeck der Auto Union war.

Peters kehrte mit einem Stoffbeutel zurück, darin wurde die Pistole verstaut.

Karl wollte die Gelegenheit nutzen, um sich zu verdrücken. »Ihre Fähigkeiten kann ich von zu Hause aus gebührend bewundern.«

»Nur die Ruhe. Mitkommen! Sonst verpasst du das große Finale.«

Mit einem Kopfnicken wurde Karl aufgefordert, dem Polizisten zurück in den Laden zu folgen.

Auf der anderen Seite des Baches verrenkte sich Gerlinde Scheuer den Hals beim Versuch, das Fenster ihrer Küche zu putzen und zugleich mitzubekommen, was da im Laden der Neuerburgs vor sich ging. Peters hob freundlich den Hut in ihre Richtung. Gerlinde drehte sich so abrupt weg, dass sie fast von der Fensterbank gefallen wäre.

»Die liebe Nachbarschaft, es ist immer und überall das Gleiche.«

Im Inneren des Ladens knarzten die Dielenbretter unter Valentins unruhigen Füßen. Wachtmeister Schillinger wartete stoisch hinter der Tür. Walburga war verschwunden. Peters gab Schillinger den Beutel mit der Pistole. Anschließend drehte er sich zum Bürgermeister. »Haben Sie gut nachgedacht?«

»Worüber?«

Ein Kranz Feuchtigkeit färbte Valentins Hemdkragen dunkel, sein Gesicht glänzte.

»Darüber, wo Sie gestern Morgen gewesen sind.«

Valentin sagte nichts, dem Blick des Kommissars konnte er nicht standhalten.

»Außerdem würde mich interessieren, wie die Waffe in Ihren Besitz gekommen ist?«

Im Gesicht des Ortsbürgermeisters fochten Bestürzung und der Drang, das Unschuldslamm zu spielen, einen sehenswerten Kampf miteinander aus. Er entschied sich für das Lamm.

»Waffe? Welche Waffe? Ich besitze ein Taschenmesser, meinen Sie das?«

Peters gab Schillinger ein Zeichen, der hob den Beutel hoch, die Umrisse der P08 waren deutlich zu erkennen. »Nein, ich meine die Pistole, die ich eben in Ihrem Auto gefunden habe.«

»Was? Welche Pistole? Ich weiß nichts von einer Pistole. Die muss jemand da hineingelegt haben.«

Valentins Stimme überschlug sich. Peters bedachte ihn mit einem intensiven Blick, ehe er erneut fragte: »Herr Neuerburg, jetzt ist die letzte Gelegenheit, mir eine ehrliche Antwort zu geben: Wo sind Sie gestern Morgen gewesen?«

»Ich habe keine Ahnung, wie die Pistole ins Auto gekommen sein könnte.«

»Danach habe ich Sie nicht gefragt!«

Ähnlich wie Fräulein Schneebach besaß der Polizist verschiedene Stimmlagen, zwischen denen er problemlos hin und her wechseln konnte. Jetzt dröhnte die schneidige, befehlsgewohnte des ehemaligen Hauptmanns der Feldpolizei dem Bürgermeister entgegen. »Was sagt Ihnen der Name Leopold Schilz?«

Karl hätte nicht gedacht, dass ihr Bürgermeister dermaßen ratlos aus der Wäsche schauen konnte. »Nichts, wer soll das sein?«

Der Kommissar ging nicht darauf ein. »Was wissen Sie über den illegalen Handel mit Kaffee, der hier in der Gegend um sich greift?«

Mit dieser Wendung hatte Karl nicht gerechnet. Bei seinen bisherigen Besuchen in der Schmiede hatte Peters sich nie für die Bezugsquelle Karls interessiert. Von wegen Bauchgefühl, in diesem Licht ergab Karls Anwesenheit im Laden plötzlich Sinn. Peters hatte sich garantiert einen eigenen Reim auf die Herkunft des Kaffees in der Schmiede gemacht. War womöglich etwas im Zusammenhang mit geschmuggeltem Kaffee geschehen und der Polizist vermutete eine Komplizenschaft zwischen Karl und Valentin?

Der rang die Hände. »Was soll das denn mit einer Pistole zu tun haben?«

Peters beugte sich zu Valentin. »Ich stelle hier die Fragen, Herr Neuerburg, haben Sie das verstanden?«

Alte Reflexe wurden reaktiviert. Der Bürgermeister klatschte die Hände seitlich an die Hosennaht, mit geradem Rücken bellte er: »Jawohl! Herr Kriminalkommissar.«

Wie Karls Ausbilder seinerzeit bei der Wehrmacht gerne die Rekruten umrundeten, wenn sie diese nervös machen wollten, ging der Polizist langsam um Valentin herum. Als er hinter ihm stand, fragte er: »Also, Herr Neuerburg, was sagt Ihnen der Name Leopold Schilz?«

»Nichts«, krächzte der Ortsbürgermeister.

Valentin konnte eine furchtbare Nervensäge sein, es war allerdings, wie Jakob einmal gesagt hatte: Wenn der Bürgermeister nicht versuchte, sein Gegenüber bei einem Geschäft zu übervorteilen, war er ein schlechter Lügner. Dass Neuerburg von der Pistole wusste, daran zweifelte Karl keine Sekunde. Den Namen Leopold Schilz kannte er eher nicht.

Peters drehte gemächlich eine weitere Runde um den zunehmend unruhiger werdenden Delinquenten. Schließlich blieb er direkt vor ihm stehen und streckte seinerseits den Rücken. »Valentin Neuerburg?«

»Äh, ja. Sie wissen doch, wer ich bin. Wir kennen uns vom letzten Jahr, als ich Ihnen geholfen habe«, stammelte Valentin.

Karl verzog den Mund. Interessant, wie Valentin die Tatsachen zu verdrehen verstand.

Peters wedelte mit der Hand, so als müsste er ein lästiges Insekt verscheuchen. »Valentin Neuerburg, ich nehme Sie wegen des dringenden Tatverdachts des Mordes zum Nachteil von Leopold Schilz fest.«

Karl musste unwillkürlich schlucken, ein Mord? Das erklärte einiges, nicht jedoch, was Peters von ihm wollte.

Dem Bürgermeister lief die Farbe von oben nach unten aus dem Gesicht. »Wie meinen? Ich kenne keinen Leopold Schilz. Das geht doch nicht, ich bin hier der Ortsbürgermeister. Ich bin unschuldig!«

Peters atmete eine besonders große Rauchwolke durch die Nase aus.

»Mein lieber Herr Neuerburg, Ihre Aussage ist weder neu noch ist sie originell.« Er drehte sich zur Tür. »Wachtmeister Schillinger!«

»Herr Kriminalkommissar?«

»Legen Sie Herrn Neuerburg Handschellen an und bringen Sie ihn mit Franken zum Wagen. Ich komme gleich nach.«

»Jawoll.«

Schillinger fummelte einen Satz Handschellen aus der aufgesetzten Tasche seiner Wehrmachtsuniform. Valentin war für eine Gegenwehr viel zu erschüttert. Als die Stahlbügel seine Handgelenke umfingen, stammelte er: »Aber ich bin unschuldig, das muss alles ein Missverständnis sein. Ich bin der Ortsbürgermeister.«

»Ja, schon klar. Schillinger, ab mit ihm.«

Neuerburg wurde an den Handschellen nach draußen geführt. Im Vorbeigehen sah er Karl mit großen Augen an. Die Schwingtür wurde aufgestoßen. Walburga stürzte ihrem Mann hinterher. Ihr Blick zu Karl war eindeutig anklagend. Na großartig, das würde garantiert einen weiteren Eintrag auf seinem Kerbholz der Merkwürdigkeiten ergeben. Draußen begann Walburga ein lautes Wehklagen.

»Musste das jetzt sein? Warum bin ich hier?«, bestürmte Karl den Polizisten, kaum dass Neuerburg abgeführt worden war.

Peters musterte Karl mit zusammengekniffenen Augen. »Zugegeben, das alles ist ein klein wenig melodramatisch abgelaufen.«

Karl schüttelte den Kopf. »Was soll das, wer ist Leopold Schilz? Was hat das alles mit mir zu tun?«

»Nur die Ruhe, jetzt muss ich zuerst euren Bürgermeister versorgen. Dich hätte ich zugegebenermaßen nicht unbedingt benötigt, um Herrn Neuerburg dingfest zu machen. Ich hatte gedacht, dich als jemanden, der im weitesten Sinne vom Kaffeeschmuggel profitiert, dabeizuhaben, könnte eventuell von Nutzen sein. Das Ganze ging ja dann aber doch viel glatter über die Bühne als gedacht, mit der Waffe hatte ich gar nicht gerechnet.«

»Aber mich mussten Sie jetzt wie einen Tanzbären vorführen?«

Peters betrachtete Karl mit amüsiertem Blick von Kopf bis Fuß. »Tanzbär? Na, wenn das mal keine passende Beschreibung deiner Wenigkeit ist.«

Karl kniff die Augen unwillig zusammen, der Kommissar hob abwehrend die Hände.

»Jetzt schau nicht so, Herr Bermes, da bekommt man es ja mit der Angst zu tun. Ich gebe es zu, meine Beweggründe hinsichtlich eures Bürgermeisters waren ein klein wenig gehässig. Andere an deiner Stelle und mit den Erfahrungen mit Herrn Neuerburg vom letzten Jahr würden jetzt vielleicht Schadenfreude aus dem Erlebten schöpfen. Eigentlich hätte ich es nach unseren diversen Gesprächen besser wissen müssen, bei dir ist das nicht so. Ein schlechtes Gewissen habe ich trotzdem nicht. Ich finde es nicht schlecht, jemanden mit gutem Grund verhaften zu können, der bereits früher auf meiner Liste gestanden hat. Meinetwegen kannst du das Ganze als Lehrstunde in Polizeiarbeit betrachten, selbst wenn du nicht Franken bist.«

Karl schüttelte verständnislos den Kopf, wie sollte man aus einer Mordbeschuldigung Schadenfreude ziehen können? »Was wird aus Valentin?

»Den nehmen wir mit, was sonst? Wenn ich mich recht erinnere, ist euer Bürgermeister ein wahrer Anhänger des autoritären Staates. Da kann es nichts schaden, wenn er sieht, welche komfortablen Räumlichkeiten der Staat für missliebige Bürger so zur Verfügung stellt.«

Karl verdrehte die Augen. »Das bedeutet was?«

»Vorläufig bringen wir ihn nach Bitburg. Dann sehen wir weiter.«

»Glauben Sie im Ernst, Valentin hat jemanden erschossen?«

Peters trat zur Tür hinaus, Karl folgte ihm.

»Mein lieber Herr Bermes, das Glauben ist eines der ersten Dinge, die man sich schleunigst abgewöhnen muss, wenn man Polizist wird.«

Der Kommissar zückte die Zigarettenschachtel und hielt sie Karl hin. Man konnte ein Kamel erkennen. »Im Frühjahr bin ich bei den Amis auf diese Marke gestoßen. Die sind viel besser als das Kraut, das man bei den Franzosen haben kann.«

Karl griff zu, der Geschmack war ihm einerlei. Der Tabak würde wie gewohnt im Beutel seines Vaters landen, der damit seine Pfeife füllte.

Peters blickte auf die Armbanduhr.

»Es ist fast Mittag. Den feinen Herrn Neuerburg parke ich vorerst bei den Luxemburgern in der Kaserne in Bitburg. Bei denen habe ich zwar eigentlich nichts zu melden, aber meine funkelnagelneue Polizeimarke sollte für etwas Unterstützung ausreichen. Am Nachmittag muss ich Papierkrieg führen, damit alles seine Richtigkeit hat. Ich denke, ich quartiere mich und meine hoch motivierten Kollegen für die nächste Nacht ebenfalls in der Kaserne ein.«

Peters betrachtete die Häuser auf der anderen Seite des Baches, wo sich, abgesehen von Gisela Balten, weitere Nachbarn zu Gerlinde gesellt hatten. Erneut lüftete er den Hut. Er drehte sich zu Karl um.

»Die Zeit ist mir jetzt ein wenig davongelaufen, Herr Bermes. Deshalb würde ich mich morgen früh gerne mit dir unterhalten, dann sollte ich selbst ein klein wenig schlauer sein. Glaubst du, du kannst wieder Zeit für mich freischaufeln?«

Karl hob die rechte Augenbraue.

»Wusste ich es doch. Auf dich ist Verlass.«

Entnervt sah Karl Peters hinterher, der sich beeilte, zum Auto zu gelangen, damit er keinen Widerspruch ernten musste. Über die Schulter hinweg sagte er: »Bis morgen, Herr Bermes. Dich halte ich übrigens nicht für einen Mörder, schlaf gut und träum etwas Schönes.«

-11-

»Jetzt schnall dir endlich den Rucksack auf den Rücken und hör auf zu meckern!«

Über die Schulter des Mannes, der sich Hannes nannte, hinweg zwinkerte Albrecht ihr im Licht seiner Lampe zu. Von den drei Führern, die für Thomas arbeiteten, war er eindeutig der attraktivste. Leo hatte wie eine Eidechse mit Brille ausgesehen, und Quirin war ein alter

Mann. Albrechts Augenzwinkern brachte eine Saite in ihrem Inneren zum Vibrieren, die sie derzeit nicht brauchen konnte.

Der Transport des Kaffees aus Belgien würde nicht ewig so reibungslos weiterlaufen, wie es derzeit der Fall war, daran hegte Karin keine Zweifel. Als sie vor drei Monaten damit begonnen hatte, die Säcke mit den schwarzen Bohnen aus der Prümer Gegend nach Süden zu tragen, hatte es etwas von einem abenteuerlichen, nächtlichen Ausflug gehabt. In letzter Zeit mussten sich die jeweiligen Führer der kleinen Karawanen erheblich mehr Mühe geben, nicht einer Zollpatrouille in die Arme zu laufen.

Thomas kam auf sie zu, um seinen Hals hing eine dieser viereckigen Taschenlampen aus Wehrmachtsbeständen. Die Lampe konnte in der Helligkeit reguliert und so verdeckt werden, dass sie nur den unmittelbaren Weg vor dem Träger ausleuchtete. Alle Führer nutzten diese Lampen.

»Nanu, hattest du nicht erst vorgestern die Tour mit Quirin?« Thomas' Gesicht wurde indirekt von unten angeleuchtet. Wegen seines ausgeprägt kantigen Kinns blieb der Rest des Gesichts im Schatten. Karin nickte, in diesem Geschäft lernte man, möglichst wenig Worte zu machen. »Meinetwegen hättest du ruhig eine Pause einlegen können, du bist sowieso ständig unterwegs.«

»Ich habe heute Mittag geschlafen, und ich brauche das Geld.«

Thomas' Zähne schimmerten im Dunkeln auf. »Wer braucht das nicht? Leos Tod könnte meine Planungen etwas durcheinanderwirbeln. Eigentlich müsste die Polizei längst in der Gegend herumschnüffeln.«

»Was ist denn da genau passiert?«, fragte Karin.

»Darum sollte sich eine Schönheit wie du keine Gedanken machen.«

Er beugte sich näher zu ihr, sein Geruch hüllte sie unvermittelt ein. Sie nahm die salzigen Ausdünstungen der ungewaschenen Jacke ebenso wahr wie den Gerbgeruch der ledernen Trageriemen des Rucksacks. Diese Düfte mochte sie sehr. Als scharfer Kontrast dazu drang sein Schweiß zu ihr durch. Bei manchen Männern jagte ihr der Geruch frischen Schweißes ähnliche Schauer über den Rücken wie das Lächeln Albrechts. Bei Thomas war das komplett anders. Seine säuerlichen Ausdünstungen brachten sie eher dazu, in seiner Nähe die Luft anzuhalten, weil sich ihr der Magen hob. Karin musste schlucken, bevor sie sagte: »Mach dir um mich keine Sorgen, ich werde meinen Teil der Arbeit leisten.«

Thomas neigte sich ihr weiter entgegen, direkt an ihrem Ohr flüsterte er: »Daran zweifle ich keine Sekunde, das tust du immer.«

Wie zufällig rieb er seine Schulter an ihrer linken Brust. Trotz ihrer Atemnot und ihres Ekels jagte ein Kribbeln wie ein elektrischer Schlag durch ihren Oberkörper. Männer lösten in ihr manchmal Reaktionen aus, gegen die ihr Verstand schwer ankam.

Karin war in Prüm in einem sehr katholischen Elternhaus aufgewachsen. Als einzige Tochter mit sechs älteren Brüdern durchlebte sie eine strenge, aber behütete Kindheit. Die Kirche und alles, was damit zusammenhing, war für sie damals omnipräsent gewesen. Gebete gab es morgens, mittags, abends und zusätzlich bei jeder Gelegenheit zwischendurch.

Als sie in das entsprechende Alter kam, wurde es Karin in ihren sämtlichen Oberteilen sehr schnell zu eng. Ihre Großmutter Berta konnte gut nähen, weshalb es kein großes Problem war, die Kleider auszulassen oder neue Blusen mit dem benötigten Volumen zu schneidern. Im gleichen Ausmaß, wie ihre Oberweite an Umfang zulegte, registrierte sie, wie intensiv die jungen Burschen ihr nachschauten, wenn sie etwa zur Messe ging. Ein Umstand, den sie zusehends genoss.

Eines Sonntags, nach dem Hochamt in der Basilika, nahm ihre Mutter sie für einen Spaziergang entlang der Prüm bei der Hand. Durch das Zitieren diverser anzüglicher Stellen der Bibel arbeitete sie sich mit tiefroten Wangen zum Kern ihres Anliegens vor.

Karin wurde darüber in Kenntnis gesetzt, dass die Frauen ihrer Familie mütterlicherseits, die Schmidts, vom lieben Gott mit mehr von dem, was die Männer begehrten, ausgestattet worden waren, als es nottat. Noch viel schlimmer wiege jedoch die Tatsache, dass die Schmidt-Frauen sehr heftig auf alles Männliche in ihrem Umfeld reagierten. Insbesondere der Geruch mancher Männer stelle eine große Versuchung dar. Karin verstand erst später, was genau damit gemeint war. Am Ende der Unterredung musste sie einen Eid auf das silberne Kommunionskreuz um ihren Hals ablegen, allem Drängen und Verlangen nach dem Männlichen zu widerstehen. Erst wenn sie den heiligen Bund der Ehe eingegangen sei, könne sie mit ihrem Mann tun und lassen, was sie wolle. Hätte Karin an diesem Sonntag hinten in ihrem Gebetbuch mit dem Bleistift eine Strichliste für das Wort »Sünde« gemacht, die Seite wäre vermutlich schwarz geworden.

Dieser Schwur hielt immerhin bis fast zum Ende des Krieges. Bis sie Erich kennenlernte. Erich gehörte zu den Soldaten, die im Spätherbst 1944 in der Westeifel in großer Zahl auftauchten. Angetrieben von der Hoffnung, den Feind mit einer letzten großen Offensive aus dem Land zu treiben. In jede noch so winzige freie Kammer wurden Soldaten einquartiert. Von Karins Brüdern waren bereits drei im Krieg geblieben. Die zwei Kammern, in denen ihre Brüder geschlafen hatten, waren frei. Dort wurde Erich mit fünf anderen Kameraden einquartiert. Er war einer von den Männern, die für jede Frau immer ein freundliches Wort parat hatten. Ganz zu schweigen von seinem Lächeln, bei dem Karins Knie unter ihr einzuknicken drohten. Ihre Eltern waren durch die nahe Front abgelenkt und merkten nichts von dem, was sich da anbahnte. Bei einem der ständigen nächtlichen Fliegeralarme verkrochen sich Karin und Erich im Hühnerstall, anstatt mit den anderen im Gewölbe der Basilika Schutz zu suchen. Hätte Karin früher gewusst, was die angeblich so sündhafte Vereinigung zwischen Mann und Frau tatsächlich bedeutete, sie hätte freiwillig nach jeder dieser herrlichen Versündigungen Dutzende »Gegrüßet seist du, Maria« gebetet.

Erichs Einheit marschierte zehn Tage nach Karins Entjungferung nach Westen davon. Sie hörte nie wieder etwas von ihm. Eine Weile schlief sie schlecht, weil sie sich Gedanken über etwaige Folgen der Liebesnacht machte.

Ihre gleichaltrige Cousine Adelheid war damals ihre beste Freundin und Vertraute gewesen. In der katholischen Eifel wurde sehr großer Wert auf das züchtige Verhalten der Mädchen gelegt. Adelheid pfiff auf all die Vorhaltungen, die ihr vom Rest der Familie gemacht wurden. Da, wo Karin brav hochgeschlossene Kleider trug, weil ihre Mutter das so wollte, nutzte Adelheid im Sommer jede Gelegenheit, die obersten Knöpfe offen zu lassen. Karin hatte schlichtweg zu wenig Ahnung davon gehabt, was Erich da bei den drei Gelegenheiten zur wunderbaren Sünde getan hatte. Für sie gehörte es eben dazu, dass er sich jedes Mal dieses Gummiding übergezogen hatte. Adelheid konnte sie beruhigen, es war kein kleiner Erich auf dem Weg. Und tatsächlich, ihre nächste Blutung folgte ohne Komplikationen.

Für Karin ergaben sich daraus wichtige Erkenntnisse: Mit den richtigen Vorkehrungen konnte Sünde sehr großes Vergnügen bereiten. Schnell lernte sie, mit welcher Macht sie Männer lenken konnte. Zudem verstand sie, was ihre Mutter gemeint hatte: Karin besaß einen eigenartig ausgeprägten Geruchssinn. Erich war nicht nur wegen seiner Freundlichkeit ihr erster Liebhaber gewesen, er hatte so unglaublich gut gerochen.

Ganz im Gegensatz zu Thomas, der nun so dicht bei ihr stand, dass sie den Brechreiz unterdrücken musste.

Thomas lehnte sich zurück. »Man könnte darüber streiten, wer besser riecht, du oder der Kaffee.«

Das sollte wohl so etwas wie ein Kompliment sein. Wäre ihr nicht so schlecht gewesen, Karin hätte über die Ironie dieser Botschaft lachen können. Abrupt drehte Thomas sich um und verschwand in der Dunkelheit. Erleichtert sog sie frische Luft ein.

Ein kaum hörbares Pfeifen von Albrecht erklang, das Zeichen zum Sammeln und Fertigmachen. Karin zog die Gurte ihres Rucksacks strammer, damit sich die Last besser auf ihrem Rücken verteilte.

Thomas tat gerne harmlos, sie hatte allerdings erlebt, wie er mit den Leuten umging, die nicht nach seiner Pfeife tanzten. Man musste bereit sein, mit einem gewissen Risiko zu leben, wollte man die eigenen Ziele erreichen.

-12-

Der W40 samt seiner amtlichen Besatzung – und dem unfreiwilligen Fahrgast – bog eben auf die Brücke über den Disselbach ab. Karl sah sich mit der versammelten Nachbarschaft diesseits und jenseits des Baches konfrontiert. Alle, die nicht auf den Äckern oder in den Stallungen beschäftigt waren, genossen die Vorführung, die sich am Geschäft der Neuerburgs abgespielt hatte. Die Flut der auf ihn einprasselnden Fragen beantwortete Karl so ausweichend wie möglich. Es half ihm, dass er nicht die geringste Ahnung hatte, welche Veranstaltung Peters hier eigentlich abzog. Eines verstand er leider nur zu gut, der Polizist verfolgte Hintergedanken, in denen er, Karl, eine Rolle spielte.

Ein Dorf wie Disselbach bot wenig Abwechslung. Zum wiederholten Mal erschien die Polizei im Dorf, und erneut fand Karl sich im Zentrum des Geschehens wieder. Die Erfahrung vom letzten Jahr verlangte nicht nach Wiederholung. Die Toten im Steinbruch gaben Nahrung für die Legendenbildung im Dorf bis mindestens in die nächste Generation hinein. Karls undurchsichtige Rolle in der Affäre um Werner Schomer hatte im Herbst des letzten Jahres zu einem gewissen Vertrauensverlust der Disselbacher zu ihrem Schmied geführt. Wegen seiner vielseitigen Interessen und der Neigung zum Nachdenken wurde Karl sowieso von so manchem Disselbacher für einen Sonderling gehalten. Wie bei so vielen anderen Dingen waren das Geflüster und die Tuscheleien über die Affäre mit der Zeit allmählich abgeebbt. Nun gab es neue Nahrung für das Wachstum kunterbunter Gerüchte.

Karl vermied bewusst den direkten Weg nach Hause, der ihn an der Dorfschule vorbeigeführt hätte. Für eine Fragerunde samt anschließender Diskussion fehlten ihm selbst noch zu viele Antworten. An der Kreuzung nahm er zunächst die Straße nach rechts, die zu den Nachbarorten Gindorf und Orsfeld führte. Er querte die kurze Sackgasse, die zum leer stehenden Schomer-Hof führte. Obwohl die unmittelbaren Nachbarn Wilhelm Lentes und Willi Michels sich ein wenig um das Anwesen kümmerten, wurde es höchste Zeit, dass dort wieder Leben einzog. Die Gerüchte um die Globkows hielten sich hartnäckig. In diesem Zusammenhang gab es für Karl ein interessantes und wichtiges Detail. Ein Einzug der Familie bedeutete für ihn, dass die Globkows sich in Disselbach häuslich einrichteten. Die Rückkehr nach Schlesien rückte damit in weitere Ferne.

Gleich hinter dem Schomer-Hof führte ein Feldweg zum Steinbruch. Nach den Zerstörungen des Krieges war die Nachfrage nach Baumaterial enorm. Insbesondere in den größeren Orten wie Kyllburg und Bitburg gab es viele Gebäude, die ausgebessert oder gleich komplett neu gebaut werden mussten. Franz Michels, der Schwager des Bürgermeisters und Vorarbeiter im Steinbruch, schwang in Jupps Wirtschaft bereits seit Wochen große Reden. Franz traute sich so ziemlich alles zu, inklusive der Leitung eines Steinbruchs. Mit solchen Einschätzungen stand er allerdings allein auf weiter Flur.

Was würde nun aus den großen Ankündigungen werden? Walburga kümmerte sich um den Laden, Siegfried, Valentins Ältester, ging noch zu Fräulein Schneebach in die Volksschule. Sollte Valentin tatsächlich für längere Zeit eingelocht oder wegen Mordes gar hingerichtet werden, würde es keine Wiedereröffnung des Steinbruchs geben. Peters saugte sich die Mordanschuldigung garantiert nicht aus den Fingern, und die Pistole hatte Karl selbst gesehen. Die Aussichten für Disselbach, bald wieder viele Männer in Lohn und Brot zu bekommen, wurden durch die Verhaftung des Bürgermeisters stark eingetrübt.

Karl passierte den Steinbruch in Richtung Wald. Rechts von ihm führte die Straße ins ehemalige RAD-Lager hinein. Natürlich bestand jederzeit die Option, Pauline Globkow unangemeldet einen Besuch abzustatten. Morgens im Bett, in seinen Gedankenspielen, wusste Karl sehr präzise, was er sagen musste, damit sie verstand, wie wichtig sie für ihn war. In diesen Fantasien lauschte Pauline wohlwollend seinen Worten. Bei den wenigen ernsthaften Begegnungen redete Karl oft einen solch unverständlichen Quark daher, dass er sich nicht gewundert hätte, mit einem Schild um den Hals versehen zu werden, auf dem *Dorftrottel* stand.

In Gedanken versunken ging er am Waldrand vorbei zurück zum Dorf.

Die Eingangstür zur Schmiede stand einen Spalt weit offen. Wilhelm zwo hatte es sich auf Fräulein Schneebachs Stuhl gemütlich gemacht. Der Kater sah kurz auf, als Karl eintrat, blinzelte ihm zu und drehte sich mit angewinkelten Pfoten auf den Rücken. Bei einer anderen Katze hätte dies bedeutet, kraul mir den Bauch. Wilhelm zwo dagegen hätte jeden Versuch, ihn anzufassen, mit einem heftigen Hieb seiner Pfoten belohnt.

Karl ging in den Kabuff und setzte sich auf den Stuhl neben dem Ofen. Er betrachtete das mittlerweile imposante Spinnennetz über der Tür. Die Bewohnerin war eben dabei, sich in die offene Tür abzuseilen. Es wäre besser für das Tier, wenn nun weder seine Mutter noch das Fräulein nach Karl suchten. Mit seiner Sympathie für Spinnen stand er allein da. Vom Spinnennetz sah er zur Stahlkiste mit dem Kaffee. Wegen des Inhalts traf er sich regelmäßig mit seinem alten Kameraden Pierre. Der hielt sich bedeckt, was die Quelle des Kaffees anging. Dass er vermutlich aus Belgien geschmuggelt wurde, brauchte Karl niemand groß zu erklären. Diese Information war unter den Spatzen auf dem Dach ein alter Hut.

Die Frage nach Pierres Gewinnmarge hatte Karl sich bisher verkniffen. Der Verdienst würde zweifellos ordentlich sein. Kein Wunder, dass Valentin das Aroma der braunen Bohnen in die Nase gestiegen war. Hatte er es tatsächlich fertiggebracht, jemanden wegen Kaffee zu ermorden?

Karl erhob sich. Es wurde Zeit für das Abendessen.

Am Esstisch gab er seinem Vater die Zigarette des Polizisten, die dieser wortlos entgegennahm. Josef Bermes griff neben sich zum Brett mit der Pfeife und dem Tabaksbeutel. Die Zigarette wurde sorgsam zerteilt und in den Beutel hineingekrümelt.

»Jakob sagt, dass dein Polizist Valentin mitgenommen hat.«

Ihr Nachbar benötigte Karl nicht für tiefergehende Informationen. Mit Christine im Haus saß er stets an allen Quellen, an denen im Dorf die neueste Neuigkeit aufsprudelte. Als ehemaliger Funker der Luftwaffe wunderte sich Karl immer wieder aufs Neue darüber, mit welcher Geschwindigkeit sich Nachrichten im Dorf ohne technische Hilfsmittel verbreiteten.

»Es ist nicht mein Polizist. Er wurde übrigens befördert. Jetzt ist er ein Kommissar.«

»Soso. Das heißt dann was? Darf er dich jetzt noch öfter herumkommandieren?«

Wie die meisten Dörfler betrachtete sein Vater aufgrund der Nazizeit die Polizei eher als Bedrohung denn als hilfreiche Behörde.

»Du warst nicht in der Werkstatt, bist du etwa im Geschäft dabei gewesen?«

»Ja.«

»Warum?«

Karl zuckte mit den Schultern. Die Hintergründe dieses Warum betrachtete er selbst als so etwas wie eine Drohung.

Seine Mutter erschien mit dem Suppentopf. Es gab Graupensuppe. Früher wäre das ein alltägliches Essen gewesen. Mittlerweile bekam man nicht immer Graupen in Walburgas Laden.

Nach dem Tischgebet verlief das Essen schweigend. Erst nachdem Topf und Teller wieder abgeräumt waren, sagte sein Vater: »Man kann nicht behaupten, dass Valentin und ich uns gut vertragen, einen Mord traue ich ihm trotzdem nicht zu.«

»Ich auch nicht, Vater. Peters wird sich etwas dabei gedacht haben, ihn zu verhaften.«

Bermes senior schüttelte unwillig den Kopf. »Peters, Peters. Warum musst du immer mit Leuten wie dem Polizisten, der Lehrerin oder diesen Globkows zu tun haben? Sind dir die einfachen Leute aus dem Dorf nicht gut genug?«

Karl schwieg, diese Litanei kannte er zur Genüge.

Sein Vater brummte etwas Unverständliches, dann fragte er: »Weißt du, was hinter dieser Geschichte steckt?«

»Nein. Es hat wohl irgendwas mit Kaffeeschmuggel zu tun.«

Sein Vater griff nach der Pfeife und rührte mit dem Stiel im Beutel herum, langsam vermischte sich der alte Tabak mit dem neuen zu einer Melange. Gemächlich füllte er anschließend den Pfeifenkopf mit dem Resultat. Als die Pfeife qualmte, sagte er: »Warum ist es nötig, Kaffee zu schmuggeln? Kannst du mir das verraten? Früher hatten wir kein Geld für Kaffee, dann gab es eben so lange keinen, bis wir uns wieder welchen leisten konnten. Wo sind wir nur hingekommen?«

Derzeit gehörten seine Eltern indirekt zu Pierres Kunden, und keiner der beiden hatte daran etwas auszusetzen. Selbst wenn man das, was seine Mutter aus dem

Kaffeepulver zubereitete, nach Karls Maßstäben kaum Kaffee nennen konnte.

»Jakob hat mir die Tage erzählt, im Lager gebe es neuerdings Pakete aus Amerika. Da sollen Kaffee und sogar Büchsenfleisch drin sein.« Der Verdruss über diese Information stand Josef deutlich ins Gesicht geschrieben. Womit sie wieder bei einem seiner Lieblingsthemen angelangt waren.

Ehe eine weitere Tirade über die Leute im Lager erfolgen konnte, klopfte es an der Haustür. Karl wollte aufstehen, aber seine Mutter war schneller. Die Küche befand sich unmittelbar an dem langen, gekachelten Flur, der das Haus von der Eingangstür bis zum Hinterausgang durchquerte. Augenblicke später kehrte Martha Bermes zum Wohnzimmer zurück.

»Karl, da ist Besuch für dich.«

-13-

Einen Augenblick lang hoffte Karl, Pauline Globkow hätte ein Problem, das nur er lösen könnte. Ohne dass er nachfragen musste, erklärte seine Mutter: »Fräulein Schneebach ist mit Walburga da, sie möchten mit dir sprechen.«

Karl wechselte Blicke mit seinem Vater.

»Natürlich muss sich die alte Jungfer da einmischen!« Auf die Lehrerin war Josef Bermes kaum besser als auf das Lager zu sprechen. Karl wollte sich erheben, sein Vater legte eine Hand auf seinen Arm. »Pass auf, worauf du dich einlässt. Egal, was geschehen sein mag, es wird nichts Gutes dabei herauskommen.«

Karl unterließ es, das zu kommentieren.

Sein Vater saugte an der Pfeife, bevor er sagte: »Ihr könnt in die gute Stube gehen.« Er griff hinter sich zum Schlüsselbrett und drückte Karl den passenden Schlüssel in die Hand.

Die gute Stube. Karl wäre gewohnheitsmäßig mit den Frauen zur Schmiede gegangen. Wie die meisten etwas wohlhabenderen Familien des Dorfes besaßen die Bermes eine gute Stube. Dieser Raum diente einzig der Repräsentation, damit man wichtige Personen wie etwa den Pfarrer, den Bürgermeister oder die Lehrerin angemessen empfangen konnte. Wobei Karl sich nicht erinnern konnte, dass Fräulein Schneebach jemals dort Gast gewesen war. Sie besuchte ihn ausschließlich in der Schmiede.

An seiner Mutter vorbei trat Karl in den Flur. Die Tür zur guten Stube befand sich genau gegenüber. Er schloss auf, ehe er zur großen Eingangstür ging. Dort wartete das Fräulein gemeinsam mit Walburga Neuerburg auf ihn. Die Lehrerin nickte ihm mit ernstem Gesicht zu. »Karl.«

Der grüßte die Frauen seinerseits. Mit der linken Hand wies er ins Innere des Hauses. »Bitte.«

Er ging die wenigen Schritte bis zur Stube. Seine Mutter stand mit verschränkten Armen in der Tür zum Wohnzimmer. Sie fasste die schniefende Walburga kurz tröstend am Handgelenk. Karl beeilte sich, in den Raum hineinzukommen, bevor es weitere Gefühlsausbrüche gab.

Die gute Stube empfing sie trotz der Wärme draußen mit einer fast unangenehmen Kühle. Es gab nur ein Fenster im Raum, das so im Schatten der Schmiede lag, dass die Sonne zu keiner Zeit des Tages die Gelegenheit zum Hineinscheinen fand. Karl zeigte zum Tisch, der mit einer gehäkelten gestärkten Decke bedeckt war.

»Setzt euch doch.« Er versuchte, munter zu klingen.

Stühle wurden geräuschvoll über die Holzdielen rückwärts gezogen. Ehe Karl Platz nahm, fragte er: »Möchte jemand etwas zu trinken, Wasser mit Himbeersirup vielleicht?«

Fräulein Schneebach winkte ab. »Mach dir keine Umstände, wir wollen nicht lange bleiben.«

Karl zog sich einen der verbliebenen Stühle heran. Nachdem er sich gesetzt hatte, folgte eine ausgiebige Runde betretenes Schweigen. Das Fräulein legte die rechte Hand auf dem Tisch ab. Ihre Finger begannen in einem unregelmäßigen Rhythmus zu trommeln. Walburga hatte die braunen Haare hochgesteckt, dadurch wirkte ihre Nase noch spitzer als sonst. Die rot geäderten Augen verrieten ihren Gemütszustand. Karl starrte zu der großen Wanduhr, nach deren Zeiger es kurz vor Mittag sein müsste. In der guten Stube machte sich niemand die Mühe, das Ding regelmäßig aufzuziehen. Irgendwie passte das zu dem kalten Raum. Karl hatte bereits als Kind das Gefühl gehabt, dort stünde die Zeit still.

Niemand sagte etwas, bis die Lehrerin mit dem Trommeln aufhörte. Sie sah Karl aus ihren eisblauen Augen an. »Du hättest mir ruhig Bescheid geben können, dass du mit der Polizei zu Valentin gehst.«

Ein Ankläger vor Gericht hätte viel vom Fräulein lernen können.

»Fräulein Schneebach, erstens bin ich mit der Polizei weder mitgefahren noch mitgegangen, und zweitens kam das alles auch für mich überraschend.«

»Ach so! Dann bist du selbstverständlich ganz zufällig im Geschäft von Walli gewesen, als dieser Kriminalsekretär, zu dem du ebenfalls ganz zufällig gute Beziehungen hast, dort erscheint. Willst du mich für dumm verkaufen?«

»Es heißt jetzt Kriminalkommissar.«

»Meinetwegen kann es Polizeipräsident heißen. Was soll dieser Unsinn?«

Die Schüler der Disselbacher Volksschule wären bei diesem Tonfall unweigerlich in Deckung gegangen. Immerhin konnte Karls Mutter dank der Lautstärke draußen auf dem Flur besser mithören.

»Unser Bürgermeister mag manchmal eigene Wege gehen, aber er bringt doch niemanden um!«

Walburga schluchzte auf, sie nestelte aus ihrer Schürze ein Taschentuch hervor. Erst wischte sie sich die Augen, dann wurde die Nase geputzt.

Die Zeiten, in denen Karl sich von dem Tonfall des Fräuleins beeindrucken ließ, waren längst Geschichte. Es kam ohnehin selten vor, dass er zur Zielscheibe ihrer Strenge wurde. An die Frau des Ortsbürgermeisters gewandt, fragte er: »Walburga, weißt du, was Valentin gestern Morgen vorhatte?«

Die Antwort bestand aus einem ausgiebigen Naseputzen sowie einem darauffolgenden Kopfschütteln. An ihrer Stelle versetzte das Fräulein ungnädig: »Was soll das werden, Karl? Bist du jetzt als Ermittler unterwegs?«

»Fräulein Schneebach, ich habe nicht die geringste Ahnung, was hier gespielt wird. Peters hat mir nichts gesagt!«

Was sich vermutlich am nächsten Tag ändern würde.

Die Lehrerin nahm das unterbrochene Fingertrommelkonzert wieder auf. Ihre Augen wanderten zwischen Karl und der leise weinenden Walburga hin und her.

»Nun gut, vielleicht bin ich ungerecht zu dir gewesen, dafür entschuldige ich mich. Als ich diesen Blödsinn gehört habe, habe ich mich zu sehr aufgeregt, um einfach wieder zur Tagesordnung übergehen zu können. Valentin ist nie und nimmer ein Mörder.«

Walburgas Hand wurde getätschelt.

»Walli, erzähl Karl, was du mir erzählt hast.«

Ein weiteres tiefes Schniefen, dann: »Valentin wollte doch nur alles vorbereiten, um den Steinbruch in Betrieb zu nehmen. Franz steht fast jeden Tag bei uns im Geschäft und fragt, wann es endlich losgeht.«

»Dein Bruder ist ein Dämlack. Bisher hat er die viele freie Zeit problemlos in Jupps Wirtschaft überbrückt.« Mehr Missbilligung über diesen Umstand konnte man kaum zum Ausdruck bringen.

Walburga atmete in einer stockenden Kaskade ein. »Deshalb kommt Franz ja dauernd angerannt. Jupp will ihm nichts mehr geben, bevor der Deckel bezahlt ist. Franz hat die letzten Wochen auf großem Fuß gelebt, nachdem er erfahren hatte, dass der Steinbruch wieder öffnet.« Das Tröten des nächsten Naseputzens hallte in der guten Stube wider.

Fräulein Schneebach schüttelte den Kopf. »Dein nichtsnutziger Bruder tut hier nichts zur Sache, Walburga.«

»Ja, Fräulein Schneebach.«

Trotz ihrer drei Kinder klang Walburga so, als ginge sie noch in die sechste Klasse der Volksschule. Sie wischte sich die Augen. »Dabei kann Valentin gar nicht früher anfangen, die Genehmigung gilt erst ab September. Er wollte nur Geld besorgen, um Material und neues Werkzeug kaufen zu können.«

Das ohnehin nasse Taschentuch musste weitere Tränen verkraften.

»Walburga, man soll sich nicht unrechtmäßig bereichern.« Manchmal klang das Fräulein wie Pfarrer Winkel, was sie selbstverständlich nie zugeben würde.

Karl verbiss sich das Grinsen, er hob die Hände. »Ich verstehe nicht so richtig, was ich da tun soll.«

Fräulein Schneebach hob die linke Augenbraue. »Kann es sein, dass es in der Schmiede eine stabile Stahlkiste gibt?«

»Was soll das denn mit der Verhaftung Valentins zu tun haben?«

»Woher hast du deinen Kaffee?«

Die Lehrerin war die fleißigste Abnehmerin von Karls Kaffee, diese Frage hatte sie trotzdem noch nicht gestellt.

»Das, Fräulein Schneebach, geht Sie nichts an«, sagte Karl bestimmt.

Beide Augenbrauen bildeten dekorative Bögen auf der Stirn der Lehrerin. So deutliche Widerworte von Karl zu erhalten, war eine neue Erfahrung für sie. Sie holte Luft, um ihm dazu ihren Standpunkt klarzumachen.

Walburga kam ihr zuvor. »Hätte ich die Pistole doch nur in ihrem Versteck gelassen!«

Der Kopf der Lehrerin drehte sich sehr langsam zu Walburga herum. »Wie bitte? Was hast du da gesagt?«

Waren die Tränen eben noch zu einem dünnen Rinnsal geworden, so liefen nun wahre Sturzbäche über Walburgas Wangen.

»Die Pistole gehört tatsächlich Valentin? Das hast du mir nicht gesagt, obwohl ich dich ausdrücklich nach dem vermaledeiten Ding gefragt habe!« In der Stimme des Fräuleins schwangen Verblüffung und Ärger im Gleichklang.

Walburgas Flüstern war kaum zu hören. »Ich wollte nur, dass Sie mir helfen.«

»Das hätte ich so oder so getan, vielen Dank für dein Vertrauen.« Fräulein Schneebach verschränkte die Arme vor der Brust.

Karl sah zu Walburga. »Die Pistole ist also von Valentin?«

Die Frau des Bürgermeisters nickte unglücklich.

»Wo hat er die denn her?«

Neuerburg war während Karls Jugend bei jeder sich bietenden Gelegenheit in seiner Parteiuniform herumstolziert, eine Pistole war dabei nie zu sehen gewesen.

Walburga lieferte umgehend die Erklärung. »Vor dem Krieg ist er so lange zur Parteileitung nach Bitburg gefahren, bis er eine Dienstwaffe bekommen hat. Eigentlich stand ihm die als ehrenamtlichem Ortsbürgermeister nicht zu. Aber Valentin ist schon 1929 zusammen mit seinem Vater in die Partei eingetreten. Da haben die Leute in Bitburg für einen alten Parteigenossen ein Auge zugedrückt und eine Dienstwaffe besorgt. Die lag jahrelang bei uns im Stahlschrank. Vorgestern habe ich sie ins Auto gelegt, ohne ihm etwas zu sagen.«

Diese Information warf ein komplett anderes Licht auf die Verhaftung Valentins.

Fräulein Schneebach brachte die Gemengelage wie so oft auf den Punkt. »Dann ist es tatsächlich möglich, dass unser Ortsbürgermeister ein Mörder ist?« Entgeistert sah sie Karl an.

Walburga brach komplett zusammen. Mit lautem Schluchzen vergrub sie das Gesicht in den Händen, was zur Folge hatte, dass Martha Bermes in den Raum stürmte. »Karl, wie kannst du nur?«

Dem gelang es, nicht hysterisch aufzulachen. Das Fräulein flüsterte ihm zu: »Walburga ist bei deiner Mutter im Augenblick besser aufgehoben. Ich kann sie beim besten Willen nicht trösten, sie hat mir nicht die Wahrheit gesagt.«

Man konnte kaum einen größeren Fehler begehen, als die Lehrerin offen zu belügen. Mit Halbwahrheiten oder Ausreden konnte sie gelegentlich leben. Bei Lügen sah sie rot.

Etwas lauter sagte sie: »Komm, Karl, wir gehen an die frische Luft.«

Sie schob ihren Stuhl zurück, Karl erhob sich seinerseits. Er nickte seiner Mutter zu, deren rechter Arm tröstend um die zuckenden Schultern Walburgas lag, und erntete nur einen finsteren Blick.

Im Hof trafen sie auf Wilhelm zwo. Der Kater fauchte angesichts des Fräuleins.

»Verschwinde!«, herrschte die Lehrerin ihn an.

Anstatt der Aufforderung nachzukommen, streckte der Kater kampflustig den Kopf vor, entschied dann aber, das Fräulein wäre seiner Aufmerksamkeit nicht würdig. Er lief über die Straße zum Weber-Hof. Karl konnte nur hoffen, dass Rolfi im Haus war.

»Verdammtes Vieh!« Lehrerin und Kater gönnten sich gegenseitig die Revierhoheit nicht. »Das verändert natürlich einiges. Eigentlich wollte ich dich bitten, deinen Einfluss bei dem Polizisten geltend zu machen, damit Valentin bis zur Klärung der Missverständnisse hier in Disselbach bleiben darf. Wenn er tatsächlich eine Pistole dabeihatte, macht eine solche Bitte keinen großen Sinn.«

»Es würde mich wundern, wenn ich irgendeinen Einfluss auf Peters haben sollte. Weder einen guten noch einen schlechten.«

»Mag sein, einen Versuch wäre es wert gewesen.«

Die Lehrerin sah zum Hof gegenüber, wo Rolfi tatsächlich mit eingeklemmtem Schwanz in Jakobs Stall verschwand, verfolgt von Wilhelm zwo. »Nimmt der Irrsinn denn gar kein Ende? Katzen jagen Hunde, und Bürgermeister erschießen Schmuggler.«

»Das ist nicht bewiesen«, gab Karl zu bedenken.

»Mag sein. Nur, wie würdest du das interpretieren, was wir heute erfahren haben? Es gibt einen toten Schmuggler. Da, wo der Mann erschossen wurde, hat man ein auffälliges Auto gesehen, wie es hier in der Gegend vermutlich einzig und allein von unserem Bürgermeister gefahren wird. Dann muss ich eben erfahren, dass der Schwachkopf eine Pistole besitzt. Da brauche ich keinen Dr. Watson, der mich auf ein Detail aufmerksam macht, das ich vielleicht übersehen haben könnte. So wenig mir das gefällt, ich glaube, wir müssen uns Gedanken um einen neuen Ortsbürgermeister machen.«

Karl sah das ähnlich, diesmal würde es für Valentin Neuerburg zweifellos schwierig werden, sich aus dieser Affäre herauszuwinden. Hinter ihm wurde die Haustür geöffnet. Seine Mutter erschien mit der weinenden Walburga im Arm, um die völlig aufgelöste Frau nach Hause zu geleiten. Das Fräulein sah den beiden hinterher.

»Es könnte sein, dass ich es mir nun nicht nur mit deinem Vater verdorben habe.«

MITTWOCH, 23.07.1947

TAG 3

-14-

Das Frühstück im Haus Bermes verlief selten besonders gesprächig. Josef Bermes brauchte morgens seine Zeit, um auf eine allgemein verträgliche Betriebstemperatur zu kommen. Und Karl benötigte eine Tasse selbst zubereiteten Kaffees, um munter zu werden. Auf die dünne Plörre seiner Eltern jedoch, bei der man den Tassenboden durchschimmern sah, verzichtete er lieber zugunsten einer Tasse Milch.

An diesem Morgen hätte es Karl angesichts der eisigen Stimmung in der Stube nicht gewundert, Atemfahnen vor den Nasen seiner Eltern zu sehen. Er verzichtete auf ein zweites Marmeladenbrot. In der Schmiede absolvierte er sein übliches Morgenritual und begann, seine tägliche Kaffeeportion zu mahlen.

Auf den ersten Blick stellten sich die Zusammenhänge klarer dar als das Wasser der Quelle am Waschhaus außerhalb des Dorfes. Schmuggel, Auto, Pistole, Toter. Valentin konnte eigentlich nur auf einen gnädigen Richter hoffen. Damit sollte die Angelegenheit erledigt sein, und Karl könnte seiner überschaubaren Arbeit nachgehen. Irgendetwas sagte ihm jedoch, dass das Ende dieser Geschichte noch nicht erzählt war.

Mit gleichmäßigen Drehungen kurbelte Karl vor sich hin. Selbst wenn der Polizist sich nie sonderlich dafür interessiert hatte, woher Karl seine Ware erhielt, so war diesem doch klar, dass Peters nichts entging. Deshalb konnte der angekündigte Besuch des frischgebackenen Kommissars nur bedeuten, dass er in der Schmiede Details über Karls Kaffeelieferanten abgreifen wollte.

Zum Zeitvertreib schliff Karl anschließend die Stechbeitel nach, die er benötigte, wenn er etwa den hölzernen Griff einer Sense an die Aufnahme des Blatts anpassen musste. Mit dem Fräulein brauchte er vor dem Nachmittag nicht zu rechnen, die würde ihre schlechte Laune in diesem Augenblick an ihren ahnungslosen Schülern auslassen.

Draußen auf dem Hof brummte ein Motor. Karl nahm die halb volle Kaffeekanne vom Ofen. Tassen standen bereit, eine auf dem großen Amboss, eine auf der Werkbank neben dem Stuhl für die Lehrerin, zwei in der Reserve im Kabuff. Die Blechdose am Eingang scheppterte.

Peters stand allein darunter und sah nach oben. »Das Ding nervt echt. Bei nächster Gelegenheit schenke ich dir ein Glöckchen.«

»Tun Sie, was Sie nicht lassen können.«

Da keiner der Uniformierten folgte, schenkte Karl erst dem Polizisten, dann sich selbst ein. Er hockte sich auf den Amboss, ihm gegenüber nahm Peters auf dem Stuhl Platz.

Nach dem ersten Schluck nickte der Polizist anerkennend. »Man könnte jetzt darüber schwadronieren, dass dein Gebräu aufgrund der Entwicklungen der letzten beiden Tage eine besondere Würze hat. Aber was soll ich sagen, es ist einfach nur ein wirklich guter Kaffee.«

Der Kommissar stellte die Tasse auf die Werkbank, das Zigarettenpäckchen mit dem Kamel erschien samt Feuerzeug.

Karl fragte: »Ihre Sturmtruppe ist nicht dabei?«

Peters zeigte mit dem Kopf zur Pforte. »Schillinger wartet im Auto, und Franken bewacht euren Bürgermeister in der Kaserne in Bitburg. Wir haben Herrn Neuerburg sauber in einer der Arrestzellen untergebracht. Jede ordentliche Kaserne hat so etwas. Berufserfahrung.«

Als ehemaliger Feldpolizist war das kein Wunder.

»Wie ich dich und dieses schräge Fräulein kennengelernt habe, habt ihr gestern garantiert beisammengehockt und nicht nur Rommé gespielt. Stimmt's?«

Karl sah den Polizisten sekundenlang stumm an.

Aus Peters' Nase drang Rauch. »Eines lass dir gesagt sein, ich würde es als sehr unfreundlich ansehen, wenn du wie im letzten Jahr Informationen für dich behältst. Die vielen Toten wären nicht nötig gewesen, hättest du mich früher eingeweiht.«

Karl trank etwas Kaffee. Diesmal gab es keinen Grund, mit Dingen hinter dem Berg zu halten. Valentin Neuerburg schuldete er nichts, ganz im Gegenteil. »Valentins Frau hat uns erzählt, dass die Pistole eine nicht ganz offizielle Dienstwaffe von vor dem Krieg ist. Und dass sie die Pistole in das Auto gelegt hat.«

Peters grinste. »Wusste ich es doch, du kannst die Füße nicht stillhalten. Franken ist zwar ein sehr motivierter Polizeianwärter, leider neigt er jedoch dazu, das mit dem Befehl und Gehorsam ernster zu nehmen als nötig. Mit dir hätte ich bestimmt viel mehr Spaß bei Untersuchungen. Ich kann dich nicht überreden, bei uns anzuheuern?«

Karl machte eine ausholende Geste. »Obwohl mir mein Vater im Moment damit auf die Nerven geht, was ich hier alles besser machen könnte, bin ich sehr gerne Schmied.«

»Ach ja, dein Reich aus Ruß und Hitze. Wie dem auch sei, gestern Nachmittag habe ich mich mit eurem Bürgermeister unterhalten. So eine Zelle hat manchmal wahrheitsfördernde Eigenschaften. Das mit der Pistole hat er mir erzählt. Wie sie in sein Auto gekommen ist, wusste er nicht, danke für die Aufklärung. Außerdem schwört er Stein und Bein, er habe Leopold Schilz weder gekannt noch ihn vom Leben zum Tod befördert.«

»Alles andere hätte mich auch gewundert, ich traue Valentin nie im Leben einen Mord zu.«

»Vielen Dank, dass du deine profunde Erfahrung als Mordermittler mit mir teilst. Ich werde Herrn Neuerburg mitteilen, an wen er das Dankesschreiben wegen seiner Entlassung adressieren soll.«

Peters gackerte vor sich hin. Er sah in die Tasse, in der er den Rest der schwarzen Flüssigkeit kreisen ließ.

»Das Drumherum geht mich eigentlich nichts an. Kaffee- oder sonstiger Schmuggel ist Sache des Zolls. Es ist deren Sache, sich die Nächte um die Ohren zu schlagen und finsteren Gesellen über Stock und Stein hinterherzujagen. Wird dabei allerdings jemand erschossen, komme ich ins Spiel.«

Karl wartete weiter auf das, was Peters eigentlich wollte. »Zum Zoll möchte ich auch nicht. An den Kaffee komme ich so heran.«

Der Polizist sah auf, die Freundlichkeit war aus seinem Gesicht gewichen, mit zusammengekniffenen Augen musterte er Karl.

»Herr Bermes, du sitzt da gemütlich auf dem Amboss und trinkst deinen geschmuggelten Kaffee. Dabei kommst du dir wohl besonders schlau vor. Es sei für das Protokoll vermerkt, Schmuggeln ist illegal und kann mit einer Freiheitsstrafe geahndet werden.«

Die konservative, intensiv katholisch geprägte Erziehung durch seine Eltern und den Pfarrer, zusätzlich garniert durch die evangelische des Fräuleins, lauerte stets unter der Oberfläche von Karls eigentlich erwachsenem Selbstbewusstsein. Nun nutzte sie die Gelegenheit, ihm eine ordentliche Portion schlechtes Gewissen zu verpassen.

»Darum mache ich mir keine großen Gedanken, ich trinke eben nur gerne Kaffee«, murmelte er.

Das Gesicht des Polizisten hellte sich wieder auf. »Herr Bermes, mach dir wegen mir nicht ins Hemd. Abgesehen von sonstigen schnöden menschlichen Regungen wie Hass, Neid und Eifersucht ist es die Gier, die Leuten wie mir so einzigartige Möglichkeiten der Entfaltung bietet. Wir haben vor dem Krieg nicht in einer idealen Welt gelebt, und nun tun wir das erst recht nicht. Im Kaffee liegt derzeit ordentlicher Profit, gute Verdienstmöglichkeiten ziehen seit Menschengedenken finstere Gestalten an. In der Konsequenz kann das sogar zu einem Toten führen, nur wegen etwas schwarzer Brühe.«

Karl hatte sich bisher nicht als finstere Gestalt betrachtet. »Wollen Sie mich etwa als Beifang mit einlochen?«

Die rechte Hand mit der Zigarette beschrieb einen Bogen.

»Herr Bermes, nichts läge mir ferner als das. Im Gegenteil, ich könnte mir vorstellen, dich als freien Mitarbeiter zu engagieren.«

»Sie wollen was?« Karl glaubte sich verhört zu haben.

Auf dem Gesicht des Polizisten machte sich das Grinsen breit, das ihm trotz der Narbenkrater ein harmloses, jungenhaftes Aussehen verlieh. »Du hast selbst gesagt, du könntest neue Aufträge gebrauchen.«

»Soll ich etwa eine Eisenkugel für Valentins Fuß schmieden?«

Peters lachte so unvermittelt auf, dass ihm die Zigarette von den Lippen flog. Er kicherte eine Weile vor sich hin, bis er sagte: »Herr Bermes, du bist echt eine Nummer. Das wäre mal was, da würden die Kameraden von der großherzoglich-luxemburgischen Armee Augen machen.« Etwas ruhiger fuhr er fort: »Nein, ich brauche dich nicht als Schmied, mir geistert da eine großartige Idee durch den Kopf.«

Es stand nicht zur Debatte, wie großartig Karl diese Idee finden würde. »Lassen Sie mich raten, Sie möchten meine Kontakte in die Schmuggelszene nutzen?«

»So ähnlich.«

»Da muss ich Sie enttäuschen, ich habe keine großartigen Kontakte, ich bin nur so etwas wie ein Endabnehmer.«

Die nächste Zigarette brannte. »Weiß ich doch, Herr Bermes. Es gibt da deinen Kumpel Pierre Golzbach.« Peters grinste wieder sehr breit, diesmal wegen Karls bestürzten Gesichts. »Glaubst du ernsthaft, beim Militär würde etwas geheim bleiben? Das war bei der Wehrmacht nicht anders, als es bei den Luxemburgern ist. Ich habe mich gestern in der Kaserne umgehört.«

Das flaue Gefühl in Karls Magen strebte aufwärts zur Speiseröhre. »Das dürfen Sie einfach so? Ich hätte gedacht, die Franzosen und die Luxemburger stehen über allen deutschen Behörden?«

»Damit liegst du nicht so falsch. Die französischen Kollegen in Trier neigen zu einer gewissen Hochnäsigkeit uns gegenüber. Die rheinland-pfälzische Polizei ist noch so neu, da klebt man an der Farbe fest, wenn man uns anfasst. Es hat allerdings seine Vorteile, wenn niemand so richtig einsortieren kann, wer was darf oder nicht darf.«

Peters bemerkte, dass Karl ihn zweifelnd ansah.

»Du musst dir die Situation wie in einer Schrebergartenkolonie vorstellen. Jeder friedet sein Grundstück ein und schaut eifersüchtig auf den Garten des Nachbarn, ob da vielleicht dickere Erdbeeren wachsen. Richtig Ärger kann es geben, wenn ein Ast über die Grenze wächst. Im Krieg war das nicht anders. Heer, Luftwaffe und Marine haben ihre eigenen Dinger gedreht und sich gegenseitig auf die Finger geklopft, wenn sie einander zu nahe kamen. Nun ist das so ähnlich bei der Polizei von Rheinland-Pfalz und den französischen Behörden. Im Moment sind die Grundstücksgrenzen noch nicht klar definiert. Die Luxemburger gurken da irgendwo dazwischen herum.«

Vom Gesicht des Polizisten stieg der Rauch über einem vergnügten Lächeln auf.

»Es braucht nur ein gerissenes Arschloch, das dreist genug ist, sich ein wenig aufzuplustern. Schon tun sich Möglichkeiten auf, die in keiner Dienstanweisung stehen.«

»Und der dreiste Arsch sind Sie?«

Peters beugte sich zufrieden nach vorne. »Das hast du mal wieder einwandfrei erkannt. Ich konnte die Obrigkeit der Luxemburger von der Wichtigkeit der Untersuchung überzeugen. Sie wollen umfänglich kooperieren. Ähnliches erwarte ich vom Kameraden Pierre. Und da könntest du nützlich sein!«

»Sie möchten, dass ich Sie zur Kaserne nach Bitburg begleite?«

Peters wuchtete sich vom Stuhl hoch. »Herr Bermes, es ist einfach eine Freude, dass ich dir nicht immer alles dreimal zu erklären brauche. Ich kann verstehen, warum das Fräulein so große Stücke auf dich hält.«

Karl sah den Polizisten von unten an. Egal, was er nun ins Feld führen mochte, Peters würde nicht lockerlassen. Außerdem bot sich so die Gelegenheit, mehr über die Hintergründe zu erfahren, die ihren Bürgermeister zu einem Mord getrieben haben sollten.

Er sprang vom Amboss herunter. »Ich sage meiner Mutter Bescheid, dass ich zum Mittagessen nicht da bin.«

Peters nickte. »Tu das, wir schauen später nach, was die Kantine in der Kaserne zu bieten hat. Gestern gab es keinen Grund zur Klage. Ich warte im Auto auf dich.«

Die Dose schepperte vor sich hin, als der Polizist durch die Tür der Schmiede trat.

-15-

Quirin Haber stand auf der Anhöhe, von der aus man einen guten Blick hinunter zur Prüm hatte. Er war unten im Tal, in Waxweiler, aufgewachsen; das war noch im letzten Jahrhundert gewesen. Damals wäre niemand auf die Idee gekommen, einfach so in der Gegend zu stehen, um das beeindruckende Panorama des tief eingeschnittenen, geschwungenen Flusstals mit den hohen Bergrücken links und rechts zu bewundern. Müßiggang war in seiner Kindheit und Jugend ein Fallstrick des Teufels gewesen. Und eigentlich hatte sich daran bis zum heutigen Tag nichts geändert.

Der kleine Bauernhof seiner Eltern reichte trotz der nie enden wollenden harten Arbeit auf den wenigen Feldern kaum dazu aus, eine Familie zu ernähren. Als viertem Sohn boten sich ihm keine großen Optionen. Das Lehrgeld für einen Handwerksberuf konnte sein Vater sowieso nicht aufbringen. Er hätte als Knecht bei seinem Bruder Alwin arbeiten und zusätzlich als Tagelöhner bei anderen Bauern aushelfen können. Ein Schicksal, das vielen nachgeborenen Söhnen und auch Töchtern von armen Bauern zuteilwurde.

Den größten Teil seines Arbeitslebens verbrachte er den Sommer über als Zimmermannsgehilfe bei verschiedenen Dachdeckereien in der Westeifel und sogar über die Grenzen hinweg in Luxemburg und Belgien. In den Wintern war er als Kostgänger zum Hof seines Bruders zurückgekehrt, eine eigene Wohnung oder gar ein Haus hatte er sich nie leisten können. »Das Leben ist hart, ihr müsst härter sein«, hatte ihr alter Schulmeister immer gesagt. Eine Weisheit, die Quirin akzeptiert und für sich sehr tief verinnerlicht hatte.

Handwerker wie er waren früher von Baustelle zu Baustelle gewandert und hatten meistens vor Ort in den Häusern oder Scheunen übernachtet. Wenn man Glück hatte, wurde man auf seinen Wegen von Ochsen- oder Pferdewagen mitgenommen. Notgedrungen hatte Quirin so die Gegend kennengelernt. Wenn man eines, ohne zu lügen, behaupten konnte, dann, dass Quirin auch mit einundsechzig Jahren noch gut zu Fuß war.

Dieser Umstand hatte ihn im Herbst des letzten Jahres zu einem idealen Kandidaten für die diskreten Geschäfte gemacht, denen Thomas nachging. Als Verwandter genoss Quirin so etwas wie eine besondere Vertrauensstellung in dessen Truppe. Insbesondere, was Leopold Schilz anging. Man sollte nicht schlecht über die Toten sprechen, war Quirin von Kindesbeinen an beigebracht worden. Er war jedoch sicher, bei Lupen-Leo würden die Helfer des Teufels in der Hölle nun mit besonders großer Begeisterung die Feuer schüren. Quirin atmete tief durch, es war sehr wahrscheinlich, dass der Höllenfürst auch für ihn einen passenden Bratspieß bereithielt. Mehrmals hatte Quirin verschiedene Pfarrer in den umliegenden Dörfern bei Beichtgelegenheiten aufgesucht. Abgesehen von dem üblichen Herunterleiern der alltäglichen Sünden hatte er es nicht fertiggebracht, das zur Sprache zu bringen, was er bei der Unterstützung Leos getan hatte. Seine Seele hatte nicht nach Erleichterung verlangt, Quirin war zu der Überzeugung gekommen, dass er wohl ein schlechter Mensch war. Aber vielleicht konnte man einen Handel mit dem Teufel eingehen und eine Arbeitsstelle in der Hölle übernehmen. Beim Anzünden von Lagerfeuern hatte Quirin immer besonderes Geschick bewiesen. Bei diesem Gedanken musste er kichern.

Er drehte sich von dem atemberaubenden Ausblick zu dem Weg, der sich dem darbot, der wusste, wo er suchen musste. Im Gegensatz zur Familie Haber hatte Leos Vater zu den wohlhabenderen Bauern der Gegend gehört, da es hier oben größere Flächen zu bewirtschaften gab als im engen Tal. Eine gut gefüllte Geldbörse brachte jedoch nicht automatisch einen guten Charakter mit sich. Die meisten Bauern behandelten ihre Tiere gut, wussten sie doch, dass ihr eigenes Wohlergehen in erster Linie vom Viehbestand abhing. Leopold Schilz und sein Vater gehörten zu denen, die rücksichtslos auf die Kühe und Schweine eindroschen, wenn sie nicht auf der Stelle das taten, was sie sollten. Aufgrund seiner Wanderjahre kannte Quirin das, solche Bauernhöfe gingen früher oder später vor die Hunde. Geschundenes Vieh war anfälliger für Krankheiten, und die Misswirtschaft hörte meistens nicht mit dem schlechten Behandeln der Tiere auf. Am Ende hatte der Krieg dafür gesorgt, dass der Schilz-Hof ziemlich plötzlich und brutal durch die Amerikaner abgewickelt wurde. Wieder musste Quirin kichern.

Bereits vor dem Krieg war Lupen-Leo eine unheimliche Erscheinung gewesen, wenn man ihm unten im Ort begegnete. Man konnte nicht behaupten, dass die totale Zerstörung des Hofes und der Tod seiner Eltern und seiner Geschwister seinen Charakter zum Besseren geläutert hätten.

Quirin sah keinen wirklichen Sinn in diesem außerplanmäßigen Ausflug. Pflichtschuldig hatte er den Hügel erklommen, damit er guten Gewissens berichten konnte, er sei vor Ort gewesen. Der ehemalige Schilz-Hof lag hinter der nächsten Hügelkuppe. Wie es dort aussah, wusste Quirin vom letzten Ausflug im Frühjahr. Für einen unbedarften Fremden gab es ohnehin nichts mehr zu besichtigen, die Amis hatten ganze Arbeit geleistet.

Der zweite Auftrag von Thomas, Andrej im Auge zu behalten, machte für Quirin viel mehr Sinn. War der doch eine der Figuren, deren Funktion man nur sehr schwer auf dem Spielfeld einordnen konnte. Auf entsprechende Fragen zu dessen Hintergrund reagierte Thomas merkwürdig ausweichend. Leo war tot, Andrej nicht. Die beiden hatten sich von Anfang an nicht leiden können. In den Tagen vor Leos Tod hatte bei jeder Begegnung der beiden ein Gewitter in der Luft gelegen, das nur auf seine Entladung wartete.

Quirin sah den Hügel hinauf. Er war davon überzeugt, Thomas' Wunsch genügend nachgekommen zu sein. Außerdem war es besser, dort oben nicht zufälligerweise gesehen zu werden. Da er noch nichts gegessen hatte, beschloss Quirin, den Aussiedlerhof seinem Dornröschenschlaf zu überlassen und nachzuschauen, was seine Schwägerin Evelin unten im Tal auf dem Bauernhof seines Bruders ihm als spätes Frühstück anbieten konnte. Mit federnden Schritten folgte Quirin der Landstraße, die den Hügel hinab nach Waxweiler führte.

-16-

Die Fahrt ging an den letzten Häusern des Dorfes vorbei, hinaus in den Nachbarort Badem. Keiner sagte etwas. Peters qualmte gut gelaunt vor sich hin. Offensichtlich verlief alles so, wie er sich das vorgestellt hatte. Karl saß auf dem engen Rücksitz des Wanderers W40 und sah zum Fenster hinaus. Überall auf den Feldern entlang der Straße konnte man Bauern bei ihren diversen Feldtätigkeiten beobachten. Die meisten Disselbacher waren bei der Kartoffelernte für die Frühkartoffeln oder zumindest den Vorbereitungen dafür.

Sie passierten Badem und fuhren weiter hinunter ins Kylltal durch Erdorf, dort gab es einen Bahnhof. Die Disselbacher nutzten aus Gewohnheit eher den im wenige Kilometer entfernten Kyllburg. In dem kleinen Städtchen gab es zusätzlich zur Verkehrsanbindung einige Einkaufsmöglichkeiten. Von Erdorf ging es wieder aus dem engen Kylltal hinauf nach Bitburg. Disselbach war, abgesehen von dem Fliegerangriff auf die Schreinerei 1944 und einem abgestürzten englischen Flugzeug 1943, vom Krieg fast komplett verschont geblieben. Von Bitburg konnte man das nicht sagen. Die Ardennenoffensive war in vollem Gange gewesen, Bitburg wurde als Versorgungsknotenpunkt für die Wehrmacht genutzt. Zu Weihnachten 1944 hatte es einen schweren Bombenangriff auf die Kreisstadt gegeben. In der Innenstadt war kaum ein Stein auf dem anderen geblieben.

Von Erdorf kommend, mussten sie einmal quer durch die Stadt. Zwei Jahre nach dem Krieg waren die Straßen zwar freigeräumt, dennoch türmte sich am Wegesrand der Schutt zu beachtlichen Bergen. Die Kreuzungen waren mit grob gezimmerten und beschrifteten Schildern in Deutsch und Französisch ausgestattet, die in alle Himmelsrichtungen zeigten.

Die Kaserne lag im Süden der Stadt. Die Gebäude waren im Zuge der gewaltigen Aufrüstung Hitlers Ende der Dreißigerjahre errichtet worden. Da Peters seine Dienstmarke vorzeigen konnte und vorzüglich Französisch sprach – er hatte es in seiner Kindheit in Aachen von einer Nachbarin aus Belgien gelernt –, ergaben sich an der Pforte keine größeren Probleme. Zielstrebig wurde ein zentrales Gebäude angesteuert, vor der die blau-weiß gestreifte Fahne mit dem roten Löwen des Großherzogtums wehte. Nachdem das Auto abgestellt war, machte sich Schillinger auf den Weg zu Polizeianwärter Franken.

Peters wandte sich an Karl: »Der Colonel dieser netten Liegenschaft möchte sich auf die wichtigen militärischen Aspekte wie das ordentliche Exerzieren und Wacheschieben konzentrieren. Schmuggler sind da eher lästig. Du erinnerst dich an Capitaine Dorflinger?«

Karl nickte. Er hatte mit dem Capitaine im vorigen Jahr kurz im Steinbruch zu tun gehabt, als die vielen Leichen sortiert werden mussten.

»Großartig. Dorflinger ist der Chef deines Kumpels.«

Peters schritt voran in das Gebäude. Sie folgten einem langen Gang durch das Gebäude hindurch, bis zu einer stirnseitigen Tür. Ohne anzuklopfen, trat Peters ein. »Mahlzeit, die Herrschaften!«

Sie standen in einem Vorzimmer, drei Soldaten sahen erschrocken hoch.

»Wir hätten einen Termin mit dem Capitaine.«

Einer der Männer antwortete auf Französisch. Eigentlich sprachen die Luxemburger allesamt zumindest ein wenig Deutsch. Außerdem waren der Eifeler Dialekt in ihrer Gegend und das gesprochene Luxemburgisch fast deckungsgleich. Um den Einheimischen gegenüber nach dem Krieg Distanz zu wahren, bevorzugten die Luxemburger jedoch die französische Sprache.

»Wie bitte?« Dass Peters fast perfekt Französisch sprach, war ihm anscheinend vorübergehend entfallen. »Der Capitaine? Dorf-ling-er?« Er sprach langsam und betonte jede Silbe.

Sein Gegenüber verzog den Mund, auf Deutsch antwortete er: »Einen Augenblick bitte.«

Der Soldat verschwand durch die gegenüberliegende Tür. Gleich darauf kam er zurück, mit der Hand zeigte er ins Innere des Raums. »Voilà.«

»Was?« Peters klang wie ein zurückgebliebener Dödel.

»Der Capitaine lässt bitten.«

Peters verbeugte sich leicht vor Karl. »Herr Bermes, wenn ich Sie bitten dürfte?«

Karl marschierte wortlos an Peters und dem Soldaten vorbei in das Allerheiligste des Kompaniechefs.

»Bonjour«, erklang es zur Begrüßung. Dann sah Capitaine Dorflinger Karl irritiert an. »Kennen wir uns nicht?«

»Wir sind uns im letzten August im Steinbruch bei uns in Disselbach begegnet.«

Bevor der Mann dazu etwas sagen konnte, polterte Peters in die Amtsstube. »Gott zum Gruß, mein lieber Capitaine! Schön, Sie wiederzusehen.« Er zog die Tür hinter sich zu.

Dorflinger machte ein ähnliches Gesicht wie der Soldat zuvor. »Da sind Sie also.«

»Da bin ich also, in all meiner Pracht. Der Colonel hat uns angekündigt?«

»Sie schon, Ihren Begleiter nicht. Wie war noch mal der Name dieses Herrn?«

Peters zündete sich zuerst eine Camel an, bevor er Karl kräftig auf die Schulter klopfte. »Herr Bermes ist so freundlich, mich zu unterstützen. Es wäre schön, wenn Sie ihn mit dem gleichen Respekt behandeln könnten wie mich.«

Der säuerliche Gesichtsausdruck des Soldaten vertiefte sich. »Wie Sie meinen. Der Herr Bermes ist aber Zivilist?«

»So ist es, mon Capitaine.«

Dorflinger räusperte sich. »Nun, was kann ich für Sie tun?«

»Ich dachte, das wäre klar. Wir würden uns gerne mit einem Ihrer Untergebenen unterhalten.«

Dorflinger lehnte sich in seinem Stuhl zurück und verschränkte die Finger ineinander. Seine Augen wanderten von Peters zu Karl und wieder zurück, ehe er sagte: »Caporal Golzbach wartet auf uns in einem Raum neben der Arrestzelle.«

Peters klatschte in die Hände und öffnete die Tür. »Na dann, machen wir uns auf den Weg.«

Angesichts ihres Vorgesetzten hinter seinem Schreibtisch standen die anwesenden Soldaten auf. Peters drückte den Rücken durch, die Zigarette hielt er wie einen Marschallstab beim Abschreiten der Parade.

Der Kommissar steuerte auf eines der Gebäude in der Mitte der Kaserne zu. Durch die unverschlossene

Eingangstür traten sie ein. Weiter mit Peters vorneweg ging es die Treppe hinunter in den Keller. Nach der ersten Abzweigung nach links sah man zwei Gestalten. Franken lehnte gelangweilt an der Wand zwischen zwei Stahltüren, Schillinger war dabei, sich eine Zigarette anzuzünden.

»Morgen, Franken. Alles senkrecht im Keller?«

Franken stieß sich von der Wand ab und nahm Haltung an. Sein Kollege steckte lediglich das Feuerzeug weg.

»Wie geht es unserem Verdächtigen?«

Franken sah zu Karl, bevor er ratlos die Schultern hob. »Welchen meinen Sie denn jetzt, Herr Kriminalkommissar?«

»Polizeianwärter Franken, Sie müssen noch viel lernen. Verdächtig ist nur Herr Neuerburg. Der Caporal Golzbach opfert etwas von seiner kostbaren Zeit, um uns bei der Aufklärung des aktuellen Falls behilflich zu sein. Verstanden?«

»Jawoll, Herr Kriminalkommissar!«

»Sehr schön.«

Peters drehte sich zu Dorflinger um. »Mon Capitaine, wollen Sie bei der Befragung Ihres Mannes mit dabei sein?«

Dorflinger fischte ein blaues Zigarettenpäckchen aus der Brusttasche seiner Uniform. Karl erkannte den Flügelhelm darauf. Die starken französischen Gauloises hatten sich unter den Rauchern in seiner Kompanie am Atlantik großer Beliebtheit erfreut. Der Duft des dunklen Krautes legte sich über den der Camel. Der Capitaine machte einen vollkommen entspannten Eindruck, sagte jedoch sehr energisch: »Herr Kriminalkommissar, Ihre Leute können Sie vielleicht mit Ihrem Auftreten beeindrucken. Mich nicht!« Dann lächelte er und klang gleich etwas freundlicher. »Ich möchte Sie außerdem darauf hinweisen, dass wir uns hier auf luxemburgischem Hoheitsgebiet befinden. Ihre Kompetenzen enden genau genommen am Tor. Der Colonel war nur so freundlich, Sie hier gewähren zu lassen.« Er verlagerte das Gewicht von einem Bein auf das andere. »Ich bin einige Jahre Teil der englischen Armee gewesen und durfte mich als solcher von der Normandie in meine Heimat durchkämpfen. Falls Sie denken, es bereitet mir Freude, meine Dienstzeit hier in der Fremde zu verbringen, dann täuschen Sie sich. Ihr Deutschen musstet dem Größenwahn eines einzigen Mannes folgen, und halb Europa konnte zusehen, wie man euch wieder einfängt. Etwas mehr Demut könnte nicht schaden.«

Der Capitaine beherrschte das Handwerk des Soldaten kaum weniger als Peters und konnte seinerseits sehr bestimmt auftreten.

Der Kommissar fixierte Dorflinger, ehe er lächelte. »Aber, aber, mein lieber Capitaine, damit haben Sie natürlich recht, und ich möchte meine Kompetenzen keinesfalls überschreiten.«

Dorflinger machte nicht den Eindruck, ihm das zu glauben. »Als sein Vorgesetzter werde ich selbstverständlich anwesend sein, wenn Sie Caporal Golzbach befragen.«

Peters wedelte mit der Hand. »Na dann, schreiten wir zur Tat.«

Franken ging einen Schritt zur Seite, damit er die linke der beiden Stahltüren öffnen konnte.

Karl fand sich mit Peters und dem Capitaine in einem kahlen Raum wieder. Es gab nur einen Tisch mit zwei Stühlen. Dort saß Pierre und starrte sie finster an. Er sprang noch nicht einmal in Habachtstellung auf angesichts des anwesenden Offiziers. Was Karl nicht weiter wunderte, Pierre war bereits während ihrer gemeinsamen Zeit bei der Luftwaffe am Atlantikwall kein Mustersoldat gewesen. Im Krieg hatte er allerdings mit seinem Verhalten darauf verweisen können, er sei als Luxemburger in die deutsche Armee gepresst worden.

Peters setzte sich Pierre gegenüber an den Tisch und bot ihm eine Zigarette an. Pierre griff zu, Peters gab ihnen beiden Feuer. »Ich bin Kriminalkommissar Peters von der Polizeidienststelle Trier. Ich hätte einige Fragen hinsichtlich eines Kapitalverbrechens.«

Pierre zog die Schultern trotzig nach oben. »Kriminalkommissar? Das ist aber ein komischer Vorname. Gibt es den öfter in Deutschland?«

Dorflinger hustete in die Faust. Karl grinste still in sich hinein. Wie seinerzeit bei der Luftwaffe legte Pierre ein ausgeprägtes Talent an den Tag, dämliche Fragen zu stellen, um Zeit zu gewinnen. Ihren Feldwebel hatte er damit zur Weißglut bringen können.

Peters saß Karls altem Kameraden gelassen gegenüber, er zog gemächlich an seiner Zigarette. Urplötzlich holte er aus. Seine geballte linke Faust donnerte auf den Tisch. Alle im Raum schraken zusammen, Pierre machte einen Satz auf seinem Stuhl. Peters beugte sich nach vorne, mit der Zigarette zwischen Zeige- und Mittelfinger zeigte er auf Pierre. Die Drohung in seiner Stimme drang unverkennbar durch. »Mein lieber Caporal, ich kann Witzbolde nicht leiden.«

»Mäßigen Sie sich, Herr Kriminalkommissar!«, kam es scharf von Dorflinger.

Peters sackte zurück in den Stuhl, er warf dem Capitaine einen nachdenklichen Blick zu. An Pierre gewandt, sagte er: »Nur damit Sie verstehen, worum es hier geht: Ich bin bei der Kriminalpolizei, und ich ermittle in einem Mordfall. Im Rahmen meiner Ermittlungen sind Sie auf der Bühne erschienen.« Und an Dorflinger gewandt: »Euer Militärstrafrecht ist mir nicht vertraut. Allerdings bin ich früher Feldpolizist gewesen. Bei uns in der Wehrmacht wäre bei Schwarzhandel und Verbindungen ins kriminelle Milieu einiges an Strafen zusammengekommen.«

Die Lippen des Capitaine verzogen sich zu einem dünnen Lächeln. »Akzeptiert, point pour vous.«

Peters nahm Pierre wieder ins Visier. »Also, mein bester Caporal Golzbach, sehen Sie sich in der Lage, mit mir ein vernünftiges Gespräch zu führen, oder muss Ihr Capitaine eure Militärgerichtsbarkeit aktivieren?«

Pierre schluckte. Sein »Entschuldigung« war kaum zu hören.

Rauch stieg aus Peters' Nasenlöchern. »Angenommen. Nun, was sagt Ihnen der Name Leopold Schilz?«

Die Augen des Luxemburgers irrlichterten im Raum umher. Kurz sah er zu Karl, dann wieder auf den Tisch vor sich. Karl kannte Pierre gut, am liebsten hätte er alles von sich gewiesen, entschied sich dann doch dafür zu kooperieren. »Das ist ein Arschloch.«

»Gewesen«, ergänzte Peters.

»Wieso gewesen?«

Der Kommissar sah Dorflinger an. »Ich spreche doch klar und deutlich. Hatte ich eben nicht erwähnt, dass ich in einem Mordfall ermittle?«

»Leo ist tot?«

»Damit bringen Sie den Sachverhalt sehr präzise auf den Punkt, Caporal Golzbach. Warum ist, oder besser gesagt warum war Leopold Schilz ein Arschloch?«

»Weil es so gewesen ist.«

»Tatsächlich? Na, das erklärt ja alles.« Die Stimme des Polizisten wurde wieder schärfer. »Herr Caporal, Sie allein bestimmen, wie lange wir hier in diesem Kellerloch sitzen. Das kann eine Weile dauern, es könnte genauso gut schnell gehen. Ich würde eindeutig Letzteres bevorzugen.«

Pierre begann auf der Unterlippe zu kauen. Sekundenlang starrte er die Tischplatte an, dann sah er zu Peters auf. »Leopold Schilz ist ermordet worden?«

Peters nickte nur.

»Wie?«

»Das tut hier nichts zur Sache.«

Erneut studierte Pierre den zerkratzten Tisch. »Das wundert mich nicht.«

»Schon klar, er ist ein Arschloch gewesen. Was das angeht, würden mich allerdings Details interessieren.«

Diesmal blickte Pierre zu Karl auf. Der hatte die Entwicklung bis hierher einfach über sich ergehen lassen. Er rätselte, worauf das alles hinauslaufen sollte.

Pierre atmete tief durch. »Ich hatte nur ab und zu mit Schilz zu tun. Man merkt, wenn jemand ganz einfach ein Fiesling ist. Lupen-Leo war so einer.«

»Wer?« Zum ersten Mal klang Peters erstaunt.

»Das war der Spitzname von Schilz. Er hatte eine Brille, die dicker war als eine Lupe.«

Peters kratzte sich am Kinn. »Wegen der Brille ist er ja wohl kein Arschloch gewesen?«

Pierre zuckte mit den Schultern. »Schilz hat alle anderen wie Viehzeug behandelt. Solche Leute treten irgendwann jemandem auf die Füße, der sich das dann nicht gefallen lässt. Ich habe Leo das letzte Mal vor vier Wochen gesehen.«

Unvermittelt sprang der Polizist auf die Füße. Wieder schraken alle Anwesenden zusammen. Zum Offizier sagte er: »Wenn Sie mich bitte für einen Augenblick entschuldigen würden, mon Capitaine? Ich müsste mit Herrn Bermes draußen etwas besprechen. Ich bin gleich wieder zurück.«

Dorflinger machte ein verblüfftes Gesicht. »Wie Sie meinen, Herr Kommissar. Wird es länger dauern? Es wäre gleich Mittag.«

»Nein, nein, keine Angst. Als ehemaliger Soldat weiß ich, ohne Mampf kein Kampf. Wir sind pünktlich zum Essen fertig.«

Peters schob Karl zur Tür. Draußen stand Franken als getreue Wache Gewehr bei Fuß. Peters pflaumte ihn an: »Polizeianwärter Franken, mitkommen! Schillinger, Sie halten hier die Stellung!«

Der Wachtmeister tippte sich mit dem Finger an die Mütze.

Peters ging voraus, Franken folgte ihm mit dem Karabiner über der Schulter. Karl wiederum trottete den beiden hinterher. Seine Vermutung, er wäre mit von der

Partie, um Pierre zur Not ins Gewissen zu reden, war offensichtlich nicht zutreffend.

Vor dem Gebäude sah der Polizist an Karl vorbei zum Kasernenhof, wo eine Kompanie Soldaten das Marschieren im Gleichschritt übte.

»Ob Wehrmacht oder großherzogliche Armee, Militär ist echt Mist. Wie kann man seine Zeit nur mit solch einem sinnlosen Quatsch, wie im Quadrat zu marschieren, vergeuden? Wie sehen Sie das, Franken?«

»Was, ich?« Der Polizeianwärter wurde nervös. »Ich weiß nicht, was Sie meinen, Herr Kriminalkommissar.«

»Das macht nichts, Franken. Die Kameraden da wissen auch nicht, warum sie das tun, was sie tun.«

Karl wurden Peters' Spielchen langsam lästig. »Wären Sie so nett, mir zu verraten, wozu Sie mich hierher in die Kaserne geschleppt haben?«

Der Polizist zwinkerte ihm zu. »Eben warst du so etwas wie ein Fahnensignal für den Kameraden Pierre. Mit deinem Erscheinen war ihm sofort klar, dass ich Bescheid weiß.« Er wandte sich zum Polizeianwärter. »Franken, drehen Sie mal eine Runde um den Block.«

Der junge Mann sah ihn ratlos an. »Ich soll was tun?«

»Das, was man Ihnen sagt. Wir haben hier ein schönes frei stehendes Gebäude, da gehen Sie jetzt einfach einmal komplett drum herum. Dabei können Sie sich Zeit lassen. Verstanden?«

»Jawoll, Herr Kriminalkommissar.«

»Abmarsch!«

Franken zog den Gurt seines Karabiners etwas fester, er warf Karl einen unsicheren Blick zu, dann trabte er los.

Peters sah ihm hinterher. »Da haben wir noch einiges an Arbeit vor uns. Außer ›Jawoll‹ zu sagen, hat diese Jugend nicht viel gelernt. Zum Glück bist du da einen Schritt weiter, Herr Bermes.«

Der Polizist schob sich den Hut in eine Position, dass er von der Sonne weniger geblendet wurde. »So, jetzt reden wir Klartext, Herr Bermes. Ich würde dich gerne um Hilfe bitten, befehlen kann und will ich dir nichts.«

»Dann lassen Sie mal hören.« Karls Neugier wuchs.

»Das, was ich dir jetzt erzähle, dürfte ich eigentlich nicht tun. Du hast keinerlei Amtsbefugnisse, und ich kann dir so etwas nicht verleihen. Verstehst du das?«

Karl nickte.

»Schön. Du bist ein helles Köpfchen, außerdem kannst du auf dich selbst aufpassen. Franken ist leider noch nicht so weit, Wachtmeister Schillinger ist zu phlegmatisch für das, was ich vorhabe.«

Karl sah den exerzierenden Soldaten zu, er wollte keine Fragen stellen, die das Gespräch unnötig in die Länge zogen.

Peters registrierte das. »Scheiß drauf, Herr Bermes. Langer Rede kurzer Sinn, ich möchte dich als Schmuggler engagieren.«

Nun war es dem Kommissar doch gelungen, dass Karl sich zu einem: »Sie möchten was?«, hinreißen ließ.

Man sah dem Polizisten an, wie sehr er sich freute, Karl aus der Reserve gelockt zu haben.

»Wie erwähnt, die Schmuggelei fällt nicht in meinen Zuständigkeitsbereich. Tote schon. Deinen Kumpel Pierre werde ich gleich im Keller etwas weiter in die Mangel nehmen, damit er angemessen eingeschüchtert ist und über unsere Begegnung den Mund hält. Ich gehe davon aus, dass ich seine Kontakte aus ihm herauskitzeln kann. Diese Informationen benötige ich für dich.«

Karl hob die Augenbrauen.

»Bien, würde der Capitaine sagen. Herr Bermes, du bist ein Einheimischer und sprichst den richtigen Dialekt. Außerdem kannst du glaubhaft versichern, dass du im Augenblick als Schmied nicht viel zu tun hast und dringend nach alternativen Verdienstmöglichkeiten suchst. Deine Aufgabe wäre es, dich mit Franken da einzuschleusen.«

»Franken? Sie meinen unseren Spaziergänger?«

Peters tat ganz harmlos. »Sonst habe ich keinen Franken zur Hand. Vier Augen sehen mehr als zwei, außerdem sollte in so einem Fall wenigstens ein ganz klein wenig korrekte Zuständigkeit mit dabei sein.«

»Dieser Franken ist doch noch ein halbes Kind.«

»Herr Bermes, jetzt sei nicht so überheblich. Dir wächst auch noch kein grauer Bart. Franken sieht zwar aus wie frisch von der Schulbank, er ist aber zweiundzwanzig Jahre alt und war zwei Jahre im Krieg. Im Gegensatz zu dir hat er nicht gemütlich in einem Bunker der Luftwaffe gesessen. Dazu bringt er eine nützliche Eigenschaft für diesen Auftrag mit, er ist Waise. Was von seiner Familie übrig war, ist bei einem Bombenangriff auf seine Heimatstadt Völklingen ums Leben gekommen. Wie die meisten Polizeianwärter ist er in einer kaputten Kaserne in Trier untergebracht. Es wird ihn also so schnell niemand vermissen.«

»Ich dachte, Schmuggel wäre Sache des Zolls?«

»Mit denen habe ich telefoniert. Die Kollegen halten fürs Erste die Füße still.«

Karl fiel noch etwas ein: »Haben Sie nicht unseren Bürgermeister als Verdächtigen verhaftet? Was gibt es denn dann noch über den Mord herauszufinden?«

Peters schlug ihm gut gelaunt auf die Schulter. »Herr Bermes, kann ich dich nicht doch dazu überreden, bei uns anzuheuern?«

Karl verdrehte die Augen. »Valentin?«

»Aus Erfahrung kann ich dir sagen, selbst der harmloseste Zeitgenosse ist im Affekt zu unglaublichen Taten fähig. Allerdings bezweifle ich, dass euer Bürgermeister selbst im Affekt jemanden erschießen könnte. Er hat mir erzählt, dass er vor Jahren versucht hat, ein festgebundenes Huhn mit seiner Pistole zu treffen. Es ist ihm nicht gelungen, das arme Tier in den Hühnerhimmel zu befördern. Das glaube ich ihm.« Peters saugte ausgiebig an der Camel. »Davon abgesehen, mit der P08 wurde tatsächlich vor längerer Zeit das letzte Mal geschossen. Wie ich bereits gestern bei einer genaueren Untersuchung herausgefunden habe, ist der Lauf staubig und setzt ordentlich Rost an, das Magazin war voll.«

»Damit wurde dieser Schmuggler also nicht erschossen?«

»Exakt. Wenn Herr Neuerburg keine zweite, versteckte Waffe besitzt, hat er niemanden erschossen. Deine Information von heute Morgen passt auch noch dazu. Es gibt zwar Fingerabdrücke von Herrn Neuerburg, aber selbst die haben eine gewisse Patina angesetzt. Die neuesten, die wir finden konnten, sind eher von einer Frauenhand.«

»Warum lassen Sie ihn dann nicht laufen?«

Peters grinste über beide Ohren. »Nennen wir es einfach eine kleine Retourkutsche für das Verhalten von

Herrn Neuerburg im letzten Jahr.« Er betrachtete zum wiederholten Mal die exerzierenden Soldaten. »Da wir einen vorzeigbaren Verdächtigen mit dem passenden Auto haben, kann ich euch ins Spiel bringen. Das ist wichtiger.«

»Das heißt, Valentin bleibt in der Arrestzelle?«

»Exakt, sonst funktioniert mein Plan nicht. Dort hat er Zeit, über sein Leben nachzudenken. Vielleicht ändert diese Erfahrung seinen Charakter.«

»Wie stellen Sie sich diesen Plan vor?«

»Im Krieg musste ich öfter improvisieren. Nachdem ich gestern die Pistole untersucht hatte, kam mir der Einfall mit dem Einschleusen. Die Idee mit Franken ist mir dann eben spontan im Keller gekommen. Ein guter Plan muss reifen.«

Karl ging nicht auf das Zwinkern des Kommissars ein. Der sprach weiter: »Wie auch immer. Es gibt da ein gewisses Lager bei euch im Wald. Kamerad Franken wird ab morgen ein ehemaliger Soldat aus dem Saargebiet sein, der wegen der Abriegelung nicht nach Hause kann. Ihr werdet bestimmt genügend Berührungspunkte für eine wunderbare Freundschaft finden, nachdem er dort aufgetaucht ist. Was hältst du von meinem Vorschlag, Herr Bermes?«

Karl betrachtete seinerseits die Soldaten auf dem Exerzierplatz. »Franken ist gestern bei mir in der Schmiede und im Geschäft gewesen. Die Leute haben ihn gesehen. Wie soll ich das erklären?«

»Ein guter Einwand. Aus meiner Zeit vor dem Krieg weiß ich, dass die Leute bei Polizeieinsätzen eher die Funktion und die Uniform als den Menschen sehen.

Franken kommt morgen frisch aus der Entlausung und wird keine Haare mehr haben. Dazu stecken wir ihn in zivile Klamotten, und schon ist er wie neu.«

»Und das soll funktionieren?«

»Das werden wir wohl herausfinden müssen. Wie gesagt, es ist eher eine spontane Idee.«

»Wie sieht es mit einer Bezahlung aus?«

Peters machte ein zufriedenes Gesicht, er hatte Karl am Haken. »Natürlich nur nützliche Sachen und keine Reichsmark. So genau kann ich das jetzt nicht beziffern, es sollten die ein oder andere Stange Zigaretten und genug Benzin drin sein, um alle Fahrten, die du unternehmen musst, zu decken. Na, was sagst du?«

Karl überlegte. Bei der aktuellen Laune seines Vaters konnte es nicht schaden, ihm eine Weile aus dem Weg zu gehen. Zigaretten und Benzin klangen nach einer annehmbaren Bezahlung. »Warum nicht, wie soll es weitergehen?«

Peters grinste breit. »Wusste ich doch, auf dich ist Verlass, Herr Bermes. Um das Wie muss ich mir noch ein wenig Gedanken machen. Mein Vorschlag wäre, ich schicke Franken ins Lager, damit ihr euch beschnuppern könnt, und melde mich in den nächsten Tagen per Funk bei dir mit allem Weiteren.«

Karl sah nach rechts, der Polizeianwärter bog eben um die Ecke des Gebäudes, er hielt auf sie zu. Als er bei ihnen ankam, sah er Peters unsicher an. »Reicht das oder soll ich noch eine Runde drehen?«

»Alles gut, Franken, Sie sind ganz hervorragend um den Block marschiert, da macht Ihnen so schnell keiner etwas vor. Wo wir gerade so nett beieinanderstehen, ich habe mit Herrn Bermes über etwas gesprochen, das Sie betrifft.«

»Mich?«

»Genau Sie, Franken. Es erfüllt mein Herz mit Freude, dass Sie sich freiwillig melden.«

»Ich mache was?«

Peters runzelte die Stirn. »Wollen Sie sich etwa nicht freiwillig melden, Herr Polizeianwärter?«

»Doch natürlich, Herr Kriminalkommissar.«

»Na also, geht doch. Das ist das Praktische mit euch Jungspunden, ihr seid es gewohnt zu gehorchen, ohne blöde Fragen zu stellen.« Peters sah Karl an. »Na gut, Ausnahmen bestätigen bekanntlich die Regel.« Zum Polizeianwärter sagte er: »Ich bin stolz auf Sie, Franken. Ich habe es bereits zu meiner Militärzeit immer so gehalten, Freiwillige vor.«

Verdattert nahm der Polizeianwärter den Karabiner von der Schulter und stellte ihn neben seinem rechten Fuß ab. »Worum geht es denn überhaupt?«

Weitere Einzelheiten hätten Karl durchaus ebenfalls interessiert, Peters tat ihm aber nicht den Gefallen, genauer auf seine Pläne einzugehen.

»Immer mit der Ruhe. Früher hätte man gesagt, so schnell schießen die Preußen nicht. Preußen ist aber bekanntlich inzwischen verboten. Folgende Vorgehensweise: Ich gehe jetzt eine weitere Runde mit dem Caporal plauschen. Wenn wir da nicht bald fertig werden, wird der Capitaine pampig, weil er nichts zu essen bekommt. Ihr beide setzt euch jetzt hier in die Sonne und wartet auf mich. Ihr könnt die Gelegenheit nutzen und euch ein wenig näher bekanntmachen. Nach dem Essen erkläre ich euch, was mir vorschwebt.«

-17-

Das Haus stand am Stadtrand von Bitburg. Bei den heftigen Kämpfen und Luftangriffen am Ende des Krieges hatte es einiges einstecken müssen. Die komplette rechte Hauswand fehlte und lag als Schutthaufen aus Bruchsteinen auf der angrenzenden Wiese. Ging man einige Schritte zurück, wirkte es wie ein überdimensioniertes Puppenhaus, bei dem man in die Zimmer schauen konnte. Erstaunlicherweise befand sich das Dach noch größtenteils an Ort und Stelle. Wenn es regnete, wurde das Innere des Hauses unangenehm feucht, was aber immer noch besser war, als im Wald zu kampieren. Bisher war niemand aufgetaucht, um Ansprüche auf die Bruchbude anzumelden. Genauso wenig interessierten sich irgendwelche Behörden für den baufälligen Zustand. Für Thomas Schwarz erfüllte es den Sommer über seinen Zweck als provisorische Unterkunft und Anlaufstelle nach getaner Arbeit. Zu Hause in Waxweiler hielt er sich nur alle paar Wochen zu Besuch auf. Er wollte seine Eltern nicht in das, was er »beruflich« tat, hineinziehen.

Vor dem Krieg war er als Streckenwärter bei der Reichsbahn angestellt gewesen. In der ärmlichen Eifel waren Stellen bei der Bahn wegen des regelmäßigen Einkommens und der Aussicht auf eine Pension sehr begehrt. Als Angehöriger der Reichsbahn blieb er zunächst vom Wehrdienst verschont. Jahr um Jahr fraß sich die Militärmaschinerie Deutschlands weiter hungrig durch die Jahrgänge junger Männer. Trotz aller gegenteiliger Bemühungen wurde Thomas Schwarz 1942 zur Wehrmacht eingezogen und landete bei der Nachschubeinheit eines Pionierregiments. Während des Krieges hatte er dort in erster Linie Material durch die Gegend kutschiert. Wegen seiner Zuverlässigkeit ernannte man ihn 1944 sogar zum Fahrer des Regimentskommandeurs. Er verbrachte seine Militärzeit meistens weit genug hinter der Front. Unter seinen Kameraden von der Transportkompanie gab es den Spruch: »Der Krieg ist eigentlich gar nicht so schlecht, nur vorne ist es scheiße.« Das konnte Thomas nur unterschreiben.

Obwohl der Krieg ihn durch halb Europa geführt hatte, geriet er kurioserweise auf dem Rückzug nur wenige Kilometer von seinem Heimatort entfernt in Gefangenschaft. Weil er sich in der Gegend auskannte und sein Chef das wusste, parkte er seinen Hanomag 6 samt Kommandeur einfach in einem Tal, nicht weit weg von Waxweiler. Dort wurden sie dann ohne großes Federlesen von den Amerikanern eingesammelt.

Nach seiner Entlassung aus der Gefangenschaft in Luxemburg schlenderte er aus alter Gewohnheit an den Bahntrassen entlang. Was nicht bei den Kampfhandlungen oder beim Rückzug der eigenen Armee zerstört worden war, wurde in der unübersichtlichen Nachkriegszeit gestohlen. Die Strecke bot ein trostloses Bild aus zerbrochenen Schwellen und Bombenkratern. Thomas wurde bei der Reichsbahn in Trier vorstellig. Niemand konnte ihm sagen, wann ein geregelter Betrieb mit Wartung wieder möglich sein würde.

Auf der Suche nach einer Perspektive landete er im Sommer 1946 in Aachen. Oder besser gesagt, in dem, was die alliierten Bomber von der Stadt Karls des Großen übrig gelassen hatten. In Aachen traf er seinen alten Kommandeur wieder.

Wolfgang Henkel stammte aus der Nähe von Berlin. Da dort inzwischen die Russen samt ihren kommunistischen Helfern das Sagen hatten, hatte er sich lieber nach Westen abgesetzt. Wolfgang war bei der Wehrmacht einer von denen gewesen, die immer wussten, wo es etwas zu holen gab. Er brauchte seine Position selten als Argumentationshilfe anzuführen, wenn es darum ging, einen unwilligen Zahlmeister zu überreden, Material herauszurücken. Wenn es einen geborenen Händler gab, dann Wolfgang Henkel. Schneller als seine Kunden es meistens selbst wussten, kannte er deren Bedürfnisse sowie den passenden Preis dafür. Thomas konnte nur staunen, mit welcher Selbstverständlichkeit es Wolfgang gelang, die Dinge des Lebens günstig zu besorgen, um sie anschließend mit ordentlichem Profit weiterzuverkaufen. Dieser Instinkt half ihm, im Grenzgebiet zwischen Deutschland, Holland und Belgien sein eigenes kleines Imperium aufzubauen. Wolfgang fand immer neue Möglichkeiten, lukrative Geschäfte abzuwickeln. Die Eifel mochte karg und ärmlich sein, die größtenteils menschenleere Landschaft mit den vielen unwegsamen Wäldern eignete sich allerdings hervorragend dazu, Güter für eine Weile von der Bildfläche verschwinden zu lassen, nur um sie dann da wieder auftauchen zu lassen, wo ein solventer Abnehmer zu erwarten war.

Wolfgang nahm Thomas vor dem Winter unter seine Fittiche. Man durfte sich nicht von dem gemütlichen Auftreten des ehemaligen Kommandeurs täuschen lassen. Wolfgang konnte nicht nur hervorragend verkaufen, er setzte auch stets seinen Willen durch. Wobei ihm die regellose Zeit nach dem Krieg entgegenkam. Thomas lernte nach dem Krieg wesentlich mehr bei Wolfgang als während der kompletten Zeit bei der Reichsbahn und den Pionieren. Wenn man es geschickt anging, boten die wilden Zeiten erstaunlich große Möglichkeiten zur Entfaltung.

So erkannte Henkel zügig die Geschäftsmöglichkeiten rund um den Bohnenkaffee. In Belgien ließ sich der Kaffee als Sackware en gros günstig besorgen und in Deutschland locker mit fünffachem Gewinn weiterverkaufen. Aus den Einkünften seiner diversen anderen Geschäfte besaß Wolfgang genug harte US-Dollar, um als Investor einsteigen zu können. Der normale Weg des Kaffees führte von Aachen aus nach Osten und Norden mit dem Ziel Frankfurt, Köln oder in die Städte des Ruhrgebietes.

Im Markt rund um Aachen und die Nordeifel tummelten sich viele interessierte Teilnehmer, und der Zoll verstärkte ständig seine Kräfte. Wolfgang blieb dort tätig, war aber findig genug, an potenzielle Kunden im Süden zu denken. Dort ließen sich nicht die Mengen absetzen wie gewohnt, aber Kleinvieh machte bekanntlich auch Mist. Genau für diese Routen, die in Richtung Bitburg oder Trier führten, heuerte er Thomas als eine Art Abteilungsleiter an.

Auf diese Weise kam Thomas mehr oder weniger wie die Jungfrau zum Kinde an seine Aufgabe. Auf den Trassen der Westeifelbahn von Prüm über Waxweiler nach Bleialf oder hinunter nach Neuerburg hatte er vor dem Krieg jeden Feldhasen persönlich gekannt. Abseits der Gleise begann für ihn ein Niemandsland aus Äckern, Wiesen und Wäldern. Früher hatte er seine freie Zeit lieber in den Kneipen der Gegend verbracht, als sich tiefergehende Ortskenntnisse der Eifel anzueignen.

Thomas erinnerte sich an den lustigen Wandergesellen Quirin. Und von dem erfuhr er nach seiner Rückkehr von Leos Wanderdrang.

Man konnte nicht behaupten, dass Leopold sich über ihr Wiedersehen besonders gefreut hätte. Für die neuerliche Kontaktaufnahme war es hinderlich, dass Thomas während der gemeinsamen Schulzeit stets an vorderster Front zu finden gewesen war, wenn es etwa darum ging, Leos Brillengestell aus Draht neue, fantasievollere Formen zu geben. Es stärkte das Gruppengefühl, wenn man einen klar definierten Feind hatte oder auf ein Opfer herabsehen konnte. Die Wirkung dieses Prinzips konnte man lange genug in dem aus dem Ruder gelaufenen Soziologieversuch, genannt Herrschaft der NSDAP, beobachten. Thomas hatte niemals jemanden ernsthaft als seinen Feind betrachtet, jeder konnte irgendwie von Nutzen sein. Die Juden waren ihm komplett egal gewesen. Eines hatte ihm allerdings bereits als Kind eingeleuchtet: Es war besser, mit dem Strom zu schwimmen, wollte man ein angenehmes Leben führen. Leo war leider jemand, der dem Strom im Weg gestanden hatte.

Thomas setzte all seinen Charme ein, um Leo für die Aufgaben, die er zu vergeben hatte, zu begeistern. Noch vor dem Ende des fürchterlichen Winters übernahm Leo endlich erste Aufträge. Nachdem das ganze Schmelzwasser im Frühjahr abgeflossen war, intensivierten sich die Einsätze. Thomas sorgte für so etwas wie ein rotierendes System. Um es dem Zoll zu erschweren, Spitzel einzuschleusen, hatte er festgelegt, dass die Ortskundigen – Leo, Quirin und Albrecht – stets mit wechselnden Trägern, Männlein wie Weiblein, auf die Reise gingen. Das hatte sich eindeutig bewährt. Trotz der sich ständig verstärkenden Kontrollen und Patrouillen aus bewaffneten Zöllnern war bisher niemand aus seiner Truppe erwischt worden. Bis vorgestern Morgen. Leos Tod war allerdings ein echter Schlag ins Kontor, auch wenn der grundsätzlich betrachtet eher einen Gewinn für die Menschheit bedeutete. Der Brillenmann hatte die meiste Zeit für sich allein am Lagerfeuer gehockt. Ihm genügte es vollkommen, die anderen mit den winzigen Augen hinter den dicken Gläsern zu betrachten. Thomas fand das eher nützlich; in Leos Gegenwart wurde wenig gesprochen, das war bei ihrer Art von Unternehmungen nicht das Schlechteste.

Nun, hinterher war man immer schlauer, und es machte nun keinen Sinn mehr, darüber zu lamentieren, er hätte dem Lupenmann früher auf die Finger schlagen sollen. Es wäre außerdem definitiv besser gewesen, sich nicht selbst die Finger schmutzig zu machen, doch auch daran ließ sich nichts mehr ändern. Bisher war niemandem aufgefallen, was Leo getrieben hatte. Und genau das hatte Thomas fasziniert. Er fand es außerordentlich interessant zu sehen, was in den unübersichtlichen Zuständen, in denen sie nun mal lebten, alles möglich war. Solche Grenzerfahrungen waren es, die dem Leben Würze gaben. Zu Anfang hatte ihn noch das Gewissen geplagt, doch mit jeder weiteren Tat Leos wurde diese Stimme leiser. Wer hatte sich in den letzten Jahren großartig um Moral geschert? Solange es noch keine klar definierten Behörden gab, konnte man sich erstaunlich viel erlauben. Den Herrschaften von der Besatzungsmacht fehlte das Wissen um die Details in der Eifel.

Thomas rätselte nach wie vor darüber, was im Tal der Nims geschehen sein mochte. Als der tödliche Schuss fiel, war ausgerechnet Andrej zu spät gekommen. Der Litauer war Teil eines neuen Betätigungsfeldes, das Wolfgang vor Kurzem aufgetan hatte, und damit unverzichtbar für die weiteren Planungen Wolfgangs.

»Möchtest du etwas essen?«

Thomas fuhr hoch. Da stand Karin und hielt ihm einen Suppenteller aus Blech hin. Darin befand sich ein Eintopf aus Gemüse und dem Kaninchen, das Thomas in einer Schlinge gefangen hatte. Karin fungierte gerne als Köchin. Der Eintopf würde sicher wie immer gut schmecken. Sie beugte sich nach vorne, Thomas spähte über den Teller hinweg in ihren Ausschnitt. Karin stammte aus Prüm und verdingte sich seit gut drei Monaten bei Thomas als Trägerin. Die blonde junge Frau mit dem beachtlichen Vorbau und dem Eins-a-Hintern war ein echter Hingucker. Thomas hatte bereits mehrfach sein Glück bei ihr versucht, allerdings ohne Erfolg. Obwohl jede ihrer geschmeidigen Bewegungen an eine

Katze auf der Balz erinnerte, konnte Karin das perfekte »Fräulein Rühr-Mich-Nicht-An« spielen. Dabei kursierten einige interessante Geschichten über sie.

Er zwang sich, den Blick von Karin abzuwenden, es gab im Augenblick dringendere Dinge zu bedenken als Titten und Ärsche. Dafür war später noch Zeit, er hatte momentan wahrlich andere Sorgen. Leos Abgang riss eine große Lücke in die Geschäfte, die sich gerade erst so richtig zu entwickeln begannen. Fürs Erste würde es vermutlich darauf hinauslaufen, die Transportgruppen zu vergrößern, selbst wenn dies das Risiko, entdeckt oder von Spitzeln unterwandert zu werden, erhöhte.

Den Mörder Leos hatte man offenbar eingelocht. Wie so oft war der Kontakt zu diesem Vollidioten mit dem seltsamen Auto über jemanden zustande gekommen, der jemanden kannte, und so weiter. Solange die Kundschaft ihre Ware in Form von Zigaretten oder, besser noch, harter ausländischer Währung bezahlte, kümmerte man sich nicht um Namen. Je weniger man wusste, desto besser.

Quirins Ausflug in die alte Heimat hatte keine neuen Erkenntnisse gebracht. So ganz wollte der Gedanke, Andrej könnte etwas mit dem Tod des Brillenmannes zu tun haben, nicht aus Thomas' Hinterkopf verschwinden. Fakt und damit das grundlegende Problem war, der Mann mit der Brille war mausetot. Das Geschäft ging derzeit vor, und er konnte nun schauen, wie er die Menge Kaffee auf den Weg brachte, die er sowohl Lieferanten als auch Abnehmern versprochen hatte.

DONNERSTAG, 31.07.1947

TAG 11

-18-

Gleich hinter der großen Zentralbaracke, in der die Küche untergebracht war, lagen die Vorratsgebäude. Früher, als das Lager noch seinem ursprünglichen Zweck diente, Arbeitsmännern ein zeitlich begrenztes Heim zu geben, lagerten dort am Waldrand die Lebensmittel. Mittlerweile wurde in den Gebäuden alles untergebracht, was angeliefert wurde. Pauline schloss den rechten der drei Schuppen ab. War im Winter das Petroleum ein rares Gut gewesen, so mangelte es nun an Waschmittel. Aus Seifeblöcken hätte man kleine Häuschen bauen können, bei Waschpulver hingegen stockte irgendwo die Produktion.

Die Anzahl der Bewohner hatte sich über den eisigen Winter reduziert und war seitdem nicht mehr wesentlich angestiegen. Gemäß ihren Listen wohnten im Moment genau einhundertvierunddreißig Menschen im Waldlager. Etwa hundert Bewohner gehörten zu Familien, die sich mangels Alternativen im Disselbacher Forst eingerichtet hatten. Die meisten von ihnen stammten aus den deutschen Ostprovinzen und dem Sudetenland. Ein Jahr zuvor hatten noch gut neunzig Personen mehr das Lager bevölkert. Insbesondere die Baracke mit den alleinstehenden Männern war wesentlich übersichtlicher geworden. Die Lager der westlichen Siegermächte waren weitestgehend aufgelöst, die Heimkehrer aus den russischen Lagern verschlug es selten so weit in den Westen. Inzwischen tauchten eher Leute wie Edmund Franken auf. Der dünne junge Mann mit den langsam nachwachsenden roten Haaren stammte aus dem derzeit abgeriegelten Saargebiet. Das lag nur etwa hundertzwanzig Kilometer von Disselbach entfernt. Pauline hatte sich bei Fräulein Schneebach einen alten Schulatlas ausgeliehen. Auf der Karte wurde das Saargebiet allerdings noch als Teil der preußischen Rheinprovinz zur Kaiserzeit dargestellt.

Seitdem der Saarländer in der Männerbaracke wohnte, erschien zu Paulines Verwunderung Karl Bermes regelmäßig im Lager. Beide waren groß, sonst gab es keine Gemeinsamkeiten. Karl Bermes war ein Baum von einem Mann, mit unglaublich breiten Schultern. Edmund Franken brachte noch einige Zentimeter mehr an die Messlatte, konnte sich mit seiner klapprigen Statur aber locker hinter dem Schmied verstecken. Pauline musste ständig dieses eigenartige mütterliche Gefühl unterdrücken, den Schmalhans mit Essen versorgen zu wollen.

Was die beiden am grundlegendsten unterschied, war ihr Charakter. Da, wo Karl mit seiner Wortkargheit einem Karpfen Konkurrenz machte, war Edmund ein Ausbund an Aufmerksamkeit und Mitteilungsbedürfnis. Es dauerte keine zwei Tage, bis er Pauline das Du anbot. Seitdem nannte sie ihn Eddi. Mit dem Saarländer konnte sie so zwanglos umgehen, als würden sie sich ewig kennen. Pauline genoss das freundliche Geplauder, die letzten Jahre hatte sie ständig nur funktionieren müssen. Auf ihre persönlichen Befindlichkeiten oder Bedürfnisse nahm niemand groß Rücksicht. Der Schmied war eindeutig der Attraktivere von beiden, Eddis heiteres Wesen glich das jedoch locker aus.

Gleich nach seiner Ankunft war Eddi ins Dorf gegangen und bei der Gelegenheit in der Schmiede gelandet. Einen Tag später erschien Karl im Lager. Seitdem verbrachten die beiden ihre Abende entweder in der Schmiede oder vor der Männerbaracke. Pauline hatte bisher keinen vernünftigen Ansatz gefunden, um Teil dieser Treffen zu werden.

In einem ihrer Romane stand etwas über Männer, die Männer liebten. Der Verdacht, die erstaunlich schnelle Freundschaft könnte etwas mit Homosexualität zu tun haben, schlich beständig auf Zehenspitzen in ihrem Hinterkopf herum. Sie wollte aber nicht glauben, dass ausgerechnet die beiden jungen Männer, die ihr hier ernsthaft gefielen, eventuell nichts von ihr als Frau wissen wollten. Eddis Lächeln war so herzlich, wenn er sie sah. Und aus welchem Grund sollte Karl Bermes jedes Mal ins Stottern geraten, sobald sie ihm simple Fragen stellte, wenn nicht deshalb, weil sie ihm gefiel?

Pauline blickte auf die Uhr. Für Paulines Vater gab es ein neues Ritual. Gleich nach dem Mittagessen hielt er ein Mittagsschläfchen auf einer Sanitätsliege, die extra im Verwaltungsraum aufgestellt worden war. Diese Unterbrechung des Arbeitstages half ihm, genug Energie für den restlichen Arbeitstag aufzubringen. Dadurch, dass er als eigentlicher Lagerleiter nun häufiger anwesend war, blieb für Pauline am Tag mehr Zeit, einfach nur sie selbst zu sein. Sie hätte gerne mehr gelesen, leider gab es im ganzen Lager praktisch keine Bücher. Gegen einen regelmäßigen Besuch in der Schulbibliothek sprach das gute Verhältnis der Lehrerin zum örtlichen Dorfschmied. Pauline verspürte keine Lust darauf, ausgehorcht zu werden. Den zerfledderten Schulatlas hatten bereits genug unauffällige Fragen und Bemerkungen der Lehrerin begleitet.

Anstatt jetzt, nach der Mittagspause, an ihren Arbeitsplatz zurückzukehren, entschied sich Pauline für einen kleinen Ausflug zum Teich, der nur wenige hundert Meter vom Eingang zum Lager entfernt lag. Nachmittags und gegen Abend tummelten sich dort die Kinder und Jugendlichen aus dem Lager und dem Dorf. Im Gegensatz zu den Erwachsenen überwand der Nachwuchs schnell die Schranken der unterschiedlichen Herkunft. Rieke Prembel, ein Mädchen aus dem Lager, hatte sogar vor Kurzem einen der örtlichen Bauernsöhne geheiratet, einen Nachbarn von Karl Bermes. Nun hieß sie Weber.

Vor gar nicht allzu langer Zeit hatte es in Paulines Kopf noch eine gedankliche Brandmauer gegen die Vorstellung gegeben, dass es ihr mit dem Schmied ähnlich ergehen könnte. Was auch an den Lebensumständen in der bäuerlichen Umgebung der Eifel lag. Für die Disselbacher gab es nur schwere körperliche Arbeit im Stall oder auf den Feldern, tagein, tagaus. Pauline sah sich selbst in den merkwürdigsten Tagträumen nicht als Bäuerin. Karl war jedoch kein Landwirt, sondern ein selbstständiger Handwerker. Die unglaublich stark ausgeprägten Unter- und Oberarme hingen wohl mit der Arbeit an Esse und Amboss zusammen. Nicht alle Hemden, die er jetzt im Sommer trug, waren groß genug, um die mächtigen Kugeln an seinen Oberarmen zu bedecken. Pauline schüttelte den Kopf, sie musste sich abgewöhnen, wie ein dummer Backfisch zu denken. Wenn Karl an ihr interessiert wäre, würde er ja wohl auf sie zugehen. Dass sie die Initiative ergriff, gehörte sich ganz einfach nicht.

Der Teich lag in einer kleinen Senke an der Hügelflanke vor dem Wald. Die Wasseroberfläche konnte von weiter weg nicht eingesehen werden. Pauline wagte es hin und wieder, früh am Morgen allein hierherzuspazieren. Einmal hatte sie sich sogar getraut, ein Bad zu nehmen. Da sie keine Schwimmsachen besaß, musste sie in Unterwäsche baden. Zum Glück hatte sie niemand gesehen oder gestört, was bei der Nähe zum Lager fast einem Wunder gleichkam.

Für ein Bad war es an diesem Morgen zu spät. Immerhin ein Fußbad sollte jedoch möglich sein. Als sie über die kleine Anhöhe schritt, die die Umrandung des Teichs bildete, stellte sie fest, dass die Idee mit dem Baden nicht nur ihr gekommen war. Ein Mann mit rotem Stoppelhaarschnitt versuchte sich, von ihr abgewandt, an unbeholfenen Schwimmversuchen. Am schmalen Uferstreifen des Teichs lag ein ordentlich zusammengelegtes Kleiderbündel. Pauline sah zu dem Mann im Wasser, ein Lächeln schlich sich auf ihre Lippen. Ohne ein Geräusch zu verursachen, packte sie das Bündel. Einige Meter entfernt wuchs eine wilde Hainbuchenhecke, sie legte die Sachen dahinter ab. Dann ging sie wieder die wenigen Schritte hinauf zu der leicht erhöhten Stelle. Nicht allzu laut, um sonst niemanden aufmerksam zu machen, rief sie: »Haltet den Dieb!«

Eddi Frankens Kopf ruckte im Wasser zu ihr herum. Angesichts der jungen Frau tauchte er erschrocken unter, nur um sofort wieder prustend hochzukommen. Er bewegte sich mit wilden Paddelschlägen auf sie zu. Das Wasser war nur in der Mitte in einem kleinen Bereich so tief, dass Pauline trotz ihrer Größe nicht mehr stehen konnte. Nach wenigen Schwimmzügen schien Eddi Boden unter den Füßen zu spüren. Er kam ihr so weit entgegen, dass sein Oberkörper aus dem Wasser ragte. Seine Wangen glühten rot. Trotz seiner Offenheit hatte er seine Gesichtsfarbe nie gut im Griff. Gelang es ihr, ihn zu überraschen, verwandelte sich sein Kopf schnell in eine übergroße Erdbeere. Pauline fand das süß. Karl Bermes machte in solchen Situationen meistens nur ein Gesicht wie ein Kalb, wenn es blitzte.

»Hat jemand meine Sachen gestohlen?«, fragte Eddi alarmiert.

»Da ist jemand weggelaufen!« Pauline zeigte zum Dorf.

»Was mache ich denn jetzt? Ich habe nichts an!« Panik drang in seiner Stimme durch.

»Oh oh, das ist natürlich ein Problem.« Sie bettete das Kinn auf die rechte Hand. »Was gibst du mir, wenn ich dir neue Sachen besorge?«

»Pauline, ich habe nichts außer den Sachen, die jetzt weg sind.«

»Oh weh. Dann müsste ich wohl nachschauen, was ich im Schrank meines Vaters finde. Die Kleiderkammer hat nur am Wochenende geöffnet.«

Garantiert nichts Passendes. Sie selbst war schon größer als ihr Vater, und Eddi überragte sie um einige weitere Zentimeter.

»Was mache ich denn jetzt?« Auf Panik folgte Verzweiflung.

Eine Idee leuchtete so hell in Paulines Kopf auf, dass sie fast erwartete, den Widerschein im Wasser zu sehen. »Was hältst du davon, wenn du mir einen Kuss gibst? Vielleicht bin ich ja eine Froschkönigin, die Kleider herzaubern kann?«

In Eddis Miene schlichen sich Zweifel hinsichtlich der angeblich gestohlenen Kleidung. Die Zweifel wurden umgehend von einem verschmitzten Lächeln abgelöst. »Na gut, abgemacht.«

Er watete einen weiteren Schritt auf sie zu. Sein knochiger Oberkörper tauchte aus dem Wasser auf. Pauline riskierte einen schnellen Blick, ehe sie sich abwendete. Muskeln waren bei ihm Fehlanzeige, er bestand nur aus Sehnen und Knochen.

»Warte, ich schau nach, vielleicht war es ja nur ein Schabernack.« Sie beeilte sich, zum Strauch zu kommen, mit dem Kleiderbündel auf den Armen kehrte sie zurück.

Eddi schüttelte den Kopf. »Dachte ich es mir doch!«

»Was dachtest du dir?«

»Die Diebin trägt den Namen Pauline.«

»Unsinn, ich kann zaubern. Darüber solltest du dich freuen.«

Ohne dass sie es verhindern konnte, kicherte sie nervös.

Eddi bewegte sich weiter auf sie zu. »Gibst du mir jetzt meine Sachen oder muss ich dafür aus dem Wasser kommen?«

Paulines Magen flatterte, Eddi hatte nichts an. Wollte sie das tatsächlich sehen, einen nackten Mann? Das wäre ein weiteres Novum gewesen. Selbst ihren Bruder Rudi hatte sie nur als Kind nackt gesehen. Sie entschied, diesen Anblick auf später, auf eine passendere Gelegenheit, zu verschieben.

»Wir machen es so: Ich lege deine Sachen hier ab, dann gehe ich ein paar Schritte den Hügel hinauf und drehe mich um. Wenn du wieder angezogen bist, gibst du mir Bescheid.«

»Damit du einen Kuss als Belohnung dafür bekommst, dass du mich bestohlen hast?«

»Eddi Franken, du hast eine schmutzige Fantasie. So ist es abgemacht.«

Pauline legte das Bündel zu ihren Füßen ab. Ohne einen weiteren Kommentar drehte sie sich um und marschierte den kleinen Hügel wieder hinauf. Sie betrachtete den Rand des Disselbacher Forstes, während es hinter ihr platschte.

Sie war tatsächlich bereits zwanzig Jahre alt und hatte noch nie einen Mann geküsst, wenn man von den Wangenküssen für ihren Vater absah. Es wurde höchste Zeit, das zu ändern. In ihren Romanen war der erste Kuss eine sehr romantische Angelegenheit. In den letzten Jahren war für Romantik kein Platz gewesen. Im vergangenen Sommer hatte sie sich eine Weile nichts sehnlicher gewünscht, als dass Karl Bermes der Mann war, der sie zum ersten Mal in ihrem Leben küsste. Diese Hoffnung hatte sie inzwischen jedoch im hintersten Winkel des Friedhofs für törichte Träume begraben. Wenn sie darauf wartete, würde sie vermutlich alt und grau werden wie Fräulein Schneebach. Und als vertrocknetes Fräulein wollte sie definitiv nicht enden. Der Zufall wollte es, dass mit Eddi ein geeigneter Kandidat für einen romantischen ersten Kuss bereitstand. Jetzt galt es, die Gelegenheit quasi bei den roten Ohren zu packen.

Der erhobene Zeigefinger ihrer Mutter wedelte vor ihrem inneren Auge. Seit Jahren warnte die ihre Tochter eindringlich davor, einem Mann zu nahe zu kommen. Ihre Eltern waren beide Sozis und vertraten eigentlich für alle Lebenslagen ziemlich fortschrittliche Standpunkte, insbesondere was das Selbstbestimmungsrecht der Frauen anging. Handelte es sich aber um das, was Männlein und Weiblein manchmal zu den merkwürdigsten Verhaltensmustern brachte, war Helene Globkow eben schlicht eine Mutter, die sich Sorgen um den guten Ruf ihrer Tochter machte.

Abgesehen von einer gelegentlichen Schwärmerei in der Schule konnte Pauline nichts an Erfahrung mit dem anderen Geschlecht vorweisen. Selbst die Romane halfen da nicht weiter. War die leidenschaftliche und romantische Küsserei passé, ging es meistens mit Beschreibungen des »Danach« weiter. Das »Dazwischen« wäre für sie viel interessanter gewesen. Sie wusste, dass es Skandalromane gab, die in dieser Hinsicht eindeutig zur Sache gingen, bisher war ihr davon leider keiner in die Finger gefallen.

»Ich bin wieder angezogen!«, meldete sich Eddi.

Pauline drehte sich um, sie musste eine Hand vor den Mund halten, um nicht laut zu lachen. Eddi stand da wie der sprichwörtliche begossene Pudel. Hose und Hemd zeigten überall Wasserflecken. Von seiner Nase tropfte Wasser.

»Ist was?«, wollte er wissen.

Dabei sah er wie ein kleiner Junge aus, der etwas ausgefressen hatte. Eddi war wirklich sehr süß. Pauline ging den Hügel wieder hinunter, sie blieb mit etwas Abstand vor ihm stehen.

»Gehst du eigentlich immer nackt baden?«, fragte sie schelmisch.

Eddi zupfte an dem nassen Hemd. »Woher soll ich eine Schwimmhose nehmen? Zu Hause sind wir früher an ruhigen Stellen in der Saar geschwommen. Das ist lange her, und das Wasser im Teich mag mich nicht.«

»Das hat man gesehen.«

Seine Stirn wurde rot.

Pauline trat etwas näher. »Da ist noch meine Belohnung.«

Eddi wurde wieder mutiger. »Eine Belohnung, die man sich durch Schummelei erschleicht, ist nicht besonders ehrenhaft.«

»Dann eben nicht!« Pauline tat so, als wollte sie gehen.

»Halt, nein, so war es nicht gemeint.« Eddi hob eine Hand in ihre Richtung.

Sie blieb stehen, er kam näher. Näher eigentlich, als man es als schicklich bezeichnen konnte. Bevor sich ihre Nasen berührten, beugte Pauline sich ein wenig zurück.

»Damit wir uns richtig verstehen: nur ein Kuss, mehr nicht!«

Eddi sah ihr in die Augen, sie registrierte honigfarbene Einsprenkelungen in seinen grünen Pupillen. Bisher war sie ihm nicht nahe genug gekommen, um die zu bemerken. Pauline zwang sich, nicht rückwärtszugehen, ihr erster Kuss war mehr als überfällig.

Sie schloss die Augen, in den Romanen schlossen die Frauen immer die Augen. Zuerst spürte sie seine Nasenspitze, die sich an ihrer Nase entlangschob. Sie fühlte sich so kalt und feucht an wie die Schnauze von Brummel, dem Nachbarshund ihrer Kindheit. Wasser tropfte auf ihr Gesicht. Sie widerstand dem Reflex, sich wegzudrehen. Sanfte Lippen berührten vorsichtig ihren Mund. Ungeahnte Nervenbahnen vibrierten, ausgehend von ihren Lippen, durch den ganzen Körper. Eddi erhöhte den Druck, Pauline hielt entschlossen dagegen, jetzt oder nie. Seine Lippen öffneten sich. Tatsächlich, seine Zungenspitze tastete sich sachte in ihren Mund vor. Nach kurzem Zögern ging ihre eigene Zunge auf Erkundungstour. Eddi fasste sie rechts und links sanft an den Armen, ein neues, warmes Gefühl erfüllte sie. Das war also das echte Küssen! Pauline wurde schwindelig.

»Guten Morgen zusammen!«, ertönte eine unfreundliche Stimme hinter ihr. Vor Schreck biss Eddi ihr in die Unterlippe.

»Autsch!« Sie schrak zurück, mit den Fingern betastete sie die Lippe, es blutete. »Verflixt.«

Pauline sah sich nach dem Störenfried um. Das Hochgefühl, das sie vor wenigen Sekunden durchflutet hatte, zerbröselte wie altbackenes Brot unter einem stumpfen Messer. Auf der kleinen Anhöhe stand Karl Bermes mit verschränkten Armen und sah wie das grimmige Denkmal des ewigen Handwerkers auf sie herab.

Eddi stolperte erschrocken rückwärts, mit lautem Platschen landete er wieder im Wasser.

Paulines Unterlippe begann zu pochen, Eddi hatte ihr einen ordentlichen Schnitt verpasst. Der Schmerz setzte ein, Pauline drückte die linke Hand vor den Mund.

Karl kam auf sie zu. »Haben Sie sich verletzt, Fräulein Globkow?« Der finstere Gesichtsausdruck verwandelte sich in Besorgnis.

»Es tut mir leid«, kam es kläglich von Eddi, der bis zum Bauch im Wasser saß.

Zuverlässig meldete sich bei Pauline der Jähzorn zum Dienst, der ihr ständiger Begleiter war, seit sie sich erinnern konnte. Wieder war es Karl, der ihr diesmal einen so wichtigen Moment ihres jungen Lebens verhagelte. Er wollte sie tröstend an der Schulter fassen, sie drehte sich weg.

Karl blieb beharrlich. »Geht es Ihnen gut, Fräulein Globkow?« So weich hatte seine Stimme noch nie geklungen.

Das war Pauline egal, sie musste die Wut über den komplett gescheiterten ersten Kuss abreagieren. Sie holte zum Schlag aus. Weil Karl mit so etwas gerechnet hatte, hob er die linke Hand zum Schutz. Pauline war geistesgegenwärtig genug und trat ihm, so fest es ging, vor das Schienbein.

-19-

Manchmal konnte man den Eindruck gewinnen, die Werkbank in der Schmiede entwickelte ein Eigenleben. Gedankenverloren stand Karl vor dem Gesamtkunstwerk. In der Regel wusste er, unter welchem Haufen sich die Dinge versteckten, die er gerade benötigte. Trotzdem fanden sich bei Aufräumarbeiten immer wieder erstaunliche Gegenstände beziehungsweise Werkzeuge, die er seit einer Weile vermisste. An diesem Morgen gab es allerdings Dringenderes zu erledigen, als aufzuräumen.

Seit dem gemeinsamen Besuch in der Bitburger Kaserne hielt er über sein Funkgerät regelmäßigen Kontakt mit Peters in Trier. Sobald Pierre die nötige Vorarbeit geleistet hatte, sollte Peters irgendwann das Signal geben, in Kontakt mit den Schmugglern zu treten. Dieser Startbefehl war bei ihrem letzten Gespräch am Abend zuvor erfolgt.

Als Franken am Tag seines Erscheinens im Lager einen Spaziergang ins Dorf unternommen hatte, war er zufälligerweise in der Schmiede gelandet. Karl war davon überzeugt gewesen, dass Jakob das Spiel durchschauen würde. Doch der Kommissar schien mit seiner Theorie zu Amtspersonen richtigzuliegen. Jakob machte nicht den Eindruck, als würde er den Polizeianwärter wiedererkennen. Der wollte von Anfang an Eddi genannt werden. Mit dem Spitznamen tat Karl sich zunächst etwas schwer, wusste er doch, mit wem er es zu tun hatte. Er ging davon aus, dass alles, was er tat oder sagte, in Form eines Berichts bei Peters landete. Man konnte nie wissen, was der gewiefte Polizist damit anfing.

Peters hatte berichtet, dass einer der wichtigeren Akteure im Schmuggelgeschäft an diesem Abend in Bitburg anzutreffen und auf der Suche nach neuen Mitarbeitern sei. Deshalb sollten Karl und Eddi, begleitet von Pierre, den ersten Versuch starten, als Träger anzuheuern.

Karl sah zu der großen Transportkiste, die das Motorrad enthielt. Die Anzahlung für seine Tätigkeit hatte in einem Zwanzig-Liter-Reservekanister aus dem Wanderer W40 bestanden. Selbst mit diesem Anzahlungskanister musste er mit dem Benzin haushalten, deshalb konnte ein Spaziergang zum Wald nicht schaden.

Die Straße durch das Dorf wollte er nicht nehmen, um nicht an der Schule vorbeizukommen. Die Sommerferien hatten inzwischen begonnen, was bedeutete, dass die Lehrerin viel freie Zeit hatte. Fräulein Schneebach besaß feine Antennen und witterte, dass Karl irgendetwas umtrieb. Sie war in den letzten Tagen zweimal gemeinsam mit Walburga bei ihm in der Schmiede erschienen, um bei Karl nachzuhören, was er für Valentin tun könne. Sein Abwiegeln aller Bemühungen verstärkte bei der Lehrerin nur den Verdacht, dass er mehr wusste, als er zugab. Ihr Misstrauen, was Karls Rolle in der Affäre rund um den Bürgermeister betraf, glitzerte fast sichtbar auf ihrer Nasenspitze. Karl blieb eisern und ignorierte alle Fragen von ihr und Jakob, den das Schicksal des Bürgermeisters ebenfalls sehr beschäftigte. Bei den vielen Heimlichkeiten, die ihn aktuell umgaben, beschlich Karl manchmal das Gefühl, Disselbach wäre zu einem Zentrum von Geheimdiensttätigkeiten mutiert.

Er nahm den Feldweg am Wald entlang zum Lager, direkt am neuen Teich vorbei. Als Kinder hätten Werner und er dem kleinen Gewässer gleich nach seinem Entstehen einen Namen verpasst. See Genezareth oder alternativ Silbersee. Vermutlich eher Letzteres.

Eine Bewegung riss ihn aus seinen Gedanken. Wenn ihn nicht alles täuschte, hatte da eben Pauline Globkow am erhöhten Rand gestanden. Vielleicht ergab sich hier am Teich eine Gelegenheit, ein ungezwungenes Gespräch mit ihr zu führen. Es ging leicht hügelaufwärts zur Senke mit dem kleinen See. Karl widerstand dem Drang, sich gebückt anzuschleichen.

Was er am Teich zu sehen bekam, versetzte ihm einen ziemlich heftigen Schlag in die Magengrube. Sein neuer bester Freund Edmund stand am Teich und küsste das Mädchen, von dem er selbst nur regelmäßig träumen konnte. Eben war er dabei, sie zu umarmen. Etwas bisher nicht Gekanntes durchfuhr Karl: Eifersucht!

Wie konnte es sein, dass der Polizeianwärter nach kaum mehr als einer Woche Pauline so nahe gekommen war? Mit lauter Stimme sagte er: »Guten Morgen zusammen!«

Das scheinbar verliebte Paar zuckte synchron zusammen. Pauline schrak mit einem Schmerzenslaut zurück. Mit der Hand vor dem Mund bückte sie sich leicht nach vorne. Franken drehte ihm das verdatterte Gesicht zu, bevor er rückwärts stolperte und im Wasser landete.

Mit zuckenden Händen und der Absicht, seinem Konkurrenten ordentlich die Meinung zu sagen, trabte Karl den Hügel hinab. Er wurde von Pauline abgelenkt, an den Fingern ihrer rechten Hand sah man Blut. Die

Abreibung Eddis konnte warten, Karl ging zu Pauline.

»Geht es Ihnen gut, Fräulein Globkow?«

Ihre Reaktion war mehr oder weniger eine Kopie der Situation, als er ihr nach dem Kampf im letzten Jahr die gleiche Frage gestellt hatte. Karl wollte der erwarteten Ohrfeige ausweichen und handelte sich stattdessen einen sehr schmerzhaften Tritt ein. Ohne weiteren Kommentar rauschte Pauline an ihm vorbei. Karl rieb sich das Schienbein. Für die nächsten Tage war ihm ein farbenfrohes Andenken an Pauline sicher.

Am Teich versuchte Edmund aus dem Wasser hochzukommen.

Mit drei Schritten war Karl über ihm, am Hemdkragen zog er den Nachwuchspolizisten zu sich hoch. Edmund war größer als Karl, wog aber kaum die Hälfte. Entgeistert starrte er ihn an. »Karl, was ist denn?«

Der ballte die Faust, er hatte nicht schlecht Lust, den Zähnen seines Gegenübers eine neue Anordnung zu verpassen.

Eddi sah ihn mit weit geöffneten Augen an. »Ich habe Pauline nichts getan, wirklich nicht!«

Karls Hand an Eddis Kragen öffnete sich. Mit rudernden Armen landete Eddi erneut im Wasser, diesmal komplett rücklings. Das aufspritzende Wasser reichte, um auch Karl nass zu machen. Franken mühte sich in eine sitzende Position.

»Ehrlich, Karl, ich habe Pauline nichts getan! Ich könnte ihr gar nichts tun, dafür habe ich sie viel zu gerne.«

Die Muskeln in Karls Nacken verwandelten sich in elastische Bänder und ließen seine Schultern eine Etage tiefer sacken. So gut kannte er seinen unfreiwillig freiwilligen Kompagnon mittlerweile, Lüge oder Falschheit gehörten nicht zu seinem Wesen. Was er sagte, konnte man ungeprüft glauben. Es war gut möglich, dass Karl sich bei Pauline Globkow zu lange zu dämlich angestellt hatte. Die Quittung wurde ihm nun präsentiert. Edmund Franken war ihm zuvorgekommen. Karl atmete tief durch, sein Puls rauschte mittlerweile nicht mehr wie die Meeresbrandung am Atlantik in seinen Ohren. Am liebsten hätte er sein Gegenüber erneut am Hals gepackt, und sei es nur, um seine Enttäuschung abreagieren zu können. Es würde jedoch nichts ändern, und sie hatten gemeinsam einen Auftrag zu erledigen.

Eddi bemühte sich, aus dem Wasser herauszukommen. Etwas Entengrütze klebte an seiner Schulter.

»Es geht mich nichts an, was du und Pauline miteinander am Laufen habt, ihr seid beide alt genug, um zu wissen, was ihr tut«, hörte Karl sich sehr schroff sagen.

»Der Kuss war nur so etwas wie ein Spiel. Ich habe sie versehentlich gebissen. Glaubst du, das wird sie mir übel nehmen?«

Karl konnte sich nicht dazu durchringen, den Seelentröster zu spielen. »Macht das unter euch aus. Ich wollte eigentlich zu dir.«

Eddi sah ihn an. »Geht es los?«

Karl nickte. »Pierre soll uns heute Abend jemandem in Bitburg vorstellen. So kannst du aber nicht mitkommen.«

Edmund sah an sich herab. Seine Bekleidung war mit Schlamm vom Grund des Teichs verschmiert. So machte er keinen vertrauenerweckenden Eindruck.

»Hast du Hemd und Hose zum Wechseln?«, fragte Karl.

»Ein Hemd ja, eine Hose nicht. Das ging vor gut einer Woche alles viel zu schnell. An eine zweite Hose habe ich nicht gedacht.«

»Kannst du deine Hose waschen?«

»Im Lager gibt es eine Wäscherei. Ich habe keine Ahnung, wie schnell das da geht. Es wäre mir lieber, wenn ich nicht erklären müsste, wieso meine Sachen nass und verdreckt sind.«

Karl atmete durch. »Du kommst mit zu mir. Ich frage meine Mutter, ob sie die Hose waschen kann. Wenn es heute nichts mehr wird, bekommst du eine von meinen.«

Karls Kleidung sollte Eddi zumindest grob passen. Karl sah zum Lager. Von Pauline keine Spur mehr. Zu Eddi sagte er: »Komm, gehen wir zur Schmiede. Ein anderes Hemd wird sich da auch finden.«

-20-

Die Küche des Hauses ohne Seitenwand war von den Kriegshandlungen komplett verschont geblieben und bot ein aufgeräumtes Bild. Als einziges Mädchen der Familie war von Karin früh erwartet worden, ihrer Mutter im Haushalt zur Hand zu gehen. Das Putzen und Aufräumen erledigte sie nur, weil sie es musste. Kochen hingegen bereitete ihr Vergnügen, und so lernte sie es fast nebenbei. Nach ihrem Eintritt in Thomas' illustren Verein war sie sehr schnell zur Köchin avanciert.

Für die Nacht stand eine längere Wanderung auf dem Plan, um Kaffee und Zigaretten irgendwo im Norden abzuholen.

Thomas hatte zwei Dauerwürste organisiert, die Karin in kleinen Stücken nach und nach in den Eintopf auf dem Herd schnippelte. Mit einem hölzernen Kochlöffel, dessen Kopf fast nicht mehr vorhanden war, rührte sie um. Sie war so in ihre Arbeit vertieft, dass sie zunächst nicht bemerkte, wie jemand den Raum betrat. Ohne sich umzudrehen, verriet ihr ihre Nase, dass es Andrej war, der sich hinter sie stellte. Die meisten Gefangenen waren 1945, so schnell es ihnen möglich war, in ihre Heimat zurückgekehrt. Was ganz besonders für die vielen Franzosen galt, die bei den Bauern der Eifel als Knechte zwangsverpflichtet worden waren. Von den Männern aus dem Osten verspürte nicht jeder den Drang, umgehend in die Heimat zurückzukehren. Andrej hatte Karin erzählt, Polen und Russen sähen einander, ähnlich wie Deutsche und Franzosen, als Erbfeinde. Wegen der unklaren Lage in Polen wolle er bis auf Weiteres lieber hier im Westen Deutschlands bleiben. Andrejs Deutsch war für einen ehemaligen polnischen Kriegsgefangenen erstaunlich gut.

Er trat näher zu ihr, sein Atem kitzelte ihre Haare im Nacken. Zu viele Männer gingen davon aus, dass sämtliche Frauen ihnen wegen ihrer Kriegserlebnisse oder im Fall von Andrej als Entschädigung für die Gefangenschaft so etwas wie Dank schuldeten.

Andrej umfasste sie mit den Armen und rieb das Vorderteil seiner Hose an ihrem Hintern, deutlich spürte sie seine Erektion. Karin war nicht mehr das verklemmte katholische Mädchen von vor drei Jahren. Doch ihre Konzentration galt wichtigeren Aufgaben, Avancen von Andrej konnte sie überhaupt nicht gebrauchen. Sie bog ihr Becken nach vorne, Andrej folgte ihr willig. Mit dem unsanften Stoß nach hinten hatte er nicht gerechnet. Karin schnellte herum, in der Hand hielt sie das Messer, mit dem sie die Wurst geschnitten hatte. Andrej ließ sich davon nicht beeindrucken, er grinste sie an. Ungeachtet des Messers berührte er sie unter dem linken Ohr. Karins Hand krampfte sich um den Griff. Sie konnte Andrej nicht einfach so hier in der Küche abstechen. Der schien das ähnlich zu sehen, sein Zeigefinger strich sanft ihren Hals entlang zum Schlüsselbein.

»Was soll das denn werden?« Thomas Schwarz stand in der Tür.

Andrej ließ sich nicht beirren, sein Zeigefinger strich weiter bis zum Ansatz von Karins Brüsten.

»Finger weg, wenn du sie behalten möchtest.« In Thomas' Hand erschien das zweite Messer im Raum.

Andrej warf ihm einen amüsierten Seitenblick zu. Sein Finger verharrte in Karins Ausschnitt. »Willst du mir etwa drohen? Karin verträgt das.«

»Lass Karin in Ruhe!«

»Was würde Wolfgang wohl sagen, wenn mir ein Finger oder etwas Lebenswichtigeres fehlt?«

Die Erwähnung des Namens führte dazu, dass Thomas' Augen schmal wurden. Dann nahm sein Gesicht einen sehr entschlossenen Ausdruck an. »Lass das mal meine Sorge sein.«

Der Mann mit dem Fuchsgesicht beugte sich nach vorne, damit er Karin direkt ins Ohr flüstern konnte: »Vorgestern bin ich an dieser Ruine etwas spät dran gewesen, du verstehst?«

»He, was soll das Geflüster?« Thomas machte einen Schritt nach vorne.

Andrej drehte sich mit erhobenen Händen zu ihm. »Nur die Ruhe, ich habe Karin ein Kompliment gemacht, das man besser nicht laut ausspricht.« Grinsend suchte er ihren Blick. »Glaubst du an Geister, Karin?«

Karin blinzelte irritiert. »Was soll diese bescheuerte Frage? Natürlich nicht!«

»Aha. Da, wo ich herkomme, glaubt man an Geister und Wiedergänger.« Andrejs Augen flackerten kurz zu Thomas und dann wieder zurück zu Karin. »Neulich habe ich einen Geist gesehen, der sah dir erstaunlich ähnlich.«

In Karins Rückgrat bohrten sich Eiszapfen.

Andrej zeigte auf Thomas. »Wusstest du, dass Thomas ein alter Schulfreund von Lupen-Leo gewesen ist?« Sein Blick fixierte immer noch Karin.

Sie trat vorsichtshalber einen Schritt zurück, das Messer zielte weiter auf Andrejs Bauch. »Was soll der Quatsch, was möchtest du mir damit sagen?«

Das Grinsen wurde breiter. »Gar nichts. Mein Großvater hat sich früher immer Gruselgeschichten für uns ausgedacht, das habe ich wohl von ihm geerbt. Und eines ist sicher, du würdest einen schönen Geist abgeben.«

Andrej steckte die Hände gelassen in die Hosentaschen. Ohne auf die gezückten Messer zu achten, ging er an Thomas vorbei.

-21-

Eddi war im Kabuff der Schmiede dabei, sich eine alte, mehrfach geflickte Hose und ein fast verblichenes, rot kariertes Hemd anzuziehen. Seine verschlammten Sachen lagen bei Karls Mutter in der Waschküche. Der Waschkessel war schlicht nicht voll genug, und Martha Bermes wollte das Feuer darunter nicht extra anheizen. Also musste Eddi mit Karls alten Sachen vorliebnehmen. Der saß auf seinem Amboss und wartete. Minuten später öffnete sich die Tür zum Nebenraum. Eddi stand unsicher in der Tür und sah zu Karl. »Passt's?«

Karl musterte sein Gegenüber. Das Hemd hing an dessen schmächtigen Schultern herab, dafür schwebten die Hosenenden mehrere Zentimeter über seinen groben Schuhen. Ein Strick diente als provisorischer Gürtel. »Geht so. Immerhin bist du jetzt trocken und sauber.«

Er zeigte auf den Stuhl, der neben der unaufgeräumten Werkbank stand. »Setz dich.«

Die Werkstatt übte eine große Faszination auf Eddi aus. Ständig musste er irgendetwas anfassen oder wollte sich nützlich machen. Bei seiner ersten Visite hatte er es nicht lassen können, die Werkbank aufzuräumen, als Karl kurz zum Abtritt am Misthaufen verschwunden war. Der sah sich daraufhin zu einem energischen Vortrag über seine Vorstellung von Ordnung und Sauberkeit gezwungen. Am Ende hatte Karl Eddi damit beschäftigt, das Materiallager aufzuräumen und alles ordnungsgemäß zu erfassen und aufzulisten. Karl wusste auch ohne diesen Aufwand um den Verbleib des letzten Reststücks Vierkantstahls, doch Eddi war auf diese Weise beschäftigt, wenn er in der Werkstatt erschien.

Der Saarländer saß kaum, als die Dose an der Tür schepperte. Karl drehte den Kopf. Auch das noch! Sosehr er sie mochte, die Lehrerin war im Augenblick die Letzte, die er gebrauchen konnte.

»Guten Tag, Karl.« Sie nickte Eddi zu. »Ich glaube, wir sind uns noch nicht vorgestellt worden?«

Genau das hatte Karl in den letzten Tagen zu vermeiden versucht.

Eddi sprang vom Stuhl, er nahm Haltung an, als wäre das Fräulein seine Vorgesetzte. »Edmund Franken.« Er verbeugte sich zackig.

Beim Fräulein bewegte sich die linke Augenbraue in die Höhe. »Angenehm, Schneebach, Volksschullehrerin.« Sie deutete ihrerseits eine Verbeugung an.

»Was kann ich für Sie tun, Fräulein Schneebach?« Karl klang abweisend.

Die zweite Augenbraue erklomm die Stirn. »Nun, ich habe trotz der Ferien eine Weile nicht mehr bei dir in der Werkstatt vorbeigeschaut. Jakob hat mir erzählt, du habest neuerdings einen regelmäßigen Gast aus dem Lager. Da wollte ich mich bekannt machen.«

Sie betrachtete Eddi, der in Karls Sachen unschlüssig dastand. »Ich weiß ja nicht, was Sie beruflich machen oder was Sie einmal werden wollen. Wenn ich Ihnen jedoch einen Rat geben darf, junger Mann, versuchen Sie Ihr Glück nicht in der Modebranche. Ihr Geschmack ist etwas zu exzentrisch.«

»Wie bitte?« Eddi kannte das Fräulein nicht und wurde von ihrer resoluten Art überfahren.

Die ließ sich nicht beirren. »Wo kommen Sie her?«

»Aus Völklingen.«

»Das liegt an der Saar?«

Eddi bestätigte.

»Aha, was verschlägt Sie dann hierher in die Eifel? Das Saargebiet wird doch genau wie wir hier von der französischen Besatzungsmacht verwaltet.«

Eddi holte Luft, er begann die Geschichte zu erzählen, die Peters sich für ihn ausgedacht hatte.

»Die Grenzen zum Saargebiet sind derzeit dicht. Ich bin in Norddeutschland in englischer Gefangenschaft gewesen. Mit den Papieren, die ich da erhalten habe, kann ich die Grenze zum Saargebiet nicht passieren. Vor zwei Wochen habe ich neue beantragt. Bis ich die erhalte, bin ich hier in Disselbach im alten RAD-Lager untergekommen.«

»Bei den Engländern hat man Ihnen keine passendere Kleidung gegeben?«

Eddi sah verlegen zu Boden. »Meine Sachen sind nass und schmutzig. Ich bin heute Morgen in den Teich am Wald gefallen. Frau Bermes ist so nett und will alles waschen. So lange hat Karl mir etwas geliehen.«

Die Augen der Lehrerin pendelten zwischen Karl und Eddi hin und her. »Das ist schön, christliche Nächstenliebe ist immer herzerfrischend.« Wie so oft rückte Karl ins Zentrum ihrer Aufmerksamkeit. »Du hättest mir Herrn Franken ruhig früher vorstellen können. Er scheint mir ein netter, junger Mann zu sein.«

Karl zuckte mit den Schultern. Bei dieser Geschichte war es seine Absicht gewesen, das Fräulein außen vor zu lassen. Er hätte damit rechnen müssen, dass die das anders sah.

Deren Interesse galt wieder Eddi. »Was haben Sie vor Ihrer Zeit als Soldat gearbeitet?«

»Ich war auf dem Gymnasium und bin dann Soldat geworden. Ich möchte Ingenieur werden. Der Krimina… äh, deshalb interessiere ich mich für die Werkstatt von Herrn Bermes.« Eddi zeigte auf das Durcheinander an Werkzeug neben sich.

Karl, der schräg hinter der Lehrerin stand, verdrehte die Augen. Der Versprecher war ihr garantiert nicht entgangen. Sie ging jedoch nicht darauf ein. »Schön, schön, soviel ich weiß, leidet Karl derzeit nicht unbedingt an Überarbeitung.«

Eddi sah ratlos vom Fräulein zu Karl. Wenn er in Zukunft einen guten Polizisten abgeben wollte, musste er sich einiges an Gelassenheit und Abgebrühtheit zulegen. Wobei das Fräulein zugegebenermaßen ein ziemlich harter Brocken war.

Die drehte sich zu Karl. »Du hast nicht zufälligerweise mit dem Polizisten in Trier gefunkt?«

Karl hielt dem Blick seiner alten Lehrerin gewohnheitsmäßig stand. »Warum fragen Sie?«

»Ich wäre dir dankbar, wenn du meine Fragen nicht mit einer Gegenfrage beantworten würdest.«

»Wir haben die Tage gesprochen.«

»Und?«

»Was meinen Sie mit und?«

»Karl!«

»Es gibt nichts Neues zu Valentin, die Untersuchungen dauern an«, log er.

Der Bürgermeister wurde in den Gesprächen per Funk nicht erwähnt. Fräulein Schneebach nickte stumm. Walburga ging derzeit ständig in der Schule ein und aus; ein weiterer Grund, warum Karl sich dort fernhielt.

Normalerweise hätte Karl ihr jetzt eine Tasse Kaffee angeboten und wie üblich ein wenig über Gott und die

Welt geplauscht. Doch es war bereits später Nachmittag, und er wollte gegen Abend zusammen mit Eddi nach Bitburg fahren. Das Fräulein bemerkte, dass es diesmal in der Schmiede nicht sonderlich willkommen war.

»Nun denn, ich will euch bei euren dringenden Geschäften nicht aufhalten.« Ihre Augen wanderten in der unordentlichen Werkstatt umher. »Karl?«

»Fräulein Schneebach?«

»Hättest du ein paar Minuten für mich?«

»Selbstverständlich, Fräulein Schneebach.«

»Draußen?«

Karl bedeutete Eddi, sich auf den Stuhl neben der Werkbank zu setzen, damit er nicht in der Werkstatt umherwandelte und Dinge sortieren wollte, die das nicht nötig hatten.

Auf dem Hof ging die Lehrerin einige Schritte, bis sie stehen blieb. Das Fräulein blickte ihn von unten kritisch an. »Karl, glaubst du, ich bin eine alte Schachtel und du kannst mich für dumm verkaufen?«

»Was, wie meinen Sie das? Natürlich halte ich Sie nicht für alt, was soll die Frage?«

»Fürs Zeitunglesen werden meine Arme langsam etwas kurz, ich kann dir jedoch versichern, in die Ferne sehe ich nach wie vor ganz ausgezeichnet.«

Sie wartete. Karl sah durch die geöffnete Tür in die Schmiede hinein. Eddi saß brav auf dem Stuhl und versuchte mit gerecktem Hals, etwas von dem zu verstehen, was draußen gesprochen wurde.

»Sehr schön, Sie sehen also noch hervorragend, ich gratuliere. Wenn Sie mir jetzt noch verraten, was Sie mir damit sagen wollen, wäre es großartig.«

»Ich sehe noch so gut, dass ich deinen freundlichen Herrn Franken vor knapp zwei Wochen von der Schule aus als Insassen im Auto deines Kommissars erkannt habe, als der Valentin einkassiert hat. Bei der Gelegenheit hat Herr Franken eine alte Uniform getragen mit einer Armbinde. Wenn ich nicht doch alt und schrullig bin, konnte ich da etwas von *deutscher Polizei* lesen.«

Nachdem Jakob keine solche Beobachtung gemacht hatte, war Karl davon ausgegangen, das Thema wäre erledigt. Das Fräulein musste man eben immer auf der Rechnung haben.

»Nun, ich warte.« Das Fräulein ließ den rechten Fuß auftippen.

»Worauf?« Im Dorf gab es eigentlich niemanden, zu dem Karl mehr Vertrauen hatte als zu seiner alten Lehrerin. Es wäre ihm aber lieber gewesen, sie hielte sich aus allem heraus.

»Auf eine Erklärung. Ehrlich gesagt hatte ich gehofft, dass du früher zu mir kommst.«

Da Karl nicht den richtigen Ansatz fand, forschte das Fräulein weiter: »Dein neuer Freund, Herr Franken, ist also Polizist?«

»Polizeianwärter«, stellte Karl richtig.

»Meinetwegen auch das.« Fräulein Schneebach verschränkte die Arme auf dem Rücken. »Wenn seine Anwesenheit hier in Disselbach nichts mit Valentins angeblicher Tat zu tun hat, lasse ich mich auf der Stelle pensionieren.«

»Tun Sie, was Sie nicht lassen können.«

Das Fräulein kniff die Augen zusammen. »Jetzt werde nicht unverschämt. Also, der Nachwuchspolizist ist hier, um mit dir zusammen irgendwelche Hintergründe zu ermitteln?«

Weiteres Taktieren würde nur unnötig Zeit verschwenden, Karl setzte seine ehemalige Lehrerin grob ins Bild der Ereignisse, ließ jedoch die Episode mit Valentins rostiger Pistole aus, damit der für sie ein Verdächtiger blieb, der zu Recht einsaß. Sie hörte ihm zu, während sie den Waldrand betrachtete. Als er fertig war, sah sie zu ihm auf. »Hat dir die Geschichte mit Werner Schomer im letzten Jahr nicht gereicht?«

»Doch, diesmal ist es ja anders, ich soll im Auftrag der Polizei aktiv werden, und wir haben es nur mit Schmugglern zu tun, nicht mit SS-Leuten.«

»Das beruhigt mich natürlich ungemein. Warum gab es letztes Jahr noch mal den Streit mit Huber und seinen Leuten?«

Das wusste Fräulein Schneebach nur zu gut. Sie hatte damals keine Ruhe gegeben, bis sie das letzte Detail der Affäre kannte.

»Weil Werner Hauptsturmführer Huber diesen Schatz abgenommen hatte.«

»Hm. Warum, glaubst du, schmuggeln Leute Kaffee oder was auch immer des Schmuggelns wert ist?«

Karl antwortete prompt, was ihm dazu einfiel. »Um Geld zu verdienen.«

Die Lehrerin lächelte. »Zum Glück hat dein Verstand noch nicht gelitten. Genau, um Geld zu verdienen. Und vermutlich sogar, um sehr viel Geld zu verdienen. Über den Schmuggel von Konsumgütern und insbesondere von Kaffee wird in letzter Zeit immer öfter in den Zeitungen berichtet. Der Schwerpunkt dieser Szene befindet sich im Großraum Aachen und in der Nordeifel. Wie es scheint, kommt uns diese Geschichte nun nach Süden entgegen.«

Karl verzog nur den Mund.

»Was man außerdem lesen kann, ist, dass es immer wieder Tote und Verletzte bei Einsätzen des Zolls und der Polizei gibt. Du verstehst, was das bedeutet?«

»Es ist ein gefährliches Geschäft!«

»Genau, Karl, es ist sogar ein sehr gefährliches Geschäft, und das bedeutet, so etwas zieht gefährliche Männer an. Dieser Schmuggler ist erschossen worden. Ich kann mir beim besten Willen nicht vorstellen, dass Valentin das getan haben soll, aber hundertprozentig sicher bin ich mir da nicht. Fakt ist, der Mann ist tot. Selbst auf die Gefahr hin, deinem männlichen Selbstbild damit einen Dämpfer zu versetzen, du bist nicht Werner Schomer.«

»Das merke ich, wenn ich morgens in den Spiegel schaue.«

Das Lächeln des Fräuleins geriet sehr matt. »Schön. Ich würde es sehr begrüßen, nicht eines Tages Besuch von der Polizei oder deinen Eltern erhalten zu müssen, um zu erfahren, dass du ebenfalls erschossen worden bist.«

»Sehen Sie da nicht sehr schwarz?«

»Das glaube ich eher nicht. Die SS-Männer sind wahrscheinlich allesamt Mordbuben gewesen und haben vielleicht nur das bekommen, was sie verdient haben. Die Leute, auf die du dich nun einlassen möchtest, werden nicht viel weniger gefährlich sein. Wenn erst einmal ein Mord geschehen ist, sind die Hemmungen für einen weiteren nicht sonderlich hoch. Durch die allgemein unsichere Lage kommt das Tier im Menschen leider zu leicht zum Vorschein. Jeder muss schauen, wo er bleibt, Rücksicht und Mitgefühl sind derzeit unzugänglich in Stahlschränken weggesperrt.«

»Das ist mir alles selbst klar, Fräulein Schneebach.«

»Dann ist es ja gut. Deine Eltern und auch ich würden gerne weiter deine Gegenwart genießen. Ich denke, das Fräulein Globkow sieht das ähnlich.«

Bei Letzterer war Karl sich nach dem, was er am Teich gesehen hatte, noch weniger sicher als je zuvor.

»Ach, und übrigens, wie wichtig du diesem neu ernannten Kommissar bist, das ist eine weitere gute Frage.«

»Was soll ich Ihrer Meinung nach denn tun? Kommissar Peters anrufen, damit er Eddi einsammelt?«

Das Fräulein sah ihn nachdenklich an. »Das wird wohl nicht die Lösung sein. Glaubst du denn, du bist dieser Aufgabe gewachsen?«

Darüber hatte Karl seit dem Gespräch in der Kaserne vor gut einer Woche ausgiebig nachgedacht. Seine Vorstellung von dem, was da auf ihn zurollte, blieb äußerst vage. Eddi war erst seit sechs Monaten bei der Polizei, von dem brauchte er wohl keine große Hilfe zu erwarten. Am Ende würde es, ähnlich wie im Jahr zuvor, auf Karls Improvisationsgabe hinauslaufen.

»Letztes Jahr bin ich in alles hineingestolpert. Diesmal hoffe ich, dass es mit Peters im Rücken besser ablaufen wird.«

Das Fräulein winkte Jakob zu, der von seiner Seite der Straße neugierig zu ihnen herübersah. Mit gesenktem Kopf sagte sie: »Feldmarschall Helmuth von Moltke wird folgender Satz zugeschrieben: ›Jeder Plan hat nur so lange Bestand, bis der erste Schuss auf dem Schlachtfeld gefallen ist.‹ Dein Kommissar ist wie ein Feldherr, der von seinem Hügel das Geschehen dirigieren will. Die Soldaten im Getümmel sind es aber, die sich mit dem Feind auseinandersetzen müssen. Der Feldherr auf dem Hügel ist weit weg von der Stelle, wo die Kugeln fliegen. Du verstehst?«

»Es könnte sein, dass ich für Peters nur ein Soldat auf dem Schlachtfeld bin und damit nur einer von vielen, der zur Not schnell ersetzt werden kann.«

Das Lächeln des Fräuleins wirkte traurig. »Genauso ist es, Karl. Tu mir den Gefallen und gehe in Deckung, wenn du den Eindruck hast, dass es gefährlich wird. Tote Helden gab es in den letzten Jahren mehr als genug. Glaubst du, du kannst mir das versprechen?«

Karl versuchte sich seinerseits an einem Lächeln. »Versprechen kann ich das, das Einhalten könnte schwierig werden.«

Die Lehrerin fasste ihn am rechten Handgelenk. »Sei vorsichtig und lasse dich auf nichts ein, das du nicht beherrschst. Mehr kann ich dir nicht sagen und raten.«

-22-

Das Fräulein trat zu Jakob. Womit sie Karl die Gelegenheit gab, in die Werkstatt zurückzukehren, ohne dem Nachbarn Rede und Antwort stehen zu müssen. In der Schmiede saß Eddi auf seinem Stuhl wie ein armer Büßer, der auf sein Urteil wartete. »Dieses Fräulein ist früher deine Lehrerin gewesen?«

Karl nickte nur bestätigend.

»Du verstehst dich gut mir ihr?«

»Das kann man so sagen.«

»Schön! In meiner Schulzeit bei uns in Völklingen hatten wir einen alten Sack als Lehrer. Der war die meiste Zeit sturzbesoffen und hat dann grundlos Prügel mit dem Stock verteilt. Hoffentlich schmort das Aas inzwischen in der Hölle!«

Karl nickte. Es gehörte wohl zum Leben dazu, irgendwann mit anderen Menschen schlechte Erfahrungen zu machen. Die einen früher, die anderen später, verschont blieb niemand. Nur hockten sie nicht zum Austausch von Anekdoten aus der Schulzeit beieinander. Er sah zur Armbanduhr. Sie mussten los.

Er sperrte die große Transportkiste auf, die als Garage für sein Motorrad diente. Bisher hatte Eddi die Kiste nur von außen gesehen.

»Warum ist die BMW denn rot?«, wollte er wissen, als das Motorrad in seiner ganzen Pracht vor ihm stand.

»Wenn ich eines im Überfluss besitze, dann rote Farbe. Außerdem soll die Mühle einen möglichst unmilitärischen Eindruck machen.«

»Unauffällig ist aber anders.«

»Eddi, wir fahren gleich zu so etwas wie einem Bewerbungsgespräch. Ich habe keine Ahnung, was uns da erwartet und wo ich die BMW lassen kann. Die Farbe könnte helfen, dass niemand auf die Idee kommt, das Motorrad zu stehlen.«

Das hoffte Karl jedenfalls. Die BMW stellte im Moment den mit Abstand größten Schatz dar, den er besaß. Er kontrollierte kurz den Benzintank. Dann zog er den Ölstab heraus. Es konnte nichts schaden, etwas nachzufüllen.

Eddi drehte derweil eine Runde um das rote Teil. »Die ist doch von der Wehrmacht. Wo hast du sie her?«

»Mein Vater konnte die BMW am Ende des Krieges einhandeln.« Dass sie gegen Luft eingehandelt worden war, musste Eddi nicht wissen.

»Hat der Herr Kommissar dir gesagt, nach wem wir suchen sollen?«

»Peters hat mir erzählt, es gibt da jemanden, der für die Koordination der Transporte zuständig ist.«

»Und der soll etwas über den Tod des Schmugglers wissen?« Der Polizeianwärter war keineswegs dumm, nur manchmal etwas naiv.

»Das herauszufinden ist genau der Grund, warum Peters dich hierhergeschickt hat.«

»Stimmt, Entschuldigung.« Eddi sah zerknirscht zur Esse.

Karl verstaute die Kanne mit dem Motoröl wieder im dafür vorgesehenen Schrank mit Schmiermitteln. Das Motorrad war klar für den Einsatz. Von Peters hatte es keine präzisen Zeitangaben gegeben. Sie sollten gegen Abend zur Kaserne nach Bitburg fahren, wo Pierre auf sie wartete. Alles Weitere würde sich danach ergeben.

Kurz vor sechs machten sie sich auf den Weg. Wie bereits mit dem Kommissar im Auto fuhr diesmal Karl mit Eddi auf dem Sozius über Badem und Erdorf nach Bitburg. In der Kreisstadt durchquerten sie vorsichtig die ruinöse Innenstadt. Sie konnten das Tor der Kaserne ohne Probleme passieren, da Peters alles mit Capitaine Dorflinger abgesprochen hatte. Auf Pierre trafen sie unweit des Exerzierplatzes, in Begleitung des Capitaine. Karl parkte das Motorrad vor dem nächsten Gebäude. Dorflinger erinnerte Pierre an seine Pflichten als Soldat des Großherzogtums, salutierte und machte auf dem Absatz kehrt, ohne Karl und Eddi eines weiteren Blickes zu würdigen. Pierre sah ihm hinterher. Resigniert sagte er: »Das mit der Karriere in der Armee kann ich wohl vergessen.«

Karl erinnerte sich an den sehr säumigen Wehrmachtssoldaten Pierre Golzbach. Dessen Motivation, Befehlen zu folgen, war mit Karls Ordnungssinn vergleichbar.

»Wenn ich an Frankreich denke, verstehe ich sowieso nicht, wie du auf die Idee gekommen bist, dich weiter zu verpflichten.«

Pierre sah zu ihnen herüber. »Derzeit gibt es Schlimmeres, als Soldat zu sein. Ihr Übermenschen konntet ja keine Ruhe geben, bis alles kurz und klein geschlagen war. Bei mir zu Hause in Echternach regiert der Mangel, wie überall in Europa. Das habt ihr sauber hinbekommen! Zum Glück haben die Alliierten euer Tausendjähriges Reich um neunhundertachtundachtzig Jahre abgekürzt. Bei der Armee brauchst du dir im Winter keine Gedanken um das Heizen zu machen, und das Essen ist annehmbar. Doch das alles dürfte für mich demnächst Geschichte sein. Dorflinger hat mir zu verstehen gegeben, dass ich meine Sachen packen kann, egal, ob dein Kommissar erfolgreich ist oder nicht.«

»Und wer versorgt mich dann mit Kaffee?«

Karls Frage sollte ironisch klingen. Er traf den Ton aber nicht richtig. Ein Abgang Pierres würde ihn in dieser Hinsicht in der Tat vor Probleme stellen.

Der Luxemburger zuckte mit den Schultern. »Daran hättest du früher denken sollen, bevor du mich ins Spiel gebracht hast.«

»Ich habe dich nicht ins Spiel gebracht, das bist du schon selbst gewesen.«

»Geschenkt. Es macht keinen Unterschied mehr.«

Eddi hatte dem Gespräch aufmerksam gelauscht. »Herr Golzbach ...«

»Nenn mich Pierre. Es würde nachher etwas komisch wirken, wenn wir uns siezen.«

»Na gut, Pierre, wie soll das heute Abend ablaufen?«

Der Luxemburger schmunzelte. »Das wird sich ergeben, ich bin nur ein Caporal. Da muss man flexibel auf alles reagieren. Äh, wie war noch mal dein Name?«

»Edmund Franken, du kannst mich Eddi nennen, das machen alle.«

»Also gut, Eddi. Wir gehen gleich in die Stadt oder besser gesagt, was von der Stadt übrig ist. Am Stadtrand, auf der anderen Seite, sollten wir auf jemanden treffen, der sich Thomas nennt.«

»Thomas und wie weiter?«

»Spare dir die Polizeianwandlungen, Eddi. Damit wirst du nur auf die Schnauze fallen. Thomas Müller, Meier oder Schmidt. Keine Ahnung. Der Nachname tut nichts zur Sache. Thomas ist auf der Suche nach Trägern. An Interessenten wird es bestimmt nicht mangeln, alle suchen nach einer Möglichkeit, etwas zu verdienen, um über die Runden zu kommen. Demnächst kann ich mich in die Schlange der Interessenten einreihen.« Pierre sah zum staubigen Exerzierplatz, auf den die Abendsonne schien. »Nicht, dass ich das Militär großartig vermissen werde. Warum man Befehle von Leuten befolgen soll, die dämlicher sind als man selbst, konnte ich nie verstehen. Es ist halt alles nur gut organisiert, und man kann sich satt essen. Das ist bei dem aktuellen Zustand der Welt ein nicht zu unterschätzender Vorteil.«

Ein Ansatz, den Karl nachvollziehen konnte. Das Leben nach dem wahnsinnigen Krieg verlief für viele Überlebende in labyrinthartigen Bahnen.

»Wie lange brauchen wir bis zum Treffpunkt?«, wollte Eddi wissen.

»Es ist kein Treffpunkt. Wenn er hier ist, wohnt Thomas in einer Bruchbude am Rand der Stadt. Jeder weiß das, und jeder möchte von ihm beschäftigt werden. Eines kann ich dir sagen, Thomas ist ein sehr misstrauischer Hund. Wir werden sehen, ob es tatsächlich etwas hilft, dass ich euch anschleppe.« Pierre sah zu Eddi. »Du hältst am besten ganz die Klappe. Bei dir kommt die neugierige Amtsperson zu sehr durch.«

»Ich bin noch Anwärter«, protestierte Eddi.

»Dann hört man eben den zukünftigen Amtsschimmel bei dir schon wiehern. Halt einfach den Mund und lass die Erwachsenen reden.«

Eddi zog eine beleidigte Schnute.

Pierre schüttelte den Kopf. »Kommt das bei euch beim Entnazifizieren heraus? Der Kindergarten übernimmt das Kommando, weil sämtliche Erwachsenen alte Parteigenossen sind?«

Karl zwinkerte seinem alten Kameraden zu. »Mich braucht niemand zu entnazifizieren. Ich bin jetzt zum zweiten Mal in etwas hineingeraten, das ich nicht so richtig erklären könnte. Vermutlich ziehe ich Ärger an.«

Die Freundschaft zwischen Karl und Pierre war nie besonders tief gewesen, dennoch verstanden sie einander. Sie stammten aus dem gleichen, vielleicht etwas rückständigen Teil der Welt und mussten unverhofft mit dem klarkommen, in das sie umständehalber hineingezogen worden waren.

»So sieht es wohl aus.« Pierres Lächeln spiegelte die gemeinsamen Jahre wider.

»Was mache ich mit der BMW? Gehst du voraus, und wir kommen damit etwas später nach?«

»Nein, wir gehen zusammen, du bist auf der Suche nach Arbeit. Die Maschine kann hierbleiben. Die stiehlt bestimmt niemand, so hässlich rot, wie sie ist.« Pierre grinste.

»Willst du kein Zivil anziehen?«, fragte Eddi.

»Nein, ich habe immer Uniform an, wenn ich mit Thomas zu tun habe, die flößt Respekt ein. In Zivil würde ich vermutlich nur auffallen.« Nachdenklich sah Pierre zu Boden. »Seit fast sieben Jahren renne ich jetzt ständig in irgendeiner Uniform herum. Es wird bestimmt nicht einfach ohne.« Er schüttelte den Kopf. »Scheiß drauf, gehen wir!«

Zielstrebig trabte er auf das zentrale Tor mit der Wache zu. Niemand stellte sich ihnen in den Weg oder fragte nach Passierscheinen. Sie folgten der geräumten Straße über einen Bahndamm ins Innere der Stadt. Karl war vor dem Krieg selten in der Kreisstadt gewesen, höchstens einmal zum Markttag oder wenn er neue Kleidung benötigte. Sie mussten sich auf ihren Führer verlassen. Nach mehrmaligem Abbiegen an Kreuzungen und Gassen verlor Karl die Orientierung, obwohl er normalerweise einen guten Sinn für Wege besaß. Trotz der beginnenden Aufbauarbeiten konnte er sich nicht vorstellen, wie diese staubigen Haufen jemals wieder zu einer lebenswerten Stadt werden sollten. Sie verließen das Zentrum; die Bebauung oder besser die Schutthalden wurden lichter.

Pierre stoppte. »Lasst mich reden, ihr antwortet nur, wenn ihr gefragt werdet. Ist das klar?«

Karl bestätigte, Eddi nickte.

»Nachnamen gibt es nicht, ihr seid Karl und Eddi, fertig, aus.«

Wieder bestätigten sie.

Pierre ging auf ein einzeln stehendes Haus mit Wirtschaftstrakt zu. Vom Erdgeschoss bis zum Dachboden konnte man in die drei Etagen hineinsehen. Im ersten Geschoss war ein Schlafzimmerschrank zu erkennen, dessen rechte Tür offen stand. Das Dach neigte sich ihnen etwas entgegen, es fehlten aber lediglich einzelne Dachpfannen.

Im gepflasterten Hof vor dem Haus brannte ein Feuer in einem gemauerten Rund, das nach einem alten, zugeschütteten Brunnen aussah. Überall im Hof hielten sich Leute auf. Einige saßen nah beieinander, andere blieben für sich. Karl fühlte sich ein wenig an die Beschreibungen Karl Mays von Diebeslagern in Kurdistan erinnert.

Sie folgten Pierre am Feuer vorbei zu einer Gruppe von drei Männern, die im Schatten der Hausfront auf Holzstümpfen hockten. Vor dem Mann in der Mitte, mit kantigem Gesicht und braunen Haaren, blieben sie stehen.

»Guten Abend, Thomas.«

»Pierre! Du hast dich in letzter Zeit rar gemacht!«

»Dienstliche Verpflichtungen. Du weißt schon.«

»Hm, ich bedaure dich später. Wen bringst du uns da? Ich glaube nicht, dass ich die beiden hier schon einmal gesehen habe.«

Pierre zeigte mit der Hand nach hinten. »Das ist Karl, ein alter Kamerad, der mit mir bei der Luftwaffe in Frankreich gewesen ist. Der andere ist Eddi, ein Freund von Karl.«

Thomas lächelte und zeigte dabei erstaunlich gerade und weiße Zähne. »Also die alte Geschichte, der Kumpel eines Kumpels?«

»So könnte man das sagen.«

»Was wollen deine Freunde hier bei uns?«

»Was wohl? Sie sind auf der Suche nach Lohn und Brot. In Karls Schmiede tobt im Augenblick nicht unbedingt der Bär. Und Eddi kommt frisch aus der Gefangenschaft.«

Thomas sah an Pierre vorbei. Er musterte zuerst Eddi, dann wanderten die grünen Augen an Karls Statur entlang.

»Schmied, aha. Verhungert sieht er jedenfalls nicht aus.«

Pierre öffnete den Mund, doch entgegen seiner Ansage vorhin antwortete Karl selbst: »Ich kann mich satt essen. Was nicht bedeutet, ich könnte nicht einen ordentlichen Nachschlag vertragen.«

Von Pierre erntete er einen bösen Blick. Thomas hingegen sah ihn interessiert an. »Ist das so?«

Karl hob eine Augenbraue. Er hielt dem Blick des Fremden stand, ohne zu blinzeln.

Es war Thomas, der die Augen zum Lagerfeuer senkte. »Wer kann keinen Nachschlag gebrauchen?« Er sah hoch zu Eddi. »Was sagst du dazu?«

»Ich? Äh, ich weiß nicht, ich brauche nicht viel zum Essen.« Der Saarländer fuchtelte nervös mit den Händen.

»Das sieht man. Du scheinst mir ein billiger Kostgänger zu sein. So wie du aussiehst, bist du früher einmal viel dicker gewesen.«

Eddi sah zuerst an seiner viel zu weiten Bekleidung hinab, ehe er hilflos die Schultern hob.

Thomas verzog den Mund. »Kannst du hart arbeiten?«

»Ich komme aus dem Saargebiet. Mein Vater war Bergmann.«

»Der ist aber nicht hier, und ein Bergwerk habe ich auch nicht.« Thomas sah Karl erneut in die Augen. »Was wollen Karl und Eddi hier?«

»Wir haben gehört, du bist auf der Suche nach tatkräftigen Mitarbeitern.«

»So, habt ihr das?« Thomas wandte sich an Pierre. »Du hast das Geld dabei?«

Der Luxemburger griff in sein Uniformhemd hinein. In seiner Faust erschien ein Bündel Geldscheine.

Thomas machte ein Gesicht, als hätte er sich auf die Zunge gebissen. »Französische Francs? Du siehst mich nicht eben vor Begeisterung einen Freudentanz aufführen.«

»Ich habe nichts anderes, ich habe nie anderes Geld.«

»Das weiß ich, Dollar wären mir trotzdem lieber.« Thomas hielt die Hand hin. »Na, gib schon her!«

Ohne zu zögern, übergab Pierre ihm die speckigen Scheine. Thomas ließ kurz den Daumen darübergleiten. »Die Ware findest du an der üblichen Stelle.« Er betrachtete erneut Karl und Eddi. »Wie mobil seid ihr?«

»Ich besitze ein Motorrad«, sagte Karl widerwillig.

»Das hast du jetzt aber nicht dabei?«

Karl schüttelte den Kopf. »Die Maschine veranstaltet viel Lärm. Das dürfte für die Art von Arbeit, die du zu vergeben hast, eher ungünstig sein.«

Thomas lächelte dünn, er griff hinter sich, eine Flasche mit klarer Flüssigkeit kam zum Vorschein. Karl roch am offenen Hals der dargebotenen Flasche: Schnaps. Entgegen seinen Vorlieben und Gewohnheiten nahm er einen ordentlichen Schluck des Feuerwassers. Das Husten konnte er unterdrücken. Eddi gelang das weniger gut, als die Flasche an ihn weitergereicht wurde. Sein Adamsapfel hüpfte auf und ab, bevor er in einer gewaltigen Hustenexplosion Spucke und Schnaps in der Gegend verteilte. Die halb volle Flasche entglitt seinem Griff. Karl fing sie auf, bevor sie zu Boden fallen und auslaufen konnte. Mit Tränen in den Augen schnappte Eddi nach Luft.

Thomas nahm die Flasche wieder an sich. »Kann es sein, dass dein Freund ein wenig unbedarft ist?

Karl zuckte mit den Schultern.

»Er rasiert sich aber schon?«

Karl klopfte Eddi auf den Rücken, damit der wieder zu Atem kam. »Muss man rasiert sein, wenn man nachts unterwegs ist? Fasst ihr euch gegenseitig ans Kinn?«

Lachfältchen erschienen um Thomas' Augen, er sah zu Pierre. »Du bürgst für die beiden?«

Ohne zu zögern, antwortete der Luxemburger: »Natürlich, sonst hätte ich sie nicht hierhergeschleppt. Du brauchst neue Leute, denen man trauen kann.«

Pierre klang so überzeugend wie seinerzeit, als er den Vorgesetzten gegenüber stets die Argumente parat hatte, die sie gerade hören wollten.

Thomas' Augen wanderten erneut zwischen Karl und Eddi hin und her. »Seid ihr gut zu Fuß?«

Karl ließ die Schultern kreisen. »Was bleibt einem anderes übrig? Das Motorrad nutze ich selten, ich habe kein Geld für Benzin. Zu Fuß gehen kostet nichts.«

»Das stimmt. Die Zöllner haben meistens scharfe Hunde dabei, da kann es schon mal hastig zugehen. Könnt ihr schneller rennen als ein Hund?«

Eddi hatte sich wieder gefangen, mit rauer Stimme sagte er: »In der Schule bin ich immer einer der Besten über hundert Meter gewesen.«

Thomas' Mundwinkel zuckten. »Ein spurtender Bergmann und ein Schmied, na, wenn mich das mal nicht beruhigt. Gut, ihr könnt bleiben, es gibt diese Nacht etwas zu tun.« Er nickte Pierre zu. »Man sieht sich.«

»Genau, man sieht sich.«

Pierre gab Karl einen Klaps auf die Schulter, bevor er sich abwendete.

-23-

Der Luxemburger schlenderte mit den Händen in der Tasche zur Stadt zurück. Karin stand auf der Türschwelle, von wo aus sie sämtliche Personen im Hof gut sehen konnte. Pierre war einer der regelmäßigen Geschäftspartner von Thomas. Aus der Kaserne gab es weitere Kundschaft, die regelmäßig am Haus ohne Seitenwand auftauchte. Es war allerdings das erste Mal, dass Pierre neue Träger anschleppte. Die Luxemburger verhielten sich lieber unauffällig und versuchten, möglichst nicht erkannt zu werden.

Karin betrachtete die beiden Neulinge, die mangels weiterer Anweisungen etwas verloren dastanden. Schließlich traten sie nach rechts zum Haus, aus dem Schein des Feuers heraus.

Der, der die meiste Zeit geredet hatte, war groß und kräftig. Sie musste bei der nächsten Gelegenheit näher an ihn herankommen, um herauszufinden, wie er roch. Der dünne rothaarige Schlaks neben ihm, der aussah, als trüge er die Sachen seines älteren Bruders auf, machte einen wesentlich nervöseren Eindruck. Ihre Großmutter hatte sie immer vor Rothaarigen gewarnt, die seien vom Teufel besessen. Ganz von der Hand zu weisen war das für Karin nicht. Erichs Haare hatten in einem kräftigen Karottenrot geleuchtet, und der löste in ihr etwas aus, das man ohne Weiteres als teuflisch bezeichnen konnte. Jedenfalls, wenn man die strengen katholischen Maßstäbe ihrer Großmutter anlegte.

Sie hatte das Gefühl, beobachtet zu werden. Als sie sich umdrehte, sah sie Andrej direkt in die Augen. Er zwinkerte ihr zu, sein anzügliches Grinsen erklärte, was ihm im Sinn lag. In seinem Blick lag etwas, das Karin bei Männern nur zu gut kannte und das sie normalerweise genoss. Andrej suchte neuerdings noch intensiver ihre Nähe, als Thomas das bereits tat.

Es hatte weitere Bemerkungen gegeben, die dafür sorgten, dass Karins innere Unruhe wuchs. Sie musste davon ausgehen, dass Andrej mehr wusste, als ihm zustand, und dass sie entsprechende Maßnahmen ergreifen musste. Wenn sie in den letzten Tagen morgens wach wurde, meldete sich in den diffusen Augenblicken vor dem endgültigen Aufwachen regelmäßig so etwas wie ein Fluchtimpuls bei ihr. Dem zu widerstehen, wurde zunehmend schwierig. Eines stand fest, ihre Mission wurde immer komplizierter.

NACHT VON DONNERSTAG AUF FREITAG, 01.08.1947

TAG 12

-24-

Daran, dass sie sich im Wald befanden, gab es absolut nichts zu deuten. Da es in der Eifel jedoch überall ausgedehnte Waldgebiete gab, taugte diese Erkenntnis nicht zur Orientierung. Nach dem schnellen und erstaunlich positiven Anwerbungsgespräch stellte Thomas ihnen Quirin, ein zähes, drahtiges Männlein von vielleicht sechzig Jahren, als Anführer ihres geplanten Ausflugs vor. Unter der Schiebermütze gab es keine Haare mehr, die man damit hätte verbergen können. Dazu machten sie die sehr kurze Bekanntschaft zweier Frauen, Karin und Käthe, sowie die eines Mannes namens Andrej, die ihren Ausflug komplettierten. Karls Frage, wohin die Reise gehen sollte, blieb unbeantwortet.

Da keine weiteren Anweisungen erfolgten, suchten sie sich eine ruhige Ecke im Hof. Beide versuchten sie etwas Schlaf zu finden, bevor es losgehen sollte. Karl döste vor sich hin, anders als Eddi, der neben ihm leise vor sich hin schnarchte. Aus der angedachten Kontaktaufnahme hatte sich unvermittelt der erste Ausflug seiner Karriere als Schmuggler entwickelt. Karls Gedanken versanken in einem nicht fassbaren Durcheinander der Ereignisse des Tages. Er schrak aus Träumen von Pauline hoch, als ihn jemand unsanft an der Schulter anstieß.

»Genug gepennt, ihr müsst los!«, sagte Thomas direkt an seinem Ohr.

Es dauerte einen Augenblick, bis Karl sich im Klaren darüber war, wo er sich befand. Trotz der Dunkelheit registrierte er, dass Eddi bereits neben ihm stand, die Schultern bis zu den Ohren hochgezogen, die Hände tief in den Taschen vergraben.

»Guten Morgen ist wohl die falsche Begrüßung«, nuschelte der Saarländer.

So etwas wie Morgentoilette gab es nicht. Sie traten zum Pinkeln zur Seite, damit hatte es sich. Gemeinsam mit den Frauen und Andrej reihten sie sich hinter ihrem Anführer ein. Rucksäcke wurden an Karl und Eddi verteilt, es folgte eine kurze Einweisung in verschiedene Pfeiftöne, die als Kommandos dienten. Anschließend setzte Quirin sich in Bewegung, der Rest der zusammengewürfelten Mannschaft trabte im Gänsemarsch hinterher.

Niemand sprach, man hörte nur gelegentlich einen unterdrückten Fluch, wenn jemand gegen eine Wurzel stieß oder über einen Stein stolperte. Karl konzentrierte sich auf Andrejs Rucksack vor sich und machte automatisch einen Schritt nach dem anderen. Die meiste Zeit folgten sie Waldpfaden, die manchmal so eng waren, dass ihnen die Äste der Bäume ins Gesicht schlugen. Hin und wieder flitzten sie im zügigen Schritt über eine Wiese oder einen Acker. Ständig ging es Hügel steil hinauf und wieder hinab.

Quirin schritt zielstrebig voran. Gelegentlich hielt er einen Augenblick an, um sich an etwas zu orientieren, das Karl verborgen blieb. Eddi hielt sich gleich hinter ihm als letzter Mann der Truppe. Plötzlich blieb Quirin so abrupt stehen, dass Karl Andrej fast überrannt hätte. Mit rudernden Armen gelang es ihm, das Gleichgewicht zu halten. Von Quirin ertönte ein verärgertes Zischen. Karl beugte sich zu Andrej. Er hörte sich selbst kaum, als er fragte: »Was ist?«

Das Schulterzucken Andrejs konnte er nur erahnen.

Mehrere Minuten standen sie still auf der Stelle. Im Wald knackten Äste, die Baumkronen rauschten leise. Der Ruf eines Kauzes wurde vom heiseren Bellen eines Fuchses kommentiert. Vielleicht wollte er vor den Menschen in seinem Revier warnen? Karl wusste nicht, auf welche Geräusche Quirin achtete. Für ihn klang alles unverdächtig nach nächtlichem Wald. Schließlich sah ihr Führer das wohl ähnlich. Mit einem erneuten Zischen ging es weiter. Karl hätte nicht sagen können, wie lange sie unterwegs gewesen waren, als Quirin das nächste Mal stehen blieb. Diesmal ertönten zwei leise Pfiffe, die als Signal zum Halten vereinbart waren. Als Karl zu Quirin aufschloss, erkannte er die Überreste eines zerstörten Bunkers.

Die komplette Westeifel nahe der Grenze zu Luxemburg und Belgien war vor zehn Jahren von Männern des Arbeitsdienstes mit Bunkern und anderen Verteidigungsanlagen übersäht worden. Gezackte Bruchkanten warfen bizarre Schatten, verbogenes Armierungseisen ragte wie die Fangarme eines urzeitlichen Tiers in die Gegend. Ob der Bunker bei Kampfhandlungen zerstört oder nach dem Krieg gesprengt worden war, konnte man in der Nacht nicht erkennen. Nach dem Krieg begannen die Sieger mit kontrollierten Sprengungen der Anlagen. Das Fräulein hatte dazu die Vermutung geäußert, dass die Franzosen bei der nächsten Gelegenheit einfacher vorankommen wollten. Der Eifer dafür währte nur kurz, die Bunker hielten hartnäckig stand. Da das Sprengen zu sehr ins Geld ging, wurden die Bunker und Unterstände einfach der Natur überlassen.

Quirin und Andrej verschluckte der Erdboden, irgendwo musste es einen Eingang geben. Am Geruch erkannte Karl, dass kleine Säcke mit Kaffeebohnen nach draußen an die Frauen gereicht wurden. Hinzu kam ein würziger Tabakduft. Karl streifte den Rucksack von den Schultern.

Er nahm den ersten Sack mit Kaffee entgegen und reichte ihn an Eddi weiter. Stumm wurde an jeden Träger die Menge an Ware verteilt, die jeweils in die Rucksäcke hineinpasste. Karl zählte für sich sechs Säcke Kaffeebohnen, Eddi verstaute die gleiche Menge. Jeder Sack wog laut Aufschrift fünf Kilo, das ergab dreißig Kilo Kaffee, die Karl sich auf den Rücken schwang. Für den Rückweg erfolgte die Reihung genau wie zuvor, Eddi bildete erneut das Schlusslicht.

Diesmal gab es aufgrund der vollen Rucksäcke deutlich mehr Gekeuche und unterdrückte Schmerzenslaute. Die Wurzeln und Stolpersteine waren in der Zwischenzeit nicht gnädig im Untergrund verschwunden.

Mit gesenktem Kopf stapfte Karl vor sich hin. Immer wieder klatschten ihm Zweige, die von Andrej beiseitegedrückt worden waren, heftig auf den Schädel.

Unvermittelt gab es rechts von ihnen Geräusche. Raschelndes Laub verriet das Nahen vieler Beine, Äste brachen unter der Last von Körpern. Was immer sich da näherte, es bewegte sich auf sie zu. Von Quirin erklangen die zwei leisen Pfiffe. Karl griff instinktiv nach dem Klappmesser in seiner Hosentasche.

»Was ist? Zöllner?« Eddi stand unmittelbar hinter ihm.

Karl öffnete sein Messer mit der langen und sorgfältig geschliffenen Klinge. Ehe er antworten konnte, schrie Andrej direkt vor ihm auf.

»Psst, still!«, zischte Quirin.

Ein sehr intensiver und unangenehm würziger Geruch schlug Karl entgegen, begleitet von einem wütenden Grunzen. Andrej wurde nicht von einem Menschen angegriffen, er rang mit einem Wildschwein. Karl tastete sich voran, seine linke Hand erfasste struppiges, feuchtes Fell. Mit aller Kraft ließ er sein Messer nach unten sausen, in der Hoffnung, nicht Andrej aufzuspießen. Die Klinge drang in Fleisch, was ein trommelfellzerfetzendes Quieken zur Folge hatte. Das Tier schüttelte sich, das Quieken und Grunzen steigerte sich zu einem schrillen Finale. Es gelang Karl, sein Messer zurückzuziehen, bevor das Vieh davonstürmte.

In seinen Adern pumpte Adrenalin. Ähnlich aufgeputscht hatte er sich das letzte Mal bei seinem Kampf mit Hauptsturmführer Huber gefühlt. Er zwang sich zur Ruhe.

»Was war das?« Eddi klang panisch.

»Ein Wildschwein.«

Von vorne war der dünne Lichtfinger einer auf den Boden gerichteten Wehrmachtstaschenlampe zu sehen.

»Verdammte Scheiße, geht es nicht noch lauter?« Quirins Stimme überschlug sich. »Was ist das gewesen?«

»Ein Wildschwein«, wiederholte Karl. »Ich habe es erwischt, jetzt ist es weg.«

Zu seinen Füßen stöhnte Andrej, er fluchte in einer unverständlichen Sprache vor sich hin. Bevor Karl es tun konnte, ging Eddi neben ihm in die Hocke.

»Sušiktas šūdas«, zischte Andrej.

»Wie bitte?«

»Scheiße das.«

Eddi klang sehr bestimmt, als er sagte: »Jaja, meckern kannst du später. Lass mich schauen, ich war Sanitäter im Krieg.«

Quirin war hinzugetreten, seine schwache Funzel leuchtete die Szene am Boden ein wenig aus. Eddi tastete das rechte Bein Andrejs ab. Über dem Knie war viel dunkles Blut zu erkennen. Karl beugte sich zu Eddi, der Rucksack verrutschte unsanft nach vorne. »Kann ich helfen?«

Praktisch zeitgleich fragte Quirin: »Wie schlimm ist es, kann er gehen?«

Eddi ließ sich nicht aus der Ruhe bringen, er winkte Quirin mit seiner Lampe heran. »Leuchte bitte hier über sein Knie, damit ich mir die Wunde genauer anschauen kann.«

Ihr Führer fummelte an seiner Lampe herum, es wurde ein wenig heller. »Wir können nicht hierbleiben, man muss überall mit Zöllnern rechnen. Kann Andrej laufen?«

Eddi sah ihn an. »Es würde helfen, wenn du die Lampe ruhig halten könntest!«

Quirins Gesicht wurde von unten angeleuchtet. Ein ähnlicher Effekt ergab sich im Winter in der Disselbacher Kirche, wenn die Heiligenstatuen im dunklen Raum mit Kerzen von unten beleuchtet wurden. Einen Sankt Quirinus gab es dort nicht.

Eddi beugte sich so weit nach vorne, dass seine Nase fast den Stoff von Andrejs Hose berührte. Vorsichtig drückte er am Bein herum, Andrej jaulte einige Male schmerzerfüllt auf.

»Wie schlimm ist es?« Quirin klang ungeduldig. »Wenn er nicht weitergehen kann, muss er eben hierbleiben.«

Eddi antwortete erst, als er mit seiner Untersuchung fertig war. »Da ist ziemlich viel Blut. Was genau verletzt worden ist, kann ich hier im Dunkeln nicht sagen. Das Bein muss auf jeden Fall abgebunden werden, damit er nicht verblutet.« Er sah zu Quirin. »Hat jemand Verbandszeug dabei? Und ich bräuchte einen Gurt oder Gürtel.«

Unter saftigen Flüchen schwang ihr Führer den Rucksack von der Schulter. »Mach schnell!« Er hielt mehrere Päckchen Verbandszeug der Wehrmacht in der Hand.

Zeitgleich nestelte Karin am Gürtel ihrer Hose, sie gab den Lederriemen ebenfalls an Eddi. »Hier, dann muss ich meine Hose eben festhalten.«

Im Schein der Lampe griff Eddi nach dem Gürtel. Er hob Andrejs Bein vorsichtig an, um darunterfassen zu können. Mit dem Gürtel bildete er oberhalb der Verletzung eine Schlaufe. Er sah zu Andrej. »Das wird wehtun, ich muss ordentlich zuziehen.«

»Mach, šūdas, šūdas, šūdas!«

Eddi sah Karl an. Zu dessen Grundausbildung hatte ein wenig Erste Hilfe gehört, danach hatte sich zum

Glück nie die Gelegenheit ergeben, das Gelernte anwenden zu müssen. Er nickte nur. Andrej stöhnte auf, als Eddi den Gürtel mit einem Ruck enger zog und die Schnalle fixierte. Routiniert wurde das Päckchen mit der Mullbinde geöffnet, den Anfang des Mullverbandes drückte Eddi auf die Wunde. Zu Karl sagte er: »Drück mit dem Daumen drauf, damit ich den Verband anlegen kann.«

Zugleich winkelte er Andrejs Bein etwas weiter an, damit er Platz zum Wickeln hatte. Mit dem eingerissenen Ende des Verbands formte er eine großzügige Schlaufe.

Quirin wollte ungeduldig wissen: »Kann er laufen?«

Andrej nickte, er setzte sich auf.

Karl raunte Eddi zu. »Kann er wirklich laufen?«

»Eher nicht. Im Krieg habe ich zwar Männer mit schlimmeren Wunden gesehen, die sogar noch weitergeschossen haben. Aber die sind dann meistens liegen geblieben.«

Andrej streckte Karl die Hand entgegen, der packte zu und half dem Mann aufzustehen. Wieder sog er die Luft zischend ein. »Šūdas, Maria und Josef!«

»Geht es?« Quirins Stimme klang drängend.

»Weiß nicht.« Andrej schwankte auf einem Bein.

»Verdammte Kacke!« Quirin hatte seinen Rucksack wieder geschultert. »Reiß dich zusammen, sonst bleibst du hier. Es wird gleich hell, und wir haben noch mindestens zwei Kilometer vor uns.«

»Ich helfe ihm«, hörte Karl sich sagen.

»Wie soll das funktionieren? Willst du ihn tragen? Du hast schon den Rucksack.«

Karl ignorierte Quirins Kommentar. Er trat zu Andrej. »Fass mich um die Schulter.«

Was leichter gesagt als getan war. Der Verletzte war gut zehn Zentimeter kleiner. Karl musste ein wenig in die Knie gehen, damit Andrej seinen Arm zwischen Karls Genick und dessen Rucksack legen konnte.

»Geht das so?« Quirin klang skeptisch.

»Es muss.«

»Gut, versuchen wir es, wir müssen weiter.« Quirin verschwand wieder an die Spitze des Zuges. Mit drei Pfeiftönen gab er das Zeichen zum Aufbruch.

Andrej stützte sich auf Karls Schulter. Wie ein dreibeiniges Tier hoppelten sie unbeholfen los. Eddi folgte ihnen.

Sie bewegten sich nach Osten, genau auf den rosa Schimmer am Horizont zu. Karl konzentrierte sich darauf, einen Schritt nach dem anderen zu machen. Die Riemen des Rucksacks schnitten noch tiefer ein, weil der Arm Andrejs darauf abgerutscht war. Der murmelte in seiner Muttersprache irgendetwas vor sich hin, es klang am ehesten nach Gebeten.

Wegen des eigenartigen o-beinigen Gangs brannten Karls Oberschenkelmuskel bereits nach wenigen hundert Metern so, als pikte ihn jemand mit glühendem Eisen.

Quirin trug dem Verletzten dahingehend Rechnung, dass er seine zuvor sehr zügige Schrittfolge etwas verlangsamte. Karl zerrte eben am linken Rucksackriemen, als Andrej neben ihm ohne Vorwarnung zusammensackte. Karin bemerkte, was hinter ihr geschah, sie gab ein Kommando nach vorne. Zwei Pfiffe, alles hielt an.

Quirin eilte zu ihnen zurück. »Was ist denn jetzt schon wieder?«

Karl stützte schwer atmend die Arme auf den Oberschenkeln ab, Eddi hockte bereits neben dem Verletzten. Er sah hoch. »Die Binde ist patschnass, so geht das nicht, wir müssen Andrej tragen.«

»Wie stellst du dir das vor?« Quirins Stimme schrillte regelrecht. »Wir sind fast in Bitburg, da muss man am ehesten mit den Ärschen vom Zoll rechnen.«

Karl richtete sich auf. »Wir werden ihn jedenfalls nicht hierlassen.«

»Ach, hast du jetzt das Kommando? Und wie stellst du dir das vor, großer Meister?«

»Eddi und ich werden ihn tragen. Wie weit ist es noch?«

Quirin drehte sich um, die Dämmerung machte sich deutlich bemerkbar. »Vielleicht einen Kilometer.«

»Das schaffen wir.«

Karl sah zu Eddi, dessen Gesicht im Zwielicht schimmerte, er nickte.

»Verdammte Scheiße, gebt mir seinen Rucksack!« Quirin streckte den rechten Arm aus.

Eddi half Andrej dabei, den schweren Rucksack von den Schultern zu streifen. Quirin schlüpfte mit den Armen hinein, nun trug er vorne und hinten eine Last, was bei seiner geringen Größe eine merkwürdige Silhouette ergab. Er wandte sich ab. »Wir müssen weiter.«

Die Frauen folgten ihm.

Karl griff Andrej unter die Arme, Eddi schnappte sich seine Beine. Sie beeilten sich, zu der vor ihnen gehenden kleinen Prozession aufzuschließen. Andrej hing zwischen ihnen wie ein schwerer, unförmiger Sack. Bei jedem ungleichmäßigen Schritt seiner Träger stöhnte er auf. Gefühlte unendliche Minuten torkelten sie so durch die Gegend, als hätten sie den Abend zuvor zu ausgiebig in Jupps Wirtschaft getagt. Irgendwann erreichten sie eine Lichtung im Wald. Mittlerweile war es hell genug, den kleinen Lieferwagen zu erkennen, der dort auf sie wartete. Ein Mann sah ihnen bestürzt entgegen, als Karl und Eddi mit dem verletzten Andrej auf ihn zu wankten. Das Erste, was er zu Quirin sagte, war: »Den da nehme ich nicht mit. Ist der angeschossen worden? Ist der Zoll hinter euch her?«

Wachsam beobachtete der Mann den Wald. Quirin war eben dabei, den vorderen Rucksack zu Boden gleiten zu lassen. »Nein, ein bescheuertes Wildschwein hat ihn erwischt. Man glaubt es nicht!«

»Lebt der noch?«

»Ich denke schon.«

»Dann ist es ja gut.«

Der Fremde trat mit Quirin zu seinem Wagen. Die beiden tuschelten. Etwas wechselte in Quirins Besitz. Gemeinsam gingen sie zu der schmalen Pritsche des Autos. Darauf befand sich unter einer Plane eine Holzkiste.

»Los, hier hinein mit den Säckchen.« Quirin machte es vor und leerte zuerst seinen, dann Andrejs Rucksack in die Kiste. Danach folgten die Frauen seinem Beispiel. Karl nahm Eddis Rucksack, damit der sich weiter um Andrej kümmern konnte. Es waren seit ihrem Eintreffen auf der Lichtung vielleicht fünfzehn Minuten vergangen, als der Fremde zu Quirin sagte: »Das nächste Mal passt ihr besser auf.«

Er stieg grußlos in das Führerhaus des Wagens. Der Motor erwachte zum Leben, hustend und spuckend schob sich der Lieferwagen von der Lichtung.

Im Büchsenlicht des anbrechenden Tages erkannte man nun, dass Andrejs Bein von der Wunde abwärts mit Blut verschmiert war.

Eddi blickte aus der Hocke hoch zu Karl. »Das sieht nicht gut aus, eigentlich müsste sich ein Arzt darum kümmern.«

Quirin lachte auf. »Wir schauen jetzt, dass wir zu Thomas kommen. Der kann entscheiden, was mit ihm geschieht.«

Karl sah zu Andrej. Dessen Gesichtsfarbe glich inzwischen einem von der Sonne gebleichten Bettlaken. Da sich kein Arzt zum Dienst meldete, griff Karl Andrej unter den Armen, Eddi nahm sich die Fußgelenke.

Beim Eintreffen am Haus ohne Seitenwand war es hell. Andrejs Kopf baumelte seit einiger Zeit unkontrolliert hin und her. Quirin übernahm die Aufgabe, nach Thomas zu suchen. Karl ließ sich vollkommen ausgepumpt an der Hauswand neben der Eingangstür niedersinken. Selbst ein Tag Arbeit mit dem Hammer am Amboss hatte ihn noch nie derart erschöpft. Arme und Beine zitterten so, als hätte er nie zuvor körperlich gearbeitet.

Karin hielt ihm eine zerbeulte Feldflasche hin. Trotz seiner Erschöpfung registrierte er ihre blonden Locken und die mehr als frauliche Figur. Am Abend war ihm das gar nicht aufgefallen. Karin lächelte ihn an. »Durst?«

Karl zwang sich, seine Augen von ihrem Gesicht zu lösen. Er nahm die Aluminiumflasche entgegen, mit langen Zügen trank er, bis nichts mehr herausrinnen wollte. Karin sah ihn fragend an. Passend zu den Haaren hatte sie helle, blaue Augen. Er zeigte zur Seite. »Gib Andrej und Eddi etwas zu trinken.«

Karin berührte ihn sachte am rechten Oberarm. Mit einem Augenzwinkern ging sie zurück ins Haus. Karl sah ihren wiegenden Hüften nach, bis sie in der Tür verschwunden war.

Als sie zurückkehrte, trug sie gleich drei Flaschen bei sich. Ehe Eddi selbst trank, versuchte er, dem benommenen Andrej etwas von der Flüssigkeit einzuflößen. Karin lächelte Karl auf eine Weise an, dass ihm heiß und kalt zugleich wurde.

»Geht es wieder?« Ihre Stimme klang tiefer als zuvor.

Karl nickte.

»Was machen wir mit ihm?« Sie zeigte zu dem Verletzten.

»Frag Eddi.«

Der war mittlerweile dabei, seine Feldflasche auszutrinken. Nach dem Absetzen sagte er: »Wir brauchen einen Arzt.«

Quirin erschien, gefolgt vom verschlafenen Thomas. Dessen Haare standen wirr vom Kopf ab, er kniete sich neben Andrej. »So ein verdammter Mist. Wie konnte das denn geschehen?«

»Frag die Wildschweine«, brummte Karl.

»Wir brauchen einen Arzt«, sagte Eddi bestimmt.

Thomas sah von Karl zu Eddi, dann zum Verletzten. »Wie sieht es aus, Andrej, brauchst du einen Arzt?«

Der Angesprochene hob unglaublich langsam den Kopf. »Keinen Arzt und keine Behörden, das weißt du.«

Thomas sah zu Eddi. »Da hast du deine Antwort. Ärzte haben die unangenehme Angewohnheit, dumme Fragen zu stellen. Weder ich noch Andrej können das brauchen. Ist doch so, Andrej?«

Eine schwache Geste mit der rechten Hand sollte das bestätigen.

»Na, seht ihr. Etwas Schonung und ordentliches Essen bringen ihn bestimmt wieder auf die Beine.« Thomas wandte sich an Eddi. »Quirin sagt, du wärst im Krieg Sanitäter gewesen?«

»Das stimmt.«

»Dann kannst du dich um ihn kümmern?«

Eddi hob abwehrend die Hände. »Ich kann Kompressen anlegen, und ich weiß, wie man Blutungen stillt. Wie man so eine Wunde zusammenflickt, davon habe ich keine Ahnung. Tierbisse sind wegen der Krankheitserreger im Maul der Tiere eine üble Sache. Ohne vernünftige, sterile Behandlung wird sich das Bein mit ziemlicher Sicherheit entzünden.«

Thomas erhob sich wieder. »Wir werden sehen. Ihr habt Andrej selbst gehört, keine Behörden. Was kannst du hier für ihn tun, und was brauchst du dafür?«

Eddi warf Karl einen langen Blick zu, ehe er Thomas antwortete: »Die Wunde muss, so gut es geht, gesäubert werden. Außerdem muss der Gürtel ab, sonst verliert er das Bein schneller, als du glaubst. Gibt es Jod und frisches Verbandsmaterial?«

»Das sollte kein Problem sein. Bringt Andrej ins Haus.«

Karl rappelte sich hoch. Von Thomas und Quirin unterstützt, schleiften sie den inzwischen bewusstlosen Mann in die Küche, wo sie ihn auf dem großen Tisch ablegten. Thomas verschwand im Flur, nur um gleich darauf mit einer Flasche Jod sowie einem Blechkasten zurückzukehren.

Karin machte sich am Herd zu schaffen, das Feuer brannte bereits, sie setzte Wasser in einem Teekessel auf. Eddi ließ sich von Karl dessen Messer geben. Routiniert schnitt er das Hosenbein rund um die Wunde frei. Auf den ersten Blick wirkte der Saarländer wie ein unbedarfter Jüngling. Seine gezielten Handgriffe zeugten jedoch eindeutig davon, dass er trotz seines jugendlichen Aussehens genau wusste, was er tat.

Aus der zerfetzten Oberschenkelmuskulatur oberhalb des Knies sickerte Blut. Während der Jahre bei der Luftwaffe hatte Karl es nie mit ernsthaften Verletzungen zu tun gehabt. Dass dieses Bein übel aussah, brauchte ihm niemand zu sagen. »Glaubst du wirklich, du kannst da noch etwas machen?«

Eddi runzelte skeptisch die Stirn. »Ich muss einen Druckverband anbringen, damit ich das Abbinden beenden kann. Länger als drei Stunden soll man Extremitäten nicht abbinden. Sind drei Stunden vergangen?«

Karl trat vom Tisch zurück. »Keine Ahnung. Mach einfach.«

Beherzt schnitt Eddi den von blutigem Glibber durchsetzten Verband auf. Weiteres Blut floss nach. Karin erschien mit dem Kessel, den sie an den Saarländer weiterreichte. Dabei strich sie mit der Schulter wie zufällig an Karl vorbei.

Vorsichtig ließ Eddi warmes Wasser über die Wunde rinnen. Urplötzlich schnellte Andrej schreiend hoch, strampelnd und um sich schlagend versuchte er, Eddi an seinem Tun zu hindern. Karl rang den Verletzten nieder. Unter Aufbietung aller verbliebenen Kraft gelang es ihm, den Mann auf dem Tisch zu fixieren. Karin und Thomas mühten sich mit den Beinen ab. Als das Wasser aufgebraucht war, griff Eddi nach der Jodflasche. Das Zucken unter Karl wurde wilder, als die rote Flüssigkeit in die Wunde sickerte. Dann erschlaffte Andrej. Erschrocken tastete Karl an seinem Hals nach dem Puls. Andrej war wieder bewusstlos geworden.

Der neue Verband geriet wesentlich besser. Da der Patient weggetreten war, konnte Eddi in Ruhe arbeiten. »Ihr müsst ihn richtig festhalten, damit er nicht vom Tisch fällt, ich löse jetzt den Gürtel. Es wird nicht sehr angenehm für ihn sein, wenn das Blut wieder zirkuliert.«

Wegen der Bewusstlosigkeit Andrejs hatte Karl nicht mit einer solch heftigen Reaktion gerechnet. Kaum war der Gürtel weg, schnellte Andrej erneut hoch. Seine Schreie standen denen des Wildschweins in nichts nach. Der Ausbruch dauerte nur Sekunden, dann schlug sein Kopf unsanft auf die Tischplatte zurück. Wieder prüfte Karl den Puls: vielleicht etwas unregelmäßig, aber vorhanden.

An Thomas gewandt, fragte Eddi: »Gibt es Decken? Wir sollten ihn auf den Boden legen, damit er nicht runterfallen kann.«

In Thomas kam Leben. Augenblicke später lagen mehrere alte Armeedecken auf dem Fußboden neben dem Tisch. Andrej wurde mit vereinten Kräften umgebettet.

»Wie steht es um ihn?«, wollte Karl wissen.

»Es blutet nicht mehr so stark, das Abbinden hat geholfen. Ansonsten kann ich mich nur wiederholen, er braucht einen Arzt.«

»Das ständige Wiederholen hilft dir nicht weiter.« Thomas klang genervt. »Andrej ist zäh!«

Eddi besaß offensichtlich nicht die Kraft für weitere Diskussionen. Er beugte sich zu der kleinen Wasserpumpe am Spülstein. Karin betätigte den Schwengel, damit er sich waschen konnte. Dabei fixierten ihre Augen Karl. Wieder zwang der sich, den Blick von ihr zu lösen, er sah an sich herab. Wenn Eddi wie ein übermotivierter Metzger wirkte, dem das Schwein beim Stich in den Hals ausgebüxt war, so ging Karl problemlos als sein Gehilfe durch.

Nachdem Eddi nicht mehr ganz so aussah, als hätte er bei der Zubereitung von Blutwurst einen Tobsuchtsanfall bekommen, beugte Karl sich über das Waschbecken. Mit einem Leinentuch trocknete er sich anschließend ab. Karin drehte den Kopf zu ihm. »Bleibt ihr hier?«

Karl warf Eddi einen Seitenblick zu, kaum merklich schüttelte der den Kopf.

»Wir müssen zurück, damit niemand auf die Idee kommt, nach uns zu suchen«, meinte Karl dann bedauernd.

Erschöpft strich er sich über die Stoppeln am Kinn. Nach dieser Nacht brauchten sie dringend eine Runde Schlaf, mochte Karin auch noch so faszinierend sein.

»Wer kümmert sich um Andrej?« Eddi drückte mit beiden Händen den Rücken durch.

»Ich.« Karin betrachtete zuerst Andrej nachdenklich, dann schenkte sie Eddi ein ähnlich warmes Lächeln wie zuvor Karl.

Der Saarländer rieb sich die Augen. »Wir kommen, so schnell es uns möglich ist, zurück. Ich hätte nicht gedacht, dass ich jemals wieder als Sanitäter gebraucht würde.«

Karl klopfte ihm anerkennend auf die Schulter. »Das hast du wirklich gut gemacht.« An Karin gewandt, sagte er: »Wir kommen bald wieder.«

Unverhofft trat Karin nahe an Karl heran. Sie umklammerte seinen rechten Bizeps mit einem prüfenden Griff. »Ich werde auf dich warten.«

Karl registrierte das »dich« anstelle des »euch«. Erstaunt ließ er es geschehen, dass sie mit der Nase an seinem Oberkörper entlangfuhr, ehe sie ihm einen Kuss auf die Wange hauchte. Trotz all der Anstrengung regte sich etwas sehr heftig in seiner Hose. Er schluckte, bevor er sagte: »Wofür war das denn?«

»Einfach so, Helden verdienen Küsse.«

Schnell drückte sie auch Eddi einen Kuss auf die Wange, ohne jedoch vorher an ihm zu schnuppern. Sie drehte sich weg.

»Ich werde mich hier neben Andrej legen und versuchen, etwas zu schlafen. Kommt bald zurück.«

Ihr Lächeln galt allein Karl. Der musste sich zwingen, den Blick von ihr abzuwenden. Er verabschiedete sich von Thomas, der die ganze Zeit stumm an der Tür gestanden hatte.

-25-

Die beiden Neuen verließen die Küche in Richtung der Ausgangstür, Karin ging ins Haus hinein. Es war nicht zu übersehen, wie intensiv sie auf den dämlichen Muskelmann reagierte. Thomas hatte sich nie einen Kopf um das Aussehen anderer Männer gemacht. Es gab große, kleine, dicke und dünne, so weit, so gut. Dass dieser Karl ein Bild von einem Mann war, brauchte ihm niemand zu erklären. Vermutlich entsprach es dem instinktiven Drang der holden Weiblichkeit nach Sicherheit, dass sich Frauen von so jemandem angezogen fühlten. Es gefiel Thomas allerdings ganz und gar nicht, dass ausgerechnet Karin ein so offenkundiges Interesse am Schmied zeigte. Es wurde wohl Zeit, dass er bei ihr etwas energischer zur Sache ging, ehe sie sich tatsächlich an diesen Karl heranmachte.

Unter den Decken erklang ein Stöhnen. Der Litauer wäre ohne das schnelle und entschiedene Eingreifen dieses Eddi sicher längst verblutet. Quirin hätte Andrej einfach liegen gelassen und lediglich dessen Rucksack gerettet. Dass mit dem Bergmannssohn ein Sanitäter im entscheidenden Augenblick zur Stelle gewesen war, ergab eine ähnlich merkwürdige Geschichte wie der Umstand, dass Andrej am Morgen von Leos Tod verschlafen haben wollte. Thomas musste auf jeden Fall versuchen, mehr über diesen Karl und seinen rothaarigen Freund herauszufinden. Es war erstaunlich genug, dass es nach Leos Tod keine größere polizeiliche Untersuchung gegeben hatte. Konnte es da einen Zusammenhang geben?

Ob die Rettung Andrejs von Vor- oder Nachteil war, ließ sich schwer beurteilen. Ein Unfall mit einem Wildschwein wäre Wolfgang gegenüber einfach zu erklären, und Thomas wäre den lästigen Pensionsgast los gewesen.

Nach der Besetzung des Baltikums hatte die SS einen Teil ihrer Wachmannschaften für die KZs in dieser Gegend rekrutiert. Andrej war Mitglied der Totenkopfverbände gewesen, so viel hatte Wolfgang ihm verraten. Weitere Details dazu wollte Thomas lieber nicht wissen.

Andrej, alias Andrius, wartete darauf, dass die alten Kameraden das Geld für seine Flucht besorgten. Wolfgang Henkel war jemandem einen Gefallen schuldig gewesen. Dieser Jemand hatte Andrej an sie vermittelt. Wie üblich vertrat Thomas' alter Kommandeur auch gegenüber ehemaligen Nazis einen pragmatischen Ansatz und nutzte die Gelegenheit umgehend für weitere lukrative Geschäfte. Gegen ein entsprechendes Entgelt sah er kein Problem darin, den Reisewilligen eine zeitweilige Unterkunft in der Eifel zu gewähren. Die Reiserouten mussten erst organisiert werden, und die Kandidaten durften nicht auffallen. Da kam die weitläufige Eifel als Ausweichquartier und Schwamm zum Aufsaugen genau richtig. Falls es sich tatsächlich lohnte, würde Andrej vermutlich nicht der letzte Kandidat sein, der bei ihnen auftauchte. Wie so vieles andere landeten solche unangenehmen Zeitgenossen bei Thomas als Letztem in der Befehlskette. Dies bedeutete, dass er sich mit allen daraus folgenden Problemen herumschlagen musste.

Quirin hatte Andrejs Rucksack achtlos in die Ecke geworfen, Thomas bückte sich danach. Obwohl die Ware abgeliefert worden war, fühlte sich das Ding noch erstaunlich schwer an. Er griff hinein. An der Rückseite gab es innen eine aufgenähte Tasche, darin konnte er einen harten Gegenstand ertasten. Seine Augen weiteten sich, als er eine automatische Pistole, eingewickelt in einen öligen Lappen, aus dem Rucksack zog. Im Magazin fehlte eine Kugel. Beim Schnuppern am Lauf ließ sich ein schwacher Pulvergeruch erahnen. Mit dieser Pistole war vermutlich erst kürzlich geschossen worden.

Verblüfft betrachtete Thomas den auf der Seite liegenden Andrej. Sein Atem klang so röchelnd wie bei jemandem, der an einer schweren Erkältung litt. Hatte man als Mörder von Lupen-Leo den Falschen eingelocht? War es möglich, dass der Mord damit zusammenhing, dass Andrej Leo neulich bei seiner unheiligen Freizeitbeschäftigung erwischt hatte? Als der Litauer daraufhin bei Thomas vorstellig geworden war, hatte der die Wogen mit einer vollen Schnapsflasche geglättet. Bei der Gelegenheit erfuhr Thomas dann doch Details von Andrejs Zuständigkeiten im Krieg. Das, was er zu hören bekam, machte Thomas schlagartig wieder nüchtern. Die Berichte in den alliierten Zeitungen waren also nicht nur Propaganda der Sieger. Für Andrej besaß ein menschliches Leben keinen großen Wert.

Leos bereits vorhandene Abneigung gegen den Litauer hatte sich wesentlich vertieft, als Andrej seine Kreise gestört hatte. Die Pistole deutete darauf hin, dass Thomas einen Fehler begangen hatte, indem er den Lupenmann über die Hintergründe Andrejs aufgeklärt hatte, damit Leo wusste, dass Andrej ihm nicht gefährlich werden konnte. Grobe Verdachtsmomente wurden in Thomas' Kopf mit einer ordentlichen Extraportion Wahrscheinlichkeit versorgt. Hatte Leo ein Zusatzgeschäft gewittert und versucht, Andrej wegen dessen Vergangenheit zu erpressen? War er damit an den Falschen geraten und daraufhin vom Litauer kaltblütig umgelegt worden? Andrej wollte verschlafen haben, als die Brillenschlange die Kugel in den Wanst bekommen hatte. Behaupten konnte man viel, die Pistole bezeugte eine alternative Realität.

Thomas ärgerte sich erneut darüber, dass er die Frauen, die mit Leo auf dieser Tour gewesen waren, nicht befragen konnte. Leider waren seine Nachforschungen nach ihnen bisher erfolglos geblieben. Es war unwahrscheinlich, dass sich eine der drei jetzt noch freiwillig bei ihm meldete.

Thomas setzte sich auf einen der Küchenstühle. Selbst wenn es Andrej gewesen sein sollte, der Leo in die Hölle geschickt hatte – es war besser, wenn der Litauer überlebte. Wolfgang hatte in ihn investiert, bei seinen Geschäften kam man dem früheren Oberstleutnant besser nicht in die Quere. Ein lebender Andrej war zu wertvoll. Er konnte nur hoffen, dass es Sanitäter-Eddi gelang, ihn zumindest so lange am Leben zu halten, bis Thomas ein sehr ernsthaftes Gespräch mit Andrej führen konnte. Und nicht nur mit ihm. Er musste herausfinden, was es mit den beiden Neuen auf sich hatte.

SAMSTAG, 02.08.1947

TAG 13

-26-

Erinnerungsfetzen wilder Träume verwirrten Karl, als er die Augen aufschlug. Sie handelten von Wildschweinen, finsteren Gestalten im Wald, die ihm nach dem Leben trachteten, sowie von einer Karin, die sich wie eine Schlange an ihn schmiegte.

Am Morgen zuvor war er mit Eddi vom Haus ohne Wand quer durch Bitburg zur Kaserne gegangen. Trotz der morgendlichen Stunde bevölkerten bereits einige Menschen die Innenstadt. Die Leute gingen ihnen entweder aus dem Weg oder blieben stehen, um ihnen hinterherzustarren. Mit der Wache in der Kaserne hatte es eine längere Diskussion wegen ihrer blutbefleckten Kleidung gegeben. Karl hatte sich mit Eddi darauf geeinigt, die Geschichte mit dem Wildschwein für sich zu nutzen. Die vielen Kratzer und Schnitte, die sie sich beim Marsch durch das Unterholz zugezogen hatten, halfen, den Angriff eines Wildschweins glaubhafter zu machen.

Zu Hause war alles ruhig gewesen, da Karls Eltern sich bei der Gartenarbeit befanden. Nachdem er Eddi im Lager abgesetzt hatte, entschied Karl sich dazu, den Waschkessel anzufeuern, damit seine Mutter wegen der blutstarrenden Kleidungsstücke keinen Schock bekam. Wäschewaschen gehörte normalerweise nicht zu seinen Aufgaben. Immer wieder nahm er die Sachen einzeln mit dem bereitliegenden, überdimensionierten Kochlöffel aus dem heißen Wasser, um sie auf dem Waschbrett kräftig zu schrubben. Es artete in ein sehr schaumiges und wegen des Blutes rosarotes Unterfangen aus.

Die nasse Kleidung landete draußen im Garten an den dafür vorgesehenen Leinen. Obwohl Aufräumen nicht seinem Naturell entsprach, bemühte er sich anschließend, die Waschküche wieder in einen ordentlichen Zustand zurückzuversetzen. Todmüde fiel er schließlich ins Bett.

Nun, am Morgen, zwickten Karl Muskeln, von deren Existenz er bisher keine Ahnung gehabt hatte. Vorsichtig streckte und dehnte er sich, gegen die Widerstände in Rücken und Gliedmaßen. Von einer gefährlichen Unternehmung war er ausgegangen. Die Attacke eines Wildschweins samt anschließender Rettungsaktion würde in einigen Jahren, wenn Gras über alles gewachsen war, eine schräge Anekdote für Jupps Wirtschaft abgeben.

Karin schlich sich heimlich, still und leise in seinen Kopf. Ähnlich wie bei Pauline vor einem Jahr wurde er von ihrer Präsenz schlichtweg überwältigt. Dabei waren beide Frauen rein äußerlich das genaue Gegenteil voneinander. Pauline war fast so groß wie Karl und sehr schlank. Karin hingegen musste mindestens einen Kopf kleiner sein, mit üppiger Figur und blonden Locken. Sie verhielt sich komplett anders als die anderen

Mädchen und jungen Frauen, die er von Disselbach her kannte. Dass eine Frau die Initiative ergriff und so auf Tuchfühlung ging, kannte er nicht, es gefiel ihm aber sehr gut. Anders als bei Pauline musste er bei Karin keine großen Hemmungen überwinden. Karl wollte nicht nur wegen Andrej zurück nach Bitburg, die blonde Frau war ein viel wichtigerer Grund. Er wollte unbedingt herausfinden, wie ernst sie ihre Avancen meinte.

Karl versuchte, die Gedanken an Karin zu verscheuchen. Zuerst musste er Kontakt zu Peters aufnehmen, um ihn auf dem Laufenden zu halten. Danach konnte er mit Eddi nach Bitburg fahren, um dort die Lage zu peilen. Dass der Polizeianwärter wusste, was er tat, war offenkundig gewesen.

Trotz seiner Anstrengungen war seiner Mutter die Arbeit in der Waschküche nicht entgangen. Ihr erzählte er die gleiche Wildschweingeschichte wie den Soldaten an der Bitburger Wache. Karl hatte weder Zeit noch Lust, sich mit seinen Eltern zu zanken. Er verabschiedete sich in die Schmiede.

In einer weiteren abschließbaren Blechkiste befand sich dort sein Funkgerät. Die Vereinbarung lautete, dass Karl jeden Tag morgens um neun Uhr und abends um achtzehn Uhr versuchen sollte, den Polizisten in Trier zu erreichen. Den gestrigen Abend hatte Karl komplett verschlafen, also stand nun der nächste Versuch an. Peters würde bereits ungeduldig auf einen Bericht warten. Karl schaltete das Funkgerät ein, damit die Röhren warm werden konnten. Die Antenne ragte seit dem Herbst vom Dach der Schmiede in den Himmel der Eifel.

Mit dem Kopfhörer auf den Ohren drehte er am Regler für die Frequenz. Es war kurz vor neun Uhr, Karl versuchte sein Glück. »Herr Bermes ruft Herrn Peters, bitte kommen!«

Sie hatten sich auf diese Kennung geeinigt. Dieser Ruf sollte sechsmal wiederholt werden. Meldete sich Peters bis dahin nicht, würde Karl es am nächsten Abend oder Morgen erneut versuchen.

Beim vierten Ruf erwachte der Empfänger zum Leben. Zuerst gab es nur ein verstärktes Rauschen, dann drang die Stimme des Polizisten dünn aus dem Kopfhörer. »Hallo? Hallo, hier Herr Peters, bitte kommen!«

Man hätte denken können, der Kommissar befände sich auf Expedition am Nordpol. Karl bestätigte.

»Hallo, Herr Bermes. Ich hatte gestern Abend mit deinem Ruf gerechnet. Also, wie ist es gelaufen?«

Karl gab einen knappen Abriss der Geschehnisse der vorletzten Nacht zum Besten.

»Ein Wildschwein?« Man hörte deutlich, dass sich Peters der Absurdität dieser Geschichte bewusst war. »Ihr solltet nicht auf die Jagd gehen. Ich möchte wissen, wer Leopold Schilz auf dem Gewissen hat. Wie geht es diesem Andrej, soll ich einen Krankenwagen schicken?«

»Das sage ich Ihnen, wenn ich es selbst weiß. Ich habe gestern einen guten Teil des Tages und die komplette Nacht geschlafen. Eddi wird es nicht viel besser ergangen sein, sonst wäre er längst hier. Gleich nach unserem Gespräch fahre ich zu ihm.«

Ein undefiniertes Rumpeln drang aus dem Kopfhörer. Karl kannte das bereits von anderen Gelegenheiten, Peters blies gewohnheitsmäßig Rauch durch die Nase direkt über dem Mikrofon. Es klang immer wie ein fernes Gewitter. »Pass mir auf meinen Polizeianwärter auf, den brauche ich noch.«

»Sie hatten mir gar nicht erzählt, dass er im Krieg Sanitäter gewesen ist.«

»Warum hätte ich das tun sollen? Ich bin nicht davon ausgegangen, dass ihr ins Gefecht ziehen wollt. Sei froh drüber.«

Es stand außer Zweifel, dass ohne das beherzte Zugreifen des Saarländers Andrej vermutlich im Wald verblutet wäre. Es donnerte im Lautsprecher, Peters sagte: »Also fahrt ihr später wieder zu diesem Räuberlager ohne Seitenwand?«

»Sie wissen von dem kaputten Haus?«

»Du glaubst gar nicht, was ich so alles weiß.«

»Warum nehmen Sie die Bande dann nicht hops?«

»Das habe ich dir bereits erklärt. Die Kollegen vom Zoll sind da federführend aktiv. Die interessieren sich schon länger für die Geschäfte von Thomas Schwarz. Wegen des Mordes konnte ich die Herrschaften davon überzeugen, noch etwas zu warten, bevor sie dort amtlich werden. Das mit der Kontaktaufnahme hat viel länger gedauert, als ich es gedacht hatte. Es wäre gut, wenn wir mit unseren Ermittlungen den ein oder anderen Schritt nach vorne machen könnten. Was den kürzlich verblichenen Leopold Schilz angeht, hast du nichts Neues für mich?«

»Nein, nicht wirklich. Gestern Morgen hatten wir andere Probleme, als nach diesem Schilz zu fragen.«

»Verdammter Hackepeter, uns läuft die Zeit davon. Selbst wenn ich noch keinen direkten Chef habe, über mir erwartet man so langsam Resultate. Ich hatte es dir doch erzählt, Leopold Schilz ist mein erster Fall auf diesem Posten. Ein passender Verdächtiger oder viel besser noch der Täter wäre jetzt genau das Richtige für mich. Quasi als zweites Frühstück.«

Peters war kein geduldiger Mensch. Nun würde eine Ermahnung folgen, die Zügel etwas anzuziehen. Prompt sagte Peters: »Leider kann ich euch vor Ort nicht ständig auf die Finger schauen. Fahrten mit dem Auto muss ich jedes Mal begründen. Herr Bermes, hängt euch da mehr rein. Ich weiß nicht, wie lange ich den Zoll hinhalten kann, das dauert bereits viel zu lange. Der Mörder ist garantiert im Umfeld dieser Bande zu finden.«

Um für alle Fälle etwas für das Fräulein parat zu haben, fragte Karl: »Wie geht es Valentin?«

Peters' Kichern wurde beim Transport durch den Äther stark verzerrt, es klang wie das Meckern einer Ziege.

»Der macht derzeit eine Diät bei Wasser und Brot.« Im Kopfhörer rumpelte es. »Es gibt nichts Beruhigenderes für einen Täter, als wenn jemand anders als Tatverdächtiger einkassiert worden ist. Früher, vor den Nazis, hätte ein Richter entscheiden müssen, ob die Beweislage gegen euren Bürgermeister eine Inhaftierung rechtfertigt. Theoretisch ist das jetzt auch wieder so. Praktisch hat sich das alles noch nicht richtig eingespielt. Derzeit agiere ich als Exekutive und Judikative in einer Person. Solange es möglich ist, nutze ich aus, was geht. Eurem Bürgermeister kann etwas Demut nichts schaden.«

Dem konnte und wollte Karl nicht widersprechen. Die aufgeblasene Wichtigtuerei Neuerburgs konnte ihm noch eine Weile gestohlen bleiben. Das tiefe Räuspern des Kommissars ließ Karls Trommelfelle vibrieren.

»Jetzt würde ich vorschlagen, du schnappst dir Franken, und ihr schaut nach, wie es eurem verletzten Schmuggelkameraden geht. Das Angebot steht, sag mir Bescheid, und ich schicke umgehend einen Krankenwagen.«

»Andrej und Thomas Schwarz wollen auf keinen Fall einen Krankenwagen.«

»Das kann ich mir vorstellen, deshalb kann ich den Mann aber nicht einfach so sterben lassen. Überlass Franken die Entscheidung zu seinem Gesundheitszustand. Davon abgesehen, gebt etwas mehr Gas bei euren Nachforschungen, sonst könnte es sein, dass andere aktiv werden. Haltet auf jeden Fall die Ohren steif und grüße mir dein Fräulein Globkow und meinen Polizeianwärter. Herr Peters, Ende und aus!«

Es knackte mehrmals, dann gab es nur noch statisches Rauschen.

Karl starrte sein Mikrofon an. Grüße an Pauline und Eddi, Peters hätte es nicht unglücklicher zusammenfassen können. Nach dem, was er am Teich gesehen hatte, musste er davon ausgehen, dass Pauline sich für seinen neuen Kompagnon interessierte anstatt für ihn. Karins Abbild drängelte sich an Pauline vorbei. Es gab sicher Schlimmeres, als sich mit ihr über den Verlust Paulines hinwegzutrösten.

Karl schaltete das Funkgerät aus. Sorgsam verstaute er es in der Stahlkiste. Das knallrot lackierte Motorrad stand noch da, wo er es am Tag zuvor abgestellt hatte. Es wurde tatsächlich Zeit, Eddi im Waldlager einzusammeln, um nach Bitburg zu fahren. Sie mussten nachschauen, wie es um Andrej stand.

-27-

Zweimal die Woche, montags und samstags, erschien im Lager ein Versorgungs-Lkw aus Trier. Sein eigentliches Ziel war die Kaserne in Bitburg, bei dieser Gelegenheit wurde das Disselbacher Lager ebenfalls mit den Dingen des täglichen Bedarfs versorgt. Diesmal hatte es kistenweise Dosen mit Trockenmilch und Bohnen gegeben. Pauline saß an ihrem Schreibtisch und verbuchte die Eingänge. Eine höchst seltsame Mixtur, Pauline hatte es sich längst abgewöhnt, bei den Lieferungen nach Sinn oder Unsinn zu fragen. Selbst zwei Jahre nach dem Krieg waren sie von einer vernünftigen Bedarfsplanung so weit entfernt wie sie selbst von ihrer Heimat. Es wurde das geliefert, was gerade in größeren Mengen vorhanden war. Das konnte sinnvoll sein, wie die neue Bettwäsche letzte Woche. Oder man erhielt eben zwei Dutzend Kisten mit Trockenmilch. Trotz der nicht ganz einfachen Beziehungen der Lagerbewohner zu den Disselbachern war Milch etwas, das jede Kuh im Dorf in ausreichenden Mengen lieferte.

Ihr Vater befand sich auf einem Rundgang durch das Lager, es ging eindeutig aufwärts mit ihm. Die Aufgabe, die ihr Vater im Lager ausfüllte, half, ihn zurück ins tägliche Leben zu bringen. Friedrich Globkow brauchte eine Aufgabe, und er brauchte das Gefühl, sich für andere einsetzen zu können.

Es klopfte an der Tür.

»Herein.«

In den vergangenen Wochen und Monaten war ihr der energische Befehlston in Fleisch und Blut übergegangen. Es war nicht die Zeit für Zimperlichkeit. Da sich an der Tür nichts tat, wiederholte sie lauter: »Herein, zum Donnerwetter!«

Die Tür öffnete sich, Eddi Frankens Stoppelkopf erschien. »Störe ich?«

Pauline strich mit der Zunge über die Innenseite ihrer Lippe, wo Eddi sie vor zwei Tagen unabsichtlich gebissen hatte. Zum Glück heilte es langsam ab.

»Hallo, Eddi, komm rein, du störst nicht.«

Eddi trat ein und schloss die Tür sorgfältig hinter sich. »Dein Vater ist nicht da?«

»Nein, er ist im Lager unterwegs, Bewegung tut ihm gut.«

Eddi kam näher. »Es freut mich, wenn es deinem Vater besser geht. Außerdem hoffe ich, du bist mir wegen vorgestern nicht mehr böse? Ich habe mich halt dermaßen erschrocken.«

»Was soll ich denn erst sagen?«

Eddi blickte zerknirscht zur Pritsche ihres Vaters. »Kann ich etwas tun, um es wiedergutzumachen? Es tut mir echt leid.«

»Einen zweiten Kuss gibt es nicht, falls du darauf spekulierst.«

Eddi legte theatralisch die Hand auf die Brust. »Wie käme ich dazu? Ich bin ein Mann von Ehre. Für einen weiteren Kuss müsste ich ja erst wieder eine Wette verlieren.« Seine Mundwinkel bogen sich nach oben. »Soll ich wieder nackt baden gehen?«

Pauline lächelte. Hier zeigte sich der Unterschied zwischen Karl Bermes und Eddi Franken. Karl war wesentlich attraktiver, dafür war Eddi freundlich und vor allen Dingen nicht so furchtbar steif wie der Schmied.

»Haben sie dir in der Kleiderkammer neue Sachen gegeben?«

Als Eddi am Tag zuvor im Lager eintraf, hatte er fürchterlich ausgesehen. Pauline zweifelte an der Geschichte mit dem Wildschwein, das von einem Lastkraftwagen angefahren im Straßengraben lag. Welcher Kraftwagenfahrer, bitte schön, würde eine angefahrene Wildsau liegen lassen, anstatt sie mitzunehmen, um daraus ein Festmahl zu bereiten?

Eddi hatte darauf bestanden, dass er gemeinsam mit Karl unterwegs gewesen sei. Dabei hätten sie das Schwein gefunden. Das Blut stamme davon, dass das Tier noch nicht tot gewesen sei, als sie es fanden, und sie angegriffen habe, bevor es dann getürmt sei. Selbst in diesem Fall stellte sich die Frage, warum hatten die beiden dem Vieh nicht den Garaus gemacht und es selbst verwurstet?

Sei es, wie es mochte, Eddi ließ sich nicht von dieser Geschichte abbringen, und was sollte sie sonst glauben? Etwa, dass er gemeinsam mit Karl einen Mord begangen hatte? Pauline schob diesen albernen Gedanken weit von sich.

»Was kann ich für dich tun?«

»Nichts.« Eddi strahlte sie an. »Ich wollte dich einfach nur besuchen.«

Pauline verglich die Leute um sie herum gerne mit den Figuren aus ihren Romanen. Eddi gehörte eindeutig in die Kategorie nette und interessante Hauptfigur mit undurchsichtigem Hintergrund. Sie nahm sich ein Herz und fragte: »Was hast du heute vor? Mein Vater dürfte gleich zurück sein, dann könnten wir etwas spazieren gehen. Es gibt da einen netten kleinen Teich in der Nähe.«

»Das würde ich für eine ausgesprochen gute Idee halten.«

»Schön, ich muss noch den Rest der Lieferung von heute Morgen eintragen. Danach könnte ich von hier verschwinden, ob mein Vater zurück ist oder nicht.«

Eddi erhob sich. »Ich warte draußen auf dich.«

Bevor er zur Tür hinaustrat, drehte er sich zu ihr um, sie zwinkerte ihm zu. Mit wesentlich besserer Laune machte Pauline sich an die Arbeit.

Ihr Vater war tatsächlich nicht zurück, als sie die Buchungskladde wenig später zuschlug und in der widerspenstigen Schublade ihres provisorischen Schreibtischs verstaute.

Pauline ging in den Nebenraum, wo sich eine kleine Waschgelegenheit samt Spiegel befand. Quer über das Glas verlief ein Sprung, weshalb man sich nur merkwürdig verzerrt betrachten konnte. Pauline befeuchtete ihre Lippen mit der Zunge. Früher, zu Hause in Breslau, hatte sie Schminke besessen. Ihr fiel ein Trick ein, von dem ihr Betty, eine ihrer Schulfreundinnen, vor Jahren erzählt hatte. Sie verpasste sich rechts und links eine kräftige Ohrfeige, damit ihre Wangen etwas Farbe bekamen. Bei einem weiteren Blick in den Spiegel war sie sich nicht sicher, ob sie es nicht übertrieben hatte. Egal, sie konnte es nicht mehr ändern, Eddi wartete.

Den fand sie gleich vor der Tür. Mit den Armen hinter dem Kopf lag er mit geschlossenen Augen vollkommen entspannt da. Pauline nutzte die Gelegenheit, ihn zu betrachten. Die helle Haut seiner Unterarme und des

Gesichts leuchtete in der grellen Sonne. Der rote Stoppelflaum auf seinem Kopf wurde dichter. Sein Hemd war aus der Hose gerutscht. Sie konnte tatsächlich seinen Bauchnabel sehen. Verschämt sah sie zur Seite. Nur, um gleich wieder den kleinen Knubbel zu betrachten, der ein wenig in die Höhe stand. Sie erschrak, als Eddi zu ihr hinaufblinzelte.

»Oh, da bist du ja schon.« Er stützte sich auf die Unterarme.

»Können wir?«

»Wir können.« Eddi sprang auf die Beine.

Sein strahlendes Lächeln ließ Paulines Herz einen Takt schneller schlagen. Sie wandten sich zum Lagerausgang. Ausgerechnet in diesem Moment kam ihnen ihr Vater auf der langen Geraden entgegen, die so etwas wie die Hauptstraße des Lagers bildete. Einen Augenblick war Pauline versucht, zusammen mit Eddi nach rechts in den Wald zu verschwinden.

Ihr Vater steuerte direkt auf sie zu. »Nanu, du hier draußen? Wer passt denn auf unser Reich auf?«, fragte er gut gelaunt. Es ging ihm wirklich besser. Lange Zeit hatte sie die humorvolle Seite ihres Vaters vermisst.

»Das Reich kann gut auf sich selbst aufpassen. Ich glaube nicht, dass jemand etwas von dem Schrott stehlen möchte, der da so rumsteht.«

»Na, na, Paulch... Pauline. Was soll der junge Mann hier von uns denken?«

Ihr Vater hatte diese Klippe im letzten Moment umschifft. Das fehlte noch, dass Eddi ihren Spitznamen aus Kindertagen hörte. Dann fiel ihr ein, dass Friedrich Globkow großen Wert auf gute Manieren legte.

»Vater, ich darf dir Edmund Franken vorstellen. Eddi, das ist mein Vater, Friedrich Globkow.«

Eddi reichte dem älteren Mann die Hand.

Bei der Nennung des Spitznamens wurde der Blick ihres Vaters schärfer. »Eddi Franken, aha. Woher kommen Sie, Herr Franken?«

»Aus Völklingen, das liegt im Saargebiet.«

»Saargebiet? Gibt es da nicht viele Kohlebergwerke und Stahlhütten? Was sind Sie von Beruf?«

Eddi sah verlegen aus der Wäsche. »Ich wurde gleich vom Gymnasium zur Wehrmacht einberufen. Dort bin ich Sanitäter in einem Panzerregiment gewesen.«

»Ihre Generation hat leider nichts anderes gelernt als Marschieren und Schießen. Es ist schön, jemanden zu treffen, der sich um die Folgen der Schießerei gekümmert hat.«

Eddi sah unsicher von Pauline zu ihrem Vater, der forschte weiter: »Und was ist Ihr Vater von Beruf?«

»Er war Bergmann.«

»War?«

»Er ist während des Krieges an einer Staublunge gestorben.«

»Es tut mir leid, das zu hören.«

Pauline ging es ähnlich. So tiefgehend hatte sie sich mit Eddi noch nicht unterhalten.

Der alte Globkow nickte wissend. »Eine Staublunge ist bei Bergleuten eine anerkannte Berufskrankheit. So hat Ihre Mutter wenigstens Anspruch auf eine höhere Rente.«

»Meine Mutter und meine ältere Schwester Bettina sind zum Ende des Krieges bei einem Bombenangriff gestorben.«

»Oh, das tut mir leid«, entfuhr es Pauline. Sie musste sich dringend intensiver mit Eddi beschäftigen.

Der erklärte ihrem Vater: »Leider kann ich derzeit nicht nach Hause, die Franzosen haben die Grenze zum Saargebiet gesperrt.«

Paulines Vater wiegte den Kopf. »Das, was mit unserer Heimat geschieht, haben wir uns leider selbst zuzuschreiben. Wie man in den Wald ruft, so schallt es heraus.« Er betrachtete Eddi noch genauer. »Bergmann, sagten Sie?«

»Ja.«

»War Ihr Vater organisiert?«

Eddi konnte diese Frage offensichtlich nicht richtig einordnen. Pauline hingegen wusste ganz genau, worauf ihr Vater hinauswollte. Gleich würde sich entscheiden, ob ihr Vater Eddi mochte oder nicht.

»Äh, ja.«

»In welcher Partei? Kommunist?«

Pauline hätte gerne geseufzt. Es gab viele Anekdoten ihres Vaters aus den Zwanzigern. Deshalb kannte sie sich zwangsläufig mit den Hintergründen des Sozialismus aus. Kommunisten und Sozialdemokraten waren Kinder des gleichen Geistes. Wie es bei Geschwistern geschehen konnte, entzweiten sich die roten Abkömmlinge irgendwann und hassten sich gegenseitig kaum weniger, als sie gemeinsam die Nazis hassten. Mit Parteipolitik und Polemik konnte Pauline nicht viel anfangen, sie war seit über zwei Jahren damit beschäftigt, ihr pures Leben und das ihrer Eltern zu organisieren. Für ihren Vater hingegen war das ein wichtiger Punkt, nicht weniger wichtig würde Eddis Antwort für ihren simplen, popeligen Spaziergang sein.

»Er war Zeit seines Lebens Sozialdemokrat.« Eddis Augen zuckten nervös umher.

Passend zum Wetter konnte man sagen, dass im Gesicht von Friedrich Globkow die Sonne aufging. »Das ist ja interessant. Es freut mich wirklich, Sie kennenzulernen.«

Ihr Vater schüttelte dem staunenden Eddi zum zweiten Mal die Hand. An Pauline gewandt, fragte ihr Vater: »Was habt ihr vor?«

»Wir wollten zum Teich spazieren und dann gleich wieder zurückkommen.«

»Na, wenn das bei dem Wetter mal keine wunderbare Idee ist. Dann wünsche ich euch viel Vergnügen.« Zu Eddi sagte er mit Verschwörermiene: »Ich schaue mal nach, ob meine Tochter etwas Arbeit für mich übrig gelassen hat.«

»Sie hat«, kommentierte Pauline trocken.

In den Augenwinkeln ihres Vaters bildeten sich Lachfältchen. »Na, dann schauen wir nach, was sich so findet.« Er winkte und schritt auf die ehemalige Kommandeursbaracke zu.

Eddi sah ihm hinterher. »Was war das denn jetzt?«

»Du hast die Prüfung bestanden.«

»Welche Prüfung?« Eddis Gesicht war ein einziges Fragezeichen.

»Die amtliche Prüfung, als Begleitung der Tochter des Lagerleiters des Flüchtlingslagers Disselbach, Eifel, geeignet zu sein.«

»Wie bitte?« Eddis Mund stand offen.

Pauline kicherte, schwungvoll hakte sie sich bei ihm ein. »So, du Sohn eines Sozialdemokraten, da wartet ein Teich auf uns.«

»Wie bitte?«

Pauline zog ihn weiter, an diesem Morgen wollte sie nur jung und unbeschwert sein. Alle Probleme des Lagers konnten schauen, wen sie zum Lösen fanden. Pauline jedenfalls hatte Besseres zu tun.

Sie kamen exakt bis zum wie immer offen stehenden Eingangstor. Aus dem Dorf näherte sich ein Motorrad in einer Staubwolke. Eddi blieb abrupt stehen.

Seine Sommersprossen wurden durch die tiefe Röte seiner Wangen betont. »Oh, heute noch? Ich dachte, es geht morgen weiter.«

Pauline sah dem sich nähernden Gefährt samt der kräftigen Gestalt, die vornübergebeugt darauf saß, entgegen. Sie zog am Arm ihres Kavaliers, der bewegte sich jedoch keinen Zentimeter. Das Motorrad bremste vor ihnen scharf ab, eine Staubwolke zog in ihre Richtung, kurz sah Pauline nichts mehr, ihre Nase kitzelte.

Karl Bermes schob die Schutzbrille auf die Stirn. Sie wanderte weiter in die Höhe, als er registrierte, dass Pauline bei Eddi eingehakt war. Pauline dachte nicht daran, diesen Zustand zu ändern. Das übernahm Eddi, entschieden wand er sich aus ihrem Griff. Es schien, als wäre es ihm plötzlich unangenehm, in Gegenwart des Schmieds zu viel Vertraulichkeit ihr gegenüber zu zeigen. Pauline verschränkte die Arme vor der Brust. Sie drehte sich so zur Seite, dass sie den Neuankömmling nicht direkt ansehen musste. Wieso tauchte er immer ausgerechnet dann auf, wenn sie ihn überhaupt nicht gebrauchen konnte?

»Hallo, Karl.« Eddi klang seinerseits nicht so, als freute er sich über die Ankunft Karls.

»Eddi, Fräulein Globkow.« Karl blieb auf seiner Maschine sitzen. Pauline ignorierte ihn, sein Interesse galt sowieso nicht ihr. »Wir haben etwas zu erledigen«, sagte er zu Eddi.

Pauline wirbelte herum. »Sagt wer?«

Sie hatte nicht die Absicht, ihren netten Ausflug einfach so in den Wind zu schreiben.

Karl sah den Saarländer an. »Ein gemeinsamer Freund hat etwas für uns zu tun.«

Eddi machte ein unglückliches Gesicht, zugleich wirkte er so, als wollte er sich der Autorität des Schmieds beugen.

Pauline stemmte die Arme in die Hüften. Zu Eddi sagte sie: »Ein gemeinsamer Freund? Ist der wichtiger als ich?«

Mit fuchtelnden Händen versuchte Eddi zu erklären. »Pauline, das darfst du nicht falsch verstehen, ich würde gerne mit dir zum Teich gehen. Aber die Pflicht ruft. Sozusagen.«

»Sozusagen?« Sie konnte nicht verhindern, dass ihre Stimme sehr schrill klang.

»Fräulein Globkow, Edmund und ich haben wirklich etwas Dringendes zu erledigen.« Der Schmied klang wie der örtliche Amtsbote Martin Bohr, nachdem er die Leute mit seiner Trompete zusammengerufen hatte.

Paulines Augen verschossen nacheinander Torpedos auf die beiden Idioten. Eddi machte den Eindruck, als zählte er die Bäume am Waldrand. Karl wirkte, als hätte er etwas Saures gegessen. Er räusperte sich. »Eddi, wir müssen los.«

Der Saarländer bewegte sich auf das Motorrad zu.

Paulines Hände zuckten etwas nach vorne, ehe sie sich zwang, sie hinter dem Rücken zu verschränken. Diese Schlacht hatte sie wohl verloren. Mit Eis in der Stimme sagte sie: »Ihr könnt mich mal, alle beide, sozusagen!«

Pauline bemühte sich ständig, ihr aufbrausendes Wesen, so gut es ging, im Zaum zu halten. Diesmal jedoch tat es einfach nur gut, diesen Blödmännern die Meinung zu sagen. In diesem Teil des Landes schien es nur ausgemachte Volltrottel zu geben. Und jedes Mal war der Schmied im Spiel, wenn etwas gründlich schieflief. Die Empfänger ihres gerechten Zorns blinzelten sie erschrocken an.

»Entschuldigung«, stammelte Eddi.

Karl tippte ihm auf die Schulter. »Wir müssen los!« Er setzte sich die Motorradbrille wieder auf die Nase.

Eddi hob in einer hilflosen Geste die Hände, kletterte aber dann hinter Karl auf das Motorrad.

Pauline sah ihnen fassungslos hinterher, sie wurde tatsächlich einfach so stehen gelassen. Es war ein sehr ernüchterndes Gefühl, zusehen zu müssen, wie ihre verhinderten Galane ohne weiteren Kommentar davonbrausten.

-28-

Es roch so, wie es früher im Schweinestall seines Onkels Jean gerochen hatte, wenn auch nicht so intensiv. Die Erinnerung setzte langsam wieder ein. Er besuchte regelmäßig eine Witwe in der Stadt, die ihm als Ge-

genleistung für etwas Kaffee und Lebensmittel ein wenig Zweisamkeit bot. Beim Verlassen des Kellerlochs, in dem sie wohnte, hatte ihm jemand einen heftigen Schlag auf den Kopf verpasst. Als Nächstes hatte er sich in dieser Lage jetzt wiedergefunden.

Er versuchte, sich bequemer hinzusetzen, die Fixierung seiner Hände rechts und links hinderte ihn daran. Wie lange er diesmal weggetreten war, konnte er nicht sagen, jedes Zeitgefühl war ihm abhandengekommen. Wegen des Kartoffelsacks über dem Kopf und des stechenden Geruchs konnte er nur vermuten, dass er sich in einem alten Stall befand. Gäbe es noch Vieh, würde es intensiver riechen, und man müsste Geräusche wahrnehmen. Die Versuche, den Sack abzuschütteln, unterließ er gleich wieder, die Beule am Hinterkopf pochte zu stark.

Selbst ohne den Kartoffelsack über dem Kopf würde Pierre Golzbach das Atmen schwerfallen. So wie sich das anfühlte, war mehr als nur eine Rippe gebrochen. Er brauchte nichts zu sehen, um zu wissen, wer ihm da vorhin die Prügel seines Lebens verpasst hatte, um an tiefergehende Informationen über den Schmied zu gelangen. Pierre wollte den drängenden Fragen zuerst widerstehen. Zum einen um der alten Zeiten mit Karl willen, zum anderen, weil er es abgrundtief hasste, zu etwas gezwungen zu werden. Die ständigen Schläge, immer auf die gleiche Stelle an seinem Brustkorb, sorgten allerdings dafür, dass er sich kooperativer zeigte. Der ganze Ärger war von diesem oberschlauen Polizisten verursacht worden, was ging das am Ende ihn an? Pierre wollte nur seine Restdienstzeit ohne größere Komplikationen und Strafen hinter sich bringen und nach Echternach zurückkehren. Wer hätte ahnen können, dass er nur wegen etwas Kaffee für einen alten Kameraden in diese Lage geriet? Unglücklicherweise war er jemandem in die Quere gekommen, der zusätzlich zu seinen Fragen eine Gelegenheit brauchte, seinen Ärger an jemandem auszulassen. Pierre hatte als Boxsack herhalten müssen. Irgendwann war er wieder bewusstlos geworden.

Ein Geräusch hinter ihm ließ ihn den Kopf heben. Obwohl er durch das grobe Sackleinen nichts erkennen konnte, war er sich sicher, dass sich außer ihm mindestens zwei weitere Personen im Raum befanden. Er hoffte, dass der Zweite seine Wut nicht auch noch an ihm auslassen wollte. Weitere Informationen gab es sowieso nicht mehr. Er musste sich eine gute Geschichte für den Arzt in der Kaserne ausdenken, warum er so zugerichtet worden war. Die Wahrheit würde nur zu weiteren Problemen führen. Immerhin war sein Gesicht nicht traktiert worden.

Pierre schrak zusammen, eine Pistole war durchgeladen worden. »Bitte, ich habe alles gesagt, was ich weiß. Lass mich laufen. Ich werde nichts verraten.«

»Das glaube ich dir nicht. Jetzt.«

Etwas Hartes wurde auf seine Stirn gedrückt.

»Bitte ...«

Das Letzte, was er hörte, war ein Knall. Caporal Pierre Golzbach hatte in jeder Hinsicht das Ende seiner Dienstzeit erreicht.

-29-

Erst auf der Hügelkuppe, von der aus man nach Badem blicken konnte, hielt Karl die BMW an. Vor Pauline hatte er sich nicht mit Eddi besprechen wollen. Der Polizeianwärter kletterte vom Rücksitz.

»Habe ich bei Pauline etwas falsch gemacht?«, wollte er wissen.

»Du nicht, es liegt wohl eher an mir.«

So wenig es Karl gefiel, dies war bereits die zweite Gelegenheit, bei der er Pauline und Eddi so vertraut miteinander erwischt hatte. In dieser Hinsicht hatte sich eindeutig etwas zu seinen Ungunsten verschoben.

»An dir? Du hast doch gar nichts gemacht.«

Karl winkte ab. Er hätte so etwas sagen können wie: Es ist eine lange Geschichte. Was eine Lüge gewesen wäre. Abgesehen von ausufernden Fantasien gab es keine ernsthafte Geschichte, die ihn mit Pauline Globkow verband, weder eine lange noch eine kurze. Karl besann sich. »Der Kommissar erwartet, dass wir unsere Arbeit tun.«

Wie üblich sah man Eddi all seine Gefühlsregungen an. Diesmal stand Verlegenheit zur Auswahl. »Gibt es weitere Anweisungen?«

»Wir müssen nachschauen, ob Andrej noch lebt. Peters will einen Krankenwagen schicken, falls es ihm schlechter geht. Brauchst du etwas von deinem Gepäck?«

»Nein, woher sollte ich wissen, dass ich eine Sani-Ausrüstung benötige? Thomas scheint Verbandsmaterial zu besitzen. Sollte das nicht ausreichen, müssen wir den Herrn Kriminalkommissar informieren.« Eddi bohrte mit der Fußspitze verlegen im Erdreich. »Entschuldigung, ich dachte nicht, dass wir uns heute noch auf den Weg machen müssen.«

»Deshalb musstest du Pauline Gesellschaft leisten?«

»Warum sollte ich das nicht tun, stört dich das etwa?«

Das schlechte Gewissen schrieb ganze Enzyklopädien in Eddis Gesicht. Karl wäre ihm gerne böse gewesen, nur hegte der Saarländer ohne jeden Zweifel keinerlei unlautere Hintergedanken. Eigentlich fühlte Karl sich zu alt für solche Kindereien. Andere in seinem Alter hatten längst Frau und Kinder. Er benahm sich mit Mitte zwanzig so, als hätte er gerade erst verstanden, was Männlein von Weiblein unterschied.

»Nein, es stört mich nicht«, log er. »Steig wieder auf, du bist der Sanitäter. Dein Urteil wird gebraucht.«

Eddi sah zum Lager, schulterzuckend nahm er mit seinen langen Beinen auf dem Sozius Platz. Karl rückte die Brille ins Gesicht zurück und startete den Motor. Da es wie eigentlich immer so gut wie keinen Verkehr auf den Landstraßen gab, kamen sie zügig vorwärts. Bei den Wachen waren sie inzwischen bekannt, die BMW fand ihren mittlerweile gewohnten Platz in der Kaserne. Zu Fuß ging es anschließend quer durch die Stadt zum Haus ohne Wand.

Auf den ersten Blick sah alles verlassen aus. Niemand hielt sich im Hof auf. Karl trat an die offene Tür. »Hallo, jemand zu Hause?«

Fast gleichzeitig streckte Karin den Kopf aus der Küchentür. Sie strahlte. »Hallo, ihr beiden. Kommt rein in die gute Stube. Habt ihr Hunger? Gleich gibt es Suppe.«

»Da sagen wir nicht Nein.« Eddis Kopf drehte sich zu Karl. »Oder?«

Der hielt den Blickkontakt mit der blonden Frau, er folgte ihr ins Haus. Beim Eintreten sah er sich in der Küche um. Auf der Herdplatte stand ein Aluminiumtopf, in dem es vor sich hin dampfte.

»Wir wollten nach Andrej schauen«, erklärte Eddi.

Karin sah Karl an, als sie sagte: »Der schläft im Moment.«

»Wie geht es ihm?«

»Keine Ahnung. Die meiste Zeit dämmert er vor sich hin.«

Eddi runzelte die Stirn. »Wo ist er, kann ich zu ihm?«

»Natürlich«, sie entließ Karl aus ihrem Bann. »Wir haben ihn in ein leeres Zimmer gebracht, damit er seine Ruhe hat. Den Gang entlang, die dritte Tür.«

Eddi verschwand im Flur. Karin ging zum Topf; mit dem hölzernen Kochlöffel, der darin steckte, rührte sie sehr langsam um. Mit durchgedrücktem Rücken präsentierte sie ihm ihr Profil. Unter halb geschlossenen Lidern sah sie zu ihm auf. »Lust auf Suppe?«

Karls Augen wanderten ihren Körper entlang, mit belegter Stimme sagte er: »Später, ich will erst nach Andrej sehen.«

Karin huschte heran. »Wozu? Dein Freund ist der Experte, lass den nur machen.«

Sie griff nach der Knopfleiste von Karls Hemd. Ihre Finger tanzten über seine Brust. Karl musste schlucken. Karin registrierte das, ihre Mundwinkel zogen sich leicht nach oben. »Also, Lust auf Suppe?«

»Ich habe ›später‹ gesagt.«

Karl wollte einen Schritt zurücktreten, blieb dabei aber an einem hochstehenden Dielenbrett hängen. Er taumelte rückwärts, bis die Wand zum Flur ihm Halt im Rücken gab. Da Karin ihre Finger in sein Hemd verhakt hatte, wurde sie mitgezogen. Bevor sie das Gleichgewicht verlieren konnte, fing Karl sie auf. Seine Arme schlossen sich hinter ihrem Rücken. Karin stützte sich mit dem Oberkörper an ihm ab, er spürte den Druck ihrer Brüste an seinen Rippen. Gut dreißig Zentimeter tiefer spürte er noch etwas ganz anderes.

Das letzte Mal war er im Krieg einer Frau so nahe gewesen. Damals hatte er mit Pierre und anderen Kameraden regelmäßig ein nahe gelegenes Wehrmachtsbordell aufgesucht. Was in diesem Augenblick festzustellen war – es machte einen großen Unterschied, ob man eine Frau für die entsprechende Dienstleistung bezahlte oder ob sich eine schöne junge Frau weich an einen schmiegte. Karin legte den Kopf auf seine Brust, sie atmete tief durch die Nase ein. Karl nahm seinerseits den Geruch ihrer ungewaschenen Locken wahr. Der Drang, seine Hände an ihrem Körper auf Erkundungstour gehen zu lassen, wurde fast übermächtig. Draußen war helllichter Tag, Eddi konnte jeden Moment zurückkommen. Sanft drückte Karl sie etwas von sich weg.

»Entschuldigung«, murmelte er.

Karin sah zu ihm hoch, ihre Hände glitten an den Seiten seines Oberkörpers hoch. »Es gibt nichts zu entschuldigen.«

Ihre Fingernägel krallten sich schmerzhaft in seine Rückenmuskulatur. Sie nutzte die Gelegenheit und schnupperte in seiner rechten Achselhöhle. Was sollte das werden? Karl war sich mehr als bewusst, wie sehr er schwitzte.

Lächelnd machte Karin einen Schritt rückwärts, ihre Hände lösten sich von ihm. Mit fast normaler Stimme fragte sie: »Lust auf Suppe?«

Karl räusperte sich, der Kloß im Hals blieb hartnäckig sitzen. »Später. Wir warten auf das, was Eddi sagt.«

Karin versenkte ihre blauen Augen in seine. »Was Eddi sagt, ist mir egal. Du interessierst mich.«

Sie drehte sich zum Herd. Karl folgte ihren Bewegungen. Es gab im Dorf Mädchen mit angeborener Anmut, und es war ein absolutes Vergnügen, die fließenden Bewegungen von Paulines langen, schlanken Gliedern zu beobachten. Das, was Karin da mit ihren Hüften und dem Hintern veranstaltete, war anders. Er schloss die Augen. Er musste achtgeben, dass er Karin nicht gleich hier die Kleider vom Leib riss und den Küchentisch mit ihr zweckentfremdete.

»Ich schaue nach, was Eddi macht«, erklärte er dem Wandschrank gegenüber.

»Tu, was du nicht lassen kannst.« Karin rührte in dem zerbeulten Topf.

Karl zog seine Hose zurecht. Im Flur ging er den beschriebenen Weg ins Innere des Hauses. Die Tür zur rechten Seite stand offen. Man konnte den strahlenden Sonnenschein draußen sehen. Dahinter folgte ein weiteres Zimmer ohne Außenwand, das einmal die Wohnstube gewesen sein musste. Die dritte, stirnseitige Tür war angelehnt, Karl schob sie auf. Hier gab es Licht durch ein Fenster zum Hinterhof. Es handelte sich um eine kleine Kammer, die komplett leer geräumt war bis auf ein Lager aus alten Matratzen und Decken in der gegenüberliegenden Ecke. Aus der Kammer schlug ihm ein kräftiger Ammoniakgeruch entgegen. Eddi kniete neben dem provisorischen Bett auf dem Boden, Andrej schien zu schlafen.

»Ist es schlimmer geworden?«, fragte Karl.

Eddi zuckte zusammen. »Mann, hast du mich erschreckt!«

»Entschuldigung. Wie geht es Andrej?«

Der Saarländer kam auf die Füße, er wischte sich die Hände an der Hose ab. »Ich habe in der Zwischenzeit kein Medizinstudium absolviert.«

»Mensch, Eddi, wenn du Sanitäter im Krieg warst, kannst du doch einschätzen, wie es ihm geht.«

Eddi sah zu Andrej. Der lag mit geschlossenen Augen und offenem Mund auf dem Rücken und röchelte. »Die Wunde hat sich entzündet. Tierbisse sind immer gefährlich, so etwas entzündet sich meistens. Man kann das hier nicht unbedingt als sterilen Ort bezeichnen.« Er zeigte auf die Ansammlung urinfleckiger Matratzen und gammeliger Decken. »Andrej muss in ein Krankenhaus, hier kann ich nicht viel tun.«

»Dann tu das, was du tun kannst.« Thomas war von den beiden unbemerkt ins Zimmer getreten. »Ihr habt es vorgestern Nacht selbst gehört, Andrej möchte in kein Krankenhaus. Die Franzosen schicken Polen gerne nach Hause, um lästige Kostgänger loszuwerden. Glaubt mir, Andrej möchte ums Verrecken nicht zurück. Das hat er mir oft genug gesagt.«

»Was das Verrecken angeht, das könnte schneller gehen, als du dir das vorstellst.« Eddi wurde lauter, mit der rechten Hand zeigte er auf das Krankenlager.

»Dann streng dich an.« Thomas klang sehr energisch.

Eddi schüttelte verärgert den Kopf. »Das hat mit Anstrengung wenig zu tun. Eine solche Entzündung muss vernünftig behandelt werden, ich habe kein Material.«

Thomas trat sehr nah an ihn heran. »Tu das, was du kannst. Solltest du irgendwen wegen Andrej informieren, bekommst du es mit mir zu tun. Glaube mir, das möchtest du nicht.« Er hielt etwas hoch, das Karl zuvor nicht bemerkt hatte. »Hier, hilft das?«

Eddi nahm einen eckigen Rucksack entgegen. »Ein Sanitätstornister der Wehrmacht?«

»Wenn du das sagst. Der ist so gut wie neu.«

Die beiden standen sich nur wenige Zentimeter entfernt gegenüber und funkelten sich an. Eddi stellte den Tornister zu Boden.

Thomas nickte. »Na also, kümmere dich um ihn.« An Karl gewandt, meinte er: »Es gibt gleich etwas zu essen.«

Er verließ den Raum.

Karl trat zu Eddi, der neben dem Bewusstlosen kniete und Material aus der Sanitätstasche entnahm. »Ist es wirklich so schlimm?«

»Ich habe keine Lust, mich ständig zu wiederholen. Der Sanitätstornister könnte helfen, darin sind Wundpulver und Formaldehydsalbe. Mal sehen, was ich machen kann.«

Eddi begann, den alten Verband zu lösen.

Das Allheilmittel von Karls Mutter bei aufgeschlagenen, leicht entzündeten Knien war früher ein Umschlag mit Schnaps gewesen. Karl bezweifelte allerdings, dass ein entsprechender Umschlag selbst mit einer ganzen Flasche Schnaps bei Andrej viel ausgerichtet hätte. Jetzt bei Tageslicht sah man besser, wie gründlich der Keiler das Gewebe oberhalb des Knies zerfetzt hatte. Die tiefen Furchen im Fleisch nässten und leuchteten ihnen scharlachrot entgegen. Das sah in der Tat übel aus.

»Es ist eine gute Frage, ob das Bein nicht so oder so ab muss.« Eddi sah Karl eindringlich an, mit gedämpfter Stimme sprach er weiter: »Ich habe eine Verantwortung dem Kommissar und meinen Vorgesetzten gegenüber, du verstehst?«

Karl verstand durchaus. Eddi war nicht nur der einzige Sanitäter weit und breit, er verkörperte in dieser Bruchbude so etwas wie die ausführende Gewalt, wenn auch noch in der Ausbildung. Es würde der Tag kommen, an dem sie Peters gegenüber Rechenschaft über ihr Tun ablegen mussten. Sie konnten Andrej nicht einfach so sterben lassen, ohne dass dies Konsequenzen haben würde.

»Ich brauche heißes Wasser«, sagte Eddi. »Ich muss möglichst viel Schmutz entfernen. Es könnte generell nichts schaden, wenn ich ihn wasche.«

Karl nickte zustimmend, Andrej lag in seinem eigenen Dreck. »Ich sehe nach, was ich organisieren kann.«

In der Küche hatte Karin mitgedacht. Ein weiterer Topf mit Wasser dampfte auf dem Ofen, die Suppe stand weiter hinten. »Lass mich raten, dein Freund braucht warmes Wasser?« Sie schenkte ihm ein weiteres unergründliches Lächeln.

Karl bemerkte Thomas hinter sich. Der Herr des Hauses ohne Seitenwand hockte auf einem Schemel in der Ecke hinter der Tür. Mit einem Taschenmesser säbelte er an einer geräucherten Blutwurst herum. »Möchtest du ein Stück?« Er hielt eine dicke Scheibe hoch. Karl griff zu.

»Dein Kumpel geht mir auf die Nerven. Es wäre gut, wenn er sich einfach um die Wunde kümmern würde.«

»Andrejs Bein sieht wirklich nicht gut aus.«

Thomas kaute auf einem Stück Wurst herum, er warf Karin einen Blick zu. Die nahm einen Lappen, der an einem Haken neben dem Herd hing. Damit packte sie die Griffe des Wassertopfs und schleppte ihn nach draußen.

Karl erhielt ein weiteres Stück Blutwurst. Thomas gestikulierte mit dem Messer. »Das ändert nichts, kein Krankenhaus. Andrej kann keine Aufmerksamkeit gebrauchen und ich noch viel weniger. Die Geschäfte, denen wir nachgehen, eignen sich nicht für die Öffentlichkeit.« Er hatte den Kopf etwas gesenkt und sah von unten zu Karl hoch. »Wie gut kennst du eigentlich diesen Eddi? Er ist nicht von hier.«

»Gut genug, er wohnt seit einer Weile bei uns im Dorf. Es gibt ein altes Lager des RAD, da sind viele Flüchtlinge untergekommen.« Karl versuchte sein Glück wie üblich mit Halbwahrheiten.

»Soso, es ist schon praktisch, jemanden wie ihn greifbar zu haben.«

»Dass er Sanitäter war, wusste ich auch nicht.«

Thomas betrachtete ihn aufmerksam. »Aha, aber er ist schon dein Kumpel?«

»Kann man so sagen. Eddi ist in Ordnung. Er macht sich Sorgen um Andrej.«

Karin kehrte ohne Topf zurück. »Dein Freund sagt, er bräuchte Hilfe, wenn er die Wunde reinigt. Es wäre gut möglich, dass Andrej davon aufwacht.«

Thomas ging voran; als Karl ihm folgte, berührte ihn Karin sanft an der Hand.

Zu tun gab es dann nichts, Andrej lag während der Behandlung mit offenem Mund regungslos da. Sie durften Eddi dabei beobachten, wie er etwas Wundpulver auf die Wunde streute. Anschließend verteilte er mit einem Spatel vorsichtig eine helle Salbe darüber. Gewissenhaft wurde ein neuer Verband angelegt. Eddi sah hoch. »Ich bräuchte mehr warmes Wasser. Ich versuche, Andrej, so gut es geht, zu waschen.«

Karl nahm den Topf entgegen, Thomas verschwand nach draußen.

In der Küche rührte Karin in der Suppe. »Eddi braucht noch Wasser?«, wollte sie wissen.

Karl nickte. »Die Suppe kann warten.«

»Ich kümmere mich darum. Ihr könnt draußen warten, ich rufe euch, wenn es etwas zu essen gibt.«

Vor dem Haus im Schatten saß nun Quirin auf einer umgedrehten hölzernen Bierkiste der örtlichen Brauerei. Thomas begrüßte ihn kurz, ehe er es sich seinerseits ein paar Meter von ihnen entfernt im Schatten an der Front des Hauses gemütlich machte. Er klopfte neben sich auf den Boden, damit sich Karl zu ihm setzte. »Schöne Scheiße, was?«

Karl hatte keine Lust, Offensichtliches zu bestätigen.

»Du warst mit Pierre zusammen bei der Luftwaffe?« Thomas betrachtete Karl aufmerksam aus den Augenwinkeln.

Wieder versuchte Karl, möglichst nahe an der Wahrheit zu bleiben. »In Frankreich, am Atlantikwall.«

»Hier in Bitburg seid ihr euch dann zufällig über den Weg gelaufen?«

Karl lehnte sich an die Hauswand, er ließ die Schultern kreisen. Seine Muskulatur fühlte sich an, als bestünde sie aus Stein. »So ist es gewesen. Wer hätte gedacht, dass wir eines Tages von den Luxemburgern besetzt werden? Vae victis, wie meine alte Lehrerin immer gesagt hat.«

»Das ist Latein?«

Karl nickte. »Wehe den Besiegten.«

»Genau.« Thomas kicherte. »Ein Eifler, der Latein spricht, es gibt nichts, was es nicht gibt.«

Quirin sah mit gerunzelter Stirn zu ihnen herüber.

Thomas zauberte eine kleine flache Flasche aus der Hosentasche und hielt sie Karl hin. »Ich habe es im Krieg selbst ganz gut getroffen. Mit dem Kämpfen hatte ich es nicht so, ich bin Lkw gefahren.«

Karl hob die Flasche mit Weinbrand. »Na dann, auf die, die den Krieg überlebt haben.« Er nahm einen kleinen Schluck und gab die Flasche zurück.

»Auf die Überlebenden.« Bei Thomas gluckerte es länger. »Deine Auftragslage ist mau?«

Der Schnaps wechselte zurück zu Karl. Diesmal tat er nur so, als tränke er. »Wo ist die Auftragslage derzeit nicht mau?«

»Bei mir.« Thomas grinste, sein Durst war eindeutig größer als der von Karl. »Die Geschäfte laufen sogar ständig besser. Es gab hin und wieder Rückschläge, aber damit muss man immer rechnen.«

»Mit Rückschlägen meinst du den Toten?« Unverhofft ergab sich für Karl die Gelegenheit, eventuell mehr über den ermordeten Schmuggler zu erfahren.

»Woher weißt du davon?« Die Augen seines Gegenübers wurden zu schmalen Schlitzen.

»Pierre hat mir erzählt, es hätte bei euch einen Toten gegeben.«

Thomas wechselte einen schnellen Blick mit Quirin. »Stimmt.«

Die Flasche leerte sich weiter, Karl wurde nicht mehr bedacht.

»Ein alter Schulkamerad von mir hat das Zeitliche gesegnet.« Thomas kicherte, der Schnaps begann zu wirken.

»Tatsächlich, ein Schulfreund?«

»Hm, wir waren zusammen in der Volksschule in Waxweiler. Lupen-Leo war ein ziemlich komischer Vogel. Freunde hatte der keine.«

»Lupen-Leo?«

»Das war der Spitzname. Eigentlich hieß er Leopold, aber alle nannten ihn nur Lupen-Leo. Der hatte Brillengläser, so etwas hast du noch nicht gesehen.«

»Pierre sagte, er wäre nicht weit von hier erschossen worden?«

Thomas räusperte sich ausgiebig, ehe er sagte: »Warum interessiert dich das?«

»Ein unnatürlicher Todesfall ist immer interessant. Sind es die Leute vom Zoll gewesen?«

»Nein, ich habe mir sagen lassen, es sitzt dafür jemand im Loch.« Thomas sagte das so, dass man es sowohl als Aussage als auch als Frage verstehen konnte. Er wartete ab, und als Karl nicht darauf einging, warf er Quirin die kleine Flasche zu. »Dein Freund, der Sani, ist noch nicht lange in dem Lager?«

»Das stimmt, warum fragst du?«

»Das Thema hatten wir eben schon, es gibt erstaunliche Zufälle. Der Sani erscheint genau dann, wenn er gebraucht wird. Aber so kann das Leben sein.« Thomas versuchte, desinteressiert zu klingen. Es gelang ihm nicht. Wurde Karl bei seinen Fragen nach diesem Leo etwa gerade selbst ausgehorcht?

»Wenn ich den Arsch in die Finger bekommen sollte, der Leo erschossen hat, wird er es bereuen. Ich achte auf meine Leute.« Thomas hob den rechten Zeigefinger.

»Sonst gnade ihm Gott, oder was?«

»Genau, sonst gnade ihm Gott.« Thomas beugte sich zu Karl. Seine Cognacfahne umwehte ihn, als er sagte: »Wenn in diesem Geschäft eines wichtig ist, dann Loyalität und Diskretion.«

Trotz des Branntweins wirkte der Blick, den Thomas ihm zuwarf, ganz und gar nicht angetrunken. Sie sahen sich stumm an. Ein steinernes Gesicht hatte Karl im Angebot, seit er das in der Jugend ausgiebig gegenseitig mit seinem Freund Werner geübt hatte. Schließlich fragte Karl: »Was denkst du, wie lange wird dieses Geschäft noch funktionieren?«

Thomas lehnte sich entspannt zurück. »So lange, wie es sich lohnt, und so lange, wie das Risiko, erwischt zu werden, gering bleibt. Legale Arbeit gibt es kaum, und wenn, dann schlecht bezahlt. Also, warum nicht ein wenig die Nerven kitzeln? Das hält dich munter. Wenn man sich auskennt, ist das Risiko überschaubar. Einer der Vorteile der Eifel ist, hier hat es verdammt viel Gegend. Irgendwann wird es zu Ende sein, alles hat ein Ende.« Er betrachtete Karl. »Wo siehst du dich in fünf Jahren?«

»Wie meinst du das?«

»Wo siehst du dich in fünf Jahren? Du bist Schmied. Bedeutet das, du möchtest in fünf Jahren immer noch Hufe beschlagen?«

Ohne es wissen zu können, hatte Thomas einen Punkt angesprochen, der Karl in der Tat stark umtrieb. Egal, wo er während des Krieges hingekommen war, überall hatte er die Gelegenheit genutzt, sich zu informieren, was es an neuen Techniken gab.

»Die Welt wird nicht wieder so, wie sie vor dem Krieg gewesen ist. Über kurz oder lang wird Technik die körperliche Arbeit erleichtern oder sogar überflüssig machen. Ochsen werden von Ackerschleppern ersetzt. Für das Mähen gibt es bereits halb automatische Maschinen. Solche Maschinen gehen kaputt und müssen gewartet werden. Mich interessiert so etwas.«

Thomas nahm die fast leere Flasche von Quirin zurück, er neigte den Kopf. »Das bedeutet, du wirst hier in der Eifel bleiben?« Er überlegte einen Augenblick, ehe er anfügte: »Du hast keine tiefergehenden Ambitionen?«

»Im Krieg bin ich wegen einiger Lehrgänge in Deutschland rumgekommen. Woanders wird auch nur mit Wasser gekocht.«

»So? Vor dem Krieg war ich bei der Reichsbahn. Das ist damals eine gemütliche Arbeit gewesen. Jetzt wäre so etwas nichts mehr für mich. Der Krieg hat viel verändert. Ich werde garantiert nicht hier versauern und darauf warten, dass die Welt zu uns kommt.«

Karl war der Überzeugung, mit Geschick und Ausdauer konnte man dafür sorgen, dass die Eifel Anschluss an die weite Welt fand. Es konnte schließlich nicht jeder in Köln oder Berlin wohnen.

Thomas pustete über den Rand der Flasche hinweg, was einen dumpfen Ton zur Folge hatte. »Es gibt also keine anderen Nebenbeschäftigungen? Du scheinst mir ein cleveres Kerlchen zu sein.«

Karl musste darauf achten, was er sagte, Thomas stellte seltsame Fragen. Ganz ähnlich wie er selbst. »Hast du keine Angst, mit deinem Geschäft aufzufliegen, wenn dieser Leo hier in der Nähe erschossen worden ist?«

»Solange mir keiner etwas nachweisen kann, passiert nichts, ich habe alles im Griff. Man muss nur die Nerven behalten. Die Besitzer meines Schlosses«, er zeigte nach hinten, »sind im Winter '45 geflohen, weil sie Angst vor den Amis hatten. Das muss man sich mal vorstellen, Angst vor den Amis! Jedenfalls sind die seitdem verschwunden.«

Ihr Gespräch wurde unterbrochen, da Eddi im Hof erschien. Er schüttelte die feuchten Hände aus. Seine Augen suchten und fanden Karl, der sah zu Thomas. »Ich müsste zu meinem Freund.«

»Geh nur, ich laufe nicht weg.«

Karl erhob sich von der Wand und ging zu Eddi. »Was gibt es?«

»Wir müssten uns unterhalten.«

»Die Suppe ist fertig und wird kalt. Essen fassen.« Karin stand im Türrahmen.

Karl beugte sich zu Eddi. »Wir sprechen später, jetzt fällt es nur auf, wenn wir nichts essen wollen.«

Der Blick, den der junge Saarländer Karl zuwarf, war eindringlich. Stand es um Andrej schlechter als erwartet?

-30-

Thomas blickte den beiden hinterher. Der hochgewachsene Karl folgte seinem dürren Freund ins Haus hinein. Er hatte sich tatsächlich zwei gottverdammte Spitzel eingefangen. Pierre hatte es bereut, sein Vertrauen missbraucht zu haben. Viel hatte er nicht zu erzählen gehabt, und leider war das Ende der Befragung ein wenig vom ursprünglichen Plan abgewichen. Immerhin wusste Thomas seit gestern, mit wem er es zu tun hatte.

Die wahre Geschichte mit dem alten Kameraden des Luxemburgers hatte sich prima als Aufhänger dafür angeboten, die Spitzel bei ihm einzuschleusen. Wäre das Leben nicht tatsächlich ständig voll von seltsamen Zufällen, Thomas hätte auf die Idee verfallen können, der Angriff des Wildschweins wäre Teil eines ausgeklügelten Plans, um Karl und Eddi schneller in die Gruppe zu integrieren. Es wäre ihm allerdings neu, dass es dressierte Wildschweine gab, die für die Polizei oder den Zoll auf Verbrecherjagd gingen. Seine Hand tastete zum Rucksack, der gleich neben ihm lag. Er spürte den beruhigenden Widerstand der Pistole, die er bei Andrej gefunden hatte. Sollte das eine Ironie des Schicksals sein? Im Krieg hatte er sein Gewehr kaum einmal abgefeuert. Jetzt bestand die Möglichkeit, dass er sich den Weg freischießen musste.

Thomas zwang sich zur Ruhe, es galt, den Überblick zu bewahren. Sein Abgang aus der Eifel sollte möglichst nicht Hals über Kopf geschehen. Er starrte das Scheunentor auf der anderen Seite des Feuers an. Eine ganze Reihe neuer Fragen tat sich auf, die wichtigste lautete: wozu die Spitzel von der Polizei? Darauf hatte Pierre ihm keine Antwort geben können.

Ginge es nur um den Schmuggel, der Zoll hätte sie längst ausgeräuchert. Etwas anderes war hier im Gange, das Thomas noch nicht fassen konnte. Dass Leos Mörder einsaß, war wohl tatsächlich eine Finte. Wurde er etwa verdächtigt, Lupen-Leo den finalen Fangschuss verpasst zu haben? Auch in dieser Hinsicht hatte Pierre ihm keine sinnvollen Informationen liefern können. Wer hatte Leo erledigt? Der heißeste Anwärter dafür lag für Thomas derzeit im kleinen Hinterzimmer.

Kurz hatte er in Erwägung gezogen, mit Karl und Eddi genau wie mit Pierre zu verfahren. Quirin wäre sicher wieder bereit zu helfen. Dies würde aber wieder alles auf null setzen und die Polizei ganz sicher umgehend auf den Plan rufen. Viel sinnvoller erschien es Thomas, die Spitzel weiter ihre Arbeit machen zu lassen, er wusste ja nun Bescheid. Vielleicht fanden sie tatsächlich heraus, was hinter alldem steckte.

Im Hauseingang erschien Karin. Thomas sah ihr zu, wie sie den Eimer mit dem Schmutzwasser in den Hof goss. Blondlöckchen war erst seit drei Monaten bei ihm. Sie hatte sehr zügig und ohne zu meckern die hausfraulichen Pflichten übernommen. Persönliches ließ sich ihr kaum entlocken, ständig gluckte sie mit den anderen Frauen zusammen, die für ihn arbeiteten. Tauchte Thomas in der Nähe dieser Klüngelrunden auf, verstummten sofort alle Gespräche. Bisher hatte er das auf typisches Frauengedöns geschoben. Jetzt war er sich nicht mehr so sicher, ob sich hinter diesem Verhalten kein anderer Grund versteckte. Ihr Interesse am Schmied sprang jeden an, der Augen im Kopf hatte. Gab es zwischen den beiden eine tiefere Verbindung? Konnte es sein, dass sie als Vorhut für die Spitzel bei ihm eingeschleust worden war und die Schlinge um seinen Hals nun enger gezogen werden sollte? Nur, wie passte der Tod Leos in dieses Bild?

Karins Aussehen hatte Thomas definitiv abgelenkt, war genau das die Absicht gewesen? Eine Schönheit als Spionin wäre eine clevere Idee. Selbst wenn dieser heiße Feger zur Truppe des großen Spitzels gehörte, so bedeutete das nicht, dass Thomas nicht doch noch das bekam, was er wollte. Leo hatte nie groß gefragt, ob die Frauen ihn ranließen. Thomas drückte sich von der Wand ab und schwang sich den Rucksack mit der Pistole darin über die linke Schulter. Vorerst trieb ihn der Hunger ins Haus, und egal, wer Karin in Wirklichkeit war, sie konnte gut kochen.

-31-

Obwohl bei ihrer Ankunft niemand zu sehen gewesen war, brachte die Aufforderung, zum Essen zu kommen, Leben in das Haus ohne Seitenwand. Vor der Küche bildete sich eine kleine Warteschlange. Karin stand am Ofen, auf einem Stuhl daneben stapelten sich tiefe Blechteller. Jeder, der zu ihr aufrückte, nahm sich einen davon und ließ sich eine Kelle voll Suppe geben.

Als Karl an der Reihe war, trat sie von einem Fuß auf den anderen, sodass sie ihn wie zufällig am Arm berührte. »Lass es dir schmecken. Vielleicht finde ich noch einen Nachtisch für dich.«

In ihrer Stimme klang wieder dieser raue Unterton. Karl lief eine Gänsehaut über die Unterarme.

Im Hof suchte sich jeder einen Sitzplatz, um seine Suppe zu löffeln. Karl setzte sich neben Eddi. Er sah diesen mehrfach fragend an, erntete jedoch nur ein kaum merkliches Kopfschütteln.

Karin erschien mit einem verzinkten Blecheimer, in den sie die schmutzigen Teller verstaute. Sie ging zurück ins Haus, kehrte aber postwendend wieder zurück. »Eddi, kannst du bitte kommen? Ich glaube, Andrej geht es schlechter.«

Der Polizeianwärter kam auf die Beine und eilte Karin hinterher. Das, was Eddi Karl erzählen wollte, musste warten. Thomas saß wieder an der Hauswand und beobachtete ihn durch fast geschlossene Augenlider.

Karl musste mal. Hinter der nächsten Ecke bot sich die offene Flanke des Hauses dar. Von dieser Stelle sah man zur Stadt hin. Er musste herausfinden, wen man wegen notwendiger Schmiede- oder Schlosserarbeiten ansprechen konnte. In Bitburg sollte eigentlich etwas Arbeit beim Wiederaufbau für ihn abfallen.

Nachdem Karl sich erleichtert hatte, schlenderte er zum Hof zurück. Es war Hochsommer, weshalb die Dämmerung auf sich warten ließ. Eigentlich galt die 1940 eingeführte Sommerzeit, die abends für längere Helligkeit und Arbeitszeit sorgen sollte. Hier auf dem Land nahm das jedoch niemand wirklich ernst. Die Leute orientierten sich wie eh und je am Sonnenauf- und -untergang. In erster Linie bestimmte die Versorgung der Tiere den Tagesablauf der Eifler.

Quirin zauberte eine Mundharmonika aus dem Inneren seiner Jacke. Ein wehmütiges Aufwimmern des Instruments machte den Abend stimmungsvoller. Karl setzte sich vor die ehemalige Scheune des Anwesens. Ihr eigentlicher Auftrag, mehr über den Mord herauszufinden, trat auf der Stelle. Anstatt Informationen über Leopold Schilz zu sammeln, saßen sie hier fest, und der Polizeianwärter war als Sanitäter abgelenkt.

Karl hatte selten eine Ansammlung von Menschen erlebt, die so wenig miteinander sprachen. Dabei war er selbst eher ein Eigenbrötler, der es vorzog, anderen zuzuhören. Hier wurde meist nur das Allernötigste gesprochen. Überall sonst, selbst in seiner Zeit beim Militär, fanden sich immer kleinere oder größere Grüppchen halbwegs Gleichgesinnter. Hier tuschelten nur die Frauen miteinander. Die Männer hockten stumm da oder lagerten dösend auf dem Rücken.

Eddi erschien, er bedeutete Karl mit dem Kopf, ihm ins Haus zu folgen. Als sie in das provisorische Krankenzimmer traten, schloss er die Zimmertür hinter sich. Andrej schwang unruhig hin und her. Der Polizeianwärter hob den linken Arm des Verletzten. An der Innenseite des Bizepses ließ sich die Tätowierung *A* erkennen. Der Saarländer sah ihn an. »Du weißt, was das bedeutet?«

Natürlich wusste Karl das, Andrej war Angehöriger der SS gewesen. Nahm das denn gar kein Ende? Karl hatte eigentlich gehofft, dieses Kapitel wäre nach der Aktion im Jahr zuvor für ihn abgeschlossen.

»Es gibt da noch etwas.« Eddis Miene war sehr ernst.

»Eine weitere Tätowierung?«

»Nein. Andrej redet im Fieber. Das meiste, was er sagt, verstehe ich nicht. Ab und zu spricht er aber auf Deutsch.«

Karl betrachtete Andrej, er schwitzte stark, lag aber im Augenblick ruhig da. »Aha, und was sagt er?«

»Mal entschuldigt er sich für irgendwas, dann bellt er Befehle wie: ›Legt das Judenschwein doch einfach um‹, oder: ›Gib mir die Peitsche‹, und ähnliches Zeug.«

Karl und Eddi sahen sich sekundenlang an. Eddi meinte schließlich: »In meiner Ausbildung müssen wir uns Filme anschauen, die in ehemaligen Konzentrationslagern aufgenommen worden sind. Bei dem, was er von sich gibt, war Andrej vermutlich Aufseher in einem KZ.«

Was die Enthüllungen zur Nazidiktatur und deren Konsequenzen anging, hielt das Fräulein Karl auf dem Laufenden. Filme hatte sie nicht im Angebot. Dafür Zeitungsartikel, die das Thema behandelten. Einem leibhaftigen KZ-Wärter zu begegnen, hätte Karl nicht gedacht. Ebenso wenig hatte er damit gerechnet, im Jahr zuvor gegen die Waffen-SS antreten zu müssen.

»Das könnte der Grund sein, warum Thomas es ablehnt, dass wir Andrej ins Krankenhaus bringen.«

Eddi zuckte mit den Schultern. »Kann gut sein. Mir ist das erst einmal egal. Als Sani wurde ich dazu ausgebildet, allen zu helfen, ob Verbrecher oder nicht.«

Karl dachte an sein Funkgerät, Peters musste über diese Entwicklung informiert werden. Das wäre jedoch erst wieder am nächsten Morgen möglich. »Wie steht es um Andrej?«

»Nicht gut, das Fieberthermometer im San-Tornister ist kaputt, aber du kannst mit der Hand spüren, wie sehr er glüht. Bei einer solchen Entzündung ist Fieber eine normale Reaktion des Körpers. Ich habe leider nichts, um das Fieber zu senken.«

»Lass mich raten, du bräuchtest einen Arzt?«

Eddi verzog das Gesicht.

Karl trieb eine andere Frage um. »Kannst du ihn hier allein lassen?«

»Du meinst, ob wir zurück ins Dorf fahren können?«

»Hm.«

»Eigentlich kann ich nicht viel tun, ich würde mich allerdings wohler fühlen, wenn ich hier bei ihm bleiben könnte.«

Karl hatte nichts anderes erwartet. Eddi war ein sehr gewissenhafter Mann, so gut kannte er ihn inzwischen.

»Na gut, bleiben wir eben hier. Spätestens morgen früh muss ich Peters Bericht erstatten, soll der entscheiden, was hier zu tun ist.«

Karl wollte aufstehen, Eddi hielt ihn zurück. »Mir ist da so eine Idee gekommen.« Es folgte eine Pause, man sah ihm an, dass er mit sich selbst kämpfte, ehe er weitersprach. »Könnte es nicht sein, dass Andrej Leopold Schilz erschossen hat, weil der das mit dem KZ herausgefunden hat und ihn erpressen wollte?«

Karl runzelte die Stirn. War die Lösung des Mordfalls tatsächlich so einfach? Wurde ihnen der Mörder durch einen Unfall auf dem Präsentierteller serviert?

»Wir müssen unbedingt morgen Peters kontaktieren. Schau du zu, dass du Andrej bis dahin am Leben hältst.«

Eddi wandte sich dem Verletzten zu. Er nahm aus einem bereitstehenden Wassereimer zwei Lappen, die er um die Waden Andrejs wickelte.

-32-

Langsam wurden die Schatten im Hof länger. Ein Blick zur Armbanduhr verriet Karl, dass es fast neun war. Er ging an der offenen Seite des Hauses entlang, auf der Suche nach einer Schlafgelegenheit. Abgesehen von der gemeinsamen Grundausbildung mit Werner hatte es zu seiner Zeit beim Militär stets ein Bett für die Nacht gegeben. Einfach so unter dem Himmelszelt zu schlafen, entsprach nicht seiner Gewohnheit. Er fand eine Mulde in der angrenzenden Wiese, in der er sich lang hinlegen konnte. Mit den Armen hinter dem Kopf lag er auf dem Rücken und sah zu dem sich weiter verdunkelnden Himmel empor. Erste Sterne funkelten über ihm. Das Fräulein hatte ihn während seiner Schulzeit mit Karten der Sternbilder versorgt. Er erkannte den Großen Wagen über sich.

Derzeit deutete einiges auf einen Zusammenhang zwischen dem Tod des Schmugglers und Andrej hin. Besaß Eddi bereits den richtigen Riecher als Polizist, und der Fall konnte schnell gelöst werden? Peters' Expertise wurde dringend benötigt.

Karls Gedanken wanderten zu Pauline, hielten sich mit ihr allerdings nicht lange auf. Stattdessen flatterten sie wie ein unsteter Schmetterling weiter zu der Blume, die den Namen Karin trug. Er musste bei der nächsten sich bietenden Gelegenheit herausfinden, wie ernst deren Avancen gemeint waren. Angesichts der zunehmenden Dämmerung wurden seine Augen schwer, er verfiel in einen schwebenden Dämmerzustand.

Er träumte von Pauline, die sich neben ihn kniete und ihm zulächelte. Sie beugte sich zu ihm herab, ihre Hand fuhr sachte über seine Brust. Die Knöpfe seines Hemdes wurden geöffnet, ihre kühle Hand streichelte über seine Brustmuskulatur. Ehe er sich selbst die Mühe machen musste, öffnete Pauline seinen Gürtel. Karl wunderte sich über ihre Zielstrebigkeit, das hätte er ihr gar nicht zugetraut. Die Knöpfe seiner Hose wurden noch schneller geöffnet als die des Hemdes. Es hüpfte etwas aus seiner Hose, das nach Freiheit verlangte. Die unerwartete Kühle an seinem Penis währte nur kurz, er wurde von etwas Warmem, sehr Feuchtem umfasst. Haare kitzelten an seiner Nase.

Karl öffnete die Augen, wilde Locken bildeten einen Vorhang vor seinem Gesicht. Den Geruch kannte er vom Nachmittag. Dies war kein Traum! Karin saß auf ihm und gab gurrende Geräusche von sich. Ihr Becken begann sich sachte vor und zurück zu wiegen. Karl umfasste ihren nackten Hintern mit dem festen Griff, mit dem er auch sein Werkzeug umklammerte. Karin seufzte auf. Fahrig streifte sie ihre Bluse über den Kopf. Karl konnte in der Dunkelheit nur Schemen erkennen, die weichen Rundungen ihres Busens baumelten vor seiner Nase. Mit dem Mund umfasst er eine ihrer Brustwarzen. Ein Schauer durchlief ihren kompletten Körper, sie entzog ihm die Brust, stattdessen presste sie ihren Mund auf seinen.

Karls Besuche in den Wehrmachtsbordellen waren seinerzeit stets auf sehr einseitige Veranstaltungen hinausgelaufen. Seine weiblichen Gegenüber lagen in der Regel passiv auf dem Rücken, während er sich auf ihnen abmühte. Das hier hatte mit diesen lieblosen Nummern nicht das Geringste zu tun. Karin saugte an seinen Lippen, als hätte sie tagelang nichts gegessen und nur

Karl könnte sie vorm Verhungern retten. Ihre Zunge bahnte sich fast gewaltsam einen Weg in seinen Mund. Auch das hatte nicht zum Repertoire der Prostituierten gehört. Begierig ging Karl mit seiner Zunge auf Erkundungstour. Die ganze Zeit bewegte Karin den Unterkörper und gab den Rhythmus vor. Der Atem, den sie in seinen Mund ausstieß, wurde heftiger.

Karl hätte ewig so weitermachen wollen. Es war leider er, der dieses Spiel nicht in die Unendlichkeit weitertreiben konnte. Dafür waren die Bewegungen der jungen Frau auf ihm einfach zu intensiv und überwältigend. Er bäumte sich wie ein bockiges Pferd auf, als er sich in sie hinein verströmte. Karins Becken zuckte wild vor und zurück. Sie gab einen gedämpften, kehligen Schrei von sich, den außer Karl niemand hören konnte.

Ihre Bewegungen wurden sanfter, sie hörten jedoch nicht auf. Sie rieb Becken und Oberkörper an ihm. Minutenlang ging das so, der Kuss dauerte ebenfalls an. Irgendwann kam der Punkt, an dem sie zur Seite kippte. Karins Kopf kam an seinem Hals zu liegen. Ihre Nase bewegte sich entlang der Haut seiner Halsbeuge.

»Du riechst so verdammt gut!« Ihre Stimme war kaum mehr als ein sehr raues Flüstern.

Karl wollte etwas entgegnen, ihr irgendein Kompliment machen. Sie verhinderte es, indem sie die flache Hand auf seinen Mund legte. »Scht, sag nichts. Das war sehr schön.«

Sie drehte sich von ihm weg. Ehe Karl irgendetwas tun konnte, hatte sie bereits ihre Kleidung eingesammelt. Ohne sich nach ihm umzudrehen, verschwand sie in den Büschen, die hinter dem Haus wucherten.

Aus den Augenwinkeln glaubte Karl eine Bewegung gesehen zu haben. Er drehte den Kopf zur Ecke des Hauses, es war nichts zu erkennen. Ebenso wenig, wie es eine Spur von Karin gab. Er stützte sich mit den Ellbogen ab, sein Hemd war komplett aufgeknöpft, die Hose hing ihm in den Kniekehlen. Im Liegen widersetzte sich seine Kleidung hartnäckig den Bemühungen, alles wieder in einen halbwegs ordentlichen Zustand zu versetzen. Karl fühlte sich viel zu wach und lebendig, um nur einen Moment lang zu denken, er hätte das alles geträumt. Der Traum von Pauline hatte sich unverhofft in den schönsten und intensivsten Liebesakt seines bisherigen Lebens verwandelt. Es bereitete ihm allerdings erhebliche Probleme, das Erlebte richtig einzuordnen. Man konnte nicht behaupten, dass er mit Karin tiefgehende Konversationen geführt hätte, um sie richtig kennenzulernen. Nun hatte er mit ihr eine Liebesnacht verbracht, die diesen Namen tatsächlich verdiente. Erneut blickte er sich um, er war allein. Die Nacht war warm genug, um draußen schlafen zu können, eine Decke brauchte er nicht. Karl drehte sich zur Seite, den angewinkelten rechten Arm nutzte er zum Abstützen des Kopfes. Kaum dass er sich zur Seite gedreht hatte, war er schon eingeschlafen, diesmal ohne feuchte Träume.

SONNTAG, 03.08.1947

TAG 14

-33-

Geweckt wurde er am Morgen von einem Igel, der an seinem Kopf vorbeiwatschelte und dabei schnaufte und röchelte wie ein asthmatischer alter Mann. Karl blinzelte zum heller werdenden blauen Himmel über ihm.

Es kostete ihn etwas Mühe, aus der verkrümmten seitlichen Lage vom Erdboden hochzukommen. Seine Muskeln fühlten sich komplett verspannt und verkatert an. Vorsichtig drehte und dehnte er den Rücken, dann hob er die Arme, um die Schultern zu lockern. Nach und nach fühlte sich jedes Körperteil wieder so an, als befände es sich an der dafür vorgesehenen Position. Mit den Händen klopfte er sich von oben bis unten ab, um möglichst alle Laub- und Grasspuren zu tilgen.

Er sah etwas zu seinen Füßen glitzern. Als er sich bückte, entdeckte er eine silberne Haarspange, die mit drei rot funkelnden Edelsteinen besetzt war. Es wäre ein extrem großer Zufall, wenn diese Spange seit Längerem an der Stelle lag, an der Karin ihm am Abend zuvor die so angenehme Lehrstunde in körperlicher Liebe gegeben hatte. Die Haarspange musste ihr gehören. Er steckte sie ein.

Karl ging um die Ecke des Hauses zum Innenhof. Dort war alles ruhig. Im Steinkreis qualmte das fast erloschene Feuer. Er verspürte Hunger und Durst, wollte aber niemanden wecken. Stattdessen setzte er sich auf eine der Holzkisten mit dem Schriftzug der Bitburger Brauerei. Eine halb gefüllte Glasflasche stand nicht weit von ihm entfernt. Er roch am Hals: Wasser. Hastig trank er die Flasche auf einen Zug leer.

Das Haus und die Fläche davor lagen ruhig da. Die Vögel in den Bäumen drum herum erzählten sich gegenseitig Geschichten von Sommer und Lebensfreude. Karl mochte diese Morgenstimmung. Zu Hause fand er morgens selten die Gelegenheit, nur so dazusitzen und der Natur zu lauschen.

Was bedeutete das Schäferstündchen mit Karin? Alles, was er von ihr wusste, war der Vorname. Bis gestern hätte er es nicht für möglich gehalten, dass eine Frau ihr Verlangen nach einem Mann so hemmungslos stillte. Karl hörte in sich hinein, es gab da noch Pauline. Trotz des unsagbar schönen Erlebnisses mit Karin war er eigentlich nicht bereit, sie Eddi Franken einfach so zu überlassen.

Die Haustür schwang nach innen auf, hindurch trat Thomas. Er sah sich um, bis seine Augen an Karl hängen blieben. »Guten Morgen!«

»Guten Morgen, ich bin wohl als Erster wach gewesen?«

Thomas trat zu ihm. »Wir haben hier keine Stechuhr. Wer wach ist, kommt in den Hof, wer schlafen möchte, dreht sich halt noch einmal auf die Seite. Unser Geschäft findet eher im Dunkeln statt.«

Karl nickte wissend.

Thomas zeigte auf das Haus. »Dein Kumpel ist die ganze Nacht bei Andrej gewesen. Ich habe eben nach ihnen gesehen. Was immer Eddi gemacht hat, Andrej geht es etwas besser. Er war sogar einen Augenblick klar, jetzt schläft er.«

Karl versuchte, die frühe Stunde zu nutzen, um an weitere Informationen zu gelangen. »Ist Andrej dein Freund?«

Thomas hob die Augenbrauen. »Es ist gar nicht so einfach zu definieren, was einen Freund ausmacht. Aber nein, Andrej ist nicht mein Freund.«

Die Tätowierung, hatte Thomas ebenfalls zu diesem Verein gehört? »Woher kennst du ihn, hattet ihr im Krieg miteinander zu tun?«

Thomas dehnte, ähnlich wie Karl zuvor, seinen Brustkorb. »Es gibt da jemanden, für den ich arbeite. Andrej ist bei mir, weil der das so will.«

»Andrej ist mit diesem Leo unterwegs gewesen?«

Thomas grinste ihn an. »Mein lieber Freund und Kupferstecher Karl, das geht dich einen Scheiß an. Ich muss mich wundern, dass du dich so für Leo interessierst. Der ist tot, und er wird von niemandem vermisst.«

»Ich hatte dich so verstanden, dass es dir nicht egal ist, wer ihn auf dem Gewissen hat?«

»Das ist in erster Linie eine Frage des Prinzips. Wie gesagt, ich bin für alle hier verantwortlich. Leos Abgang selbst geht mir komplett am Arsch vorbei.«

Karl zuckte mit den Schultern. »Ich bin es jedenfalls nicht gewesen.«

»Na, dann ist es ja gut. Komm, wir schauen nach, ob wir drinnen etwas zu essen finden.«

Gemeinsam gingen sie ins Gebäude. Karl hatte gehofft, in der Küche auf Karin zu stoßen. Seine Hoffnung wurde enttäuscht. Thomas öffnete den in die Wand eingelassenen Schrank. Er förderte einen halben Laib Brot zutage. Dazu fand sich im Schrank ein Tonkrug mit Schweineschmalz.

»Ich muss mal pinkeln.« Thomas ging wieder nach draußen.

Kaum dass er hinaus war, trat Karin in die Küche. Es machte den Eindruck, als hätte sie darauf gewartet, dass Thomas verschwand. Karls Herz schlug schneller, wie sollte er ihr nach dieser Nacht begegnen? Karin nahm ihm die Entscheidung ab. Sie trat nahe an ihn heran, wie am Tag zuvor schnupperte sie an seiner Brust.

»Dass du mir nur nicht auf die Idee kommst, dich zu waschen. Guten Morgen, Karl.«

Karl musste lächeln, ihre Ansage amüsierte und irritierte ihn zugleich. Er hätte gar nicht gewusst, wo er sich in dieser Bruchbude waschen sollte.

Karin trat zum Ofen. »Kaffee?«

»Natürlich. Stark und schwarz, wenn es möglich ist.«

»Hm, einen starken Kaffee für einen starken Mann. Wenn es hier an einem nicht mangelt, dann ist es Kaffee.«

Aus dem unteren Teil des Wandschranks nahm sie eine Blechdose mit Kaffeepulver. »Ich komme eben von Andrej. Es geht ihm besser.«

Karl nickte. »Das hat Thomas mir bereits erzählt. Was macht Eddi?«

»Er schaut nach Andrejs Bein, dann kommt er.«

Sie füllte dünne Holzscheite und etwas Papier in den Ofen und warf ein brennendes Streichholz hinterher. Die Kaffeekanne wurde in einen Kübel mit klarem Wasser getaucht.

Karl zog die silberne Haarspange aus der Hosentasche. »Gehört die dir?«

Karin sah ihn erschrocken an. »Ja, ich hatte gar nicht bemerkt, dass ich sie verloren habe.«

Fast wäre Karl versucht gewesen, sie zu necken und die Spange hochzuhalten. Ihr ernster Gesichtsausdruck ließ ihn die Hand an Ort und Stelle halten, sie griff sich das Schmuckstück.

»Ist die Spange wichtig für dich?«

»Sie hat meiner Cousine Adelheid gehört.«

»Hat gehört?«

Karin sah ihn an, Karl glaubte einen feuchten Schimmer in ihren Augen zu sehen. »Adelheid ist tot.«

»Das tut mir leid. Wie ist sie gestorben, der Krieg?«

Sie starrte auf das Schmuckstück, das in ihrer rechten Handfläche lag. Kaum verständlich murmelte sie: »Adelheid ist dem schwarzen Mann begegnet.«

»Wem ist sie begegnet?«

Es klopfte am Türrahmen. »Guten Morgen.«

Eddis rote Augen dokumentierten eine lange, schlaflose Nacht. Angesichts von Karins Anwesenheit hob er die Hand. »Ich bin draußen.« Er verschwand.

»Tu mir den Gefallen und steh hier nicht im Weg herum, ich möchte gerne Kaffee zubereiten.« Karin steckte die Spange ins Haar, sie klang abweisend und drehte Karl den Rücken zu.

Etwas mehr Aufmerksamkeit nach ihrer Liebesnacht hätte er durchaus erwartet. Wortlos ging er aus der Küche ebenfalls nach draußen. Aufgrund der aufgehenden Sonne musste er die Hand vor die Augen halten, um im Gegenlicht etwas erkennen zu können. Der Saarländer stand mit dem Rücken zu ihm. Er war gerade dabei, sich die Hose zuzuknöpfen. Karl trat näher.

»Guten Morgen, Eddi. Ich brauche dich wohl nicht zu fragen, ob du gut geschlafen hast?«

»Schlaf? Ist das nicht das, was man nachts tut, wenn man die Augen zumacht und nichts mehr mitbekommt?«

Karl grinste schräg.

Eddi trat zu ihm. »Letzte Nacht habe ich davon auf jeden Fall nicht genug bekommen.« Er gähnte herzhaft.

»Wie steht es um Andrej?«

»Karl, im Krieg war ich dazu da, Verletzte zu bergen, sie mit dem zu versorgen, was mir zur Verfügung stand, und sie anschließend am Verbandsplatz abzuliefern. Diagnosen sind nicht meine Aufgabe gewesen.« Eddi zog die Augenbrauen zusammen. »Andrej ist im Fieber sehr gesprächig gewesen. Es gibt da ein paar Dinge, über die wir dringend sprechen müssen. Hier ist dafür nicht der geeignete Ort.«

Karl sah Eddi fragend an, und der nickte bestätigend. »So müde, wie ich bin, kann ich sowieso nicht viel für Andrej tun. Das Bein ist über Nacht zumindest nicht schlimmer geworden. Ich habe den Verband gewechselt und frische Salbe aufgebracht. Das könnte helfen, die Entzündung im Zaum zu halten. Andrej ist stark und gesund. Vielleicht überlebt er am Ende doch.«

Karl meinte: »Ich melde uns für heute bei Thomas ab.«

Eddi brauchte Ruhe, und Karl musste Kontakt zu Peters aufnehmen.

»Mach das, ich muss schlafen.« Eddi gähnte.

Karl kehrte zur Küche zurück, der Duft von frischem Kaffee erfüllte den Raum, und sein Magen knurrte vernehmlich. Karin sah lächelnd von der Kanne auf. »Hat da vielleicht jemand Hunger?«

»Ich suche Thomas, weißt du, wo der ist?«

Karins Gesichtsausdruck wechselte zu wachsamer Neugier. »Ist etwas mit Andrej?«

»Nein, dem geht es wohl so weit gut. Eddi ist fix und fertig. Er hat die ganze Nacht bei Andrej gesessen und möchte nach Hause zum Schlafen. Wo finde ich Thomas?«

»Der ist eben los, wohin, hat er nicht gesagt.«

»Hast du eine Idee, wann er wiederkommt?«

Karin zeigte mit der Hand zum Küchenfenster. »Kannst du mir sagen, wann es regnet? Thomas kommt und geht.«

»Gut, dann sag ihm bitte Bescheid, dass wir weg sind und nach Möglichkeit heute oder spätestens morgen wiederkommen.«

Karin trat erneut nahe an ihn heran, ihr Blick war unergründlich. »Gut, ich kümmere mich solange um Andrej. Keinen Kaffee?«

»Nein, wir machen uns auf den Weg.«

Karin kam noch näher, sie vergrub ihre Nase in seiner Achselhöhle. »Ich mache euch eine Kleinigkeit zu essen.

Dann könnt ihr meinetwegen verschwinden. Ich würde mich freuen, wenn ihr nicht zu lange wegbleibt.«

-34-

Der Vormittag marschierte mit großen Schritten auf den Mittag zu, als Karin mit dem Abwasch fertig war und die Küche halbwegs aufgeräumt hatte. Die Erziehung ihrer Mutter zeigte Wirkung. Alles musste seine Ordnung haben. Sie berührte die Spange, die Karl ihr gebracht hatte. Die Haarspange war alles, was ihr von Adelheid geblieben war. Von ihr hatte sie gelernt, wie man mit Männern umgehen musste. Beim Gedanken an den letzten Abend lächelte sie. So etwas hatte sie sich eine ganze Weile verboten, es gab Wichtigeres zu tun. Die Anziehungskraft Karls hatte sie überwältigt wie lange nichts mehr. In der letzten Nacht konnte sie nicht anders, als ihren Instinkten zu folgen.

Ein Aufschrei Andrejs ließ sie zusammenschrecken. Im Hinterzimmer empfing sie der Geruch nach Krankheit. Der Mann wälzte sich auf dem Rücken hin und her, dabei stammelte er unverständliches Zeug in seiner Muttersprache. Karin hockte sich neben ihn. Der Versuch, die Temperatur seiner Stirn zu ertasten, wollte ihr wegen der wilden Bewegungen nicht gelingen. Plötzlich sah Andrej sie an, ihr Handgelenk wurde umklammert.

»Ich mache euch alle kalt«, sagte er in klarem Deutsch.

Sie entzog ihm ihre Hand, in seinem Griff lag keine große Kraft.

»Du musst mich bezahlen.« Seine Augen flackerten, als er sie betrachtete.

»Was sagst du?«

»Du musst mich bezahlen, damit ich die Klappe halte. Ich weiß, wer du bist.«

Karin wurde es heiß und kalt, sie beugte sich erneut zu ihm. »Andrej, wer bin ich?«

»Ich brenne! Ich will nicht in die Öfen, nicht in die Öfen«, brüllte er sie an, Spucketröpfchen trafen ihr Gesicht.

Erschrocken landete Karin auf dem Hosenboden.

»Euch schicke ich in die Öfen, den Lupenmann und dich!«, tobte Andrej.

Weitere unverständliche Worte folgten, die wie ein Fluch klangen. Dann wieder auf Deutsch: »Sie kommen mich holen, die Engel brennen, in meinem Bein ist schon Feuer. Der blonde Engel weiß zu viel, er kommt mich holen. Bezahlen, du musst mich bezahlen.«

Er schlug wild um sich. Karin beugte sich rückwärts, sie wollte sich keinen Schlag ins Gesicht einhandeln. Geduldig sah sie zu, wie Andrej sich wild zuckend aufbäumte. Dabei schimpfte und fluchte er in mindestens drei Sprachen. In einem Augenblick jammerte er wie eine reuige Seele um Vergebung seiner Sünden, gleich danach klang er wie ein Offizier, der harsche Befehle erteilte. Nach einiger Zeit wurde er ruhiger. Schwer atmend lag er mit geschlossenen Augen da. Vorsichtig tippte sie seine Schulter an, keine Reaktion.

Karin bemerkte, dass sie auf etwas Weichem saß. Eddi hatte die Bekleidung Andrejs zu einem ordentlichen Haufen neben der Tür drapiert. Unter dem Stoff bohrte sich etwas in ihren Hintern. Ihre Hand ertastete einen Widerstand; als sie das Gewicht etwas nach links verlagerte, konnte sie einen Lederbeutel hervorziehen.

»Ihr Schweine bekommt mich nicht«, kreischte Andrej unvermittelt. »Keiner erwischt mich, ich habe die richtigen Freunde.«

Karin hatte genug gehört und gesehen, sie erhob sich. Es war schwierig zu beurteilen, was von dem, was er gesagt hatte, dem Fieber geschuldet war und in welchen Momenten er klar gesprochen hatte. Die Zeit lief ihr davon, sie musste handeln. Den Lederbeutel steckte sie in die Hosentasche.

-35-

Nach dem Einschalten erfüllte das leise Surren und Knistern des Funkgeräts den Raum. Diese Geräusche erinnerten Karl an seine Zeit am Atlantik, das Rauschen konnte einem in den Schlaf folgen. Er saß allein im Kabuff, Eddi lag in seinem Bett, damit er sich ausschlafen konnte.

In Bitburg hatten sie Karins Angebot angenommen und gefrühstückt, dann waren sie zur Kaserne zurückgekehrt und von da aus schließlich nach Disselbach. Eddi wollte zuerst nichts davon hören, als Karl ihm sein Bett anbot. Der bestand darauf. In der Männerbaracke des Lagers tendierte die Wahrscheinlichkeit, dass die Bewohner Rücksicht auf einen hundemüden Eddi nahmen, gegen null. Da seine Eltern sich zum sonntäglichen Hochamt in der Kirche befanden, musste er ihnen nicht erklären, warum ein Fremder in Karls Bett schlafen wollte.

Eddi war eingeschlafen, kaum dass Karl aus seiner Kammer hinaus war. Sein Glück am Funkgerät zu versuchen machte keinen Sinn, der Morgentermin war bereits überschritten. Also hatte Karl sich in die gute Stube auf das selten benutzte Sofa gelegt, um ebenfalls noch eine Weile zu schlafen.

Geweckt wurde er von Wilhelm zwo, der auf seinen Bauch sprang und dort Knetübungen mit den Pfoten veranstaltete. Normalerweise machte der Kater einen Bogen um ihn, diesmal sorgte er dafür, dass Karl rechtzeitig wach wurde, damit er den nachmittäglichen Termin für einen Funkspruch nicht verpasste. Wilhelm zwo legte manchmal erstaunliche Talente an den Tag.

Karl ließ Eddi weiterschlafen, die kommenden Nächte besaßen ebenfalls das Potenzial, sich in die Länge zu ziehen.

Im Kopfhörer des Funkgeräts brummte es gleichmäßig. »Hier Herr Bermes. Herr Peters, bitte kommen!«

Er musste den Ruf dreimal wiederholen, bevor eine Antwort folgte. »Hier Herr Peters, kommen!«

»Guten Abend, Herr Kriminalkommissar.«

»Jaja, du mich auch, Herr Bermes. Ich bin ehrlich gesagt langsam ungeduldig geworden, ihr habt euch lange nicht gemeldet.«

»Wir waren beschäftigt.«

»Das hoffe ich doch.« Es donnerte im Kopfhörer. »Dann lass mal hören, was du an neuen Informationen zu bieten hast.«

Karl sah zu der kleinen Liste, die er in eines der Notizbücher geschrieben hatte, die er für seine Berechnungen in der Schmiede nutzte. Eddi hatte von der letzten Nacht an der Seite Andrejs berichtet, bevor er sich schlafen legte.

»Sie erinnern sich an den Mann, der von einem Wildschwein verletzt wurde?«

Keine Antwort.

»Herr Kommissar, sind Sie noch da?«

»Ach Mist, ich habe genickt. Meine Erfahrungen als Funker halten sich in Grenzen.«

»Eddi hat ihn die ganze letzte Nacht betreut.«

»Und? Soll ich Franken für einen Rot-Kreuz-Orden vorschlagen oder was möchtest du mir damit sagen?«

»Andrej hat im Fieber geredet.«

»Jetzt lass dir nicht die Würmer einzeln aus der Nase ziehen. Die Dringlichkeit hat sich inzwischen nicht in Luft aufgelöst. Hat dieser Andrej dabei zufälligerweise etwas erzählt, was mich interessieren könnte? Zum Beispiel, dass er Leopold Schilz erledigt hat?«

»Diese Idee ist Eddi tatsächlich gekommen. Das sind aber lediglich seine Vermutungen, konkret gibt es nichts. Eddi hat allerdings einige merkwürdige Informationen.«

»Herr Bermes, komm zu Potte. Sonst versuche ich, dich durch diese Funkleitung am Hals zu packen.«

Karl sah auf seine Liste. »Es sieht danach aus, als wäre Andrej Aufseher in einem KZ gewesen.«

Peters schwieg. Er schwieg eine ganze Weile. Dann sagte er: »Was die KZs angeht, sind die verlässlichen Informationen noch sehr spärlich. Im Osten laufen überall Prozesse. Naturgemäß halten sich diejenigen, die dort zuständig oder verantwortlich gewesen sind, sehr bedeckt. In diesem Zusammenhang muss man die mögliche Siegerjustiz bedenken. Leider wird wohl ein ordentliches Körnchen Wahrheit vorhanden sein. In den KZs soll es Hilfskräfte aus dem Osten gegeben haben. Dein Verletzter ist ein Pole, hast du gesagt?«

»Das behauptet er. Andrej spricht allerdings sehr gut Deutsch und laut Eddi noch eine dritte Sprache.«

»Dass die Herrschaften von der SS keine netten Onkels gewesen sind, hast du letztes Jahr selbst festgestellt. Zum Glück fallen KZs nicht in meinen Aufgabenbereich, ich habe einen Mord aufzuklären. Ich frage dich noch einmal, gibt es ernst zu nehmende Hinweise, dass dieser Andrej in den Tod von Schilz verwickelt ist?«

Karl überlegte einen Augenblick, ehe er sagte: »Eindeutige jedenfalls nicht.«

»Herr Bermes, wozu habe ich euch Betschwestern eigentlich losgeschickt? Wo steckt Franken?«

»Eddi schläft.«

Es folgte eine weitere Pause inklusive Theaterdonner aus dem Kopfhörer. »Schön für ihn, was noch? Das kann so nicht weitergehen, ich benötige Resultate oder zumindest belastbare Verdachtsmomente, auf deren Basis ich aktiv werden kann.«

Karl studierte seine Notizen. Konkretes hatte er nicht im Angebot. Das Weitere bewegte sich im Bereich der Spekulation sowie seiner eigenen Schlüsse aus dem, was er vom Polizeianwärter erfahren hatte.

»Eddi sagt, Andrej habe im Zusammenhang mit Leopold Schilz und seinem Bauernhof mehrfach sehr intensiv von Engeln gesprochen.«

Aus dem Kopfhörer drang eine Mischung aus Husten und undeutlichen Worten. Nach einem ausgiebigen

Räuspern folgte: »Engel? Seid ihr auf dem Heimweg beim Pfarrer vorbeigefahren, um zu beichten, und habt anschließend zu tief in die Messweinflasche geschaut?«

»Sie sind der Kriminalist von uns beiden. Ich gebe nur das weiter, was Eddi mir erzählt hat. Ohne Ihre Ausbildung zu haben, erscheint es mir zumindest erstaunlich, dass Andrej den Bauernhof von Schilz erwähnt hat.«

Der Kopfhörer rauschte ausgiebig und monoton vor sich hin.

»Herr Kriminalkommissar?«

Ein weiteres Räuspern, dann: »Wenn ich deine lyrischen Anwandlungen zusammenfasse, bedeutet das in etwa, Engel flattern auf dem Bauernhof von Leopold Schilz herum?«

»Ich weiß, es klingt schräg.«

Es donnerte im Kopfhörer. Danach folgte wieder längeres Schweigen am anderen Ende der Leitung.

»Sind Sie noch da, Herr Peters?«

»Nerv nicht, ich versuche Sinn in diesen Quark zu bekommen.«

Erneutes Schweigen, bis Peters sagte: »Das kann alles Mögliche bedeuten. Wenn dieser Pole im Fieberwahn spricht, kann es sich um irre Visionen ohne jeden Wert handeln.«

»Eddi sagt, bei dem KZ und den Engeln auf dem Hof habe Andrej sehr klar geklungen.«

Diesmal dauerte das Schweigen, von gelegentlichen Atemstößen ins Mikrofon begleitet, noch länger. Schließlich räusperte sich Peters. »So kommen wir nicht weiter.«

Karl wartete ab, bis Peters wieder sprach.

»Die Wahrscheinlichkeit ist ziemlich groß, dass dies alles komplett gequirlte Kacke ist, das ist dir hoffentlich klar.«

»Stimmt, es ist nicht ausgeschlossen, dass es sogar eine richtig große Portion davon ist.«

»Franken schläft im Lager?«

»Nein, in meinem Bett.«

»Er macht was?«

»Im Lager hätte er keine Ruhe gefunden. Er soll sich ausschlafen können.«

»Na dann, meinetwegen.« Ein Donnern. »Eigentlich solltet ihr in diesem Fall Licht ins Dunkel bringen. Jetzt blickt langsam überhaupt keiner mehr durch. Ich habe die Sache lange genug von der Ferne aus betrachtet, es wird Zeit für ein wenig Feldforschung. Ich muss mir nur eine andere Begründung für die Nutzung eines Dienstfahrzeugs einfallen lassen als die Suche nach Engeln in der Eifel. Folgende Vorgehensweise: Heute ist es zu spät, gleich morgen früh werde ich mich auf den Weg nach Disselbach machen. Euch sammle ich bei deiner Schmiede ein, danach unternehmen wir eine Besichtigung dieses Hofs. Irgendwo müssen wir einen Hebel ansetzen. Versuchen wir es halt dort.«

»Sie wissen, wo das ist?«

»Bis jetzt nicht. Die Adresse von Leopold Schilz habe ich in den Akten.«

Karl dachte an Karin und den Abend zuvor. »Ich könnte gleich nach Bitburg fahren und mich weiter umsehen.«

Es folgte eine weitere Pause, dann: »Nein, Herr Bermes, tu mir bitte den Gefallen und wirbele da nicht weiter Staub auf. Zuerst schauen wir uns die Überreste des Bauernhofs an. Kamerad Andrej kann uns ja wohl nicht davonlaufen. Haltet die Füße still. Wärst du Franken, würde ich sagen, das ist ein Befehl. Ich bin morgen nach dem Frühstück bei dir in der Schmiede. Sorg dafür, dass mein Polizeianwärter dann frisch und ausgeruht ist. Hast du sonst noch etwas auf der Seele, das du mir erzählen möchtest?«

»Nein.«

»Gut. Dann bis morgen und, wie ich es artig gelernt habe, Herr Peters Ende und aus.« Es knackte in der Leitung.

Karl trennte das Funkgerät vom Strom. Abgesehen von dem angekündigten Ausflug zu einem noch unbekannten Ziel war das Gespräch mehr oder weniger so verlaufen, wie er es erwartet hatte. Es kam Bewegung in die verfahrene Situation. Das Einzige, was ihm nicht gefiel, war die Anweisung, in Disselbach zu bleiben. Das, was er im Zwielicht der letzten Nacht mit Karin getan hatte, verlangte nach einer Wiederholung. Warum sollte er es sich verbieten lassen, den letzten Abend erneut zu durchleben? Er war kein Polizist, und Peters hatte ihm gegenüber keinerlei Befehlsgewalt. Eddi schlief den Schlaf des Gerechten. Warum also nicht seinem Gefühl folgen und herausfinden, was er von der Liebesnacht halten sollte? Er stülpte den Schutz über das Funkgerät und schloss ihn ab. Am Bund befand sich der Schlüssel für das Motorrad. Die Verlockung war groß. Karin war das Aufregendste, was ihm bisher widerfahren war. Wahrscheinlich würde er sich den Rest seines Lebens Vorwürfe machen, wenn er nicht herauszufinden versuchte, wie sie zu ihm stand.

Er überlegte gerade, ob der Tank des Motorrads für eine Fahrt nach Bitburg voll genug war, als die Dose an der Zugangstür zur Schmiede schepperte. Das Fräulein konnte er genau jetzt beim besten Willen nicht gebrauchen. Vorsichtig streckte er den Kopf durch die Tür des Kabuffs, nur um ihn sofort wieder zurückzuziehen. In der Schmiede stand Pauline Globkow.

-36-

Der Riss im Spiegel teilte ihr Gesicht in eine linke und eine rechte Hälfte. Das passte, fand Pauline, zwei Männer, zwei Gesichtshälften. Sie hatte beschlossen, den Stier beziehungsweise in ihrem speziellen Fall eher die Stiere bei den Hörnern zu packen. Oder einen nach dem anderen, wie es sich halt ergeben würde. Das mit den dämlichen Zufällen musste aufhören. Pauline war es leid, halbgar zwischen den beiden in der Luft zu hängen. Da half kein Roman der Welt, sie musste ihr Schicksal in die Hand nehmen und endlich herausfinden, wer der geeignetere Kandidat als Adressat für ihre Gefühle war, der schweigsame Karl oder der unternehmungslustige Eddi. Zunächst wollte sie der Schmiede einen Besuch abstatten.

Sie trug das dünne Sommerkleid, das sie vor fast einem Jahr angehabt hatte, als sie Karl den Plattfuß an ihrem Fahrrad vorgespielt hatte, um mit ihm ins Gespräch zu kommen. Pauline wunderte sich darüber, welche nichtigen Details manchmal im Kopf hängen blieben.

Das alte Damenrad lehnte fahrbereit an der Wand. Sie hatte es bereits aus dem Schuppen geholt, in dem es normalerweise weggesperrt wurde. Das Fahrrad wurde zwar nur noch vom Rost zusammengehalten, dennoch stellte es einen der größten Schätze des Lagers dar, wollte man nicht zu Fuß gehen. Es war lächerlich, mit wie wenig man sich zufriedengeben konnte.

Ihr Leben hier in der Fremde war nichts anderes als ein lausiger Zustand. Immerhin gab es so etwas wie einen schmalen Lichtstreif am Horizont. Der Bauernhof von Karls Freund Werner Schomer stand leer. Ihr Vater war darüber informiert worden, es sei endgültig von amtlicher Seite festgestellt worden, dass es keine Erben gab, die Ansprüche auf den Hof erheben konnten. Der Zuweisung des Hauses an die Familie Globkow stand nichts mehr im Weg. Pauline freute sich darauf, wieder in einem richtigen Haus zu wohnen und nicht in einer zugigen Baracke. Rieke, das Mädchen aus dem Lager, das den Einheimischen Albert geheiratet hatte, hatte sich mittlerweile gut auf dem Weber-Hof eingelebt. Ob so etwas jemals für sie gelten würde, stand auf einem anderen Blatt. Pauline hatte die feste Absicht, an diesem Nachmittag ihrerseits das ein oder andere zu klären.

Entschlossen trat sie in die Pedale. Zur Linken überblickte man die Hügelflanke mit Äckern und Wiesen, die sich zum Steinbruch hin erstreckten. Am Sonntag war alles ruhig. Normalerweise halfen einige Leute aus dem Lager den Disselbacher Bauern aus und versuchten, sich so etwas für den Lebensunterhalt hinzuzuverdienen beziehungsweise sich frisches Gemüse zu beschaffen.

Über den Disselbach hinweg radelte sie hügelabwärts. Der Weg endete an der Kreuzung, an der sich die Schule befand. Dort wurde ein Fenster im Obergeschoss geöffnet, Fräulein Schneebach winkte ihr zu. Pauline wollte nicht unhöflich sein und steuerte geradeaus in den Schulhof hinein. Das Fahrrad stellte sie an der Wand des Schulsaals ab.

»Guten Abend, Fräulein Globkow.« Die Lehrerin stand schneller hinter ihr, als Pauline es erwartet hatte.

»Guten Abend, Fräulein Schneebach.«

Die Lehrerin lächelte. »Zwei Fräuleins unter sich.«

Pauline nickte höflich. »Was kann ich für Sie tun?«

»Für mich? Nichts. Ich wollte mich erkundigen, wie es Ihrem Vater geht.«

»Es wird so langsam. Über einen Besuch würde er sich bestimmt freuen.« Ihr Vater hielt große Stücke auf die Volksschullehrerin.

Die betrachtete das rostige Fahrrad. »Wo soll es denn hingehen?«

Pauline kannte das Fräulein nur oberflächlich, und ihre Pläne gingen diese eigentlich nichts an. Trotzdem sagte sie: »Ich wollte zur Schmiede.«

»Ohne neunmalklug zu klingen, das wundert mich nicht.«

Pauline sparte sich die Antwort.

»Kann es sein, dass Sie lange nicht mehr in unserer Dorfschmiede gewesen sind?«

»Das ist sogar in der Tat so.«

»Ihnen ist bekannt, dass ich große Stücke auf Karl Bermes halte?«

Pauline nickte.

»Dann möchte ich die Gelegenheit nutzen und Ihnen etwas über Karl erzählen.«

»Er ist Ihr Lieblingsschüler gewesen«, platzte sie heraus.

Fräulein Schneebach verschränkte die Arme hinter dem Rücken. Auf den Fußspitzen wippend, sah sie von unten zu Pauline auf.

»Das wollte ich nicht unbedingt zum Thema machen. Gute Schulnoten stehen seltsamerweise bei den meisten Leuten nicht hoch im Kurs. Das, was Sie gesagt haben, geht allerdings in die Richtung, die ich einschlagen wollte. Wenn es nach mir gegangen wäre, hätte Karl das Gymnasium besucht und könnte jetzt studieren. Leider ist es mir nicht gelungen, seinen Sturschädel von Vater zu überreden, ihn nach Bitburg zur Schule zu schicken.«

Die Stimme der Lehrerin war lauter geworden. Sie schluckte und atmete tief durch. »Entschuldigung, dafür können Sie ja nichts. Das Eigensinnige hat Karl leider von seinem Vater geerbt. Manchmal dauert es ein wenig, bis das, was gut und sinnvoll für ihn ist, zu ihm durchdringt.«

Das Fräulein versuchte offensichtlich, eine ziemlich umständliche Lanze für ihren Schützling zu brechen. Sie sprach weiter: »Karl ist ein verschlossener Mensch. Diese Charaktereigenschaft hat sich mit den Jahren vertieft. Die meisten anderen verstehen seine Gedankengänge nicht. Das führt dazu, dass Menschen wie er lieber schweigen, als etwas für andere Unverständliches zu sagen.«

»Hm, führt diese Charaktereigenschaft auch dazu, dass er sich weiblichen Wesen gegenüber so unbeholfen aufführt?«

Die Lehrerin schmunzelte. »Tut er das? Karl kann sehr direkt und unfreundlich sein, unbeholfen kann man das eigentlich nicht nennen. Dass ihm in Ihrer Gegenwart manchmal die passenden Worte fehlen, sollten Sie eher positiv sehen.«

Pauline war hin- und hergerissen. Sie konnte es sich nicht verkneifen zu sagen: »Kann es sein, dass Sie mich im Auftrag von Herrn Bermes aushorchen? Tun Sie so etwas für alle Ihre ehemaligen Schüler oder nur für Ihre Lieblinge?«

Ihr Gegenüber war einen Kopf kleiner als Pauline. Um das ein wenig auszugleichen, hob sich die Lehrerin auf die Zehenspitzen. »Mein liebes Fräulein Globkow, Sie nehmen sich mir gegenüber einiges heraus.«

Pauline wollte schon das Fahrrad greifen und grußlos verschwinden. So konnte die Dorfschullehrerin mit Karl Bermes umgehen, aber nicht mit ihr. Es musste jedoch noch etwas gesagt werden. Pauline beugte sich ziemlich weit nach vorne: »Mein liebes Fräulein Schneebach, das sehe ich umgekehrt genauso.«

Die Lehrerin landete wieder auf den Fußsohlen. Sie legte den Kopf schief. »Hm, vielleicht war es nicht meine beste Idee, für schönes Wetter zwischen Karl und Ihnen sorgen zu wollen.«

Pauline zeigte zum Himmel. »Das Wetter ist schön genug. Was kann ich dafür, wenn ein gewisser Schmied ständig in einer Nebelwand herumläuft, die nur er sieht?«

Das Schmunzeln feierte eine Wiederauferstehung.

»Ich habe selten einen so guten Vergleich gehört. Bei Karl gibt es gleich in mehrfacher Hinsicht verschiedene Nebelwände.«

Das Fräulein tat etwas, mit dem Pauline nicht gerechnet hätte, sie griff nach ihrer Hand. Wenn sie wollte, konnte sie sogar Wärme ausstrahlen. »Es ist gut möglich, dass ich das, was ich jetzt sage, später bereue. Der Augenblick scheint mir allerdings sehr gut geeignet dafür.«

Pauline wurde sanft nach vorne gezogen, damit sie das, was die Lehrerin flüsterte, besser verstehen konnte. »Mein liebes Fräulein Globkow, ich bin mir sicher, Karl mag Sie sehr.«

Es gelang Pauline, sowohl dem Blick der älteren Frau standzuhalten als auch nicht zu blinzeln. Es war erstaunlich, was für ein warmes Gefühl diese simplen Worte in ihrem Bauch auslösten. »Glauben Sie?«

Es dauerte einige weitere Sekunden, bis Pauline wieder freikam. Die Lehrerin atmete sehr tief ein und aus. Dieser Sprung über den eigenen Schatten hatte sichtlich Kraft gekostet. »Wäre das so schlimm?«

Pauline strich nicht vorhandene Falten an ihrem Kleid glatt. »Es wäre nicht schlimm, es wäre nur hilfreich, wenn er es schaffen würde, überhaupt vernünftig mit mir umzugehen.«

Die Lehrerin lächelte. »Ich glaube, wir verstehen uns.«

»Ist das so? Ob ich Karl Bermes verstehe, da bin ich mir nicht so sicher. Nebel hin, Nebel her.«

Die Lehrerin verschränkte die Arme vor der Brust. Die Verlegenheit wich jahrelanger Übung als Lehrerin. »Fräulein Globkow, ich möchte Sie nicht länger aufhalten. Richten Sie Karl viele Grüße von mir aus.«

Damit drehte sie sich zur Schule und ließ Pauline einfach stehen. Die sah ihr hinterher. In den letzten Tagen häuften sich die eigenartigen Begegnungen. Wie dem auch sei, dieses Fräulein mochte für Karl Bermes wichtig sein, für sie war sie es nicht. Immerhin fühlte Pauline sich durch die Aussage der Lehrerin in ihrem Bestreben, endlich für Klarheit zu sorgen, bestärkt.

Zurück auf der Hauptstraße, fuhr sie nach wenigen Metern nach rechts, das U-förmige Anwesen der Schmiede kam in Sicht. Es war bereits später Nachmittag, deshalb konnte sie nur hoffen, Karl am Sonntag in der Schmiede anzutreffen. Ansonsten musste sie in den sauren Apfel beißen und am Wohnhaus klopfen. Das Fahrrad landete neben dem verschlossenen, doppelflügeligen Eingangstor. Irgendetwas schepperte über ihrem Kopf, als sie durch die Zugangstür im rechten Flügel eintrat. Sie sah nach oben, die zerbeulte Blechdose war ihr beim letzten Besuch entgangen. Sollte das eine Türklingel imitieren?

Pauline verschaffte sich einen Überblick, alles wirkte eher noch unaufgeräumter als bei ihrem kurzen Besuch im Jahr zuvor. Das Einzige, das einen ordentlichen Eindruck machte, war die große, rußgeschwärzte Esse. An die Seitenwand angebaut gab es einen weiteren, länglichen Raum. Karls Kopf erschien im Zugang, nur um gleich wieder zu verschwinden. Sekunden später stand er in voller Größe im Türrahmen. Er brauchte etwas Anlauf, ehe er sagte: »Fräulein Globkow! Was verschafft mir die Ehre?«

Was verschaffte ihm die Ehre? Warum musste das bei ihm immer alles so furchtbar steif daherkommen? Konnte er sich nicht bei Eddi Franken eine Scheibe abschneiden und sie fröhlich begrüßen? Wie sollte sie einem gestandenen Mann wie Karl Bermes erklären, dass sie der Meinung war, er könnte sich in ihrer Gegenwart ruhig etwas mehr Mühe geben und endlich den Stock aus dem Hintern nehmen? Ihr fiel kein richtiger Ansatz für ein Gespräch ein. Sie standen sich stumm gegenüber. Pauline mit gerunzelter Stirn, weil sie an ihrer Mission stark zweifelte, und Karl mit ratlosem Gesicht.

»Möchten Sie sich vielleicht setzen?« Er zeigte auf den Stuhl, der neben der unaufgeräumten Werkbank stand.

»Nein danke, ich stehe lieber.« Zu ihrem Leidwesen klang sie so unfreundlich wie eben bei der Lehrerin.

»Kann ich Ihnen etwas anbieten? Ich könnte Kaffee kochen.«

Das mit den Stierhörnern ging, wie alles, was mit dem Schmied zusammenhing, nach hinten los. Sie hatte nicht die Absicht, mit Karl Bermes ein Kaffeekränzchen zu veranstalten. Pauline überlegte weiter krampfhaft an einer guten Antwort und einer noch viel besseren Erklärung dafür, warum sie hier mitten in der Schmiede stand, als dieses merkwürdige Ding an der Tür wieder schepperte. Karl sah an ihrer Schulter vorbei, seine Augenbrauen zogen sich zusammen. Pauline drehte sich um, Eddi stand mit verschlafenem Gesicht hinter ihr. »Oh, hallo, Pauline.«

Wo kam der denn jetzt her? Sollte Eddi nicht in der Männerbaracke im Lager sein? Sie stellte die entsprechende Frage. »Eddi, was machst du denn hier?«

Der Saarländer hob erklärend die Hände. »Ich habe geschlafen.« Er klang leicht verblüfft und wie immer ehrlich wie ein kleines Kind.

»Du hast was? Hier? Es ist heller Tag.«

Er wurde rot, stammelnd meinte er: »Karl war so freundlich, mich in seinem Bett ausschlafen zu lassen.«

Pauline öffnete den Mund, ohne etwas sagen zu können. Der vage Verdacht über die Männerliebe marschierte mit klingenden Fanfaren zwischen ihren Ohren ein.

»Du hast in seinem Bett geschlafen?«, fragte sie schließlich doch. Sie malte sich entsprechende Szenen aus. Ihre Erfahrungen, was Menschen in Schlafzimmern miteinander taten, waren zugegebenermaßen begrenzt, ihre Fantasie sorgte für unschöne Bilder.

»Ich musste mich ausschlafen, weil wir eine anstrengende Nacht hatten.«

»Eine anstrengende Nacht??«

Paulines Mund fühlte sich an, als hätte sie versucht, mit Mehl zu gurgeln. Sie musste mehrmals schlucken. Das durfte alles nicht wahr sein! Die einzigen Männer, die ihr hier am Ende der Welt gefielen, waren tatsächlich warme Brüder? Den Ausdruck hatte ihr Bruder Rudi früher gerne benutzt. »Verschone mich bitte mit Details.«

Es schockierte Pauline, wie offen Eddi mit dieser Information umging. Dessen Augen wurden weit, selbst seine Stirn leuchtete nun rot. Er konnte ihre Gedanken scheinbar lesen.

»Ja, äh, nein, nicht, was du denkst!«

Pauline sah zu Karl. Dem war die Konsequenz ihres Gesprächs mit Eddi und dem, was der da so ausplauderte, offensichtlich noch nicht klar, so dämlich, wie er sie anglotzte.

»So, was denke ich denn?«

»Wir haben die Nacht zusammen in Bitburg verbracht.«

»Ich habe gesagt, du sollst mich mit Details dieses Schmutzes verschonen!« Ihre Stimme klang in den eigenen Ohren hysterisch, unwillkürlich stampfte sie mit dem rechten Bein auf.

»Eddi musste ausschlafen, es war wirklich eine anstrengende Nacht.« Karl sah verblüfft aus.

Wieder stampfte Pauline auf. »Ich will das alles nicht hören, ihr beide seid einfach nur ekelhaft, ich hasse euch!«

Karls Augen weiteten sich erschrocken, er schien endlich zu verstehen, dass Eddi einfach so ihr Geheimnis ausgeplaudert hatte.

Der rang die Hände. »Pauline, du verstehst da etwas vollkommen falsch.«

»Da gibt es nichts falsch zu verstehen.« Sie wollte zur Tür. Eddi stellte sich ihr in den Weg. »Pauline, hör mir zu!«

»Ich will aber nicht!«

Eddi packte ihre Unterarme, damit sie nicht fliehen konnte. »Es gibt da etwas, das darf ich dir nicht sagen. Wegen dieses Geheimnisses sind wir gestern in Bitburg gewesen.«

Pauline zog den Kopf so weit ein, wie es möglich war. Sie versuchte, Eddi vor die Schienbeine zu treten, um sich zu befreien. Der war aber flinker. Sie hätte sich gerne die Ohren zugehalten, das ging aber auch nicht. So sagte sie laut: »Summ, summ, summ.«

Das hatte sie als Kind getan, wenn ihre Mutter sie wegen irgendetwas ausgeschimpft hatte und sie nicht hören wollte. Eddi brüllte fast, als er sagte: »Pauline, hör mir zu! Ich musste mich in der letzten Nacht um einen Verletzten kümmern, und Karl ist mit Karin zusammen gewesen.«

»Summ …«

Pauline brauchte einen Augenblick, bis das Gesagte zu ihr durchgedrungen war. »Wie bitte? Was sagst du da?«

»Ich musste einen Verletzten pflegen, darum brauchte ich den Schlaf.«

»Aha! Der zweite Teil, von welcher Karin sprichst du? Was erzählst du mir da für einen Unsinn?«

Eddi machte einen äußerst unglücklichen Eindruck. Er überlegte kurz, ehe er weitersprach: »Sie heißt Karin, ist blond und ziemlich hübsch. Ach ja, sie hat einen echt großen Busen.«

»Sie hat einen was?«

Pauline versuchte, sich nach Karl umzudrehen. Selbst das gelang ihr nicht, weil ihre Arme weiter umklammert blieben. »Verdammt noch mal, Eddi, lass mich los!« Sie legte alle Kraft, die ihr zur Verfügung stand, in ihre Stimme.

Erschrocken trat Eddi einen Schritt zurück, er ließ sie tatsächlich los.

Pauline drehte sich zu Karl. »Karin mit dem großen Busen?«

Der Schmied hob entschuldigend die Schultern, ansehen konnte er sie nicht.

»Pauline, es ist nicht, wie du denkst«, sagte Eddi kläglich.

»AAAAHH!« Pauline atmete tief durch. »Ich will euch nie wiedersehen! Keinen von euch!«

Ehe sie nach draußen ging, griff sie nach oben und riss die improvisierte Türglocke herunter. Diese Dose würde so schnell niemandem mehr auf die Nerven gehen.

Entgegen ihrer eigentlichen Absicht war es den beiden Stieren tatsächlich gelungen, Pauline auf die Hörner zu nehmen. Die Tränen setzten ein, als sie auf dem klapprigen Fahrrad saß.

-37-

»Hast du sie noch alle?« Karl stand Nase an Nase mit Eddi ziemlich genau in der Mitte der Werkstatt.

»Was sollte ich denn machen?«

»Nicht so einen Scheiß erzählen.«

Eddi machte einen Schritt rückwärts. »Ich habe nichts weiter als die Wahrheit gesagt. Wolltest du etwa, dass Pauline uns für 175er hält?«

Karl atmete tief ein und aus. Den Ausdruck kannte er von der Wehrmacht. Der Paragraf 175 bestrafte sexuelle Handlungen unter Männern. Dumme Sprüche dieser Art gab es damals ständig und überall. Er hätte sich im Traum nicht vorstellen können, dass er jemals ernsthaft in die Nähe einer solchen Verdächtigung geraten könnte. Und das ausgerechnet von Pauline. Er war sich nicht sicher, was schlimmer wog: Paulines Verdacht, er könnte etwas mit Eddi haben, oder die Tatsache, dass der seine Liebesnacht mit Karin ausgeplaudert hatte. Es kribbelte ihn in den Fingern, den Polizeianwärter ordentlich durchzuschütteln. Dummerweise hatte es die Nacht mit der blonden und zugegebenermaßen vollbusigen Karin wirklich gegeben. In diesem Zusammenhang gab es eine Frage: »Wieso weißt du von mir und Karin?«

Eddis Wangen leuchteten rot. »Ich musste mal und bin zufälligerweise in eure Richtung gegangen.« Der Saarländer klang trotzig.

Karl öffnete die Faust wieder, die er geballt hatte. »Verdammt.«

Eddi machte vorsichtshalber einen weiteren Schritt rückwärts. »Das kann man wohl so sagen.« Er kratzte sich mit verlegenem Gesichtsausdruck am Hals. »Wenn du etwas mit Karin am Laufen hast, ist es ein Problem für dich, wenn ich mich mehr um Pauline bemühe?«

Hatte er etwas mit Karin laufen? Von Werner und seinen ständigen Liebschaften vor dem Krieg wusste er, ein Techtelmechtel, egal, wie intensiv, bedeutete nicht automatisch, dass man heiraten musste. Noch nicht einmal in der erzkatholischen Eifel. War es bisher ein grundlegendes Problem für ihn gewesen, mit Pauline ein vernünftiges Gespräch zu führen, so konnte er das nach Eddis Enthüllung wohl endgültig vergessen.

Karl schüttelte den Kopf. Hier stand er nun und hatte es mit dem Mädchen, das ihm bis vor Kurzem wichtiger als alle anderen gewesen war, so was von verkackt.

»Karl?« Eddi blickte ihn fragend an.

»Was ist?«

»Stört es dich, wenn ich mich mehr um Pauline kümmere?«

Karl atmete sehr tief durch. »Nein, natürlich nicht.«

Ein Lächeln huschte über Eddis Gesicht. »Wolltest du nicht mit dem Kriminalkommissar sprechen?«

Ach ja. Sie standen ja nicht hier, um die nicht vorhandenen Beziehungsprobleme Karls mit Pauline zu diskutieren. Es gab eine gemeinsame Aufgabe zu erledigen.

»Bevor Pauline aufgetaucht ist, hatte ich mit Peters Funkkontakt.«

»Gab es neue Anweisungen?«

Karl nickte. »Er kommt morgen früh hier in der Schmiede vorbei. Wir sollen dann gemeinsam zum Hof des Ermordeten fahren. Bis dahin sollen wir die Füße stillhalten.«

Eddi spitzte den Mund, aufgeregt sagte er: »Hm, das bedeutet ja dann, meine Tarnung ist nicht mehr nötig.«

Ein Besuch des Kommissars mit anschließender gemeinsamer Reise würde in Disselbach nicht nur das Fräulein mitbekommen. In der Tat war es sinnlos, weiter die Legende für Eddi Franken aufrechtzuerhalten.

»Das bedeutet ja auch, ich kann Pauline erzählen, warum ich im Lager bin.«

Das Gesicht des Saarländers hellte sich im gleichen Maße auf, in dem sich Karls verfinsterte. Es brauchte ein gutes Gegenargument. »Damit würde ich mal lieber warten. Vorher solltest du mit Peters sprechen. Wer weiß, welche Pläne der mit uns hat.«

»Damit könntest du recht haben.«

Eddi ging zur Eingangstür, er hob die Blechdose auf und brachte sie Karl. Pauline hatte sie samt der Halterung, die er aus Federstahl gebastelt hatte, aus dem Holz der Scheunenpforte gerissen. Es war kein Problem, das Teil wieder anzubringen. Diesmal vielleicht besser mit zwei Schrauben anstelle eines Nagels. »Brauchst du mich noch?«

»Nein, für heute Abend bin ich bedient.«

»Entschuldigung.«

»Eddi?«

»Ja?«

»Tu mir den Gefallen und entschuldige dich nicht ständig für alles.«

»Wie du meinst.« Über sein Gesicht huschte wieder ein Lächeln. Karl erwiderte es. Leuten wie Eddi konnte man nicht lange böse sein.

»Ich gehe zurück ins Lager. Ausgeschlafen bin ich ja jetzt. Pauline werde ich natürlich nichts erzählen. Ich meine, falls ich sie zufällig treffe.«

Karl winkte mit der Hand. Der Saarländer hatte es plötzlich eilig. Vielleicht hatte er Angst, Karl könnte es sich anders überlegen und ihm verbieten, ins Lager zu gehen. Nur, mit welchem Recht sollte er das tun? Genau genommen hatte Eddi bei ihrer gemeinsamen Mission sogar die höhere Position als Karl. Er war der Polizist, wenn auch vorerst nur einer auf einem guten Weg.

Eddi verabschiedete sich. Karl suchte nach passenden Schrauben, die Blechdose brauchte eine neue Halterung.

-38-

Zum Abendessen fand er sich in der Wohnstube des Hauses ein. Es gab Sauerkraut mit Schmalzbrot. Früher einmal wäre das die Beilage zum gepökelten Schweinefleisch gewesen. Die zwei Schweine mussten erst noch wachsen und Fett ansetzen, bevor man aus ihnen irgendwelche Köstlichkeiten herstellen konnte. So lange musste es eben ohne Fleisch gehen.

Sein Vater saß ihm beim Essen wie gewohnt schweigend gegenüber. Erst als er seine Pfeife vom Bord an der Wand nahm und sie mit Tabak aus dem Beutel stopfte, sah er seinen Sohn an. »Dieser Saarländer hat in deinem Bett geschlafen?«

Nicht das schon wieder.

»Wir sind gestern Abend sehr spät unterwegs gewesen. Ich wollte Eddi ausschlafen lassen, weil er die halbe Nacht wach gewesen ist.«

Man konnte Josef Bermes so manches nachsagen, aber keineswegs, dass er ein Idiot war, an dem die Ereignisse unbemerkt vorbeiliefen.

»Glaubst du nicht, es ist an der Zeit, dass du mir erzählst, was hier eigentlich vorgeht? Valentin Neuerburg sitzt im Gefängnis. Nicht, dass er mir leidtun könnte. Dieser Polizist aus Trier taucht auf, und du bist danach ständig mit einem Fremden unterwegs, der ganz zufällig im Lager auftaucht, kaum dass Valentin einkassiert wurde.«

Ähnlich wie im Jahr zuvor hätte Karl seinen Vater gerne aus dieser Affäre herausgelassen, die Situation war so bereits unübersichtlich genug. Die gereizte Stimmung der letzten Woche war alles andere als der Normalzustand zwischen ihnen. Eigentlich gingen sie sehr vertrauensvoll miteinander um. Zumindest ein Teil der Wahrheit konnte wirklich nichts schaden.

»Ich bin im Auftrag des Kommissars unterwegs. Es ist mir aber lieber, wenn ich nicht alles erzählen muss.«

Der Pfeifenkopf flammte kurz auf, als sein Vater sie entzündete. »Aha.«

»Eddi ist einer seiner Männer.«

Eine Augenbraue hob sich. »Na ja, wir alle müssen jung damit anfangen, etwas zu lernen. Das ist bei der Polizei anscheinend nicht anders.«

»Eddi ist in Ordnung.«

»Das habe ich nicht bezweifelt. Ist er so etwas wie dein Vorgesetzter?«

»Nein. Ich denke, ein Handlanger, der mir auf die Finger schauen soll, trifft es besser.«

»Ein Handlanger, soso.« Es folgte ein tiefer Zug aus der Pfeife. »Wenn ihr beiden für den Kommissar im Einsatz seid, bedeutet das, es gibt Zweifel daran, dass Valentin den Schmuggler erschossen hat?«

Karl überlegte einen Augenblick, was er sagen sollte. »Peters ist jemand, der sich nicht in die Karten schauen lässt. Aber sagen wir es so, es haben sich neue Erkenntnisse ergeben, die Valentin entlasten.«

»Walburga kann man nicht sagen, dass ihr Mann unschuldig ist?« Karls Mutter hielt sich normalerweise aus Diskussionen ihrer Männer heraus. Diesmal stand sie mit verkniffenem Gesicht im Durchgang zur Küche.

»Ich glaube nicht, dass das dem Kommissar gefallen würde.«

»Und was ist, wenn es mir gefallen würde, Walburga zu beruhigen? Die Leute machen seit Valentins Verhaftung einen Bogen um sie. Dass der Pfarrer letzten Sonntag in seiner Predigt von reuigen Sündern geschwätzt hat, denen man selbst Todsünden verzeihen müsse, ist nicht hilfreich gewesen. Hätten wir einen zweiten Laden im Dorf, niemand würde mehr bei Neuerburgs einkaufen.«

»Das tut mir leid für Walburga. So ganz unschuldig ist Valentin auf jeden Fall nicht. Warum musste er sich mit Schmugglern einlassen?«

Seine Mutter kam auf ihn zu. Sie drohte ihm mit dem Zeigefinger. Das hatte sie das letzte Mal lange vor dem Krieg getan. »Sei nicht so verdammt selbstgerecht. Bilde dir nicht ein, dass ich dir nicht was hinter die Ohren geben könnte, nur weil du so groß geworden bist.«

Karl bemühte sich um ein ernstes und reuiges Gesicht. Selbst in seiner Kindheit waren Prügel im Hause Bermes nur höchst selten zur Anwendung gekommen. Die natürliche Autorität seines Vaters reichte in der Regel dazu aus, seine Söhne in der Spur zu halten.

Seine Mutter blieb vor ihm stehen, mit weicherer Stimme sagte sie: »Kannst du nicht mit Walburga sprechen? Eine Andeutung, dass der Fall noch nicht abgeschlossen ist, würde bestimmt helfen.«

Karl sah seiner Mutter in die Augen. »Ich frage den Kommissar, was möglich ist. Er kommt morgen früh hier vorbei. Vielleicht ergibt sich eine Gelegenheit, dass er mit Walburga spricht.«

»Warum kommt dieser Polizist morgen hier vorbei?« Der Pfeifenstiel zeigte auf Karl.

»Peters sammelt Eddi und mich ein, wir müssen etwas untersuchen.«

»Etwas untersuchen?«

»Es tut mir leid, Vater, ich kann es dir nicht sagen.«

Die Pfeife qualmte eine Weile vor sich hin. »Du bist der Erbe der Schmiede und kein Polizist.«

»Natürlich, mach dir keine Sorgen. Ich bin nur froh, etwas Beschäftigung zu haben.«

»Hm, dann ist es ja gut. Das ist bereits das zweite Mal, dass du nach deiner Heimkehr mit der Polizei zu tun hast. Ich wollte nur sichergehen, dass du nicht auf krumme Ideen kommst und denkst, ein Leben als Polizist wäre interessanter, als die Schmiede zu übernehmen.«

Die letzten beiden Wochen waren tatsächlich sehr interessant gewesen. Was noch lange nicht bedeutete, dass Karl es ständig mit solch skrupellosen Leuten wie Thomas zu tun haben wollte. Die Menschen waren, wie sie waren, in dieser Hinsicht machte er sich keine Illusionen. Das menschliche Zusammenleben funktionierte nicht ohne Regeln. Die Sonntagspredigten und Ermahnungen des Pfarrers waren bei den meisten Leuten bereits wieder vergessen, kaum dass sie zur Kirchentür hinausstrebten. Karl war noch jung und zugleich bereits alt genug, um gelernt zu haben, dass es nicht dem Wesen der Menschen entsprach, selbstlos und ohne Neid zusammenzuleben. Polizisten vom Schlage Peters, die ihrem eigenen Gerechtigkeitskodex folgten, wurden gebraucht, wollte man so etwas wie ein sicheres öffentliches Leben garantieren. Der Kommissar war abgebrüht genug, nicht viel von dem, was er erlebte, nahe an sich heranzulassen. Karl fehlte diese zynische Ader. So gerne er sich mit dem Polizisten unterhielt, hoffte er doch, dass er, wenn alle offenen Fragen rund um den Tod von Leopold Schilz geklärt waren, wieder seiner geregelten und harmlosen Arbeit in der Schmiede nachgehen und vielleicht endlich all die Neuerungen angehen konnte, die in seinem Oberstübchen umhersprangen wie eine Ansammlung Gummibälle.

»Da brauchst du dir keine Sorgen zu machen, Vater.«

Dessen Augen wanderten zu seiner Frau, die immer noch neben Karl stand. Sie schüttelte den Kopf. Nach einem weiteren Zug aus der Pfeife sagte sein Vater: »Ich werde dich bei Gelegenheit daran erinnern. Was wollte denn die junge Globkow eben hier? Gehört die auch zu der Verschwörung deines Kommissars?«

Eine weitere Diskussion zu Pauline war das Letzte, was Karl nun gebrauchen konnte. Die Begegnung von vorhin sollte dazu geeignet sein, seine Eltern bis auf Weiteres von der Sorge zu befreien, ihr verbliebener Sohn könnte ein mittelloses Flüchtlingsmädchen heiraten.

»Pauline wollte zu Eddi, sie hat sich darüber gewundert, warum er nicht im Lager gewesen ist. Die beiden sind sich in den letzten Tagen nähergekommen.«

»Edmund Franken und diese Pauline?« Im Gesicht seiner Mutter stand die Überraschung mit hoffnungsvoll geweiteten Augen geschrieben. »Dünn sind sie ja beide.«

Karl zuckte mit den Schultern. »Mir hat sie neulich vors Schienbein getreten.«

Er wollte zum Beweis das Hosenbein heben, der exakt auf seine Nase ausgerichtete Pfeifenstiel hinderte ihn daran. »Da sieht man es, zu was diese Leute fähig sind.«

Die Verwunderung seiner Mutter schlug unvermittelt in Tatendrang um. »Rosi Etges ist ein wirklich hübsches und sehr nettes Mädchen. Was hältst du davon, wenn ich sie und ihre Eltern bei nächster Gelegenheit sonntags zum Kaffee einlade?«

Das musste man ihr lassen, seine Mutter witterte sofort die Gelegenheit, in ihrem Sinn zu agitieren.

»Martha, das gehört jetzt wirklich nicht hierher«, sprang ihm sein Vater bei. Obwohl der vermutlich nicht weniger darüber erleichtert war zu hören, dass sein Sohn und Pauline Globkow sich nicht miteinander vertrugen. »Wann will dieser Peters dich besuchen kommen?«

»Gleich morgen früh.«

»Dann solltest du schauen, dass du ausgeschlafen bist. Dein Bett ist ja jetzt wieder frei.«

Karl beeilte sich, aus dem Raum zu kommen. Auf weitere Gespräche über seine glückliche Zukunft mit Rosi Etges konnte er im Moment gut verzichten.

MONTAG, 04.08.1947

TAG 15

-39-

Thomas wollte ums Verrecken nicht einsehen, dass Karl und Karin ein Paar waren. Erst hatten sie sich nur gegenseitig geschubst, dann hatte ein Wort das andere ergeben, und nun lagen sie fest umklammert auf dem Boden. Karl keuchte vor Anstrengung und wachte auf. Seine dünne Sommerdecke aus Leinen bildete ein einziges dickes Knäuel in seinen Armen. Karl musste die Augen mehrfach öffnen und schließen, um sich darüber im Klaren zu werden, dass er sich in seinem Bett befand und nicht irgendwo in dem Haus ohne Seitenwand. Er warf das Deckenknäuel von sich, mit dem Unterarm wischte er sich den Schweiß von der Stirn.

Karin selbst hatte eine nicht unerhebliche Rolle in seinen Träumen gespielt, dessen war er sich sicher. Wie üblich erinnerte er sich kurz nach dem Aufwachen nicht mehr an das, was er da alles zusammenfantasiert hatte. Am Abend, nach dem Gespräch mit seinen Eltern, hatte er schon vor der großen Holzkiste in der Werkstatt gestanden, als er sich endgültig dagegen entschied, nach Bitburg zu fahren. Die Wahrscheinlichkeit war zu groß, am nächsten Morgen nicht in seinem Bett, sondern in Bitburg aufzuwachen. Sosehr Karin ihn umtrieb, er musste an seinen eigentlichen Auftrag denken. Erst galt es herauszufinden, was mit Leopold Schilz geschehen war. Alles, was mit Karin zusammenhing, musste danach geklärt werden. Vieles deutete darauf hin, dass Thomas und Andrej in den Todesfall verwickelt waren. Was konnte Karin davon wissen? Sie hielt sich seit Wochen ständig im Umfeld der Schmuggeltruppe auf. Da war es mehr als wahrscheinlich, dass sie das ein oder andere aufgeschnappt hatte. Ein weiterer Grund, dringend mit ihr zu reden.

Karl rappelte sich hoch und zog sich an. Danach putzte er sich die Zähne und frühstückte mit seinen Eltern. Anders als beim Abendessen verlief das Frühstück weitestgehend schweigend.

Anschließend ging er in die Werkstatt. Seine Armbanduhr zeigte kurz vor neun, als das Brummen eines Motors im Hof erklang. Karl wartete nicht ab, sondern ging nach draußen. Im Hof stand der schwarze W40, mit zurückgeklapptem Verdeck. Am Steuer saß Wachtmeister Schillinger und nickte Karl zu. Eddi stand mit Peters auf der anderen Straßenseite bei Jakob.

Karl gesellte sich zu ihnen. »Guten Morgen, die Herrschaften!«

Eddi nickte ihm zu, Peters tippte an seinen Hut. »Herr Bermes.« Er tätschelte Rolfis Kopf.

Der Rottweiler hockte nahe bei ihm, was Karl wegen dessen Ängstlichkeit etwas wunderte.

Peters sah Karls erstauntes Gesicht. »Schau nicht so, Herr Bermes. Als Kind hatten wir zu Hause einen Schäferhund. Ich mag Hunde.«

»Schön für Sie.«

»Das finde ich auch, und der Kamerad hier«, er sah zu Jakob, »wie ist noch mal der Name, Herr Weber?«

»Rolfi.«

»Rolfi sieht zwar gefährlich aus, er ist aber ein Lieber.«

Der Blick, den der Hund ihm von unten zuwarf, schien das zu bestätigen.

Peters drehte den Kopf wieder zu Jakob. »Herr Weber, wäre es möglich, dass ich mir Ihren Hund für heute ausleihe?«

Jakob wechselte einen Blick mit Karl, ehe er sagte: »Wie meinen Sie das?«

»Nun, Herr Bermes, meine Kollegen und ich wollen einen kleinen Ausflug unternehmen. Aus Erfahrung weiß ich, dass Hunde manchmal die unwahrscheinlichsten Dinge finden. Es könnte hilfreich sein, einen Hund dabeizuhaben. Wäre das möglich?«

Jakob machte einen skeptischen Eindruck, sagte aber dann: »Meinetwegen, wenn es Ihnen hilft. Wo soll es denn hingehen?«

»Das, mein lieber Herr Weber, möchte ich Ihnen nicht erzählen.«

»Soso, mit dem Auto?«

»Zu Fuß würde es etwas zu lange dauern.«

»Rolfi ist noch nie in einem Auto mitgefahren, würde ich sagen.« Jakob kratzte sich an der Glatze. »Ich selbst eigentlich auch nicht, wenn ich so darüber nachdenke.«

»Da sehen Sie mal, wie das Leben so spielt. Ihr Hund wird Ihnen etwas voraushaben. Ich bedanke mich für Ihr Entgegenkommen und verspreche, alles in meiner Macht Stehende für das Wohlergehen Ihres Hundes zu tun. Franken!«

»Jawoll, Herr Kriminalkommissar?«

»Bringen Sie Rolfi zum Auto.«

Eddi betrachtete den großen Hund skeptisch. »Wo soll der denn hin?«

»Nach hinten zu Ihnen und Herrn Bermes. Und jetzt bitte keine weiteren blöden Fragen.«

Eddi packte Rolfi am ledernen Halsband. Der sah zu Jakob. Erst als sein Herrchen mit der Hand zum Auto zeigte und sagte: »Geh, Rolfi, die Leute tun dir nichts«, setzte er sich in Bewegung.

Peters gab Jakob die Hand. »Vielen Dank für Ihre Kooperation. Kann ich mich hiermit erkenntlich zeigen?«

Er hielt Jakob sein aktuelles Päckchen Camel hin. Der fackelte nicht lange und griff zu. Dieser interessante Morgen würde später einiges an Erklärungsbedarf für Jakob ergeben, dessen war Karl sich nur zu bewusst.

»Sie entschuldigen.« Peters nahm Karl am Arm, gemeinsam gingen sie zum Auto. Franken saß mit angezogenen Beinen im Fond des Wagens.

Karl blieb stehen. »Das mit dem geheimen Unternehmen ist jetzt endgültig Geschichte. Zumindest hier im Dorf. Als Geheimnisträger gibt es geeignetere Kandidaten als Jakob.«

»Ehrlich gesagt ist mir das egal. Ich hatte gehofft, ihr findet etwas heraus, solange die Spur wenigstens noch etwas Temperatur hat. Die Tage verrinnen, und es sieht nicht danach aus, als ob das etwas gebracht hätte. Ob unser kleiner Betriebsausflug in die Westeifel viel bringt, wird sich zeigen. Ab sofort werden andere Saiten aufgezogen.«

»Warum Rolfi?«

Peters zwinkerte ihm zu. »Wenn ich das so genau wüsste, würde ich es dir sagen, Herr Bermes. Manchmal muss man seiner Intuition folgen. Auf die Idee mit dem Hund bin ich gekommen wegen deiner Erwähnung der Engel. Schrägen Hinweisen muss man gelegentlich mit schrägen Maßnahmen zu Leibe rücken. Mal sehen, ob Rolfi einen Riecher für Engel hat. Polizisten sind grundsätzlich auch nichts anderes als Spürhunde, sie können nur auf zwei Beinen gehen.« Er grinste.

»Rolfi ist ein ziemlicher Feigling.«

»Jetzt sei nicht so pessimistisch. Wenn es dumm läuft, ist der einzige Nachteil, dass ihr im Auto keinen Platz habt. Steig ein und hör auf zu meckern.«

Karl fand sich in der zweiten Reihe des Cabriolets neben Eddi wieder. Rolfi kauerte zu ihren Füßen. Peters ließ sich in den Beifahrersitz fallen, zu Schillinger gewandt, sagte er: »Schillinger, Sie kennen den Weg, treten Sie drauf.«

»Kenne ich nicht«, brummte der Wachtmeister.

»Wie? Ach so, ja.« Der Kommissar kramte im Inneren seiner Anzugjacke. Zum Vorschein kam eine alte und sehr zerfledderte Militärkarte. Er entfaltete die Karte, so gut es in der Enge des Autos möglich war. Darauf waren die taktischen Symbole irgendwelcher Wehrmachtseinheiten eingezeichnet.

Peters sah nach hinten. »Interessiert es euch, wo wir auf feindliche Panzer stoßen könnten?«

Als keine Antwort erfolgte, stieß er Schillinger gegen die Schulter. »Nun fahren Sie endlich los. Ich sage dann Bescheid, wenn Sie abbiegen sollen.«

Das mit dem Abbiegen funktionierte nicht. Militärkarten waren zwar detaillierter als etwa ein Schulatlas, Peters' Fähigkeiten, Karten zu interpretieren, waren jedoch wohl mit dem Deutschen Reich untergegangen. Es gelang ihm nicht, die eingezeichneten Gegebenheiten mit der echten Topografie in Einklang zu bringen. Bis Bitburg gab es keine Probleme, danach brauchten sie zunächst nur hügelaufwärts in Richtung Luxemburg und Belgien zu fahren. An den Kreuzungen der staubigen Straßen wurde es komplizierter. Fast jedes Mal musste Schillinger anhalten, damit Peters herausfinden konnte, wie es weiterging. Der Kommissar fluchte und beschwerte sich lauthals über den Umstand, dass die Hinweisschilder gegen Ende des Krieges abmontiert worden waren, um den Feind zu verwirren. Die Amis ließen sich beim Vormarsch davon nicht weiter aufhalten, bei Peters zeigte diese Maßnahme selbst zwei Jahre nach dem Krieg Wirkung.

Abgesehen von seinen unfreiwilligen Ausflügen mit dem Militär war Karl hier in der Eifel noch nie weiter als bis Kyllburg und Bitburg gekommen. Er musste feststellen, dass die Landschaft hier im Westen wesentlich höher und hügeliger als bei ihnen zu Hause war. Es ergaben sich spektakuläre Weitblicke, wenn das Auto mal wieder den nächsten Hügel erklommen hatte. Schillinger fluchte leise vor sich hin. Wegen der vielen

Kurven und Berge fummelte er ständig am Schalthebel des Autos. Es wirkte ein wenig, als müsste er das Benzin umrühren, damit sie die nächste Steigung hinauf schafften. Er brüllte gerade Peters etwas ins Ohr, was Karl wegen des Fahrtwinds nicht verstand, als zu ihrer Linken das tief eingeschnittene Tal der Prüm steil nach unten abfiel. Ein spitzer, hoher Kirchturm war zu sehen. Vor einer scharfen Linkskurve musste Schillinger den Wagen stark abbremsen. Peters nutzte die Gelegenheit und brüllte nach hinten: »Wir sind gleich da!«

»Wenn die Karre nicht vorher schlappmacht! Die Temperaturanzeige fliegt mir gleich entgegen!«, schrie Schillinger noch lauter.

Nun ging es über viele Serpentinen nach unten ins Tal hinab. Das Problem mit der Überhitzung erledigte sich durch das Rollenlassen und den Fahrtwind von selbst. Schillinger steuerte die Kirche an. Wo es Kirchen gab, konnten Menschen nicht weit sein. Und tatsächlich, unweit der Kirche im Ortskern standen einige Frauen beieinander und sahen ihnen neugierig entgegen. Schillinger hielt neben den Damen an und fragte höflich nach dem ehemaligen Einödhof der Familie Schilz. Ihnen wurde erklärt, dass sie auf der anderen Seite des Tals hinauf in Richtung eines größeren Gehöfts namens Lauperath fahren mussten. Auf der Kuppe des Berges sollte es rechter Hand einen Weg geben, nach gut einem Kilometer sollten die Ruinen des Schilz-Hofes zu finden sein.

Beim folgenden steilen Anstieg machte der Wanderer seinem Namen endgültig Schande. Kurz bevor sie die Bergkuppe erreichten, drangen Dampfschwaden vorne aus dem Kühler. Schillinger steuerte den Wagen nach rechts von der Straße. Peters sah ihn an. »Und was jetzt?«

»Jetzt warten wir, bis der Motor abgekühlt ist.«

Peters schüttelte den Kopf, er wandte sich zu Karl. »Früher, im Krieg, haben wir in den Kühler gepinkelt.«

»Das würde funktionieren«, meinte Schillinger. »Es ist nicht optimal, aber Flüssigkeit ist Flüssigkeit. Wenn ich jetzt allerdings den Verschluss öffne und jemand hält seine Nudel da rein, gibt es zum Abendessen gekochte Würstchen.«

Peters machte ein entsetztes Gesicht. »Schillinger, ich werde nie wieder eine Bockwurst von Ihnen annehmen!«

Er öffnete seine Tür und stieg aus. Nach dem Entzünden der nächsten Zigarette sah er die Straße entlang zur Hügelkuppe.

»Allzu weit kann es ja nicht mehr sein.« Er warf einen Blick auf das Auto und seine Insassen. »Folgende Vorgehensweise: Herr Bermes, Rolfi und ich wandern den Hügel hoch. Schillinger, Sie bleiben mit Franken beim Wagen. Franken ist bei seiner Größe sowieso die erste Wahl, wenn es darum geht, in einen Kühler zu pinkeln.«

»Alles klar, Chef.« Schillinger lehnte sich im Sitz zurück und schob die Wehrmachtsmütze über die Augen.

Peters schüttelte den Kopf. »Franken, ich habe es Ihnen schon öfter gesagt, nehmen Sie sich bitte kein Beispiel an Wachtmeister Schillinger.«

»Jawohl, Herr Kriminalkommissar.«

Eddi hätte vermutlich gerne Haltung angenommen. Wegen der Enge auf dem Rücksitz war es ihm nicht möglich.

Peters marschierte los, begleitet vom begeisterten Rolfi, der sich darüber freute, endlich laufen zu können. Karl schloss sich den beiden an. Nach wenigen hundert Metern waren sie tatsächlich oben. Peters keuchte schlimmer als zuvor der Wagen. Als er sicher war, dass Schillinger und Franken ihn nicht mehr sehen konnten, beugte er sich nach vorne, um sich ausgiebig in einer Hust- und Spuckorgie zu ergehen.

»Der Amtsarzt sagt bei seinen Untersuchungen immer, ich soll weniger rauchen. Aber der kann mich mal am Abend besuchen.«

Karl sah zurück ins Prümtal. Wegen des großen Höhenunterschieds war nur ein Teil von Waxweiler zu sehen.

Peters folgte seinem Blick. »Kannst du mir verraten, was Leute dazu bringt, sich in so eine Gegend zu setzen, in der man praktisch keinen Schritt tun kann, ohne den Berg hinaufzumüssen?«

»Ich könnte mir vorstellen, dass die guten Ländereien im Flachland besetzt waren, als die Vorfahren der Einwohner dieser Gegend hier angekommen sind. Man kann sich nicht immer alles aussuchen, wie man es möchte.«

»Sagt der Erbe der Disselbacher Dorfschmiede. Hauptsache, wir sind oben!«

Zur Feier dieser Tatsache flammte sein Feuerzeug auf. Mit der Camel im Mundwinkel drehte Peters sich langsam im Kreis. »Wir sollen nach rechts schauen, haben die Dämlichkeiten im Ort gesagt.«

Nur wenige Meter vor ihnen zweigte tatsächlich ein zugewucherter Weg nach rechts ab.

»Wo es einen verwunschenen Weg gibt, kann eine Ruine nicht weit sein. Siehst du irgendwo Engel, Herr Bermes?«

Peters pfiff nach Rolfi, der mit großer Begeisterung nach etwas im Straßengraben buddelte. »Rolfi, such!«

Der Hund spitzte gehorsam die Ohren. Fern der Heimat machte er einen ganz anderen Eindruck als zu Hause auf dem Weber-Hof. Hier oben gab es keine Tante Christine und keinen Wilhelm zwo, die ihm das Leben schwer machten. Rolfi senkte den Kopf, er folgte tatsächlich dem alten Weg.

Peters lüftete den Hut, den er sich für die Fahrt fester auf den Schädel gerammt hatte, etwas. »Na dann, hinterher!«

Sie folgten dem Hund, der mit der Schnauze auf dem Boden vor ihnen lief. Gelegentlich schnappte er nach einem Schmetterling oder einem anderen Insekt, blieb aber ständig auf dem Weg. Peters hustete ein letztes Mal ausgiebig. Sie blieben stehen, weil Rolfi ein Gebüsch inspizierte.

Peters sagte zu Karl: »Ein Ausflug in die Sommerfrische ist schön und gut, aber jede Fahrt kostet Geld, das unsere neue Polizei eigentlich nicht hat.«

»Jetzt sind wir hier.«

»Deine Beobachtungsgabe ist wie immer bewunderungswürdig.«

Rolfi war in dem Gebüsch verschwunden, Sekunden später war sein Gebell zu hören.

»Na, schau an. Gut, dass wir den Spürhund dabeihaben, sonst wären wir hier in der Wildnis bestimmt verloren gegangen. Ich bezweifle, dass du als Pfadfinder viel taugst.«

»Sagt der, der keine Karten lesen kann.«

Peters tippte sich an den Hut. »Komm, Herr Bermes, sehen wir nach, ob Rolfi einen Kaninchenbau gefunden hat.«

Als sie um den Busch herumgingen, sahen sie den Grund für Rolfis Bellen. Es kamen überwucherte Hügel ins Blickfeld, aus denen hier und da Mauerreste hervorragten. Es war ihnen tatsächlich gelungen, die Überreste des Schilz-Hofs zu finden.

Peters blieb stehen, er räusperte sich. »Wie lange mag dieser Hof wohl hier oben am Ende der Welt gestanden haben, ehe irgendwelche Arschlöcher ihn zur Festung erklärt haben?«

Karl wusste keine vernünftige Antwort, Peters erwartete auch keine. »Nach einem Spielplatz für Engel sieht das eher mal nicht aus.«

Karl inspizierte die Umgebung. Hier hatten die Artillerie oder Panzerkanonen der Amerikaner ganze Arbeit geleistet. Es gab Reste von Bruchsteinmauern, die von Efeu überwuchert waren. Büsche strebten mit Macht zum Licht. Karl ging einige Schritte weiter. Man konnte die Umrisse der Häuser, Scheunen und Stallungen grob erkennen. Legte er heimische Maßstäbe an das Areal an, war die Familie Schilz früher wahrscheinlich nicht arm gewesen. Der Krieg war kaum mehr als zwei Jahre vorbei. Die Ruinen sahen so aus, als hätten die Eigentümer die Gebäude bereits in der Kaiserzeit verlassen. Erstaunlich, wie schnell die Natur das, was der Mensch ihr abgerungen hatte, wieder zurückeroberte.

»Siehst du irgendwo Spuren, die darauf hindeuten, dass kürzlich jemand hier gewesen ist?«

Karl schüttelte den Kopf.

Peters klopfte dem Hund, der an einem zerbrochenen Wagenrad schnüffelte, die Seite. »Na komm, Rolfi, nimm uns etwas Arbeit ab. Egal wonach, such!«

Der Rottweiler sah zum Polizisten hoch. Weil er hechelte, wirkte er, als grinste er. Mit gesenktem Kopf begann er, Gerüchen und Spuren zu folgen, die nur er wahrnehmen konnte.

Peters hob den Hut, um sich das Haar nach hinten zu streichen.

»Wie geht es Valentin?«, wollte Karl wissen.

»Der hadert mit seinem Schicksal. Ich habe ihn mittlerweile bei den Franzosen in einer ihrer Kasernen in Trier abgeliefert. Da kenne ich den ein oder anderen Monsieur aus meiner Zeit mit Favre. Die Herrschaften stellen keine Fragen, wenn man einen Gefallen einfordert.«

»Verstehe ich das richtig, Valentin wird nicht angeklagt?«

»Herr Bermes, genau so ist es. Seine Pistole ist unbenutzt. Dass er sofort getürmt ist, als es geknallt hat, ist nur normal. Das Blöde daran ist, dass er somit als Zeuge ausfällt. Ob ich dem Zoll etwas wegen seiner Schmugelabsichten stecke, hängt davon ab, wie freundlich euer Ortsbürgermeister ist.«

»Das können Sie einfach so tun? Sie erzählen mir doch ständig etwas von Demokratie, ordentlichen Gerichten und Gewaltentrennung. Wie passt das zu Ihrem Verhalten?«

Peters kicherte. »Sagen wir einfach, ich bin vom Krieg versaut worden und brauche eine Weile, bis ich wieder in der richtigen, rechtsstaatlichen Bahn laufe. Es ist derzeit recht praktisch, dass die Dinge in der Schwebe sind und sich die Strukturen über mir noch wiederfinden müssen. Solange das so ist, agiere ich im Rahmen meiner Möglichkeiten als Selbstherrscher.« Blauer Zigarettenrauch stieg aus seinen Nasenlöchern auf. »Leider wird es von Tag zu Tag schwieriger herauszufinden, wer Leopold Schilz auf dem Gewissen hat.«

»Wie ist Ihre Meinung zu Thomas und Andrej?«

»Wenn ich eine Meinung hätte, wäre ich bereit, sie mit dir zu teilen. Die Verhaftung eures Bürgermeisters folgte der sich ergebenden Logik der damaligen Informationslage. Derzeit ist selbige etwas spärlich, die Herrschaften vom Zoll wissen sicher mehr als ich. Die wiederum behalten ihr Wissen lieber für sich. Du erinnerst dich an den Nachbarsgarten?«

Karl nickte, Rolfis Oberkörper steckte in einem Gebüsch.

»Wie auch immer, mir persönlich erscheint es zu einfach, die greifbaren finsteren Gesellen einzusacken. Mir fehlt bei diesem Thomas ein vernünftiges Motiv. Warum sollte der einen seiner wichtigsten Mitarbeiter ausschalten? Zu dem Polen habe ich überhaupt keine Meinung. Geständnisse im Fieberwahn sind absolut nichts wert. Fraglos drängt der sich noch am ehesten als Verdächtiger auf. Um das Dunkel mit etwas Licht der Erkenntnis zu erhellen, sind wir hier.«

Peters reckte seinerseits den Kopf nach Rolfi, der nun von der Bildfläche verschwunden war.

»Wie es aussieht, ist eure Mission ins Leere gelaufen. Wenn wir hier fertig damit sind, dumm in der Gegend herumzustehen, wird es das Gescheiteste sein, Verstärkung zu besorgen. Um in deinem Jargon zu sprechen, der Hebel reicht nicht aus, es wird Zeit für die Dampfwalze.«

Karl sah zurück zur Landstraße, er musste einen Weg finden, Karin zu warnen, ehe Peters mit einem Sturmkommando in Bitburg auftauchte.

Rolfi trottete auf sie zu, aus seinem Maul hing ein abgestorbener, gerader Zweig. Bei genauerer Betrachtung war das, was er da trug, für einen Zweig zu hell.

Peters bückte sich. »Na, Rolfi, hast du dir dein Abendessen besorgt?«

Der Rottweiler legte Peters seine Beute zu Füßen. Der Polizist strich ihm über den Kopf. »So, dann schauen wir mal, was du da gefunden hast.«

Von den Hausschlachtungen im Dorf wusste Karl, dass so ähnlich Oberschenkelknochen von Kühen aussahen. Nur dass dieser hier wesentlich dünner als der Knochen einer Kuh war.

»Da brate mir doch jemand einen Storch. Das ist ein menschlicher Oberschenkelknochen!« Peters ließ vor Verblüffung die gezückte Zigarettenschachtel fallen.

-40-

»Du schuldest mir etwas.« Quirin lag lässig auf der rechten Körperseite in der Nähe des Lagefeuers, so wie er das am liebsten tat. Er sprach sehr leise, damit ihn sonst niemand verstand. Seine Flasche mit dem Schnaps erschien aus dem Rucksack, Thomas nahm sie entgegen. »Das weiß ich.«

Das feurige Obstwasser füllte seinen Mund aus, mit kleinen Schlucken würgte er das Zeug herunter. Es handelte sich leider um eine unglückliche und ungeplante Tatsache, dass er nun in der Schuld des Cousins seines Vaters stand. Eigentlich hatte es nur ein Test von Quirins Loyalität sein und den unter Druck setzen sollen. Thomas hatte nicht damit gerechnet, dass Quirin tatsächlich abdrücken würde. Noch viel erstaunlicher war, wie gelassen der Cousin seines Vaters mit seiner Tat umgegangen war. Man konnte halt nicht hinter die Stirn der Menschen blicken.

Quirin schien dennoch seinerseits zu erahnen, was Thomas umtrieb. »Du hast nicht geglaubt, dass ich es tue?« Der Schnaps gluckerte an seinem Mund. Über die Flasche hinweg starrte Quirin ihn an.

Thomas schüttelte den Kopf.

»Ich auch nicht. Ich könnte dir nicht erklären, warum ich abgedrückt habe. Es ist einfach über mich gekommen, der Heilige Geist ist es jedenfalls nicht gewesen.« Der alte Mann gackerte in sich hinein.

»Es wäre nicht nötig gewesen.«

Quirins Schultern hoben und senkten sich. »Ist das dein Ernst? Wolltest du ihn etwa laufen lassen?«

Thomas musste sich eingestehen, dass das keine Option gewesen wäre.

Wieder interpretierte Quirin seinen Gesichtsausdruck richtig. »Eben, Pierre hätte nie im Leben dichtgehalten. Es ist besser so. Die Frage ist nur, was machen wir mit seiner Leiche? Es wäre ziemlich gefährlich, mit ihm wie üblich zu verfahren, nach ihm wird garantiert gesucht.«

Ein Vorgehen wie üblich war in der Tat keine Option. Entgegen seinen eigentlichen Plänen war es wohl an der Zeit, die Zelte in der Eifel vorzeitig abzubrechen. Der Tod Pierres würde endgültig weitere Mächte auf den Plan rufen, die man nicht so leicht abschütteln konnte. Thomas verspürte zudem nicht die geringste Lust, dieses Desaster Wolfgang Henkel gegenüber verantworten zu müssen.

»Was machen wir mit den Spitzeln?« Quirin stocherte mit einem Ast im Feuer.

»Was sollen wir schon groß mit denen machen? Wir müssen abwarten, ob die beiden überhaupt noch einmal hier auftauchen, und dann entscheiden. Es kann sowieso nicht mehr lange dauern, bis wir Besuch von Leuten bekommen, die sich tiefergehender für uns interessieren, als es uns lieb sein kann. Ich für meinen Teil werde mich, so schnell es geht, vom Acker machen.«

»Und was ist mit mir? Ich bin noch nie aus der Eifel weg gewesen.« Quirin klang nicht so, als bereitete ihm das heftige Kopfschmerzen.

»Ich dachte, du hast Beziehungen oben in Belgien?«

Quirin grinste. »Das ist für mich auch Eifel. Wenn du mich unterstützt, weiß ich, wo ich da unterkomme, ohne dass jemand blöde Fragen stellt.«

Also hatte der Cousin seines Vaters sich ebenfalls seine Gedanken um die Zukunft gemacht und wollte nun Geld. Und ihn trieb eine weitere Frage um. »Was machen wir mit Karin?« Diesmal geriet sein Grinsen, trotz seines Alters, eindeutig lüstern.

Karin war für Thomas in mehrerlei Hinsicht eine noch zu erledigende Aufgabe. Er war stets davon ausgegangen, früher oder später bei ihr zum Schuss zu kommen. Ihre undurchsichtige Rolle in dieser Affäre änderte nichts an diesem Vorhaben. »Ich hätte da so eine Idee, was wir mit ihr tun. Dazu müssen wir sie zuerst in die Finger bekommen. Vorher würde ich mich aber noch gerne mit ihr unterhalten.«

»Also erst reden und dann der Spaß?« Quirins Grinsen zeigte große Lücken in seinem Gebiss.

»So machen wir das.«

Die Schnapsflasche wurde im Rucksack verstaut.

»Leo hat sich das Reden immer gespart.« Quirin kam ächzend auf die Füße. »Dann schauen wir doch nach, wo sich unser Goldlöckchen herumtreibt.«

-41-

»Wie soll es jetzt weitergehen?«

Eddi stand neben Karl in dem zugewucherten Innenhof des ehemaligen Bauernhofes. Der wusste keine sinnvolle Antwort.

»Ich musste nicht in den Kühler pinkeln, es ist genug Wasser drin gewesen. Der Motor war nur überhitzt. Schillinger meint, der Hund sei zu viel gewesen. Der Wanderer hat nur 40 PS.« Eddi sah zu Rolfi, der den Blick schuldbewusst erwiderte. Der Polizeianwärter machte ein langes Gesicht.

Auf Peters' Anweisung hin war Karl zur Straße zurückgegangen. Der Motor des W40 war so weit abgekühlt, dass Schillinger den Rest des Anstiegs wagen konnte. Gemeinsam waren sie zum Einödhof gefahren.

Währenddessen hatte Peters Rolfi erneut den Befehl zum Suchen gegeben. Der Rottweiler führte Peters zu einer Kellertür, die man nur erkannte, wenn man direkt davorstand. Die Tür war mit einem funktionstüchtigen Vorhängeschloss gesichert. Erst als alle versammelt waren, machte der Kommissar sich daran, das Schloss an der Stahltür mit einer Brechstange aus dem Kofferraum des Autos zu knacken. Dahinter wurde eine Treppe sichtbar, die in einen dunklen Keller führte. Mit einer Taschenlampe aus dem Auto bewaffnet, stieg Peters, gefolgt von Schillinger, einige rutschige Stufen nach unten. Karl und Eddi wurden angewiesen, draußen zu warten. Rolfi hockte zu Karls Füßen. Der Oberschenkelknochen lag neben ihm. Stolz bewachte er seine Beute. Zunächst hatte der Hof wie ein verwunschener Ort ausgesehen. Angesichts des Knochens war »verflucht« vielleicht die bessere Bezeichnung.

Die Kellertür, die Peters hinter sich zugeklappt hatte, wurde aufgerissen, der Wachtmeister stürmte durch den Einlass nach draußen. Er konnte sich eben noch zur Seite bücken, ehe er seinen Mageninhalt in der angrenzenden Botanik verteilte. Er würgte noch eine Weile, als bereits nichts mehr kam. Karl und Eddi sahen sich an.

Durch die nun offene Tür schritt Peters betont langsam über die Stiegen nach oben. Übergeben musste er sich nicht, aber Karl konnte sich nicht erinnern, den Kommissar schon einmal so erschüttert gesehen zu haben. Peters legte immer großen Wert auf seine Abgeklärtheit, die er gerne mit seinen Kommentaren untermauerte.

»Was ist da unten?«, fragte Karl alarmiert.

Peters fummelte die Zigarettenpackung aus der Jackentasche. Seine Hände zitterten, als er einen Glimmstängel hervornestelte, er hatte Mühe, das Feuerzeug zu öffnen. »Eine schöne Scheiße ist da unten.« Zur Bestätigung stieg Rauch aus seinen Nasenlöchern. Er sah zu Schillinger. »Geht's wieder?«

Der Wachtmeister wischte sich den Mund ab. »Sie hätten mich ruhig vorwarnen können.«

Peters schüttelte unwillig den Kopf. »Dazu hätte ich ja wohl wissen müssen, was uns erwartet.«

Karl und Eddi traten neugierig näher.

»Was ist passiert?«, fragte Karl. Er wollte zur Treppe in den Keller gehen.

»Bleib hier«, kam die schroffe Anweisung des Kommissars. »Da gibt es nichts zu besichtigen.« Die Spitze der Camel glomm hell auf. »Im Keller gibt es ein ähnliches Leichenschauhaus wie bei euch letztes Jahr im Steinbruch. Nur dass diesmal keine Freiwillige Feuerwehr alles ordentlich sortiert hat.«

»Was? Wie meinen Sie das?« Karl wollte die erste Stufe nach unten nehmen.

»Zum Donnerkeil, kannst du nicht hören? Bleib weg da, das ist sehr wahrscheinlich ein Tatort.« In Peters meldete sich der Hauptmann der Feldpolizei. »Franken, machen Sie die Tür zu. Da geht niemand runter, bevor der Erkennungsdienst hier gewesen ist.«

Eddi reagierte sofort, die große Tür schwang zu.

»Was meinen Sie mit Leichenschauhaus?« Karl sah zu Schillinger, der mit grünem Gesicht in die Hocke gegangen war. Er winkte ab. Peters zupfte sich an der Unterlippe, ehe er sich an Karl wandte. »Wird das jetzt zur Gewohnheit, dass wir gleich mehrere Tote finden, wenn du mit von der Partie bist?«

»Wovon sprechen Sie? Die toten Engel, oder was?«

Karl sah zu Eddi, der machte einen erschrockenen Eindruck, immerhin stammte diese Information von ihm.

Peters hustete und spuckte aus. »So scheint es. In diesem Keller liegen mehrere Leichen. Anhand der Kleidung und der langen Haare dürfte es sich um Frauen handeln, drei vermoderte Schädel habe ich gesehen.«

Schillinger würgte, ohne noch etwas zutage zu befördern. Peters betrachtete ihn mitleidig. »Und ich dachte immer, der Wachtmeister wäre einer von denen, die so schnell nichts erschüttert. Die Leichen befinden sich in unterschiedlichen Verwesungszuständen. Wie gesagt, wir müssen warten, bis der Erkennungsdienst hier ist, danach sind wir hoffentlich schlauer.«

Er drehte sich zu Eddi. »Franken, sobald Schillinger wieder einsatzfähig ist, fahrt ihr beide in den Ort. Wir sollten eigentlich mit einem Funkgerät ausgerüstet sein, sind wir aber aus Kostengründen nicht. Schaut nach, ob ihr da irgendwo ein Telefon auftreibt, bei der Post, dem Pfarrer, bei wem auch immer. Ihr ruft in Trier an und sorgt dafür, dass sich der Erkennungsdienst auf der Stelle in Bewegung setzt, und wenn ich auf der Stelle sage, dann meine ich das so, verstanden?«

»Jawoll, Herr Kriminalkommissar.«

»Ach ja, es soll eine Wagenladung Schutzpolizei mitkommen, wir müssen dafür sorgen, dass hier niemand zu neugierig wird. Haben Sie das alles verstanden, Polizeianwärter Franken?«

»Jawoll, Herr Kriminalkommissar!«

»Gut, Abmarsch!«

Eddi griff nach Schillingers ausgestreckter linker Hand, um ihm aufzuhelfen. Die beiden trabten zum Auto davon. Rolfi sah ihnen neugierig hinterher. Er ließ ein leises Wuff vernehmen, das wie eine Frage klang.

»Du bleibst hier. Du hast wesentlich mehr Arbeit geleistet, als ich erwartet hätte.« Peters schob den Knochen vom Rottweiler weg. »Dir spendiere ich die größte Wurst, die ich finden kann. Das hier brauchen wir, um eine der Leichen zu komplettieren.«

Karl betrachtete die nun verschlossene Tür. Peters interpretierte sein Gesicht richtig.

»Mein lieber Herr Bermes, wie es aussieht, hast du den richtigen Riecher gehabt. Selbst wenn ich keine Flügel gesehen habe, deine Engel dürften wir gefunden haben.« Er rieb sich das Kinn. »Der Verwesungsgrad der Leichen spricht für unterschiedliche Todeszeitpunkte. Um die Umstände richtig beurteilen zu können, bin ich nicht Fachmann genug. Spekulieren hilft da nicht weiter, jetzt muss Grundlagenarbeit stur nach Vorschrift durchexerziert werden.«

Karl überblickte zum wiederholten Mal die Reste des Bauernhofes. Er wollte um die Ruinen herumgehen, wieder bremste ihn Peters. »Herr Bermes, wir gehen zurück zur Straße. Das Letzte, was jetzt passieren darf, ist, dass du versehentlich einen Hinweis platt trampelst.« Er schnippte mit den Fingern. »Rolfi!«

Der Rottweiler sprang hechelnd auf die Beine. Peters strich über seinen Kopf. »Das hast du gut gemacht, komm.«

Rolfis sehnsüchtiger Blick galt dem Oberschenkelknochen. »Aus, Rolfi.« Peters packte ihn am Halsband.

Einige Meter bevor sie die Straße erreichten, blieb Peters stehen.

»Wie ist der Hund an den Knochen gekommen? Die Tür war abgeschlossen, und aus einem Kellerfenster wäre Rolfi wohl kaum wieder herausgekommen«, wollte Karl wissen.

»Darüber habe ich nachgedacht. Vermutlich ist ein kleineres Raubtier, vielleicht ein Marder, seiner Nase in den Kellerraum gefolgt. Dem Vieh ist es irgendwie gelungen, den Knochen nach draußen zu befördern, wo ihn Rolfi dann gefunden hat.«

Der Rottweiler war ihrem Gespräch mit dem Kopf gefolgt, es folgte ein bestätigendes Wuff.

Peters musste grinsen. »Das dürfte noch die simpelste Antwort für diesen Mist sein. Was die Toten angeht, da bin ich erst einmal überfragt.«

»Das hier ist der Hof des Ermordeten, da wird es doch wohl einen Zusammenhang geben?«

»Natürlich geben tote Frauen einen Grund für seine Ermordung her. Andererseits wird dein Pole langsam interessant für mich. Wenn das mit dem KZ-Wachmann stimmt, ist es nicht ausgeschlossen, dass er aus alter Gewohnheit weitergemordet hat. Dann stellt sich allerdings die Frage, warum hat er das ausgerechnet hier in der Pampa gemacht? Die Lage mag idyllisch sein, doch man verirrt sich nicht so ohne Weiteres hierher. Das gilt insbesondere für junge Frauen. Gewohnt hat hier mit Sicherheit länger niemand mehr. Schilz kann damit zu tun haben. Es ist aber ebenso möglich, dass dieser Andrej hiervon wusste und die Ruinen genutzt hat, weil er die Leichen loswerden wollte. Vielleicht haben sie gemeinsame Sache gemacht, vielleicht hatte auch dieser Thomas die Finger hier mit drin, und es gab aus einem noch unbekannten Grund Streit, mit den bekannten Folgen. Das herauszufinden, ist jetzt Teil meiner Arbeit. Wir müssen abwarten, was der Erkennungsdienst feststellen kann. Es ist wichtig, geordnet kriminalistisch vorzugehen. Die Polizeiarbeit tendiert öfter zur Langeweile als zur Hektik, das darfst du mir glauben.«

Karl blickte zurück zur Ruine. Der Schilz-Hof war ein wirklich abgelegenes Stück Eifel. Von der Hauptstraße aus käme man nicht auf die Idee, hier nach einer menschlichen Behausung zu suchen. Außer dem ein oder anderen Einheimischen würde sich kaum jemand hierher verirren.

Eine andere Frage, mit potenziell persönlichen Konsequenzen, beschäftigte ihn. »Wie wollen Sie mit den Schmugglern umgehen?«

»Herr Bermes, geh mir nicht mit Fragen auf die Nerven, auf die ich keine Antwort habe. Meine Hoffnung war, dass du mit Franken etwas über die Hintergründe zum Tod dieses Schilz' herausfindest. Jetzt ergeben sich eine ganze Menge zusätzlicher Fragen. Darüber muss ich eine Weile nachdenken. Wir werden auf jeden Fall schwerere Geschütze auffahren müssen.«

»Das bedeutet was?«

»Wir werden dem Kameraden Thomas etwas Feuer unter dem Hintern machen müssen. Der Mord an Schilz ist jetzt nur noch ein Teilaspekt eines viel größeren Geschehens. Wenn wir herausfinden wollen, was

Leopold Schilz und den unglücklichen Frauen im Keller widerfahren ist, werden wir mit raffinierten Methoden wie dem Einschleusen von Informanten nicht weit kommen. Die schweren Jungs müssen lernen, dass der Staat samt ausführender Organe wieder präsent ist.«

Karl bückte sich zu Rolfi, ganz beiläufig fragte er: »Das bedeutet, meine Dienste benötigen Sie nicht mehr?«

Peters kniff ein Auge zu, als er ihn betrachtete. »Das hört sich so an, als könntest du es kaum abwarten, mir von der Fahne zu gehen. Gibt es dafür einen Grund? Bin ich etwa nicht nett genug?«

»Nein, nein, ich bin nur einfach nicht so gerne Polizist.«

Peters' Sicht wurde kurz von Zigarettenrauch getrübt. »Du solltest keine kriminelle Karriere anstreben, Herr Bermes, du bist ein ziemlich mieser Lügner.« Er hüstelte. »Kann es sein, dass hier eine Frau im Spiel ist?«

Karls Ohren begingen Verrat. Peters hob interessiert die Augenbrauen. »Gehe ich richtig in der Annahme, dass damit nicht die aparte Tochter des Lagerleiters Globkow gemeint ist?«

Die Röte führte einen erfolgreichen Eroberungsfeldzug von Karls Ohren zu dessen Wangen durch.

»Franken hat eine Karin erwähnt. Kenne ich die Glückliche?«

Karl schüttelte den Kopf.

»Vermutlich ist es dir lieber, wenn das so bleibt?«

Karl nickte.

»Na, meinetwegen. Ich werde davon weder deinen Eltern noch dem rabiaten Fräulein erzählen. Was ist mit dieser Pauline? Habt ihr festgestellt, dass ihr nicht zueinanderpasst, oder was?«

Karl sah zu Boden. Peters würde über kurz oder lang sowieso herausbekommen, was in den letzten Tagen geschehen war. »Karin gehört zu Thomas' Leuten, außerdem sind Eddi und Pauline sich nähergekommen.«

»Franken!?«

Karl hob die Schultern.

»Schau an, unser Polizeianwärter ist ein Schwerenöter. Das hätte ich ihm gar nicht zugetraut. Und du hast dir eine Schmuggelbraut angelacht? In welche Abgründe muss ich denn heute noch blicken?« Peters klang amüsiert.

Das Brummen eines Automotors bewahrte Karl vor weiteren peinlichen Enthüllungen. Der W40 keuchte sich den Hügel hinauf. Schillinger brachte den Wagen gleich vor Karl und dem Kommissar zum Stehen. Nachdem sie ausgestiegen waren, erstattete der Wachtmeister Bericht. »Die Verstärkung dürfte auf dem Weg sein. Wenn sie hierherfinden.«

»Sie werden ja wohl jemanden dabeihaben, der Karten lesen kann.« Peters betrachtete Karl und Rolfi. »Hm, Herr Weber hat bestimmt Sehnsucht nach seinem Hund, und ich möchte die Zeit von Herrn Bermes nicht weiter unnötig beanspruchen. Folgende Vorgehensweise: Ich halte hier die Stellung. Sie, Schillinger, fahren Herrn Bermes, Franken und diesen Polizeihund ehrenhalber nach Disselbach.«

Er bückte sich, der sichtlich zufriedene Rolfi erhielt weitere Streicheleinheiten.

»Danach kommen Sie hierher zurück. Franken soll im Lager seine Angelegenheiten regeln, wir sammeln ihn morgen früh dort ein.«

Eddi sah erstaunt von Karl zum Kommissar. »Angelegenheiten? Ich habe da nur einige Klamotten.«

»Keine Widerrede, Herr Polizeianwärter. Sie haben in den letzten Tagen gute Arbeit geleistet. Machen Sie sich einfach einen schönen Abend.«

Im Gegensatz zu Eddi verstand Karl sofort, was damit gemeint war.

-42-

Später am Tag saß Karl im Kabuff seiner Schmiede. Schillinger hatte wie befohlen zuerst Eddi im Lager abgeliefert und danach Karl und Rolfi nach Hause gefahren. Mit dem Polizeianwärter hatte er weder während der Fahrt noch bei der Verabschiedung im Lager gesprochen. Wenn er das richtig sah, würde er dem Saarländer in Zukunft öfter begegnen. Von Trier nach Disselbach war es eine ordentliche Wegstrecke, aber keine unüberwindliche. Falls Eddi ernsthaft Interesse an Pauline hatte, wovon auszugehen war, würde er eine Möglichkeit für regelmäßige Besuche finden.

Karl musste sich eingestehen, dass dieser Gedanke sein Gemüt mit fiesen Stacheln der Eifersucht piesackte. Es war schwierig, Eddi nicht zu mögen, was nicht bedeutete, dass Karl ihm Pauline kampflos überlassen wollte. Von Karin wusste er absolut nichts. Fakt war jedoch, mit ihr konnte er wesentlich einfacher umgehen, und bei ihr war er einen sehr großen Schritt weiter als bei Pauline. Oder? Es zuckte Karl in den Beinen, einen zufälligen Spaziergang zum Lager zu unternehmen, um nachzuschauen, was sich da so tat.

Die Türdose scheppterte. Karl blieb sitzen; falls jemand etwas von ihm wollte, würde er ihn finden. Ein Kopf mit zum Dutt hochgesteckten angegrauten Haaren schob sich in den Türrahmen. »Guten Tag, Karl.«

»Fräulein Schneebach.« Wer sonst?

»Da ist eben ein Polizist mit dem schwarzen Auto an der Kreuzung nach Badem abgebogen. Und siehe da, das war wohl dein Taxi.«

»Hm.«

»Ach so, der Herr belieben zu grummeln.«

Karls Schulterzucken half nicht, den kritischen Blick der Lehrerin aufzuhellen. Ihr Fuß tippte auf der Stelle. »Und?«

»Und was?«

»Karl, spare dir bitte solche unqualifizierten Gegenfragen. Liegt es im Rahmen deiner Möglichkeiten, ein vernünftiges Gespräch mit mir zu führen, oder soll ich wieder gehen?«

Karl lag es auf der Zunge, sie darauf hinzuweisen, dass sie viel zu neugierig war, um einfach wieder zu gehen.

»Was wollen Sie wissen, Fräulein Schneebach?«

»Mich würde zum Beispiel interessieren, wo du gewesen bist.«

»Das kann ich Ihnen nicht sagen.«

»In deiner Eigenschaft als Helfershelfer der Polizei?«

»Ganz genau in dieser.«

Das Fräulein trat einen Schritt zurück. »Ich stehe hier etwas blöd in der Gegend herum.«

»Oh, Entschuldigung, einen Augenblick.«

Karl trat aus dem Kabuff heraus. Zufrieden setzte sich die Lehrerin auf den Stuhl neben der Werkbank. Karl hockte sich auf den Amboss.

»Nun?« Das Fräulein blickte ihn mit hochgezogenen Augenbrauen an. Ihre Hand lag wie gewohnt auf der Werkbank. Zunächst pochte nur ihr Zeigefinger einen Takt.

»Nun?« Karl machte ein ernstes Gesicht.

Die Augenbrauen der Lehrerin zogen sich zusammen, sämtliche Finger kamen zum Einsatz. »Hast du neuerdings ein Echo hier in der Werkstatt? Vielleicht solltest du dafür Eintritt verlangen.«

»Sie wollen wissen, ob es Neuigkeiten zu Valentin gibt?«

»Das wäre zumindest ein guter Beginn für ein Gespräch.«

»Was ist, wenn es nichts Neues zu berichten gibt?«

»Und was ist, wenn ich dir das nicht glaube? Ich habe mir sagen lassen, du seist heute Morgen mit einer kompletten Polizeitruppe, samt Jakobs Hund, auf die Reise gegangen. Was ausgerechnet Rolfi dabei sollte, verstehe ich nicht. Wo wart ihr?«

Manchmal ging Karl die Enge, in der er lebte, gehörig auf die Nerven. Er konnte kaum einen Schritt machen, ohne dass jemand das registrierte.

Da Karl nichts sagte, mutmaßte das Fräulein weiter. »Es ist schwerlich vorstellbar, dass du derzeit etwas mit der Polizei unternimmst, das nichts mit der Verhaftung Valentins zu tun hat.«

»Da täuschen Sie sich, wir haben nur einen Ausflug unternommen.«

»Wohin?«

»Das kann ich Ihnen vorerst nicht erzählen. Ich berichte alles, wenn ich selbst verstehe, worum es geht. Versprochen.«

Karl hielt es für möglich, dass die Lehrerin die Neuigkeiten des Vormittags aus der Zeitung erfuhr. Mehrere Tote waren etwas, das nicht so oft in der Eifel vorkam. Sah man von den Ereignissen im letzten Jahr ab.

»Wird es überhaupt zu einer Anklage Valentins kommen? Jetzt, wo er verschwunden ist?« Die Finger des Fräuleins steigerten sich zu einem Crescendo.

»Wie meinen Sie das?«

Wie üblich wusste das Fräulein mehr, als ihr zustand.

»So, wie ich es sage. Da man hinsichtlich Valentins Verbleib in ein tiefes, schwarzes Loch blickt, versuchen Walburga und ich seit Tagen herauszubekommen, wo er hingeraten sein könnte. Willi Michels hat sich Ochsen und Wagen von Wilhelm Lentes geliehen, damit wir zusammen nach Bitburg zur Polizei und zur Post fahren konnten. Walburga hat eine ordentliche Summe Geld beim Telefonieren ausgegeben, nur um zu erfahren, dass niemand an offizieller Stelle etwas über den Verbleib Valentins sagen kann.«

Karl war durch seine Unternehmungen in Bitburg abgelenkt gewesen. Sonst wären ihm die Aktivitäten des Fräuleins nicht verborgen geblieben. So einfach gab die sich nicht geschlagen.

»Nun?«, fragte sie erneut mit allem Nachdruck. Was bei ihr bedeutete, dass das Wort wie eine Drohung in der Luft hing.

Karl trat den geordneten Rückzug an. »Peters hat Valentin versteckt.«

»Ach was, ich hatte nicht erwartet, dass er an ein Sklavenschiff weiterverkauft worden ist.« Sie sah erwartungsvoll zu ihm herüber.

»Valentin ist nun bei den Franzosen in Trier untergebracht.«

»Ist das legal? Eigentlich ist mir der Kommissar sympathisch, das ändert sich gerade.«

Es war mal wieder so weit, die Lehrerin zur Ablenkung mit Halbwahrheiten zu füttern. »Er hat Valentin dort geparkt, um ihn aus der Schusslinie zu nehmen, bis alles geklärt ist.«

»Was muss geklärt werden, Valentins Unschuld?«

»Alles muss geklärt werden.«

»Karl, für die Antwort hättest du es verdient, den Rest des Tages auf einem Bein in der Ecke zu stehen.« Die Miene der Lehrerin wurde nachsichtiger. »Leider bist du zu alt für erzieherische Maßnahmen. Gib mir wenigstens etwas Positives für Walburga an die Hand.«

Er überlegte einen Augenblick. »Sagen wir es so, zu einer Anklage wegen Mordes gegen Valentin wird es ziemlich sicher nicht kommen. Wie das bei dem Kaffee aussieht, bleibt abzuwarten.«

»Sagt dein Kriminalkommissar?«

»Nein, das sage ich, weshalb es mit großer Vorsicht zu genießen ist.«

»Na ja, das ist besser als nichts. Musste das jetzt eine dermaßen schwere Geburt sein? Vertraust du mir nicht mehr?«

Karl sah ihr in die Augen. »Natürlich vertraue ich Ihnen, Fräulein Schneebach. Es ist nur so, ich stecke zum zweiten Mal in einem Kriminalfall fest und finde keinen Weg hinaus. Ich hätte nicht gedacht, wie frustrierend das sein kann.«

Ein Lächeln umspielte die Lippen der Lehrerin. »Ein Sherlock Holmes wäre nicht frustriert, er würde jedes weitere Rätsel als neue Herausforderung sehen.« Sie liebte die Geschichten um den englischen Gentleman.

»Ich bin aber kein Sherlock Holmes.«

Die Neugier, mehr über die Zusammenhänge zu erfahren, strahlte aus ihren Augen wie die Scheinwerfer eines Autos in die Dunkelheit.

»Offensichtlich nicht, und ich bin kein Dr. Watson. Was hältst du davon, als Nicht-Sherlock-Holmes mir als Nicht-Dr.-Watson etwas mehr von dem zu erzählen, was du weißt? Manchmal ergeben sich Zusammenhänge nebenbei im Gespräch.«

Karl dachte nach. »Na gut. Doofe Frage: Warum wird jemand ermordet, der bei allen, die ihn kennen, sehr unbeliebt ist und der in dunklen Geschäften unterwegs ist?«

Fräulein Schneebach nahm das Trommeln auf der Werkbank wieder auf. »Das ist in der Tat keine sonderlich kluge Frage. Bei der plumpen Beschreibung kann ich nur sagen, wer sich in Gefahr begibt, kommt darin um. Kalendersprüche werden hier vermutlich nicht hilfreich sein.« Sinnierend schüttelte sie leicht den Kopf. »Die Gier haben wir in diesem Fall bereits abgehandelt.

Bleibt also die Leidenschaft als möglicher Hintergrund. Man sagt, Morde sind meistens Beziehungstaten. Gibt es im Umfeld des Ermordeten unglückliche Liebschaften, von denen du erfahren hast?«

Karl besaß eigene Erfahrungen mit unglücklichen Liebschaften. Deshalb brauchte Eddi sich noch lange keine Gedanken um seine Gesundheit zu machen.

»Wir sind erst einige Tage unterwegs gewesen. Ich weiß es nicht.«

»Na gut, sparen wir uns diesen Ansatz für später auf. Du sagst, dieser Schilz war bei allen, die ihn kannten, unbeliebt?«

»Den Preis als beliebtester Schmuggler hätte er wohl nicht erhalten.«

Der Zeigefinger auf der Werkbank hob sich. »Nehmen wir doch eine Märchen-Metapher zum Vereinfachen.« Das Fräulein betrachtete angestrengt die Esse. »In einem fernen Königreich gab es einen bösen König, der bei allen verhasst war.« Sie sah Karl mit gespitzten Lippen an. »Natürlich gehört zu jedem ordentlichen Märchen eine Prinzessin. Haben wir bei den Schmugglern so etwas vorrätig?«

Karl zuckte vieldeutig mit den Schultern. In seinem Hinterkopf klopfte es an, die Lehrerin bemerkte es nicht.

»Womit wir wieder bei der Leidenschaft angelangt wären.«

Der böse König und die Prinzessin! Die Prinzessin und der schwarze Mann.

Das Fräulein registrierte Karls aufgerissene Augen in ihrem Eifer, Lösungen zu finden, nicht. »Was man dann unbedingt bedenken muss, enttäuschte Liebe oder Leidenschaft führen oft zu Rachegefühlen.«

Karls Herz schlug einen Takt schneller. Ohne es zu wissen, hatte Fräulein Schneebach in seinem Kopf eine Assoziation ausgelöst. Die Lehrerin entwickelte unterdessen ihren Gedankengang weiter. »Oder man übt selbst Rache, weil man glaubt, dass es sonst keine Gerechtigkeit gibt.«

Karl folgte seinen eigenen Überlegungen, die ihm wenig gefielen. »Genau«, bestätigte er.

Die Lehrerin beugte sich nach vorne, ihr Blick ging an Karl vorbei. Man konnte ihr ansehen, wie sehr sie in ihrem Gedächtnis forschte, um Fälle zu finden, die sie als Vergleiche heranziehen konnte. Dabei entging ihr, was Karl umtrieb. Der jedoch brauchte keine Vergleiche.

Die Tür zur Werkstatt wurde geöffnet, Eddi trat ein. Das Fräulein sah auf. »Polizeianwärter Franken, wenn ich das richtig sehe?«

Eddi wurde rot. »Woher …« Er stand wie einer ihrer Schüler unsicher vor ihr.

»Wie lange sind Sie schon bei der Polizei?«

Der Saarländer warf Karl einen schnellen Blick zu. »Äh, seit sechs Monaten.«

»Es ist noch kein Meister vom Himmel gefallen, und fähige Kriminalisten kann man nicht von einer Hecke pflücken.«

»Wie meinen Sie das?«

»So, wie ich es sage. Sie sollten sehr gut darauf achtgeben, was Ihnen Kommissar Peters sagt. Ich denke, er ist ein äußerst gewiefter Polizist, von dem Sie viel lernen können.«

»Äh, ja, wenn Sie meinen.« Eddi schaute verwirrt aus der Wäsche.

Die Augen des Fräuleins sprangen zwischen ihm und Karl hin und her.

»Vermutlich habt ihr wichtige Dinge zu besprechen. Wir kommen hier im Moment sowieso nicht weiter. Mal sehen, was ich in meiner Bibliothek Passendes zu diesem Fall finde. Ich wünsche einen schönen Abend.« Fräulein Schneebach erhob sich von ihrem Stuhl. Als sie an Karl vorbeiging, berührte sie ihn kurz am Unterarm.

»Sei vorsichtig mit dem, was du tust. Ich spreche mit Walburga, mir wird schon etwas einfallen, um sie zu trösten. Wir reden morgen.«

Eddi hielt ihr die Tür auf, dann trat er zu Karl. »Woher weiß sie, dass ich Polizist bin?«

Für große Erklärungen war Karl zu sehr in seinen eigenen Gedanken verstrickt.

»Fräulein Schneebach entgeht nicht viel. Sie hat dich schon bei eurem ersten Besuch hier in der Schmiede im Auto mit Peters gesehen«, antwortete er zerstreut.

Ein böser König, eine Prinzessin und tote Engel. Ein schwarzer Mann und eine Prinzessin, die in Wahrheit ein Rachengel mit blonden Locken war. Wer sagte denn, dass sie mit der Suche nach einem Mann richtiglagen? Eine Pistole konnte problemlos von einer Frau abgefeuert werden. Bisher hatte Karl Andrej für den wahrscheinlichsten Mörder von Leo Schilz gehalten. Er war bis zum Besuch des Schilz-Hofs davon ausgegangen, dass es bei der Tat um Habgier ging, weil es im Umfeld des ramponierten Hauses stets nur um Profit und schnelles Geld ging. War Karin der Schlüssel zu allen offenen Fragen? Falls ja, warum war sie nicht verschwunden, gleich, nachdem sie Leo getötet hatte? Und warum sollte sie es getan haben?

Karl hüpfte vom Amboss. »Wir müssen nach Bitburg.«

Eddi nickte verblüfft. »Das wollte ich gerade vorschlagen, deshalb bin ich hier.«

»Tatsächlich?«

»Ja, ich würde für alle Fälle gerne nach Andrej sehen. Es kann sein, dass der Herr Kriminalkommissar bereits in Bitburg aktiv geworden ist, es kann aber auch sein, dass es noch etwas dauert. Ich möchte sicher sein, dass sich jemand um Andrej kümmert, sonst könnte ich nicht ruhig schlafen. Du bist hier der mit dem fahrbaren Untersatz. Ich wollte dich fragen, ob du mich mit deinem roten Spielzeug fahren könntest?«

Es war eine gute Frage, was Peters in der Zwischenzeit unternommen hatte. Aber das würde sich sowieso herausstellen, Karl musste sich wegen der Märchenstunde des Fräuleins seinerseits dringend mit Karin unterhalten. Der Rest würde sich ergeben. »Gut, fahren wir.«

Eddi wunderte sich über die Spontaneität, nickte aber bestätigend.

Karl zückte den Bund mit allen wichtigen Schlüsseln. Im Nu war die große Holzkiste geöffnet, und das Motorrad stand in seiner roten Pracht in der Werkstatt. Karl füllte den Tank, ehe er zu Eddi sagte: »Schauen wir nach, ob dein Patient noch lebt.«

-43-

»Wer bist du?«

Sosehr Karin sich gegen die Fesselung ihrer Hände und Fußgelenke wehrte, sie konnte sich nicht befreien. Kaum weniger sinnlos als ihre Bemühungen war diese Frage, wegen des Knebels in ihrem Mund war es ihr schlicht unmöglich, eine Antwort zu geben. Ihr Kopf wurde an den Haaren unsanft nach oben gerissen. Der Übelkeit erregende Geruch ihres Gegenübers ließ ihre Nasenflügel beben. Sie schloss die Augen, der Knebel sorgte ohnehin für einen leichten Würgereiz, Thomas' Ausdünstungen steigerten das Zucken in ihrer Speiseröhre fast ins Unerträgliche.

Ein heftiger Schlag auf die rechte Wange lenkte sie ab, sie blickte ihrem Peiniger in die Augen.

»Du gehörst zu dem Schmied, stimmt doch, oder?« Thomas' Stimme überschlug sich.

Karin zögerte einen Augenblick, dann nickte sie. So aussichtslos ihre Lage zu sein schien, es galt, Zeit zu gewinnen. Bei jemandem wie Thomas konnten Eifersucht und Neid vielleicht ihre Helfer sein.

»Wusste ich es doch. Ihr seid gleich so vertraut miteinander gewesen. Als ihr es dann hinter dem Haus miteinander getrieben habt, war mir klar, was Sache ist.«

Thomas kam ihr erneut sehr nahe; sosehr Karin sich auch bemühte, die Nasenflügel ließen sich nicht weit genug zusammenziehen, freies Atmen durch den Mund war durch den Knebel schlicht unmöglich. Sie konzentrierte sich auf ihren zuckenden Kehlkopf, nur nicht würgen.

»Für wen arbeitest du? Von Pierre weiß ich, dass Karl und sein Kumpel für die Polizei arbeiten. Gilt das auch für dich oder gehörst du zum Zoll?«

Was hatte das alles mit dem Luxemburger zu tun? Die Information über Karl und Eddi war neu für sie, wunderte Karin aber nicht weiter. Kurz entschlossen nickte sie, weil es mehrdeutig war und ihr nichts Besseres einfiel. Sie war bereit gewesen, für ihr Handeln die Konsequenzen zu übernehmen. Nur hatte sie ihre Aufgabe nicht zu Ende führen können. Es blieb ihr keine Zeit, sich großartig darüber zu ärgern. Der zweite Schlag führte dazu, dass sie mit dem Hinterkopf gegen die Wand schlug, an der sie lehnte. Sekundenlang sah sie nur bunte Schlieren.

»Das wirst du bereuen.« Thomas stand mit geballter Faust über ihr. »Mich betrügt man nicht.«

Bereuen? Das Einzige, was Karin bereute, war der Umstand, dass sie nicht schnell genug gewesen und Thomas ihr zuvorgekommen war. Der bückte sich zu ihr, sein Zeigefinger wedelte nun vor ihrer Nase.

»Leo hatte wohl recht, ihr seid alles Schlampen.«

Karin hätte ihrem Peiniger gerne ins Gesicht gespuckt oder ihm einen Tritt zwischen die Beine verpasst. Beides war ihr nicht möglich. Seine Faust ballte sich wieder, den nächsten Schlag erwartend, kniff sie die Augen fest zusammen.

Was allerdings folgte, war ein knatterndes Motorengeräusch, das von der fehlenden Seite des Hauses in den offenen Raum der ehemaligen Stube drang. Thomas hatte sich nicht die Mühe gemacht, sie ins Innere des Hauses zu bringen. Er ließ von ihr ab, vorsichtig trat er an die Ecke, von der aus man in den Innenhof vor dem Haus blicken konnte.

»Schau an, das zweite Problem serviert sich gerade auf dem Silbertablett.«

Karin hatte keinerlei Vorstellung, was damit gemeint sein könnte, war aber froh, dass Thomas den Raum durch die fehlende Wand verließ. Sofort begann sie mit den gebundenen Händen an ihrem Knebel zu zerren.

-44-

Der Tag war bereits sehr weit fortgeschritten, als sie durch die Nachbardörfer nach Bitburg knatterten. Diesmal parkte Karl die BMW nicht in der Kaserne, sondern steuerte das Motorrad auf direktem Weg zu ihrem Ziel am Stadtrand. Er machte sich nicht die Mühe, das Motorrad irgendwo zu verstecken. Er fuhr einfach auf den Hof des Hauses ohne Seitenwand, das Lagerfeuer brannte, als sie eintrafen. Der Einzige, den er von den Gestalten am Feuer kannte, war Quirin. Alles sah so ruhig und entspannt aus, wie es in den Tagen zuvor gewesen war. Es hatte also noch keine Aktionen von Peters gegeben.

Eddi machte sich sogleich auf den Weg in das Hinterzimmer, in dem Andrej lag. Karl wurde auf die Suche nach Karin in der Küche nicht fündig. In Ermangelung an Alternativen setzte er sich zu Quirin ans Lagerfeuer.
»Ist Karin nicht da?«
»Wenn du sie nicht gefunden hast, wird sie wohl nicht hier sein.«

»Und Thomas?

Quirin machte eine ausholende Geste, die alles Mögliche bedeuten konnte. »Ein schönes Motorrad hast du da.« Er zeigte mit dem Kopf in die entsprechende Richtung.

»Hm.«

»Ein Beiwagen wäre praktisch.« Der in die Jahre gekommene Pfadfinder öffnete eine kleine, braune Flasche mit Bügelverschluss, die er Karl anbot. Der roch daran, Schnaps. Dankend lehnte er ab.

Nach einem Schluck steckte Quirin die Flasche in seinen Rucksack. »Andrej geht es wieder schlechter. Dein Freund wäre besser früher gekommen.«

»Wir hatten andere Dinge zu tun. Andrej müsste in ein Krankenhaus. Das hat Eddi mehrfach gesagt.«

Quirin betrachtete die auflodernden Flammen des Feuers. »Freiwillig geht der bestimmt in kein Krankenhaus.«

Karl ergriff die Gelegenheit beim Schopf. »Wegen der Tätowierung unter seinem linken Arm?«

Quirin verlagerte sein Gewicht nach hinten. »Du weißt davon?«

»Eddi hat es gesehen, als er ihn gewaschen hat.«

Auf der anderen Seite wurde der Rucksack wieder geöffnet. Es folgte ein weiterer Schluck Schnaps. Quirin blieb stumm.

»Eddi sagte auch, Andrej habe im Fieber von KZs erzählt.«

»So etwas soll es bis vor zwei Jahren gegeben haben.«

»Andrej ist da wohl eher nicht eingesperrt gewesen?«

»Einer musste ja auf das Gesocks da aufpassen.« Quirin lag lässig auf der Seite, seine ungeteilte Aufmerksamkeit galt Karl.

»Erstaunlich, mit wem man es hier so zu tun hat«, meinte der.

»Bei dieser Art von Geschäften kann man sich die Leute nicht aussuchen. Ihr beiden seid ja selbst einfach so aufgetaucht.«

Thomas erschien aus den Schatten hinter dem Haus und trat in den Feuerschein. »Wenn das mal nicht unser Freund Karl ist. Wo steckt denn dein Freund?«

»Er ist bei Andrej.«

Der Chef der Schmugglerbande sah zum Haus, ehe er Quirin betrachtete. Auf dessen fragenden Blick hin schüttelte er kaum merklich den Kopf, mit der Hand machte er eine beruhigende Geste. Dann galt seine Aufmerksamkeit wieder Karl.

»Mit Nachschauen wird es nicht getan sein. Das Bein stinkt inzwischen wie eine Jauchegrube.«

Karl sah seinerseits zur Haustür. »Karin wollte sich doch kümmern? Was ist passiert? Wo ist sie?«

Thomas genehmigte sich einen Schluck aus der Flasche, die Quirin ihm anbot.

»Wie würde dein Freund Eddi jetzt sagen, ich bin kein Arzt. Überhaupt bist du mir viel zu neugierig. Ach, übrigens, eine kostenlose Information habe ich für dich, dein guter alter Kamerad Pierre soll verschwunden sein.«

Karl fehlte die Geduld, sich Gedanken um Pierre zu machen. »Er hatte wegen seiner Kontakte zu dir Ärger mit seinen Vorgesetzten, vielleicht ist er deshalb weg.«

Thomas sah zu Quirin. Der kicherte.

»Weg ist weg.« In Thomas' Blick lag Feindseligkeit. Karl war es einerlei, das Thema Kaffeeschmuggel dürfte schneller erledigt sein, als Thomas sich das vorstellen konnte. Eigentlich war er gekommen, um mit Karin über das, was ihn umtrieb, zu sprechen, bevor das nicht mehr möglich war. Er drückte sich mit den Beinen hoch. »Ich schaue mal nach Eddi und Andrej.«

»Tu das.« Thomas ließ ihn nicht aus den Augen, ebenso wenig wie Quirin.

Karl ging zum Haus, durch die angelehnte Tür betrat er den Flur. Er widerstand der Versuchung, erneut nach Karin zu suchen. Erst wollte er nachhören, wie es um den Kranken stand. Als er die Kammer betrat, schlug ihm ein atemberaubender Geruch nach Krankheit und Tod entgegen. Eddi schien das nichts auszumachen, seine Nase befand sich unmittelbar über der Wunde. Er sah kurz hoch.

»Karl, du bist es.« Sofort widmete er sich wieder dem Stück Mull, mit dem er über Andrejs Knie das Bein bearbeitete.

»Wie sieht es aus?«

»Schlecht sieht es aus. Die Entzündung ist viel schlimmer als vorgestern. Ich hatte alles gereinigt und steril verbunden. Der Verband ist verschoben, und schau dir das mal an.« Eddi hielt den provisorischen Tupfer hoch.

Karl sah verschmierten rotgelben Rotz. »Was soll ich denn da erkennen?«

»In der Wunde ist Dreck.« Eddi schnupperte am Verbandsstoff. »Das riecht wie ein überreifer Misthaufen. Da stimmt was nicht.«

»Wie meinst du das denn?«

»So wie ich es sage, da hat jemand Exkremente in die Wunde gerieben.«

»Wer tut denn so etwas?« Übelkeit stieg in Karl hoch.

»Jemand, der möchte, dass Andrej stirbt.«

»Kannst du etwas dagegen tun?«

Eddi beugte sich erneut über das rohe Fleisch. »Nein. Wenn das nicht nach einer Blutvergiftung aussieht, habe ich bei meiner Ausbildung die meiste Zeit geschlafen. Bevor wir gekommen sind, habe ich mir Sorgen darum gemacht, dass er das Bein verliert. Ganz ehrlich, Karl, für eine Amputation könnte es längst zu spät sein. Wir müssen Peters Bescheid geben. Ich habe keinen hippokratischen Eid geschworen, aber ich kann das nicht länger verantworten.«

Beide fuhren erschrocken herum, als es im Nachbarzimmer an der Wand dumpf klopfte.

»Was war das?« Eddi wollte sich erheben, Karl war schneller. »Bleib du bei Andrej, ich schaue nach.«

Der Flur lag im Halbdunkel, durch die geöffnete Eingangstür fiel etwas Licht des Lagerfeuers. Hinter der ersten Tür auf der linken Seite war ein weiteres Pochen zu vernehmen. Karl griff nach seinem Taschenmesser. Er klappte die Klinge aus, mit links drückte er die Tür auf. Weil die Frontseite des Hauses den Feuerschein abschirmte, brauchte er einen Augenblick, um sich zu orientieren.

Das Geräusch stammte von einer losen Fußleiste, gegen die eine gefesselte Frau trat. Bei der Frau handelte es sich um Karin, die ihn mit großen Augen anstarrte. Karl kniete sich neben sie und befreite sie von dem bereits schief hängenden Knebel.

»Karin, was ist geschehen? Wer war das? Thomas?«

Als Antwort wurden ihm ihre gefesselten Hände entgegengestreckt. »Bekommst du das auf?«

Das Messer kam zum Einsatz, um zuerst die Hand- und anschließend die Fußfesseln durchzuschneiden. Karin umarmte ihn stürmisch, Karl half ihr hoch. »Was ...?«

»Später, wir müssen raus hier, ehe Thomas zurückkommt.«

Karl sparte sich dämliche Nachfragen, eines fügte sich zum anderen. Er folgte Karin durch die offene Flanke des Hauses nach draußen, bis zu der Stelle, wo sie sich zwei Tage zuvor geliebt hatten. Sie blieb stehen, aufmerksam kontrollierte sie die Dunkelheit auf unerwünschte Zuschauer.

»Warum hat Thomas dich gefesselt?«, fragte Karl.

»Er ist schneller gewesen als ich.«

»Wie meinst du das?«

Karins Blick war zärtlich und mitleidig zugleich. Ihre Hand berührte seine Wange. Karl wollte den Kopf zurückziehen, konnte es aber nicht.

»Ich meine das, wie ich es gesagt habe. Mit Leo und Andrej bin ich fertig. Mit Thomas nicht, nur hat der etwas geahnt und ist schneller gewesen als ich.«

Karl versuchte, seine Gefühle in Einklang mit seinem Verstand zu bringen. Alle Vermutungen erwiesen sich als zutreffend. Es war also an der Zeit für Wahrheiten, selbst wenn sie sehr schmerzhaft werden konnten. Karin sah das anscheinend ähnlich, sie ging in die Hocke und winkte Karl zu sich. Ihre Nasen berührten sich, als Karin sagte: »Glaubst du, dass es wirklich böse Menschen gibt?«

»Natürlich gibt es die.«

»Glaubst du mir, wenn ich dir sage, ich bin ein schlechter Mensch?«

»Was? Nein, warum?«

Obwohl Karls schlimmste Befürchtungen fröhliche Urstände feierten, weigerte sich ein Teil von ihm, das zu glauben, was sich ihm da offenbarte.

»Das solltest du aber. Ich wurde sehr religiös erzogen, im Alten Testament steht: *Leben für Leben, Auge für Auge, Zahn für Zahn*. Ich habe Rache genommen.«

Karl wollte den Besuch auf dem Schilz-Hof erwähnen und ihr damit mitteilen, dass er Bescheid wusste. Karin hielt ihn davon ab, indem sie die Hand über seinen Mund legte. Ihre Augen suchten die zunehmende Dunkelheit ab.

»Du bist ein guter Mensch, Karl, und ich möchte, dass jemand versteht, warum ich das alles getan habe. Für den Fall, dass es mir schlecht ergeht und ich es sonst niemandem mehr erzählen kann. Thomas wird keine Ruhe geben. Heute Abend müssen die Dinge zu einem Ende gebracht werden.«

Der Schein des Feuers vor dem Haus reichte nicht aus, dass Karl etwas in Karins Gesicht lesen konnte. »Was …?«

»Sei jetzt bitte still und hör mir zu.«

Karl konzentrierte sich vollkommen auf das, was Karin zu erzählen hatte.

»Ich habe dir von meiner Cousine erzählt?«

Er nickte.

»Sie hieß Adelheid, wir nannten sie immer Heidi. Sie war nicht nur meine Cousine, sie war wie eine Schwester für mich. Heidi ist ihren eigenen Weg gegangen, ohne sich darum zu scheren, was andere über sie gedacht haben. Du kommst selbst aus einem kleinen Eifeldorf, du wirst wissen, was es bedeutet, in einem engen katholischen Umfeld aufzuwachsen.«

»Natürlich weiß ich das.«

Karin beugte sich so weit nach vorne, dass sie sich mit ihrer Stirn an seiner abstützen konnte. »Findest du mich hübsch?«

Was für eine Frage!

»Du bist die schönste Frau, die ich kenne.« Abgesehen von Pauline, echote es in seinem Kopf.

»Das bekomme ich öfter zu hören. Von Heidi habe ich gelernt, mein Aussehen gewinnbringend einzusetzen.« Karins Hand berührte seine Wange. »Man braucht nicht gleich zur Hure zu werden, wenn man den ein oder anderen Kompromiss eingeht. Zuerst haben wir von den Amerikanern gut gelebt. Als die Besatzer wechselten, haben wir uns an die Franzosen gehalten. Die leben nur nicht in einem solchen Überfluss wie die Amis. Die Nachbarn in Prüm haben sich das Maul über uns zerrissen, die Konserven, die wir zu viel hatten, haben sie trotzdem von uns angenommen. Alles lief gut, bis Heidi im letzten Herbst Thomas begegnet ist. Sie wollte etwas weniger abhängig von den Monsieurs werden und hat mit dem Schmuggel angefangen. Zuerst im Raum Aachen. Als es dann die neuen Routen nach Süden gab, ist sie denen gefolgt. Sie wollte, dass ich mitgehe, aber so schlecht ging es uns damals eigentlich nicht. Einer von Thomas' Führern war Lupen-Leo. Heidi hatte von Anfang an Probleme mit ihm. Sie hat mir erzählt, wie aufdringlich und grob er zu allen Frauen gewesen ist. Wegen Thomas' Anordnung, die Träger ständig zu wechseln, war es für Leo einfacher, Frauen zu bedrängen und zu betatschen.

Heidi hat sich das nicht gefallen lassen, Leo ist deshalb umso schärfer auf sie gewesen. Im Frühjahr ist Heidi von einer Tour nicht mehr wiedergekommen.«

Karin schwieg, Karl ergriff ihre Hand. »Was ist passiert?«

»Ich habe gewartet und gewartet. Bei wem meldet man so etwas? Was sollte ich etwa auf der Kommandantur erzählen? ›Guten Tag, meine Cousine ist eine Schmugglerin, und jetzt ist sie weg‹? Deshalb habe ich beschlossen, selbst herauszufinden, was geschehen ist. Es ist nicht schwer gewesen, bei Thomas unterzukommen. Mit Leo hatte ich direkt nichts zu tun, ich bin regelmäßig mit Quirin oder Albrecht mitgegangen. Ich habe jede noch so kleine Gelegenheit genutzt, mich mit den anderen Trägerinnen zu unterhalten. So habe ich herausgefunden, dass weitere Frauen verschwunden sind, die mit Leo unterwegs waren. Andere sind vergewaltigt worden, es hat sich aber niemand dafür interessiert.«

Für Karl ergaben die Versatzstücke aus den verschiedenen Informationsquellen der letzten Tage endlich ein großes Ganzes.

»Warum bist du nicht zur Polizei oder den Franzosen gegangen, als du das herausgefunden hast?«

Karin seufzte, bevor sie sagte: »Es gibt da im Hintergrund jemanden namens Wolfgang, der die Strippen zieht und Schmiergeld zahlt. Meine Befürchtung war, dass, wenn ich zu den Behörden gehe, etwas durchsickert und Thomas samt Leo früh genug verschwinden könnten.«

Bei Peters wäre sie mit ihren Informationen an der richtigen Adresse gewesen. Dafür war es nun zu spät.

Karin sprach weiter: »Wenn man in der Küche arbeitet und sich um das Abräumen kümmert, bekommt man oft Gespräche mit, die nicht für einen bestimmt sind. Deshalb weiß ich, dass Thomas Leo hat gewähren lassen, während er im Hintergrund den finsteren Gott spielen konnte. Ich habe keine Ahnung, wie tief Quirin auch noch mit drinsteckt. Zumindest Leo und Thomas konnte ich nicht ungestraft davonkommen lassen.«

Trotz Karins Flüstern schwang die Verzweiflung in ihrer Stimme deutlich mit. Karls schlimmste Befürchtungen auf dem Weg hierher wurden locker von der bitteren Wahrheit überboten. Adelheid war wohl einer der toten Engel auf dem Schilz-Hof.

»Hast du herausgefunden, was mit deiner Cousine geschehen ist?«

»Nein. Heidi ist tot, da mach ich mir keine Illusionen. Ich konnte Leo schlecht direkt befragen. Am Ende habe ich mich dafür entschieden, selbst für Gerechtigkeit zu sorgen.«

Das Märchen des Fräuleins entpuppte sich als eine im Kern wahre Erzählung. Wieder legte Karin ihre Stirn trostsuchend an Karls.

»Du hast Leo Schilz erschossen?«

Die leichte Auf-und-ab-Bewegung an seiner Stirn nahm Karl als Bestätigung.

»Das war der erste Schritt. Nach dem Schuss wäre ich fast getürmt, weil ich die Pistole verloren hatte. Da nichts weiter geschehen ist, wollte ich das erledigen, was ich mir vorgenommen hatte.«

»Eddi hat etwas von Dreck in Andrejs Wunde erzählt, das bist du gewesen?«

Erneut das leichte Schauern von Haut auf Haut.

»Er hat wohl gesehen, wie ich Leo erschossen habe, ich musste irgendwie handeln. Als ihr vorgestern weggefahren seid, habe ich einen Hühnerdarm benutzt. Der Unfall mit dem Wildschwein ist für mich so etwas wie eine göttliche Fügung gewesen. Wegen der tiefen Wunde hoffte ich, dass es nicht auffällt, wenn ich bei Andrejs Abgang etwas nachhelfe. Eine Entzündung kann immer schlecht verlaufen. Eddi ist leider zu aufmerksam.«

Karl war Karin fast so nahe wie zwei Tage zuvor. Ihr warmer Atem strich über sein Gesicht. Einen Moment war er versucht, sie in die Arme zu schließen. Das, was sie ihm erzählte, hielt ihn davon ab. »Und Thomas?«

»Bei dem hat sich bisher noch keine Gelegenheit ergeben. Und jetzt ist es vermutlich zu spät.«

In ihrer Stimme lag eher Wut über die verpasste Gelegenheit als Reue. Karl ging das Gespräch mit dem Fräulein durch den Kopf. »Du bist also tatsächlich der Racheengel?«

»Wer sollte denn sonst für Gerechtigkeit sorgen?«

»Ich kenne einen Polizisten, der es mit der Gerechtigkeit sehr genau nimmt. Dem wäre das, was du mir erzählt hast, nicht egal gewesen.«

»Du meinst den, der dich und Eddi beauftragt hat?«

»Genau den, Kriminalkommissar Peters.«

»Schau an.« Thomas' Stimme erklang aus der Finsternis hinter ihnen. Er hatte sich unbemerkt angeschlichen. Sowohl Karl als auch Karin waren zu sehr damit beschäftigt gewesen, offene Fragen zu klären, um ihn zu bemerken.

»Karl und Karin, Schmied und Racheengel. Wenn das mal keine Geschichte aus einem Groschenroman ist.«

Karl sprang auf die Beine, er hörte das metallische Geräusch einer Pistole, die durchgeladen wurde.

»Schön ruhig, mein Freund. Ich würde es begrüßen, wenn ich euch nicht hier draußen erschießen müsste.«

Karl verharrte auf der Stelle. »Soll das ein Witz sein?«

»Stimmt eigentlich. Das Beste wäre, euch einfach auf der Stelle über den Haufen zu schießen. Das macht leider viel Lärm und verursacht noch viel mehr Aufmerksamkeit, das kann ich nicht gebrauchen.«

Karl drehte den Kopf vorsichtig in die Richtung, aus der Thomas' Stimme erklang. Erkennen konnte er nichts. »Wie soll es jetzt weitergehen?«

»Mir wäre es am liebsten, wenn wir ins Haus zu Andrej und deinem Freund gehen. Den müssen wir noch einsammeln, ehe er Blödsinn veranstaltet. Danach sehen wir weiter.«

Karl half Karin auf die Beine.

»Schön langsam und keine hastigen Bewegungen«, erklang es von Thomas. »Wie gesagt, ich möchte keine unnötige Aufmerksamkeit erregen. Wir gehen jetzt langsam und gesittet zu Andrej ins Haus, und zwar schön ordentlich durch die Tür, damit ich euch sehen kann. Solltet ihr Dummheiten machen, lege ich euch um, und die Aufmerksamkeit kann mir gestohlen bleiben. Ist das klar?«

»Ja«, bestätigte Karl.

»Na, dann los, ihr geht vor, den Weg kennt ihr ja.«

Karl fasste Karin am Arm. Vorsichtig schritten sie zurück zur Vorderseite des Hauses.

Es war Eddi, der ihnen an der Ecke des Hauses als Schattenriss vor dem Lagerfeuer im Weg stand. »Da seid ihr ja. Ich habe euch gesucht.«

»Bleibt stehen!«, kommandierte Thomas hinter ihnen.

Eddi kam auf sie zu. Er hatte kaum zwei Schritte hinter sich gebracht, als eine laute Stimme verkündete: »Dies ist eine Maßnahme des Zolls, das Gebäude ist umstellt. Alle Mann auf den Boden. Bei Widerstand machen wir von der Schusswaffe Gebrauch.«

»Verdammt!«, zischte Thomas.

Instinktiv warf Karl sich auf Karin und riss sie mit sich zu Boden. Keine Sekunde zu früh. Ein Schuss fiel. Am Boden liegend, flüsterte er Karin zu: »Bist du getroffen?«

»Nein, ich glaube nicht.«

Karl sah zum Haus, an der Ecke kniete Eddi und hielt die Hände auf seinen Oberbauch. Ungläubig blinzelte er in Karls Richtung. Im Flackern des Lagerfeuers erkannte Karl, dass eine dunkle Flüssigkeit im Takt des Herzschlags über Eddis Hände rann. Er krümmte sich weiter zusammen.

»Das tut so weh«, war das Letzte, was er sagte, bevor er zur Seite kippte.

Um sie herum brach die Hölle los. Gewehrfeuer sorgte für sirrende Querschläger am Haus ohne Seitenwand. Karl drückte Karin zu Boden, ehe er auf die Beine sprang. Thomas stand mit der Pistole im Anschlag vor ihm. Karl stürmte auf ihn los, die Waffe knallte, wieder verfehlte ihn die Kugel. Mit der Schulter rammte er seinen Gegner zu Boden, Finger krallten sich in seine Haare. Karl ließ seine geballte Faust mitten in Thomas' Gesicht knallen. Der versetzte ihm einen Kopfstoß, der Karls Nase knacken ließ. Schmerzblitze zuckten von seiner Nasenwurzel hoch in die Stirn und lenkten ihn für einen Augenblick ab. Thomas nutzte die Gelegenheit. Mit den Beinen katapultierte er Karl von sich weg. Der Drill der Ausbildung bei der Wehrmacht kam Karl zugute. So wie er es einst in der Grundausbildung zum Fallschirmjäger gelernt hatte, rollte er sich über die Schulter ab und kam in der Hocke zum Halt. Vorsichtig betastete er seine Nase, nichts gebrochen, es lief nur Blut aus dem rechten Nasenloch. Der nächste Schuss klang näher, Karl tastete in der Hosentasche nach dem Messer.

»Herr Bermes, was machst du hier, waren meine Anweisungen nicht klar genug?«, ertönte die tiefe Stimme des Kriminalkommissars aus der Dunkelheit hinter Karl. Er drehte sich in diese Richtung. Das Feuer beleuchtete die linke Gesichtshälfte des Polizisten nur spärlich.

»Knallst du hier in der Gegend rum? Woher hast du die Pistole, und was ist mit Franken passiert?«

Karl wollte auf Eddi zeigen, doch eine Bewegung neben Peters fesselte seine Aufmerksamkeit. Zuerst erschien der Lauf der Pistole an dessen Schläfe, dann konnte man Thomas' Gesicht neben dem des Polizisten erkennen.

»Oho.« Vorsichtig hob der Kommissar die Hände. »Was wird das denn?«

Mit links umklammerte Thomas den Hals seines Opfers. »Waffe runter«, das galt Schillinger, der mit dem Karabiner im Anschlag neben Karl aus der Dunkelheit getreten war. Auf Karls andere Seite trat Karin. Er legte schützend seinen Arm um sie, was sie widerstandslos geschehen ließ.

»Du kannst mich mal«, der Blick des Wachtmeisters galt einzig seinem Vorgesetzten. »Chef?«

Thomas' Blick flackerte umher, sein Griff um den Hals des Kommissars zog sich weiter zu. »Ich blase dem hier das Hirn raus, ich meine es ernst.« Die Pistole wurde fester an die Schläfe gedrückt. Peters bog den Kopf so weit zur Seite, wie es ihm möglich war.

»Ich werde jetzt von hier verschwinden. Wenn jemand versucht, mir zu folgen, überlebt der Mann das nicht!« Thomas' Stimme überschlug sich.

»Chef, was soll ich tun?« Schillinger klang so ruhig, als hätte er die Absicht, mit dem Kommissar das nächste Polizeifest zu besprechen.

Peters räusperte sich, es gelang ihm nicht ganz, die Ruhe seines Untergebenen an den Tag zu legen. »Sie haben es doch eben gehört, Schillinger, blasen Sie dem Idioten das Hirn raus, auf mich brauchen Sie keine Rücksicht zu nehmen.«

»Was soll das? Ich meine es ernst.« Thomas sah irritiert aus der Wäsche.

Karl bemerkte, wie Karin neben ihm tief Luft holte. Trotzdem zuckte er zusammen, als sie urplötzlich ein sehr lautes und durchdringendes: »Jiiiiiiiiiiiiiiiiihhh«, ausstieß.

Alle anderen, inklusive Thomas, schraken ebenfalls zusammen. Karins rechter Arm schnellte nach vorne. Es gab ein dumpfes »Plopp«, als der Stein Thomas Schwarz an der Stirn traf. Dies führte dazu, dass er den

Klammergriff um Peters' Hals lockerte und die Waffe verriss. Der Schuss, den er im Reflex abgab, pfiff davon.

Peters ließ sich geistesgegenwärtig zur Seite fallen. »Schillinger!«

Mit einer Geschwindigkeit, die man ihm gar nicht zugetraut hätte, wirbelte der Wachtmeister seinen Karabiner herum. Der Kolben traf zielgenau Thomas' Nase. Anders als zuvor bei Karl hörte man diesmal deutlich das Brechen.

Schillingers Triumph währte nur kurz, Quirin sprang ihn von hinten an, mit Armen und Beinen klammerte er sich an dessen Rücken fest. Der Wachtmeister versuchte vergeblich, die Last wieder loszuwerden. In Ermangelung geeigneter Waffen biss Quirin dem Polizisten ins rechte Ohr. Schillinger schrie auf.

Peters hatte sich wieder erhoben und schnappte sich das Gewehr, das sein Untergebener fallen gelassen hatte. Der Kolben beschrieb einen hohen Bogen, bevor er gegen Quirins Schädel krachte. Der alte Mann stöhnte schmerzerfüllt auf und ging zu Boden, Schillinger kam frei.

Der Lauf des Karabiners schwenkte zwischen Thomas und Quirin hin und her, als Peters grollte: »Schluss jetzt, die Portion Wahnsinn ist für heute wahrhaftig groß genug gewesen.«

Schillinger hielt sich das blutige Ohr. Quirin gab keinen Mucks mehr von sich, Thomas lag auf der Seite. Mit den Händen vor dem Gesicht wimmerte er leise.

Im Schein des Feuers huschten uniformierte Gestalten umher. Karl konnte bei einem eine Armbinde mit der Aufschrift *Zoll* erkennen.

»Alle auf den Boden, die Arme über den Kopf!«, erklang ein scharfer Befehl.

Karl hielt es für klüger, der Anweisung Folge zu leisten, er zog Karin mit sich.

Bewaffnete Zöllner fluteten das Gelände. Karl verrenkte sich fast den Hals, um etwas sehen zu können. Thomas schrie auf.

»Stell dich nicht so an«, maßregelte ihn Schillinger. »Ich kann auch fester zuziehen.« Die Handschellen klickten.

Jemand trat neben sie.

»Alles klar bei dem Mädel und dir, Herr Bermes?«, ertönte eine heisere, dunkle Stimme über ihm.

Karl blickte hoch. Durch die Flammen des Lagerfeuers wirkte Peters wie ein ganz und gar nicht blond gelockter Racheengel, der sich auf der Suche nach geeigneten Dämonen der Hölle befand, denen er den Rest geben konnte.

»Bei uns ist alles gut, was ist mit Eddi?«

Peters ging kommentarlos zu seinem Polizeianwärter. Er kniete neben ihm nieder, mit zwei Fingern tastete er an Eddis Hals nach dem Puls. Der Kommissar senkte den Kopf, dann sprang er auf die Füße. Mit sehr entschlossenem Gesicht schritt er auf Thomas zu. Augenblicke später hörte Karl den Kommissar fluchen. »Du verdammtes Schwein, dafür wirst du bezahlen!«

Das brutale Klatschen von Schlägen auf bloßes Fleisch war zu hören. Thomas kreischte um Hilfe.

Schillinger stapfte an Karl vorbei, er stellte sich hinter Peters, der auf Thomas kniete. »Chef, das bringt nichts, lassen Sie das Arschloch am Leben.«

»Er hat Franken umgelegt, das werde ich ihm nicht durchgehen lassen.« Die Stimme des Kommissars klang verzerrt. Es klatschte ein weiteres Mal sehr laut. Thomas' Kreischen klang wie das einer Furie. Allerdings wie von einer in höchster Not.

»Nicht, Chef!« Der massige Wachtmeister umklammerte den Oberkörper seines Vorgesetzten. »Nicht, Chef, das ändert nichts mehr.«

Schillinger klang wie ein Vater, der sein Kind trösten wollte. Peters bockte einmal gegen die eiserne Umarmung, dann gab er sich geschlagen. Einige Sekunden später hob er den Kopf, anklagend sah er Karl an.

»Was ist mit Eddi?«, wiederholte der seine Frage.

Einige Zöllner fuhren erschrocken herum, als Peters den Kopf in den Nacken legte und aus vollem Hals schrie: »So eine verdammte Scheiße!«

-45-

Eddi lag an der gleichen Stelle, wo er zu Boden gesunken war. Zöllner hatten vor einigen Minuten Thomas Schwarz in ein gepanzertes Fahrzeug verfrachtet. Trotz des zerschlagenen Gesichts wurde er mit wenig Rücksicht behandelt. Andrej landete auf einer Trage in einem Lkw mit Rot-Kreuz-Plane.

Der Kriminalkommissar hockte seit einer Weile neben dem toten Eddi. All sein Sarkasmus half dem Polizisten in diesem Moment nicht weiter, seine Schultern zuckten in Weinkrämpfen. Karl saß bei Karin am Boden, ein Zöllner stand Wache.

Schließlich trat Schillinger zu Peters. »Chef, Franken ist tot. Das können wir nicht mehr ändern.«

Der Kommissar brauchte einen Augenblick, um sich zu fangen. Dann wischte er mit den Händen über sein Gesicht, ehe er sich erhob. Er kramte in der Jackentasche. Schillinger musste ihm Feuer geben, weil seine eigenen Hände zu sehr zitterten. Nach dem ersten tiefen Zug trat er zu Karl und Karin. Karl kannte den Kommissar erst seit einem Jahr, ein solch absolut entschlossenes Gesicht hatte er bei ihm noch nicht gesehen.

Peters beugte sich zu Karin. »Wir dürften einander noch nicht vorgestellt worden sein«, sagte er und blickte dann Karl an. »Wer ist das?«

Karl wollte etwas sagen, Karin kam ihm mit erstaunlich ruhiger Stimme zuvor: »Wenn Sie der Kommissar sind, bin ich diejenige, die Ihnen die richtigen Antworten geben kann.«

Peters erhob sich wieder, er betrachtete die junge Frau im spärlichen Licht des Lagerfeuers. Karin nickte ihm entschlossen zu.

Der Polizist schnaubte. »Na, dann eben erst du. Herr Bermes, du wartest hier. Ich werde mich jetzt mit dieser Dame unterhalten, wenn sie so scharf darauf ist.«

Unsanft wurde Karin in die Höhe gerissen. Beide verschwanden in der Eingangstür des kaputten Hauses. Karl wollte seinerseits aufstehen, Schillinger hinderte ihn daran. »Glaub mir, mein Freund, es ist besser, wenn du den Chef im Moment nicht störst. Ich weiß, er kann dich gut leiden, aber es könnte übel für deine Gesundheit ausgehen, wenn du dich jetzt einmischst.«

Er hielt ihm einen Flachmann hin. Ohne zu zögern, nahm Karl einen tiefen Schluck des Cognacs, der sich darin befand. Er musste den Hustenreiz unterdrücken. »Warum seid ihr hier?«

Schillinger nahm seinerseits einen Schluck, ehe er sagte: »Peters hat die Untersuchungen auf dem Hof am Ende der Welt bis zum späten Nachmittag geleitet. Dann hatte er die Faxen dicke und hat beschlossen, den Laden hier etwas aufzumischen. Keine Minute zu früh, so wie ich das sehe.«

»Woher kommen die Zöllner?«

»Es fällt in die Zuständigkeit des Zolls, den Saustall hier hopszunehmen. Wir sind mit denen mitgefahren, unsere Jungs sind wieder in Trier. Dass wir es mit schießwütigen Idioten zu tun bekommen, davon mussten wir ausgehen. Die Sitten sind rauer, als sie es vor dem Krieg gewesen sind. Dass wir euch hier finden, damit haben wir nicht gerechnet.«

»Eddi ist wirklich tot?«

»Toter geht es nicht. Das ist so richtig übel.« Schillinger warf einen langen Blick auf die Leiche, dann betrachtete er das Haus ohne Seitenwand. »Egal, was es mit deiner blonden Freundin auf sich hat, der Chef will Antworten haben. Wenn er in dieser Stimmung ist, kommt man ihm besser nicht in die Quere. Das Mädel wäre gut beraten, ihn nicht zu belügen.«

»Karin hat mir eben etwas über die Hintergründe des Todes von Leopold Schilz erzählt.«

Schillinger verzog den Mund. »Um mit dem Kommissar zu sprechen: Das, mein lieber Herr Bermes, geht mir am Allerwertesten vorbei. Mordermittlungen befinden sich oberhalb meiner Gehaltsklasse. Wenn du dazu eine Geschichte zu erzählen hast, erzähl sie Peters. Mein Teil der Arbeit ist es, mich darum zu kümmern, was bei seinen Untersuchungen herauskommt. Ich führe die ab, die es seiner Meinung nach verdient haben, und wenn es sein muss, räume ich hinter dem Chef auf.« Damit wandte er sich ab und ließ Karl einfach sitzen.

So saß der nur da und sah dem Feuer zu, wie es abbrannte. Die Männer vom Zoll hatten inzwischen alle abtransportiert, die sie um das Haus herum einsammeln konnten. Karl interessierte sich nicht dafür, wer da einkassiert wurde. Gelegentlich sah er zu Eddi hinüber. Schillinger hatte eine Decke organisiert und die Leiche damit abgedeckt. Karl widerstand der Versuchung, selbst nachzusehen, ob der Polizeianwärter tatsächlich tot war.

Wie so oft versank Karl komplett in Gedanken, die sich darum drehten, wie und warum diese Katastrophe hatte geschehen müssen. Man hätte ausgiebig darüber lamentieren können, was sie an diesem Abend alles klugerweise anders getan oder gleich ganz hätten sein lassen sollen. Selbst alle Gebete zu sämtlichen bekannten Heiligen würden jedoch nichts mehr an den Tatsachen ändern. Die Umstände des Tages hatten sie zu dem Haus ohne Seitenwand geführt, und Eddi Franken war dort vom Tod mit offenen Armen in Empfang genommen worden. Karl wischte sich die feuchten Augen aus.

Auf diese Weise abgelenkt, bemerkte er zunächst nicht, dass Peters neben ihm stand. Der Geruch einer brennenden Zigarette ließ Karl hochblicken. »Wo ist Karin?«

»Einer der Leute vom Zoll passt auf sie auf. Kannst du mir um alles in der Welt verraten, was ihr heute Abend hier gemacht habt?«

»Eddi wollte nach Andrej sehen.« Seine eigenen Beweggründe behielt Karl für sich.

»Der Sani vom Zoll sagt, er glaubt nicht, dass Andrej die Infektion überleben wird. Wenn ich das richtig sehe, ist es wieder einer von denen, um die es nicht schade ist.« Peters schüttelte den Kopf. »Hört dieser Irrsinn denn überhaupt nicht auf?«

Andrej war Karl vollkommen egal. »Was wird aus Karin?«

Peters strich sich mit dem Daumen über die Lippen. »Heute kocht seltsamerweise so einiges hoch. Es sieht ganz so aus, als hätte ich deine neue Herzdame kennengelernt. Was hat sie dir erzählt?«

Karl erwiderte seinen Blick einige Sekunden. »Sie hat mir von ihrer vermissten Cousine erzählt und dass es wohl weitere vermisste Frauen gibt. Das passt doch zu den Leichen, die wir auf dem Hof des Ermordeten gefunden haben. Oder wie sehen Sie das?«

»Herr Bermes, mir steht der Kopf wirklich nicht nach langen Diskussionen. Du kannst dir das Herumlavieren und Abklopfen nach Informationen sparen. Karin Jochem hat ein umfassendes Geständnis abgelegt.«

Eine Information, die Karl erst einmal verdauen musste. »Wegen diesem Schilz?«

Mit der eingeklemmten Camel zwischen Zeige- und Mittelfinger zeigte Peters auf Karl. »Genau, sie hat den Mord an Leopold Schilz gestanden.«

»Was, wie soll Karin den Schmuggler erschossen haben?«

Die Frage kam, ohne dass Karl nachgedacht hatte. Er wollte Karin instinktiv schützen.

Peters winkte ab. »Herr Bermes, spare dir die Mühe. Du kennst bestimmt den Spruch mit den großen Pferdeköpfen, überlass mir das Denken. Ich habe sowieso das Gefühl, mein Schädel macht einem preisgekrönten Kürbis Konkurrenz. Karin Jochem wusste alle relevanten Details, die mit der Ermordung von Leopold Schilz einhergehen. Ich zweifle keine Sekunde daran, dass sie es getan hat.«

»Wegen ihrer Cousine Heidi?«

»So sieht es wohl aus. Wir sind mit dem Zählen auf dem Hof fertig. Der Keller war tiefer als zuerst gedacht. Es gibt fünf Schädel, die Knochen müssen wir teilweise noch sortieren. Die Viecher im Keller haben damit ein schönes Durcheinander angerichtet. Bei dem, was wir an Haaren und Kleidung gefunden haben, ist davon auszugehen, dass es alles junge Frauen gewesen sind. Von Fräulein Jochem habe ich Informationen über die Bekleidung ihrer Cousine erhalten. Wir werden sehen.«

Wieder musste Karl diese neue Information etwas verarbeiten, ehe er antwortete: »So viele? Das heißt, Leopold Schilz war ein Frauenmörder?«

»So sieht es derzeit aus. Ein waschechter Serienmörder. Das gibt es leider immer wieder und nun sogar hier in der Eifel.«

»Aber wie kann das ein? Wurden die Frauen nicht vermisst?«

Peters lachte freudlos auf. »Wer vermisst junge Frauen, die wegen der Umstände des Krieges auf der Durchreise sind? Ich hätte gedacht, du hast etwas Erfahrung gesammelt, was Flüchtlinge angeht. Leopold Schilz war ein perverses Schwein, der wohl die Gunst der Stunde genutzt hat, um seine abartigen Triebe an jungen Frauen ausleben zu können. Die Frauen hat niemand vermisst, weil sie nicht hier aus der Gegend waren. Es ist wohl sein Fehler gewesen, von diesem Schema einmal abzuweichen. Die Cousine von Fräulein Jochem ist der eine Mord zu viel gewesen.«

»Woher hatte Karin die Waffe?«

»Ein französischer Verehrer hat ihr eine Pistole aus einem der vielen Depots mit Wehrmachtsmaterial besorgt. Damit hat sie so lange geübt, bis sie sich sicher war, Schilz zu treffen. Es hat wohl nicht viel gefehlt, und Fräulein Jochem wäre getürmt, als sie bemerkt hat, dass sie die Waffe am Tatort verloren hat.« Peters schüttelte erneut den Kopf. »Ist sie aber nicht. Warum, hat sie mir nicht erzählt.«

»Karin ist also eindeutig die Mörderin von Schilz?«

»Das, was sie mir berichtet hat, muss weiter mit Indizien und Beweisen unterfüttert werden, aber da gibt es ja das Geständnis.«

Darauf wusste Karl nichts mehr zu sagen.

»Diese Karin scheint für dich wirklich wichtig geworden zu sein?«

»Das kann man so sagen.«

Peters blickte zur Feuerstelle. »Wie bereits erwähnt, ich hatte seit letztem Jahr den Eindruck, du und Fräulein Globkow hättet einiges füreinander übrig.«

Der Kommissar schaffte es, dass Karl verlegen zu Boden sah. »Karin ist vollkommen anders als Pauline. Bei ihr stelle ich mich nicht wie ein Volltrottel an.«

Peters hatte eine Zigarette gezückt. Anders als sonst üblich steckte er sie nicht an, sondern ließ sie über seinen Fingerrücken hin und her wandern. Er betrachtete die restliche Glut des Lagerfeuers. Lange sagte er nichts, dann: »Mist.« Die Zigarette war zerbrochen. Umgehend erschien eine neue, die diesmal sofort angezündet wurde.

»Herr Bermes, ich habe dir, seit wir uns kennen, viel von Gerechtigkeit und Recht erzählt.«

Karl sagte nichts.

Peters sprach weiter: »Leopold Schilz war jemand, der mehr als nur eine Bestrafung verdient hat. Es ist leider manchmal so eine Sache mit der Gerechtigkeit auf der Welt. Es ist keine schöne Aufgabe, dafür verantwortlich zu sein, den ganzen Unrat zu sortieren, der nach solchen Geschichten liegen bleibt. Du wirst dich an letztes Jahr erinnern?«

Karl erinnerte sich mehr als deutlich. Der Unterschied war, dass die Toten damals ihm komplett egal gewesen waren, was man von Eddi Franken nicht behaupten konnte. Peters klopfte ihm auf die Schulter. »Herr Bermes, es reicht für heute. Wie bist du hierhergekommen?«

»Mit dem Motorrad.«

»Also brauche ich für dich keinen Transport zu organisieren?«

»Nein.«

»Gut. Dann tue mir bitte den Gefallen und verschwinde. Ihr habt mir mehr Arbeit eingehandelt, als ich mir das hätte vorstellen können. Ich werde dich morgen, so schnell es mir möglich ist, besuchen.«

»Was ist mit Karin?«

»Alle, die wir einsammeln konnten, kommen für die Nacht in der Kaserne unter. Morgen sehen wir weiter. Das gibt einen Haufen Schreibkram.«

Karl wollte zuerst protestieren, sah dann aber ein, dass es sinnlos war. Er ging zu der abgedeckten Leiche. Neben Eddi hockte er sich hin; vorsichtig, so als könnte er ihm sonst wehtun, strich er mit der Hand über die stoppeligen Haare. »Es tut mir so unendlich leid, Eddi.«

Als er wieder aufstand, sah er, dass Peters sich von ihm abgewandt hatte, seine Schultern zuckten erneut.

DIENSTAG, 05.08.1947

TAG 16

-46-

Die Sonne schien durch das geöffnete Scheunentor in die Schmiede hinein. Am Abend war im Dorf alles vollkommen friedlich gewesen. Das Leben liebte offenbar solche Streiche. An dem einen Ort geschahen absolute Katastrophen, die die Leute wenige Kilometer entfernt nicht im Geringsten interessierten. Mangels täglicher Zeitungen würde es vermutlich eine Weile dauern, bis sich der Tod des Polizeianwärters herumgesprochen hatte, wenn überhaupt. Eddi war in Disselbach nur eine der ständigen Randepisoden des Lagers gewesen.

Nachdem Karl das Motorrad verstaut hatte, legte er sich ins Bett. Schlaf wollte sich lange nicht einstellen. Es war gut, dass er deshalb verschlafen und das Frühstück verpasst hatte. Was er seinen Eltern über die Geschehnisse erzählen sollte, darüber musste er sich erst noch klar werden.

Seit er sich in der Schmiede aufhielt, wartete er auf den Besuch des Kommissars. Kaffeemühle und Kanne fristeten ihr Dasein unberührt im Kabuff. Nach Kaffee stand ihm derzeit nicht der Sinn. Beim Öffnen des Tores zur Schmiede saß Jakob gegenüber auf seiner Bank. Der Nachbar wäre sicher sehr gerne auf den neuesten Stand der Dinge gebracht worden. Karl besaß keinen Nerv, unter dem Eindruck des letzten Abends mit ihm zu plaudern. Er tat so, als wäre er in der Werkstatt dringend mit etwas beschäftigt.

Lange wälzte er die Idee, dem Waldlager einen Besuch abzustatten, hin und her. Pauline musste über Eddis Tod informiert werden. Der Mut für einen solchen Gang wollte sich bisher nicht einstellen. Sein Verhältnis zu ihr war kompliziert genug. Sollten Peters oder vielleicht das Fräulein diese Aufgabe übernehmen. Die Lehrerin musste er möglichst zügig informieren, sonst wäre die ihm wochenlang böse.

Es gab Gelegenheiten, da schoss die Zeit mit der Geschwindigkeit einer V2-Rakete dahin. An diesem Morgen hingegen dehnte sie sich wie das Gummiband eines Hosenträgers immer weiter in die Länge. Trotz der ständigen Blicke darauf wollten die Zeiger seiner Armbanduhr ihm nicht den Gefallen tun, sich schneller zu drehen. Erst gegen Mittag war endlich ein Motorengeräusch zu vernehmen. Der schwarze Wanderer W40 wurde durch die offene Zufahrt direkt in die Werkstatt gesteuert. Das entsprach Karls Absicht, es musste nicht jeder den Wagen sehen. Peters stieg aus, Schillinger blieb im Auto sitzen. Man konnte den Verband an seinem Ohr erkennen.

»Mahlzeit, Herr Bermes.« Wenn er wollte, konnte Peters sehr neutral klingen.

Karl erwiderte den Gruß, er erkundigte sich nach den Verletzten.

»Thomas Schwarz liegt unter Bewachung im Krankenhaus. Man kann nicht behaupten, dass Schillingers Schlag mit dem Gewehr seine Attraktivität gesteigert hätte. Und ich bin an seinem derzeitigen Aussehen selbst nicht so ganz unschuldig. Andrej wurde gestern Abend ebenfalls ins Krankenhaus verfrachtet. Inzwischen hat er ein Bein weniger als bei der Einlieferung. Bei der veritablen Blutvergiftung, die er sich eingehandelt hat, ist es damit wahrscheinlich nicht getan. Obwohl er heute Morgen bei meinem Besuch ansprechbar war, haben die Ärzte wenig Hoffnung. Meine Kollegen sind dabei, dieses merkwürdige Haus auseinanderzunehmen.«

Peters ging um das Auto herum, vom Rücksitz nahm er ein in Packpapier gewickeltes, längliches Paket, das er Karl in die Hand drückte. »Deine Bezahlung.«

Karl brauchte nicht nachzuschauen, der Geruch nach Tabak erklärte, worum es sich handelte.

Peters steuerte den Stuhl neben der Werkbank an. Mit überschlagenen Beinen zündete er sich eine Zigarette an. »Das ist alles totaler Mist.«

Karl nickte nur, was sollte er darauf groß sagen? Er setzte sich auf den Amboss und starrte die unaufgeräumte Werkbank an, Peters qualmte vor sich hin. Nach einer Weile beugte er sich nach vorne. »Ich habe heute Morgen die Gelegenheit genutzt und Thomas Schwarz in die Mangel genommen.«

»Mit welchem Ergebnis?«

»Er ist mäßig gesprächig gewesen. Aus dem, was ich ansonsten bisher herausgefunden habe, stellt sich die Gesamtkonstellation für mich zusammenfassend so dar: Karin Jochem hat die Waffe am Tatort verloren, die hat Andrej dort gefunden, bevor Thomas sie wiederum von Andrej genommen hat. Der hat dann Franken damit erschossen. Klingt wie eine simple, fantasielose Geschichte.« Peters schüttelte den Kopf. »Schwarz spielt den Ahnungslosen, dem nur übel mitgespielt worden sei. Da ist er bei mir leider an der falschen Adresse. Abgesehen davon, dass er der Kopf der Bande ist, gibt es mehrere Zeugen dafür, dass er Franken erschossen hat, unter anderem mich. Auf der Waffe finden sich wunderbar deutliche Fingerabdrücke von ihm. Hinzu kommt, dass Andrej so weit klar war, dass er mir seinerseits das ein oder andere zu Protokoll geben konnte. Ganz zu schweigen von der Pistole an meinem Kopf. Aus der Nummer kommt Herr Schwarz nicht mehr raus.« Er saugte an der Camel. »Es gibt da noch etwas.«

»Und zwar?«

»Wir haben im Schweinestall des Hauses ohne Seitenwand eine weitere versteckte Leiche gefunden.«

»Noch eine Frau?«

»Nein, dein alter Luftwaffenkamerad Pierre Golzbach lebt nicht mehr.«

Karls Magen machte einen Hüpfer angesichts dieser neuen Hiobsbotschaft. »Pierre ist tot? Was ist passiert?«

»Er ist ebenfalls erschossen worden, sonst kann ich noch nicht viel dazu sagen. Wir haben seine Leiche gefunden, nachdem ich mich mit Schwarz unterhalten hatte. Es wird wohl ein weiteres Gespräch nötig sein. Vorher wollte ich mit dir sprechen.«

Die Trauer über Pierres Tod währte bei Karl nur kurz, etwas anderes war ihm viel wichtiger. »Karin?«

»Das geständige Fräulein Jochem.« Peters rieb sich über das Kinn.

»Wird sie wegen Mordes angeklagt?«

Diesmal wurden die Augen ausgiebig gerieben. »Herr Bermes, wie siehst du die Sache?«

Bei dem Unterton in Peters' Stimme richtete Karl sich auf. »Von Rechtsprechung habe ich keine Ahnung, was soll ich da groß sagen?«

»Mich interessiert das, was du denkst. Du sollst kein Urteil fällen, ich möchte deine Meinung zu diesem Irrsinn hören.«

Karl sah zum großen Spinnennetz neben der Esse. Sollte er jetzt die Stimme des Volkes übernehmen? Bitte sehr, das konnte Peters haben.

»Als Laie bin ich der Meinung, wenn das, was Sie und Karin mir erzählt haben, tatsächlich stimmt, dann hat Leopold Schilz das verdient, was er bekommen hat.«

Peters zückte sein Feuerzeug. Er begann es auf der Werkbank über die Kante des Deckels hin und her zu rollen. »Es ist Selbstjustiz gewesen, das steht zweifelsfrei fest.«

Karl wartete ab. Das Feuerzeug schnappte auf, der Kommissar betrachtete die längliche Flamme. »Ich bin nicht wenig stolz darauf, ein Profi zu sein.« Das Feuerzeug schnappte wieder zu. Peters sah Karl direkt in die Augen. »Aber weißt du was, Herr Bermes? Ich sehe das genauso. Ein Opfer zu sein bedeutet nicht automatisch, dass man unschuldig gewesen ist.«

Diesmal brannte die Flamme etwas länger.

»Das ist das eine. Was Thomas Schwarz angeht, der ist schlicht und ergreifend ein abgebrühtes Arschloch. Außerdem gibt es noch diesen Quirin, mit dem ich noch ein längeres Gespräch führen muss. Mal sehen, was ich bei dem, außer einem großen Appetit auf Polizistenohren, noch so zutage fördere.«

»Warum hat Thomas nichts gegen Schilz unternommen?«

»Gute Frage, Herr Bermes. Im Vergleich mit einem Mord ist der Kaffee eine Bagatelle. Immerhin ist das Fräulein Jochem mitteilsam gewesen, und, wie erwähnt, Andrej war seinerseits kooperativ. Er wollte seine Seele wohl angesichts seines bevorstehenden Endes erleichtern. Von ihm weiß ich, dass Thomas Schwarz Herrn Schilz wegen des perversen Nervenkitzels geholfen hat. Auf seine Kappe geht es wohl auch, dass die Leichen in Nacht-und-Nebel-Aktionen zum Schilz-Hof transportiert wurden. Ein weiterer Grund, warum ich mich mit dem Kameraden Quirin unterhalten muss. Übrigens konnte Andrej mir berichten, dass das mit den Engeln von Leopold Schilz höchstpersönlich stammt. Er hat doch tatsächlich davon geschwafelt, er würde aus Schlampen Engel machen. Es ist unglaublich, was in manchen Köpfen vor sich geht.« Peters atmete durch. »Ich habe da einiges an Arbeit vor der Brust. Thomas Schwarz ist nicht der Typ, der bereit ist, reinen Tisch zu machen. Solchen Männern muss ich alles mühselig nachweisen. Selbst dann, wenn die Beweislast erdrückend ist, tun sie so, als würde ich Chinesisch mit ihnen reden.«

Es folgten eine Camel sowie eine weitere Runde Schweigen. Erst starrte Peters vor sich auf den fleckigen Steinboden der Werkstatt, dann sah er unvermittelt zu Karl hoch. »Glaubst du, es wäre möglich, Edmund Franken bei euch im Dorf zu beerdigen? Er hat ja keine Familie mehr, und ich würde es gar nicht gut finden, wenn er in Trier in einem anonymen Grab landet.«

Tränen schossen in Karls Augen, er konnte es nicht verhindern. Mit belegter Stimme sagte er: »Das wird ganz sicher möglich sein. Ich werde mit dem Pfarrer sprechen, was zu tun ist.«

Peters schluckte, seine rot geäderten Augen schimmerten feucht. »Danke, Herr Bermes, es würde mich sehr freuen, wenn das möglich wäre. Edmund Franken war einer von den wirklich Guten.«

»Ich weiß.« Karl zog die Nase hoch, bevor er fragte: »Warum ist das alles geschehen, warum mussten die Frauen und warum musste Eddi sterben?«

Peters steckte das Feuerzeug wieder ins Innere seiner Jacke.

»Mein lieber Herr Bermes, ich glaube nicht, dass es in diesem Fall eine vernünftige Antwort auf das Warum gibt. Hier trifft die Unschuld der einen auf die grausame und verdrehte Realität der anderen. Nach meiner bescheidenen Meinung sind die Menschen im Grunde immer noch grausame Höhlenbewohner, die man notdürftig mit etwas Zivilisationsfarbe angestrichen hat. Wenn du deine eigene Unschuld zumindest ein wenig bewahren möchtest, musst du selbst bis zu einem gewissen Grad böse und grausam sein, anders kannst du nicht gegen das wirklich Üble in der Welt bestehen. Wenn man nicht bereit ist, selbst gewisse

Grenzen zu überschreiten, triumphiert das Schlechte, und das kann ich nicht zulassen.«

Der Kommissar folgte gerne seinem eigenen moralischen Kompass. Was er sagte, klang ein wenig merkwürdig, leuchtete Karl jedoch ein. Die Grausamkeit, zu der die Menschen fähig waren, hatte in den letzten Jahren fröhliche Urstände gefeiert. Es war gerade ein Jahr her, dass Werner und er sehr grausam hatten sein müssen, damit die Unschuld in Form von Pauline und Fräulein Schneebach gerettet werden konnte.

Philosophische Betrachtungen waren das eine, ihn interessierte allerdings eine wesentlich simplere und drängendere Frage: »Was wird aus Karin?«

Peters lehnte sich im knarzenden Stuhl zurück. »Eben habe ich dich nach deiner Meinung gefragt, und wir waren uns einig, Leopold Schilz hatte den Tod verdient.« Er rieb sich die ohnehin schon feuerroten Augen. »Wohlwollend könnte man sagen, Karin Jochem hat der Gerechtigkeit nur etwas auf die Sprünge geholfen.«

Karl wurde hellhörig. Peters klang so, als wäre sein Urteil über Karin anders, als Karl es vermutete. »Das bedeutet was?«

Peters atmete tief ein und sehr langsam wieder aus.

»Herr Bermes, ich bin ziemlich müde. Ich habe die ganze Nacht über alle Zusammenhänge nachgedacht, die es in diesem Fall gibt. Beweise kann ich derzeit nicht gegen Fräulein Jochem auffahren. Sie war nur so freundlich, mir alles im Detail zu erzählen, bis zum Verlust der Waffe.«

Wieder erschien das Feuerzeug. Karl zählte fünfmal das Aufschnappen des Deckels, ehe der Polizist weitersprach: »In der allgemeinen Aufregung habe ich vergessen, einen Schreibblock mitzubringen. Außer mir gibt es derzeit niemanden, der das Geständnis bezeugen könnte. Außerdem ist es eine gute Frage, ob ich mich heute mit dir unterhalten könnte, wenn Karin Jochem nicht den Stein parat gehabt hätte.«

Karl beugte sich aufgeregt vom Amboss nach vorne. »Verstehe ich das richtig, Sie wollen Karin laufen lassen?«

Der Polizist kramte fahrig in der Jackentasche. Ein Zahnstocher kam zum Vorschein, auf dem er sekundenlang herumkaute, bevor er sagte: »Das ist genau die Frage, die mich die ganze Nacht und auf der Fahrt hierher umgetrieben hat.« Er blickte Karl in die Augen. »Die Gespräche mit Andrej und Herrn Schwarz haben mir geholfen, eine Entscheidung zu treffen. Derzeit lautet die Antwort: ja!«

Karls Erleichterung ließ ihn um ein Haar vom Amboss kippen, dennoch entfuhr es ihm: »Obwohl sie eine Mörderin ist?«

Peters verdrehte die Augen nach oben. »Mann, Mann, Mann, Herr Bermes, musst ausgerechnet du jetzt den Advocatus Diaboli spielen?«

An Karls Gesichtsausdruck erkannte Peters, dass der mit diesem Ausdruck nichts anfangen konnte. »Den Anwalt des Teufels. Sei bitte so gut und ziehe nicht das in Zweifel, zu dem ich mich sehr mühsam durchgerungen habe.« Er drehte den Zahnstocher in den Mundwinkel, bevor er sagte: »Nur für dein privates Protokoll: Es ist ein Mord aus niederen Beweggründen gewesen, und es war Selbstjustiz. Beides ist strafbar, und auf Ersteres steht sogar immer noch die Todesstrafe.«

Es war eindeutig zu erkennen, dass der Polizist weiter mit seinen inneren Dämonen kämpfte. Das, was er Karl erzählte, fiel ihm nicht leicht, es widersprach allem, wofür er eigentlich stand. Der nächste Lungentorpedo folgte.

»Langer Rede kurzer Sinn. Du erinnerst dich, ich bin sehr für Gerechtigkeit. In diesem Fall ist es für mich gerecht, Fräulein Jochem laufen zu lassen. Bei dem Kerbholz von Thomas Schwarz kommt es auf einen weiteren Mord nicht an, man kann nicht zweimal hingerichtet werden.«

Das klang für Karl alles etwas zu einfach. »Wie soll das mit Thomas funktionieren, dass der für den Mord an Leopold Schilz verantwortlich ist?«

Peters gestikulierte mit der Hand. »Das ist erstaunlich einfach zu regeln. Auf der Waffe sind nach dem Schuss auf Franken seine Fingerabdrücke eindeutig nachgewiesen. Mir reicht das, um ihn für beide Morde anzuklagen. Die Pistole ist in seinem Besitz gewesen, als wir ihn verhaftet haben. Außerdem würde es mich wundern, wenn sich bei Pierre Golzbach keine weiteren Indizien finden, die den sauberen Herrn Schwarz belasten.«

»Er wird bei seinem Leben schwören, dass er mit dem Tod von Schilz nichts zu tun hat. Davon wird er garantiert nicht abrücken.«

»Wenn man länger Polizist ist, glaubt man gar nicht, wie viele Unschuldige man ständig fängt und einlocht. Mach eine Umfrage in einer beliebigen Strafanstalt, und du wirst dich wundern, wie viele Justizirrtümer da einsitzen. Die Pistole, die Fingerabdrücke und die Zeugen bei Frankens Tod sollten einem Richter bei der Urteilsfindung helfen. Die sind es gewöhnt, dass sie bei den Verhandlungen allen möglichen Blödsinn erzählt bekommen. Der Mord an Schilz ist dann so etwas wie Beifang.«

Der Kommissar machte eine Pause, bevor er weitersprach: »Noch etwas. Schwarz hat angedeutet, er habe Teile eines Gesprächs zwischen dir und Fräulein Jochem belauscht. Er wird versuchen, das zu nutzen. Deine Karin wird sehr zügig verschwinden und mit neuen Papieren ausgestattet sein. Richter sind blumige Geschichten gewöhnt. Ich werde Stein und Bein schwören, dass ich von nichts weiß, und es wäre gut, wenn du dich ebenfalls an nichts mehr erinnern kannst.«

Karl dachte an das, was Karin ihm über Andrejs Wunde erzählt hatte. Peters sah ihm wohl an, dass er noch etwas sagen wollte, er hob den Zeigefinger. »Jetzt geh mir nicht mit deinen ehrenhaften Anwandlungen auf die Nerven. Es gibt da durchaus die ein oder andere Ungereimtheit, die ich ignorieren werde. Stoße mich besser nicht mit der Nase drauf.«

»Ungereimtheit?«

»Hm, warum, nur zum Beispiel, ist Fräulein Jochem nicht gleich nach dem Mord getürmt?« Peters fixierte Karl mit einem intensiven Blick. Diesmal half das viele Üben mit Werner nichts, Karl schlug die Augen nieder.

»Aha, dachte ich es mir doch.«

Der Zeigefinger des Kommissars klappte wieder ein und bildete mit den anderen Fingern eine Faust.

»Mein alter Ausbilder an der Polizeischule in Köln hat, wenn wir bei Übungen zu blöd waren, etwas Offensichtliches zu sehen oder versteckte Hinweise zu finden, immer gefragt, ob wir noch vom Abend zuvor zu viel Kölsch intus hätten und vor lauter rosa Elefanten die Beweise nicht sähen.« Peters machte mit rechts eine ausholende Geste. »Wie es scheint, steht ein rosa Elefant hier in der Schmiede. Und das, obwohl ich diesen Morgen, leider, noch kein Kölsch getrunken habe.«

Karl setzte zu einer Antwort an, der Zeigefinger klappte wieder aus. »Im Augenblick kann ich damit leben, Karin Jochem aus allem herauszuhalten. Stelle weiter blöde Fragen, und ich überlege es mir noch mal anders. Was ich tue, ist mindestens Rechtsbeugung. Ich hätte nicht gedacht, dass ich dazu nach der Nazizeit einmal fähig sein könnte. Eines darfst du nicht vergessen, Eddi Franken ist ein wirklich netter Junge gewesen. Ihm schulde ich es, dass sein Tod gesühnt wird. Leopold Schilz war das genaue Gegenteil, er hat bekommen, was er verdient hat. Nur nicht vom eigentlich dazu befugten Souverän, dem Staat. Doch der Staat ist derzeit noch in Geburtswehen verstrickt. Punkt!«

Karl schluckte die zusätzliche Information über Andrej mit viel Spucke runter. Dann sollte es eben so sein. Auch in diesem Fall hatte es keinen Unschuldigen getroffen.

Peters nahm einen tiefen Lungenzug, ehe er sagte: »Dunkle Verwicklungen hatten wir jetzt genug, es ist an der Zeit für etwas Positives. Ich würde es sehr begrüßen, wenn du mich in Zukunft duzen würdest.« Er stand auf und hielt Karl die Hand hin. »Meine Eltern hielten es für eine gute Idee, mich Severin zu nennen. Ich habe mich inzwischen damit abgefunden.«

»Karl.« Er hatte sich ebenfalls erhoben und griff kräftig zu.

»Was du nicht sagst, Herr Bermes. Ich meine natürlich Karl. Übrigens ist das meine Hand und nicht der Stiel deines Vorschlaghammers.« Der Polizist schüttelte das entsprechende Körperteil und trat wieder einen Schritt zurück. »Du bist klug genug, um zu verstehen, dass uns von jetzt an ein Geheimnis verbindet. Außer dir und mir weiß niemand etwas von alldem, selbst Schillinger nicht. Karin Jochem verschwinden zu lassen, birgt ein gewisses Risiko für mich. Ab sofort ist sie für alle anderen eine harmlose junge Frau von vielen, die nur etwas hinzuverdienen wollte. Egal, was irgendwer irgendwo später behauptet.«

Peters sah zum Wanderer, der Wachtmeister schien zu schlafen.

»Das habe ich verstanden, Severin.«

Peters grinste. »Es ist lange her, dass mich jemand beim Vornamen genannt hat. Ich hoffe, es stört dich nicht, wenn ich dich gelegentlich weiter Herr Bermes nenne? Das ist die Macht der Gewohnheit.«

»Kein Problem, ich kenne es ja nicht anders.«

Peters griff ins Innere seines Jacketts. In der Hand hielt er einen mit einem Knoten verschlossenen ledernen Beutel. »Den soll ich dir von Fräulein Jochem geben, als Andenken.«

Karl griff zu. »Was ist das?«

»Ein Lederbeutel.«

Warum musste der Polizist jede Gelegenheit für einen dummen Spruch nutzen? Karl öffnete den Knoten, der Blick ins Innere zeigte ein Bündel amerikanischer Geldscheine. »Oh«, er sah Peters in die Augen.

Der zeigte ihm die rechte Handfläche. »Selbst auf die Gefahr hin, mich zu wiederholen, komm mir nicht mit weiteren Neuigkeiten, die meinen Entschluss ins Wanken bringen könnten. Es wundert mich bei meiner Neugier selbst ein wenig, aber ich habe nicht hineingesehen. Und ich würde es sehr begrüßen, wenn du mir nichts vom Inhalt erzählst. In diesem Fall habe ich ohnehin bei Weitem mehr erfahren, als mir lieb ist.«

Karl knotete die Kordel wieder ordentlich zu und legte den Beutel neben sich auf den Amboss. Dann erhielt die Familie der rosa Elefanten in der Schmiede eben Zuwachs.

»Darf ich Karin sehen?«

Das Gesicht des Polizisten wurde sehr ernst. »Das, Herr Bermes, mein lieber Karl, wird das Opfer sein, das du bringen musst. Ich werde dafür sorgen, dass Fräulein Jochem möglichst weit entfernt von der Eifel landet! Deine romantischen Anwandlungen kann ich nicht gebrauchen. Du hast hoffentlich genug positive Erinnerungen an die junge Frau.«

Peters wertete Karls Gesichtsausdruck als Zustimmung.

»Dann schließe diese Erinnerungen gut in deinem Innern ein. Der Vorteil ist, dass das Leben sie nicht mit täglicher Mühsal und kleinlichen Zwistigkeiten zermahlen kann. Karin Jochem wird für immer ein Juwel deiner Erinnerungen sein.«

Wäre der Moment nicht so ernst, Karl hätte über die poetischen Anwandlungen des Kriminalkommissars gelächelt. Ihm fiel etwas ein: »Was wird aus Valentin?«

Peters brauchte einen Augenblick, um Karls Gedankengang zu folgen. »Ach du lieber Gott, euren Ortsbürgermeister gibt es ja auch noch. Den hatte ich gar nicht mehr bedacht. Natürlich werde ich ihn umgehend freilassen und höchstpersönlich in seinem Laden abliefern. Hättest du ein Problem damit, wenn ich ihm erzähle, er habe es dir zu verdanken, dass er freikommt?«

»Tun Sie, was Sie nicht lassen können.«

Peters' Grinsen wurde breiter. Zum ersten Mal an diesem Morgen wirkte es nicht gequält.

»Mein lieber Freund Karl, das mache ich sowieso. Und außerdem heißt es Severin.«

Er ging zum Auto und öffnete den Kofferraum, zwei prall gefüllte Rucksäcke kamen zum Vorschein. »Hier habe ich ein weiteres kleines Präsent für dich. Die lagen im kaputten Haus.«

Wieder wurde Karl wegen des Geruchs schnell klar, worum es sich handelte. Es waren Schmuggelrucksäcke, voll mit Kaffeebohnen in Beuteln. Peters hielt ihm einen Rucksack hin, Karl zögerte. »Ich bin mir nicht sicher, ob ich Lust auf Kaffee habe.«

Der Rucksack wurde ihm in die Hand gedrückt. »Quatsch, Herr Bermes. Wenn du partout allem Genuss abschwören willst, betrachte den Rucksack als zusätzliche Bezahlung für treue Dienste. Das ist besser als ein Orden aus Blech. Ich bin mir sicher, der Geschmack kommt wieder. Diese Bohnen können nichts für das, was geschehen ist. Ich hätte jetzt nichts gegen eine schöne Tasse Kaffee einzuwenden. Schillinger wird dazu bestimmt auch nicht Nein sagen.« Rauchzeichen stiegen von seiner Nase auf.

Karl hängte sich einen der Rucksäcke mit einem Gurt über die rechte Schulter und ging zum Kabuff.

»Na gut, überredet, weil Sie es sind. Äh, Entschuldigung, weil du es bist, Severin.«

EPILOG

Karin Jochem saß in einem Zug nach nirgendwo. Jedenfalls fühlte es sich für sie so an. Eigentlich war sie davon ausgegangen, ihre letzten Tage auf Erden in einer Gefängniszelle zu verbringen und am Ende mit einem Strick um den Hals durch eine Bodenklappe zu fallen. Nun, es war anders gekommen. Wohin der Zug rollte, wusste sie tatsächlich nicht, sie besaß keine normale Fahrkarte und hatte sich nicht für das Ziel des Zuges interessiert. Alles, was sich neben ein paar Toilettenartikeln in ihrer kleinen Reisetasche befand, war ein Dokument, das ihr dieser große Polizist mit den Narben im Gesicht ausgestellt hatte. Es besagte, dass sie sich eine Woche per Zug durch alle westlichen Besatzungszonen im Auftrag der französischen Besatzungsmacht bewegen durfte. Beim Schaffner hatte der Wisch vor einigen Minuten ordentlich Eindruck hinterlassen. Ein Ziel- oder Endbahnhof war darauf nicht vermerkt.

Nach den tödlichen Schüssen auf Eddi hatte sie mehrere Tage in der Bitburger Kaserne verbracht. Danach transportierte ein Lkw sie nach Trier, wo sie für weitere zehn Tage in Gewahrsam genommen wurde. Die ganze Zeit über hatte sie sich darüber gewundert, nur als Schmugglerin behandelt zu werden. Nach ihrem Gespräch mit dem Polizisten hatte es keine weiteren Verhöre mehr gegeben. Ihre Verblüffung wurde komplettiert, als sie an diesem Morgen einfach so entlassen wurde.

»Ich will dich nie wieder in meinem Zuständigkeitsbereich sehen. Sollten wir uns jemals wieder begegnen, lasse ich dich nicht wieder laufen. Und glaube mir, ich habe ein gutes Personengedächtnis«, teilte Peters ihr hinter einer Wand aus Zigarettenqualm mit, als er ihr das Reisedokument und einen neuen Ausweis aushändigte. Für sie bestand kein Zweifel daran, dass er genau das sagte, was er meinte.

Es hatte ihr am Abend der Schießerei mehr als gutgetan, mit dem Polizisten in Ruhe über alles sprechen zu können. Niemals zuvor in ihrem Leben hatte sie eine dermaßen ehrliche Beichte abgelegt. Zumindest, was Leopold Schilz anging. Dass sie bei Andrej ein wenig nachgeholfen hatte, ließ sie unerwähnt. Bemerkt hatte das wohl niemand, und Karl musste sein Wissen für sich behalten haben, sonst würde sie nicht in diesem Zug sitzen. Dabei war sie bei ihrem Geständnis dem Kommissar gegenüber bereit gewesen, die Verantwortung für ihre Taten zu übernehmen, und hätte es akzeptiert, am Galgen zu enden.

Nun bestand ihre Strafe lediglich aus einer Art Verbannung. Wegen der unerwarteten Freilassung am Morgen besaß sie keinerlei Vorstellungen, wohin diese Reise sie führen würde.

Trotz der vielen Zeit zum Nachdenken fand sich in ihr absolut keine Reue für ihre Tat. Leopold Schilz hatte es verdient zu sterben, und Andrej war kaum besser gewesen. Sie konnte den Tod jeweils nur einmal geben, was sie, ohne zu zögern, getan hatte. War sie deshalb ein schlechter Mensch? In ihrer religiösen Familie lautete die Antwort ohne jeden Zweifel: ja. Bei dem Polizisten hatte sich offenbar eine differenziertere Sichtweise durchgesetzt. Es war wie so oft im Leben, die jeweiligen Antworten auf die sich ergebenden Probleme hingen stets davon ab, wen man fragte.

Eddi Franken war das einzige unschuldige Opfer in diesem Wahnsinn gewesen. Warum mussten nette Männer wie er sterben, und solche zynischen Arschlöcher wie Thomas lebten weiter? Sie konnte nur hoffen, dass der Polizist mit seiner Einschätzung recht behielt und Schwarz für den Mord an einem Polizisten am Galgen enden würde.

Als sie sich auf die Suche nach Adelheid begeben hatte, konnte sie nicht ahnen, wie viel Elend und Tod ihr dabei begegnen würden. Warum auch immer, das Schicksal meinte es gut mit ihr, das Leben ging weiter und nicht nur ihr eigenes. Ihre Regelblutung hätte bereits vor fünf Tagen einsetzen sollen. Sie legte eine Hand auf ihren Bauch. Die Nacht mit dem beeindruckenden und so unglaublich gut riechenden Schmied hatte wohl Folgen. Beim Gedanken an Karl musste sie lächeln. Schade, dass sie ihn nie wiedersehen würde.

Karin wusste nur zu gut, dass sie Männer dazu bringen konnte, das zu tun, was sie wollte. Darauf ließ sich aufbauen. Der Krieg mochte viele Männer mit sich genommen haben, gute wie schlechte. Die Auswahl war dennoch umfangreich genug, um daraus zu schöpfen.

Sie brauchte nur ihre persönlichen Waffen im Krieg der Geschlechter einzusetzen. Dieser Krieg würde niemals enden. Sanft streichelte sie über ihren Bauch. Sie musste darüber nachdenken, wie sie mit dem, was da in ihr heranwuchs, am besten umging, sobald sie in Sicherheit war. Adelheid hätte eine Lösung gewusst, sie war sich jedoch nicht sicher, ob sie das wollte.

Karin Jochem lehnte sich zurück, draußen am Fenster zog eine friedliche Landschaft vorbei.

Schräg gegenüber im Erste-Klasse-Abteil saß ein junger, dunkelhaariger Mann in einer adretten Ausgehuniform. Am Kragen gab es Metallplaketten mit der Aufschrift U.S. Sie lächelte dem Mann zu.

»Hi«, kam als Antwort. »My Name is Charles, what's your name?«

Ihr Klassenlehrer in der Schule hatte Englisch gekonnt. Obwohl das nirgends im Lehrplan stand, hatte er sich seinerzeit die Mühe gemacht, den Kindern grundlegende Floskeln der Sprache beizubringen. Sie glaubte zu wissen, dass Charles die englische Entsprechung von Karl war, ihr Lächeln wurde breiter.

»My name is Karin«, sagte sie sehr langsam, Wort für Wort und überdeutlich. Sie erinnerte sich an entsprechende Übungen bei Herrn Heyer.

»Oh, that's a real nice name, Karin.«

Er sprach seltsam quakend, wie die meisten Amerikaner. In seiner Aussprache wurde das A eher zu einem Ä, das I klang wie ein E, was sich interessant anhörte. Noch war ihr Englisch praktisch nicht vorhanden. Das musste nicht so bleiben. Sie atmete tief durch die Nase ein. Ein angenehm würziger Schweißgeruch, vermischt mit Aromen von Seife und Zigaretten, drang zu ihr. Der Soldat roch ähnlich verlockend wie Karl. Das Schicksal meinte es tatsächlich gut mit ihr. Sie drückte den Rücken durch, der Soldat versuchte sich zu beherrschen, konnte es aber nicht verhindern, dass seine Augen an ihrem Körper nach unten wanderten. Karin wusste, dass die Sprache, die sie beherrschte, die Männer auf der ganzen Welt verstanden. Mit der Hand strich sie eine blonde Locke aus der Stirn, sie lächelte den Soldaten mit einem koketten Augenaufschlag an. »Hello, Charles.«

Elke Pistor &
Ralf Kramp (Hg.)

NORDEIFEL MORDEIFEL 2
Taschenbuch, 304 Seiten
ISBN 978-3-95441-682-0
15,00 EURO

In der Nordeifel wird mal wieder scharf geschossen!

Zwischen Losheimergraben und Weilerswist, zwischen Rursee und der Mutscheid ist man seines Lebens nicht sicher, wenn man den Krimiautorinnen und -autoren Glauben schenken darf, die in diesem Geschichtenband ihren Mordfantasien freien Lauf gelassen haben.

Da wird in der beschaulichen Nordeifelregion ruchlos aufgeknüpft und erdolcht, es wird hübsch hinterhältig geschossen und erschlagen, da kommt ganz perfide Gift zum Einsatz, und der Sturz aus großer Höhe ist auch alles andere als ein Zufall.

Hier sind echte Meisterinnen und Meister ihres Fachs am Werk. Die Herausgeber Elke Pistor und Ralf Kramp haben 24 Autorinnen und Autoren um sich geschart, die sich von der Eifel haben inspirieren lassen. Ob historisch oder im Hier und Jetzt, ob abgründig heiter oder bitter ernst – in diesen kurzen Eifelkrimis präsentiert sich die ganze Vielfalt des literarischen Verbrechens. Ein mörderisches Lesevergnügen der Extraklasse!

Andrea Revers

VERTRAU MIR NICHT

Taschenbuch, 288 Seiten
ISBN 978-3-95441-696-7
14,00 EURO

Ein neuer Fall für die Eifeler Miss Marple, der unerwartet aus dem Ruder läuft ...

Als die pensionierte Kommissarin Frederike gerade in ihrem Eifeler Bauerngarten den Brennnesseln und dem Giersch zu Leibe rückt, tritt unerwartet das BKA in Person der jungen Leonie Jansen auf den Plan und bittet sie um Unterstützung. Die Abwechslung kommt Frederike gerade recht, und so erklärt sie sich bereit, den Lockvogel für eine Betrügerbande zu spielen, die es auf Senioren abgesehen hat. Als reiche Rentnerin ausstaffiert, geht sie an Bord des Mosel-Kreuzfahrtschiffs Wilma. Rückendeckung bekommt sie von ihrem Freund Willi, dem forensischen Psychologen.

Als eines Morgens der junge Barkeeper Claudio tot aufgefunden wird, überschlagen sich die Ereignisse. War das wirklich ein Unfall? Frederike hat da so ihre Zweifel.

Zu allem Überfluss wird bei ihr zu Hause eingebrochen, und dann ist auch noch Willi wie vom Erdboden verschluckt. Frederike fühlt sich hilflos. Wem kann sie noch vertrauen?

»Ein Krimi mit viel Eifeler Lokalkolorit«
(SWR zu *»Lass die Vergangenheit ruhen«*)

Ralf Lano

EIN ECHO AUS STÄHLERNER ZEIT

Taschenbuch, 392 Seiten
ISBN 978-3-95441-663-9
15,00 EURO

Der erste Fall für den Eifeler Dorfschmied

1946 – Die Kriegsheimkehrer finden in der rauen Abgeschiedenheit der Eifelhügel traumatisierte Menschen und beschädigte Dörfer vor. Einer von ihnen ist Karl Bermes, der Schmied des Örtchens Disselbach in der Nähe von Bitburg.

Er ist noch nicht lange aus der Gefangenschaft zurückgekehrt, als sein bester Freund Werner bei der Detonation einer Mine am Rande des Dorfes getötet wird. Karl ist sehr schnell klar, dass es sich nicht um einen Unfall handelt, sondern um einen gezielten Anschlag.

Unweit der Unglücksstelle wurde mitten im Wald ein ehemaliges Lager des Arbeitsdienstes von der französischen Besatzung zum Flüchtlingslager umfunktioniert, das eine Menge undurchsichtiger Fremder ins Dorf bringt. Karl beginnt nachzuforschen. Eine der Neuankömmlinge ist Pauline, die Tochter des Lagervorstehers, die für Karl in jeder Hinsicht wichtiger wird, als er sich das hätte vorstellen können.

Nach und nach offenbart sich ein schreckliches Geheimnis, und Karl gerät in einen Strudel gefährlicher Ereignisse.

Eine hochspannende Nachkriegsgeschichte –
der fulminante Auftakt zu einer neuen Romanreihe